reverie

2. Auflage 2024
Originalausgabe

Gesetzt aus der Stempel Garamond
von GGP Media GmbH, Pößneck
Vignetten von Freepik.com und rawpixel.com / Freepik
Druck und Bindung von GGP Media GmbH, Pößneck
Printed in Germany
ISBN 978-3-7457-0407-5
www.reverie-verlag.de

Druckprodukt mit finanziellem
Klimabeitrag
ClimatePartner.com/15109-2009-1001

MIX
Papier
FSC FSC® C014496

NATALIE ERLACH

# MEINE LIEBLINGSFARBE IN UNSEREM Ozean

ROMAN

reverie

*Für alle, die ihre Augen schließen,*
*wenn sie Sonnenstrahlen an der Nase kitzeln.*
*Für alle, die sich eine Muschel ans Ohr halten,*
*um das Meer zu hören.*
*Für alle, die nicht wegschauen.*

# PROLOG

## Kalea – New York City

Manhattan war sowieso nie mein Zuhause gewesen, dachte ich, während ich in einem Bus saß, der mich mit seinen dreckigen Sitzen und zwielichtigen Gestalten aus dieser eiskalten Hölle rettete. Ich lehnte den Kopf gegen die fleckige Scheibe. Meine Perücke verrutschte und die strohblonden Strähnen kitzelten mich an der Nasenspitze. Es war Nacht und trotzdem trug ich eine Sonnenbrille, die teuerste aus Moms Sammlung, damit ich sie später zu Geld machen konnte. Seufzend schob ich sie auf meinen Kopf und atmete aus, wodurch das Glas beschlug und sich weitere Flecken abzeichneten. Angewidert verzog ich das Gesicht und rückte blitzschnell mit der Schläfe von der Scheibe ab, lehnte meinen Hinterkopf stattdessen gegen das dunkelblaue, muffig riechende Polster.

Auch nicht viel besser. Aber ich sollte mich früher oder später daran gewöhnen, denn das hier war von nun an mein neues Leben. Ich beugte mich über den freien Sitzplatz neben mir, auf dem ich abblockend meine Handtasche platziert hatte, und spähte stirnrunzelnd in den Gang zur Leuchtanzeige. *Miami.* Dieser Bus hatte zwei Tagesreisen vor sich, was für mich bedeutete, dass ich die nächsten achtundvierzig Stunden zumindest ein Dach über dem Kopf hatte. Keine Ahnung, wohin es mich verschlug, sobald ich in Florida war. Aber es ging immer weiter, oder?

Die strahlenden Lichter der Stadt, die um die Wette flimmerten, blendeten mich, und ich konnte es kaum erwarten, dieser glitzernden Scheinwelt zu entkommen. Fürs Erste tat es die Sonnenbrille, die ich mir seufzend zurück auf die Nase schob, denn ich würde mich auf keinem Fall der Gefahr hingeben, erkannt zu werden. Ich wollte nicht in der Klatschpresse landen, zumindest noch nicht. Spätestens in einer Woche würden Fragen die Runde machen. Doch spätestens in einem Monat würden auch die Letzten begriffen haben, dass Kalea Conteville der intriganten Welt der Reichen und Schönen, ohne mit der falschen Wimper zu zucken, den Rücken gekehrt hatte.

Denn ab heute würde ich, Kalea Conteville, ein ganz neues Leben führen. Eines, das ich mir ausgesucht hatte.

# KAPITEL 1

## Kalea

*Sechs Jahre später.*

»Komm schon, Kleine. Mach es mir nicht so schwer.« Meine nackten Unterarme berührten die kühle Metalloberfläche des in die Jahre gekommenen Behandlungstisches. Ich trommelte zögerlich mit den Fingerspitzen über den gemusterten Panzer von Peanut. Frustriert stöhnend legte ich den Kopf auf den Tisch und genoss die Abkühlung. Der Deckenventilator über uns surrte vor sich hin und schaffte es zu meinem Bedauern nicht annähernd, die tropische Zimmertemperatur zu regulieren.

»Peanut«, murmelte ich erschöpft. »Wenn du nicht endlich herauskommst, musst du eben für immer hierbleiben. Ja, du hast richtig gehört. Für immer!« Unaufhörlich tippelten meine Finger ihren Panzer auf und ab. »Ich meine es ernst! Peanut, bitte«, flehte ich und hoffte, sie durch die stetige Berührung dazu zu bewegen, ihren Kopf herauszustrecken. *Unechte Karettschildkröten* hörten unglaublich schlecht und reagierten am ehesten auf Erschütterungen und Kontakt. Im Normalfall taten das alle. Bis auf Peanut. Sie war ein höchst eigensinniges Exemplar, das mir graue Haare bescheren würde.

»Du weißt, dass sie dich nicht versteht, ja?« Ich zuckte erschrocken zusammen und stieß mir gleichzeitig das Knie am Tischbein an, woraufhin Peanut ordentlich durchgerüttelt wurde. Florence, meine beste Freundin, war ungewohnt lautlos in den Raum geschlichen und strahlte mich unschuldig an.

»Ach tatsächlich, Miss Marple?« Mürrisch rieb ich mir die schmerzende Stelle, richtete mich auf und zeigte mit dem Daumen über meine Schulter zur dickköpfigen Schildkröte. »Sie kommt nicht raus, dabei muss ich dringend ihre Wunde checken.«

»Kalea?« Florence wies zum Tisch.

»Ja?« Stirnrunzelnd folgte ich ihrem Fingerzeig. »Du Biest«, schimpfte ich lachend über die dickhäutige Verräterin, die natürlich ausgerechnet jetzt schaulustig aus ihrer Höhle kroch.

»Sie liebt mich eben«, trällerte Flo, formte ein Herz mit ihren Händen und warf der Schildkröte einen Luftkuss zu.

»Bild dir mal nichts ein.« Ich verdrehte die Augen. »Peanut ist einfach eine kleine Sadistin und freut sich, wenn jemand Schmerzen leidet.«

»Du bedauernswertes Baby«, zog sie mich auf und strich mir über die Schulter. »Ich düse los, meine Schicht im *Coconight* beginnt bald, kommt ihr zurecht?«

»Na klar, ich danke dir!« Mit angehaltenem Atem und so behutsam wie möglich untersuchte ich Peanuts Blessur. Sie war vor schätzungsweise vier Monaten in ein Fischernetz geraten und am Auge verletzt worden, weshalb Dr. Garcia, der hiesige Tierarzt, es hatte entfernen müssen. Erleichtert stellte ich fest, dass die Wunde ein weiteres Stück zugewachsen war. Eine Last fiel von mir ab, von der mir nicht bewusst gewesen war, dass sie mich erdrückt hatte. »Ein Glück«, schluchzte ich und fuhr ihr mit der Handfläche über den Panzer. »Weißt du, Peanut, für eine weitere Operation hätte ich nicht genug Geld.« Statt zu antworten, zog sie erneut den Kopf ein, was mir ein Lächeln entlockte. »Sei doch nicht beleidigt. Du weißt, dass ich für dich sogar getragene Unterwäsche verkaufen würde.« So weit war es bisher glücklicherweise nicht gekommen. Aber für meine Schützlinge würde ich alles tun.

»Na komm, ich bringe dich nach draußen, zurück in deine Suite.« Geübt griff ich mit beiden Händen unter Peanuts Panzer. »Wenigstens bist du nicht so fett wie Donut«, ächzte ich, als ich das Tier anhob, und entschuldigte mich in Gedanken bei Donut. Er war eines unserer größten Meeresschildkrötenmännchen und dermaßen schwer, dass ich ihn nicht ohne fremde Hilfe aus dem Wasser heben, geschweige denn tragen konnte. Mit der Schulter drückte ich mich gegen die weiß lackierte Holztür, durch die man in den weitläufigen Innenhof des Geländes gelangte. Dort standen die Wassertanks, die temporären Behausungen für unsere schuppigen Bewohner. Die hellen Fliesen auf dem Boden erinnerten eher an ein Freibad oder eine toskanische Finca als an eine Rettungsstation für Tiere.

Aber das war mir schon seit dem Tag gleichgültig gewesen, als ich das heruntergekommene Gelände vor über zwei Jahren das erste Mal betreten hatte, mit nichts weiter als einer Idee. Ich hatte nur Augen gehabt für das Potenzial, das es bot, sah die Rettungsstelle, die ich mit meinen eigenen Händen, aus eigenem Antrieb, ohne Hilfe, errichten wollte, schon vor mir. Blauäugig wie ich gewesen war, hatte ich den Mietvertrag unterzeichnet, und wenn ich an all die Tiere, all die Meeresschildkröten dachte, die ich bisher gerettet hatte, konnte ich meinen Entschluss von damals nicht bereuen. Wären da nur nicht die offenen Rechnungsberge, die ich zu erklimmen versuchte. Die staatlichen Zuschüsse waren wie die wenigen Spendengelder nur ein Tropfen auf heißem Stein, und ich wusste, dass ich nicht mehr lange die Augen vor dem schrumpfenden Kontostand verschließen konnte.

Mit müden Muskeln stieg ich die schmalen Stufen an der Außenseite eines der größeren Wasserbehälter empor, um Peanut hineinzusetzen. Sofort paddelten ihre putzigen Arme und Beine los und in einem Wirbel schwebte sie hinab. »Schlaf gut.« Ich winkte ihr hinterher und setzte mich für einen Augenblick auf den verblichenen Wannenrand, der einst hellblau gewesen war. Mein Blick heftete sich auf meine gebräunte Haut und die blonden Härchen, die von der Sonne ausgebleicht waren. Jedes Mal, wenn ich meine Fineline-Tattoos betrachtete, musste ich lächeln. Meine Eltern würden toben, wenn sie sähen, dass ich auch nur ein einziges hätte. Tja, und mittlerweile zierten einundzwanzig zarte Symbole, Schriftzüge und Bilder die verschiedensten Stellen meines Körpers. Sie standen dafür, wer ich war. Und dafür, wer ich nicht mehr war. Für meine Ziele, Träume und Ängste und für die Erinnerungen, die mir wichtig waren. Wichtig genug, um für immer einen Platz auf meiner Haut zu erhalten. So wie das winzige, zarte *B*, das meinen linken Ringfinger schmückte.

Gedankenverloren zeichnete ich mit der Hand Kreise auf der Wasseroberfläche und genoss die sanfte abendliche Brise, die mir durch die schulterlangen Haare wirbelte und den Schweiß in meinem Nacken und auf den Armen trocknete. Hier draußen bei den Schildkröten war ich am liebsten. Ich beobachtete gern, wie sie herumschwammen und von Tag zu Tag Fortschritte machten. Die meisten waren zu uns gekommen, weil sie verletzt gefunden worden waren, einige hatten Tumore, und wir halfen ihnen, nach der Operation zu genesen. Mein Herz zog sich jedes Mal zusammen, wenn ich eine von ihnen leiden sah.

Genau jetzt war meine liebste Zeit des Tages, denn ich befand mich in einem *Dazwischen*. Die Sonne strahlte nicht mehr ihr Einhundert-Watt-Lächeln, doch die laue, klamme Nacht war auch noch nicht hereingebrochen. Alle hilfsbedürftigen Schildkröten waren für heute versorgt und schwammen friedlich umher, wogegen auf mich der unbequemste Part des Tages wartete: der Blick in den Briefkasten.

Ich hatte mir frühzeitig angewöhnt, damit bis zum Feierabend zu warten, denn so versaute es mir nicht den Tag. Allein für all das hier verantwortlich zu sein, konnte erdrückend sein, und nicht selten fragte ich mich, ob ich der Leitung überhaupt gewachsen war. Wie man eine gemeinnützige Organisation über Wasser hielt, hatte ich leider nicht während meines Meeresbiologie-Studiums in Honolulu gelernt. Doch jetzt gönnte ich mir zunächst eine ruhige Viertelstunde auf dem Beckenrand, die Hände im kühlen Nass und die Nasenspitze gen Himmel gerichtet.

Nie in meinem Leben hatte ich einen schöneren Abendhimmel gesehen als hier auf Hawaii. Das Hellblau, das abgelöst wurde von zarten Gelb- und Rosatönen, die sich gemächlich zu kräftigem Pink und Orange entwickelten, ehe der gesamte Himmel von einem Meer aus Violett und Dunkelblau verschluckt wurde. Zu selten nahm ich mir die Zeit, in den Sternenhimmel zu schauen, was daran lag, dass ich vor Erschöpfung vorher einschlief.

Meine Tage waren lang, anstrengend und immer wieder aussichtslos. Dennoch bereute ich zu keiner Stunde die Entscheidung, meinen alten Lebensstil hinter mir gelassen zu haben. Ich bedauerte nicht, meine Familie und die Freunde verlassen zu haben, die mir keine Träne hinterherweinten. Sie führten ein Leben, das ich nicht ertrug. Ich war der glitzernden Scheinwelt entkommen und hatte all die Sicherheiten gern gegen diese Freiheiten eingetauscht. Am Ende des Tages war ich trotz der Menge an Sorgen glücklicher, als meine Eltern es jemals waren. Denn wie vieles andere auch konnte man Glück nicht mit Geld kaufen. Auch wenn ich mir manchmal wünschte, all dem finanziellen Druck entkommen zu können, der mich seit Monaten zu Boden zu drücken drohte. Manchmal, ganz selten, war da eine leise Stimme in meinem Hinterkopf, die mich fragte, ob es nicht einfacher wäre, trotz alledem einfach aufzugeben.

# KAPITEL 2

## Malio

*»… Es ist sieben Uhr, ihr wisst, was das bedeutet …«*

»Ja, ja, Deacon. Du nervst.« Müde klappte ich den Karton zu, aus dem ich wie in Trance quietschbuntes Kinderspielzeug hervorgezogen hatte. Ich hängte es an den Außenaufsteller, obwohl es mir widerstrebte. Wann war unser Surfshop *Koa's Wave* nur zu solch einem Ramschladen geworden? Ich erinnerte mich an all das Holzspielzeug aus meiner Kindheit, das Dad und Grandpa selbst hergestellt hatten.

*»… worauf wartet ihr? Schnappt euch euer Brett und ab in die Wellen …«*

Grinsend schüttelte ich den Kopf, stemmte mich vom Boden hoch und lief herüber zum Kassentresen, um das Radio auszuschalten. »Aye, aye, Deac.« Ich kannte Deacon, den Mann zur Radiostimme, seit dem Kindergarten, und genauso lange waren wir befreundet. Er war der Einzige, der wusste, warum ich mitten im Semester zurückgekehrt war. Fast ein Jahr vor meinem Abschluss.

Routiniert schob ich die Außenaufsteller zurück in den Verkaufsraum, verriegelte die Eingangstür und schloss die Kasse ab. Der beste Part des Tages stand in den Startlöchern, denn viele Touristen machten sich zum Abendessen auf in ihre Hotels und Pensionen, was hieß, dass wir Einheimischen den Strand für ein paar Augenblicke fast für uns hatten, ehe er wieder belagert wurde. Jeden Tag schenkte uns Hawaii zwei sogenannte Golden Hours, eine in der Früh und eine am Abend, in denen der Himmel im prächtigsten Goldorange leuchtete. Ich konnte mir nichts Schöneres auf der Welt vorstellen, als in diesen Stunden auf den Wellen zu reiten.

Im hinteren Areal unseres Shops zog ich mich um und schnappte mir das Surfbrett, das mein ganzer Stolz und gleichzeitig größter Ansporn war. Es erinnerte mich jeden Tag an mein Ziel, und ich war mir sicher, dass ich es irgendwann erreichen würde.

Mit den Fingerspitzen fuhr ich die filigranen Schnitzereien in der Oberfläche des Holzes nach. Ich hatte das Board vor vielen Jahren aus altem Koa hergestellt, dem traditionellen Holz für Surfbretter und Kanus aus Hawaii. Dieses hier war mein Allererstes, und es bedeutete mir die Welt, denn damit hatte sich mein Traum geformt.

Der Weg vom *Koa's* bis zum Strand dauerte keine zwei Minuten. Neben dem Shop gehörte meiner Familie die Surfschule, in der all meine Freunde von Dad das Surfen gelernt hatten, als wir Kids gewesen waren. Mom behauptete lachend, ich wäre mit einem Surfbrett auf die Welt gekommen. Gruselige Vorstellung. Aber es schien was dran zu sein, denn ich erinnerte mich nicht mehr an eine Zeit davor.

Heute war ein perfekter Sommertag gewesen und ich begrüßte den lauwarmen Wind, der mir durch die Haare fuhr und den wohltuenden Duft des Meeres zu mir herantrug.

Ich legte das Brett neben mir in den nahezu weißen Sand und setzte mich, die Arme um meine Knie geschwungen. Mit geschlossenen Augen hörte ich dem Wind zu, dem Wellenrauschen und den vereinzelten Möwen im nahegelegenen Hafen, die sich garantiert um irgendwelche Fischreste kloppten. Ich genoss das warme Gefühl auf der Haut, den salzigen Geruch in der Nase und nahm wahr, wie all der Stress des Tages aus meinem Körper wich. Ich brauchte nicht mehr als das Meer, den feinen Sand zwischen den Zehen und mein Surfbrett, um Glück zu empfinden. Jeden Tag um diese Zeit schob ich sämtliche Zweifel und Ängste von mir und fokussierte mich einzig und allein auf diesen Moment. Er war mir heilig, und auch wenn ich sonst gern unter Menschen war, brauchte ich diese tägliche Auszeit, um nicht den Kopf zu verlieren. Denn den Rest des Tages quälte mich die Frage, ob meine frühzeitige Rückkehr ein Fehler gewesen war, ob ich falsch entschieden hatte.

Ich öffnete im richtigen Moment die Augen, denn das Hellblau des Himmels hatte sich blitzschnell in ein Farbenmeer aus Orange und Pink verwandelt, das sich in den tosenden Wellen des Meeres spiegelte. Das Kribbeln in meinem Bauch breitete sich bis in die Fingerspitzen aus, und nach einem letzten tiefen Atemzug stand ich auf, befestigte die Leash an meinem Knöchel, schnappte mir das Brett und watete ins Wasser, wobei ich die anderen Menschen am Strand ausblendete. Wie immer zitterte und bebte ich im ersten Augenblick, was nicht an der Temperatur, sondern an der Vorfreude lag.

Ich lief der untergehenden Sonne am Horizont entgegen, bis ich das Brett aufs Wasser legte und mich bäuchlings darauf. Routiniert paddelte ich durch die ersten zwei Brechungslinien und setzte mich hinter der dritten aufrecht hin, um auf die nächste perfekte Welle zu warten. Als ich meine Chance kommen sah, richtete ich das Surfbrett zum Ufer und begann im Einklang mit der heranwachsenden Welle zu paddeln. Im passenden Moment sprang ich aufs Board, pendelte mein Gleichgewicht ein und surfte bis zum Strand, als hätte ich nie im Leben etwas anderes getan. Die Minuten auf dem Brett schenkten mir Freiheit, denn sobald ich eins mit der Welle wurde, war nichts anderes mehr wichtig.

# KAPITEL 3

## Kalea

»Na dann wollen wir mal.« Mit enormer Anstrengung zog ich die schwere Holztür hinter mir ins Schloss. Seit ich die alte Auffangstation gemietet hatte, klemmte die Eingangstür, und es kam mir vor, als verzöge sie sich jeden Tag ein Stückchen mehr. Nur mit Gewalt gelang es mir, die Tür fest an mich zu ziehen, sodass es mir gleichzeitig möglich war, den Schlüssel herumzudrehen. »Et voilá.« Triumphierend nickte ich der Tür zu und klopfte die Handflächen aneinander ab, wobei der Schlüsselbund, den ich um meinen Ringfinger hielt, klimperte. Mit einem nervösen Stechen in der Magengegend quetschte ich mich zielstrebig zwischen der porösen Hauswand und dem direkt davor gepflanzten Busch hindurch, um zum Briefkasten zu gelangen. Ich hasste ihn. Noch nie hatte ich erfreuliche Post erhalten. Ohne Witz, kein einziges Mal. Der alte Kasten, dessen Scharniere schrill quietschten, sobald ich die Tür aufzog, rostete an einigen Stellen, und jeden Tag überlegte ich, ob ich ihn ersetzen sollte. Die Leere auf meinem Konto beantwortete mir diese Frage jedoch unmissverständlich.

»Großartig. Echt fabelhaft«, murrte ich und griff blitzschnell nach den Briefumschlägen, bevor sie herausfielen. »Einer hätte gereicht.« Seufzend schleuderte ich sie in den Rucksack, setzte ihn auf und tappte müde den schmalen Weg bis zum Tor entlang, an dem ich wie jeden Tag meinen Elektroroller geparkt hatte. Ich zwang mich dazu, nicht nach links und rechts zu sehen, denn das brauchte ich nicht, um zu wissen, dass es allerhöchste Zeit war, den Rasen zu mähen. Obendrein: Wann hatte ich eigentlich das letzte Mal die spärlich bepflanzten Blumenbeete gegossen?

»Morgen«, versprach ich. Morgen würde ich eine halbe Stunde früher aufstehen, um mich vor Tagesanbruch darum zu kümmern. Vorausgesetzt, dass ich es bis dahin nicht wieder vergessen hatte.

Ich setzte meinen Helm auf, schob den Roller durch das Tor und warf einen Blick zurück auf das weiße Gebäude, von dessen Fassade schon die Farbe blätterte. Die Fenster waren schmuddelig, dass man kaum heraus-, dafür aber auch nicht ohne Weiteres hineinschauen konnte. Von den schiefen Fensterläden fing ich besser gar nicht erst an. Einzig das gigantische Schild über dem Eingang, auf dem der Name der Auffangstation stand, war neu und sah nicht aus, als würde es beim nächsten Sturm im Gebüsch landen. Im Busch, der dringend gestutzt werden musste. *Turtles' Inn*. Mir gefiel der Gedanke, meine Schützlinge wie Hotelgäste statt wie Patienten in einem Krankenhaus zu behandeln.

Der Anblick des *Turtles' Inn* unter dem bunten Abendhimmel motivierte mich jeden Tag. Ich riss den Blick los, ließ den leisen Motor an und fuhr den schmalen Weg herunter zur Straße, auf der zu dieser Zeit Trubel herrschte. In Shore Mana spielte sich das Leben am Strand und auf den Straßen ab. Trotzdem war es absolut nicht zu vergleichen mit New York City. Routiniert bog ich ein paarmal ab und erreichte keine zehn Minuten später die weitläufige Wohnanlage, wo ich vor zwei Jahren mein Zweizimmerappartement gekauft hatte.

Den Roller parkte ich direkt unter dem Küchenfenster auf der Wiese, da an dieser Stelle eine Außensteckdose angebracht worden war.

Meiner Meinung nach war ich in die schönste Anlage gezogen, die ich mir hätte vorstellen können. Überall war es grün, die Palmen wuchsen höher als die Häuser und John, der Gärtner, hatte es sich zum Lebensziel gesetzt, den kräftigsten Rasen O'ahus zu pflegen. Vielleicht sogar den schönsten ganz Hawaiis. Nein, ehrlich: Gegen den hier konnte der Central Park so was von einpacken.

»Hey, Meeresretterin«, rief meine Nachbarin Menina. Sie winkte mir mit einem quietschgelben Ofenhandschuh durch ihr Küchenfenster zu. Es befand sich gegenüber von meinem auf der anderen Seite der schmalen Treppe, die zu unserem gemeinsamen Eingang führte. Insgesamt gab es vier Wohnungen in jedem der Häuser dieser Anlage, was mir ausreichend Privatsphäre bot. »Hast du Hunger?«

»Und wie!« Gott, was liebte ich diese Frau. Wie auf Kommando knurrte mein Magen und ich warf ihr eine Kusshand zu, nachdem ich den Helm abgesetzt und auf den Sitz des Rollers gelegt hatte. Ich brauchte mich nicht zu sorgen, dass man ihn stahl, denn Shore Mana war eine vorbildliche Kleinstadt wie aus dem Bilderbuch.

Ich lief die Holztreppe hinauf. »Lilly, geh Kalea die Tür aufmachen«, rief Menina in ihre Wohnung und sofort hörte ich stürmisches Fußgetrappel.

»Hallo, Kalea«, begrüßte mich Meninas vierjährige Tochter mit einem breiten Grinsen, das die Lücke zwischen ihren Eckzähnen offenbarte. »Hast du wieder eine Schildtröte gerettet?«

Schmunzelnd nickte ich ihr zu und strich ihr über die dunklen Locken. »Kröte, Süße. Nicht Tröte. Und ja, habe ich tatsächlich.«

»Sag ich doch.« Lilly zuckte selbstbewusst mit den Schultern, griff nach meiner Hand und zog mich hinter sich her zur Küche. »Darf ich morgen mitkommen? Bitte, bitte, bitte?«, bettelte sie und hüpfte dabei auf und ab, wobei sie mir fast den Arm abriss. Ich stellte den Rucksack im Türrahmen ab, schüttelte den

Klammeraffen von mir und schlurfte auf Menina zu, um sie mit einem kurzen Kuss auf die Wange zu begrüßen. Sie war zwar nur wenige Jahre älter als ich, dennoch empfand ich eine seltsame Geborgenheit in ihrer Nähe. Sie war Lehrerin an der hiesigen Highschool und strahlte etwas Mütterliches aus, wonach ich mich meine ganze Kindheit über gesehnt hatte.

»Lilian«, ermahnte ihre Mom sie lachend und entschuldigte sich bei mir mit einem Zwinkern. »Willst du denn morgen gar nicht in den Kindergarten?«

»Nö«, rief der Knirps aus.

»Aber morgen hat doch Kimo Geburtstag, möchtest du ihm nicht gratulieren?«

Lilly kämpfte sichtlich mit sich selbst. Nach längerem Warten nickte sie. »Ja, stimmt. Dann komme ich übermorgen mit, ja?«

Lachend schüttelte ich den Kopf und lief herüber zum Holzregal, um drei Gläser auf den Tisch zu stellen. »Wir werden sehen, okay?«

»Na gut«, schmollte Lilly und fasste nach ihrer Gabel, um damit auf den Tisch zu trommeln. »Kalea?«

»Ja?« Ich griff zur Glaskaraffe, die im surrenden Kühlschrank stand, und wandte ihr den Kopf zu.

»Tragen Babyschildtröten Windeln?« Ihr Blick war bitterernst und ich verkniff mir ein Lachen.

»Nein, sie brauchen keine Windeln.«

»Und wo machen sie hin?«

Hilfesuchend sah ich zu Menina, welche die Lippen aufeinanderpresste und grinsend eine Augenbraue hob. Ich schenkte ihr einen beleidigten Blick, der in etwa aussagte: vielen Dank für deine Unterstützung.

»Na ja«, stammelte ich. »Sie machen ehrlich gesagt überall dort hin, wo sie sich aufhalten.«

»Igitt, das ist eklig.« Entsetzt riss sie den Mund auf. »Ich würde meiner Babyschildtröte eine Windel ummachen.«

»Okay«, grinste ich, glücklich darüber, dass Lilly keine Haustiere besaß.

»Ich habe Hunger, Mommy«, wechselte sie das Thema und wies mit der Gabel fordernd auf ihren leeren Teller, was mir ein Lachen entlockte.

Ich setzte mich neben sie, deutete auch auf meinen Teller und grinste Menina an. »Ja, ich ebenfalls.«

»Ihr seid unmöglich«, lachte diese, holte eine dampfende Glasform aus dem Ofen und sofort war der Raum erfüllt vom würzigen Duft der Gemüselasagne.

»Himmlisch!« Ich hielt Menina Lillys Teller hin, damit sie diesen zuerst belud. »Danke.« Ich zwinkerte ihr zu, als sie mir auftat, und versenkte die Gabel gierig im Essen.

Eine halbe Stunde später, in der ich vielen weiteren von Lillys Fragen ausgesetzt gewesen war, schloss ich die Tür zu meiner Wohnung auf. Ich trat ein und warf den Schlüssel in die Holzschale auf der Kommode, die ich übernommen hatte. Sie war alt und schäbig, dass sie schon wieder ein Blickfang war. Ich liebte sie extrem. Vermutlich gefiel sie mir besonders gut, weil ich mir den konsternierten Blick meiner Mutter vorstellte, wenn sie wüsste, dass sie viele Vormieter gehabt hatte. Eines Tages würde ich ihr erzählen, dass ich in Secondhandläden shoppte. Einfach, um sie auf die Palme zu bringen. Vorausgesetzt, dass ich jemals wieder mit ihr sprach.

Missmutig öffnete ich meinen blaugrauen Rucksack, um die Briefe herauszuholen. Er war aus altem Plastik hergestellt, das in Hawaii aus dem Wasser gefischt worden war. Vielleicht sollte ich Dad einen zu Weihnachten senden. Ich verdrehte zermürbt die Augen. Mit freundlichen Grüßen aus dem Meer, von seiner missratenen Tochter, die es wagte, nicht seinen, sondern ihren eigenen Traum zu leben.

»Na?«, sprach ich zu den Briefen, es waren vier an der Zahl. »Wer will zuerst?« Ich warf sie auf den niedrigen Couchtisch aus gebeiztem Kiefernholz und ließ mich aufs dunkelgrüne

Sofa fallen. Mit geschlossenen Augen griff ich nach einem, als zöge ich ein Los, und riss ihn auf. Tierarztrechnung. Okay, die durfte warten, denn Dr. Garcia war da kulant. Auf diese folgten drei weitere Rechnungen: für die Reparatur einer der Salzwasseranlagen, die höher war als eine Monatsmiete der Rettungsstation. Dann eine Vorkassezahlung, die ich direkt überweisen sollte, sonst bekämen die Schildkröten bald kein Futter mehr, und zu guter Letzt die monatliche Stromrechnung.

»Was für ein Tag«, stöhnte ich gedämpft und warf die drei Rechnungen, die warten mussten, auf einen Stapel, der schon bedrohlich wankte. Es war ein Wunder, dass mir der Strom in der Auffangstation nicht längst abgedreht worden war.

# KAPITEL 4

## Malio

»Hey.« Ich klopfte mit den Fingerknöcheln gegen den Türrahmen der Küche, damit meine Mom nicht erschrak. Lächelnd wackelte ich mit den Augenbrauen und zeigte auf einen Topf, aus dem es betörend nach Kulolo, hawaiianischem Pudding aus Taro und Kokosnuss, duftete. »Habe ich etwa Geburtstag?«

»Sei nicht albern.« Lachend drehte sie sich zu mir um und zeigte auf einen Stapel Geschirr. »Trag das lieber rüber.«

Ich zählte, alles gab es viermal. »Beehrt uns die Prinzessin heute?«

»Malio«, donnerte Mom und feuerte mir ein Geschirrtuch gegen den Hintern. »Sie steckt in …«

»… einer Phase. Ja, ja«, unterbrach ich sie kopfschüttelnd.

»Geh duschen und bring dann deine Schwester mit runter«, befahl sie mir barsch und stemmte die Hände in die Hüfte. »Das Essen ist in fünfzehn Minuten fertig.«

Ich trottete los, hielt in der Bewegung inne und drehte mich zu ihr um. »Diese Strenge solltest du bei deiner Tochter an den Tag legen, Mom. Ich bin erwachsen. Mich musst du nicht mehr erziehen.«

»Los«, erwiderte sie und zeigte zum Esszimmer herüber.

Wenn sie mich auf diese Weise ansah, rieselte es mir eiskalt den Rücken hinab. Ich setzte ein seufzendes Lächeln auf und schluckte die Widerrede herunter. Mit Mom zu diskutieren war sinnlos, sie erinnerte an einen Terrier, der sich festbiss. Ihr Temperament hatte sie leider an meine jüngere Schwester Noelani vererbt. Ich hätte nie damit gerechnet, dass Mom bei ihr klein beigab. Aber sie behandelte Noelani anders als mich damals. Mom ließ sie einfach gewähren, als wäre all ihre mütterliche Strenge bei mir verpulvert worden.

Vermutlich hatte sie Angst, Lani könnte die Biege machen, da diese eh keinen Hehl daraus machte, dass Shore Mana sie anödete. Wenn man mich fragte, war das ohne jeden Zweifel eine Frage der Zeit. Beim Gedanken daran zog sich mein Herz schmerzhaft zusammen. Ich brauchte dringend eine eigene Wohnung, um Abstand zu gewinnen. Dass ich aufs Neue hier gestrandet war, sollte nur eine Übergangslösung sein. Tagtäglich in Moms und Dads neugierige Gesichter zu blicken, brach mir beinahe das Herz, denn ich war noch nicht bereit, ihnen zu erzählen, warum ich zurückgekommen war. Warum ich alles in den Sand gesetzt hatte.

Nachdem ich den Tisch gedeckt hatte, stieg ich still die Treppe in den ersten Stock hinauf. Der dicke, hellblaue Teppich, der auf den Stufen und außer im Bad in jedem Raum des Obergeschosses verlegt war, dämpfte meine Schritte, und so hörte Noelani mich nicht.

Ihre Tür stand ein Stückchen offen, sodass ich nicht anders konnte, als hineinzublicken. Sie posierte in Sport-BH und knallengen Leggings vor dem Spiegel und filmte sich mit ihrem Smartphone dabei. War das ihr Ernst?

»Was soll das Gehabe, Lani?« Ich schob ihre Tür auf.

»Verpiss dich!« Genervt warf sie den Kopf in den Nacken und wedelte mit den Händen, um mir zu suggerieren, dass ich besser abdampfte. Sie hatte die umwerfend tiefgrünen Augen unserer Mom und die olivfarbene Haut von Dad geerbt. Meine Schwester war bildschön und sich dessen mehr als bewusst. Und nun drehte sie irgendwelche Videos und staubte damit kostenlose

Geschenke ab. Nach wie vor war mir schleierhaft, warum Mom ihr Einverständnis für diesen Influencermist gegeben hatte.

Ich ließ meinen Blick durch ihr Zimmer gleiten und blieb an einem Stapel achtlos geöffneter Kartons hängen. Ohne auf ihren Einwand einzugehen, lief ich darauf zu und fischte eine Karte daraus hervor.

Hey Noelina, danke, dass du unsere neue Kollektion bewirbst. XOXO

»Was soll das sein?« Mit gerunzelter Stirn wedelte ich mit der 0815-Grußkarte herum.

»Was willst du, Malio?«, fragte meine Schwester, als ich keine Anstalten machte, mich wieder zu verziehen. Mit hochgezogener Augenbraue und gespitzten Lippen stemmte sie eine Hand in die Taille. Für diese großspurige Haltung würde ich ihr am liebsten einen Eimer eiskalten Wassers über die makellos geglätteten Haare kippen, damit sie sich kringelten wie Würmer im Regen.

»Weiß Mom, dass du dich *so* filmst?«

»Ich bin kein Kind mehr«, erwiderte sie trotzig. »Und jetzt lass mich in Ruhe. Ich bin verpflichtet, den Job zu beenden.«

Lachend bewarf ich sie mit der peinlichen Karte des Kleidungsherstellers. Sie zuckte nicht mal mit der Wimper, als sie an ihrer Schulter abprallte.

»Alles klar, *Noelina*«, spottete ich. »Anscheinend bist du ihnen ja äußerst wichtig, wenn sie sich nicht einmal die Mühe machen, deinen Namen richtig zu schreiben.«

»Du hast ja keine Ahnung«, knurrte sie.

»Das Essen ist gleich fertig, lass Mom bitte nicht warten«, befahl ich ihr und zeigte mit dem Daumen hinter mich, die Treppe herunter.

»Du hast mir nichts zu sagen.«

»Doch, das habe ich, und das weißt du.«

»Ach ja?« Angriffslustig verschränkte sie die Arme vor der Brust.

Seufzend schüttelte ich den Kopf. »Geh einfach runter, Lani.« Ohne sie eines weiteren Blickes zu würdigen, verließ ich ihr Zimmer, wobei ich die Tür sperrangelweit geöffnet ließ.

Irgendetwas war in der Zeit geschehen, in der ich fort gewesen war. Manchmal machte ich mir ungeheure Vorwürfe, dass ich nicht zu Hause war, als ihre Wandlung ihren Anfang genommen hatte. Ich fragte mich, ob ich etwas hätte ändern können. Gegangen war ich, als sie ein Teenager geworden war.

Was war geschehen, dass sie fast drei Jahre später zu dieser schimmernden Glamourwelt gehören wollte, die sie zerkauen und unverdaut wieder ausspucken würde?

Noelani und mich trennte ein Jahrzehnt. Mom und Dad hatten sich sehnlichst ein zweites Kind und ich mir einen Bruder oder eine Schwester gewünscht. Erst als sie es aufgegeben hatten, war Mom schwanger geworden, und ich vermutete, dass sie Noelani genau aus dem Grund alles durchgehen ließen und sie nicht streng erzogen wie mich damals. Weil *sie* ihr kleines Wunder war.

# KAPITEL 5

## *Kalea*

»Oh, verdammte Axt!« Fluchend lief ich den Weg vom Roller zur Eingangstür des *Turtles' Inn* entlang. Mit einer Hand fischte ich die Schlüssel aus meiner Jeansshorts und schirmte mit der anderen den Blick ab, damit der knöchelhohe Rasen mich nicht erspähte und verhöhnte. Okay, das war albern. Erwartungsgemäß war es mir nicht bis heute morgen in Erinnerung geblieben, früher herzukommen, um den Garten auf Vordermann zu bringen.

»Miss?« Eine tiefe Stimme ließ mich innehalten. Verwundert wandte ich mich zum Zaun um.

»Suchen Sie mich?«

Was benötigte der Mann zu einer Uhrzeit von mir, zu der halb O'ahu schlief? Und was stimmte nicht mit ihm, dass er mich Miss nannte?

»Ich habe einen wichtigen Brief für Sie, Miss.« *Miss.* Schon wieder. Zögernd trat ich auf ihn zu, wobei ich mir beunruhigt von innen auf die Wangen biss. Zuerst hielt ich ihn für einen Kurier, doch je näher ich ihm kam, desto unsicherer war ich mir. Den Letzten hatte ich in New York gesehen. Und dieser Mann trug einen tiefschwarzen Anzug über einem schwarzen Hemd, als wollte er mich durch sein bloßes Auftreten einschüchtern.

»Muss ich den annehmen?« Ich witzelte nervenschwach, denn alles in mir wehrte sich dagegen, das Schreiben zu berühren.

»Ja, Miss.« Ohne die Miene zu verziehen oder mir ein klitzekleines Lächeln zu schenken, nickte er. Was für ein seltsamer Miesepeter.

»Wow, Sie sind wohl aus New York«, nuschelte ich und riss ihm energisch den Kugelschreiber aus der Hand, um etwas auf sein Blatt zu kritzeln, das nicht im Entferntesten wie meine Unterschrift aussah. Eine vielleicht nicht ganz legale Sicherheitsmaßnahme, die ich mir irgendwann unbewusst angeeignet hatte. Doch so konnte ich wenn nötig abstreiten, das Dokument selbst unterschrieben zu haben.

»Ich bin aus Ohio, Miss«, sagte er, warf den Stift zurück in seine Tasche und hielt mir auffordernd den Brief hin. »Haben Sie einen schönen Tag.«

Mein Blick heftete sich auf den Absender und schlagartig gefror mein Innerstes zu Eis. Das Blut, die Muskeln, alles. *Bank of Shore Mana.* »Den haben Sie mir versaut«, erwiderte ich flüsternd und wandte mich ab, ohne ihn zu verabschieden. Beherrscht setzte ich einen Fuß vor den nächsten, den Blick starr auf das Papier zwischen meinen Fingern gerichtet. »Bitte nicht«, hauchte ich den Tränen nahe, steckte den Schlüssel schroff ins Schlüsselloch und ruckelte an der Tür.

Nachdem ich zweifach gegen sie getreten und mit der Faust gegen sie gedonnert hatte, öffnete sie sich widerwillig. Ich feuerte den Brief ungeöffnet auf den Schreibtisch. Was auch immer darin stand, ich würde es ohnehin nicht in den nächsten zwei Stunden lösen. Vermutlich auch nicht in den nächsten zwei Tagen oder Wochen, versuchte ich mir einzureden. Den Rucksack stellte ich auf den Drehstuhl und kramte mein Smartphone daraus hervor. Ohne darüber nachzudenken, entsperrte ich das Display und starrte die wenigen Icons darauf an. Keine Ahnung, warum ich es eingeschaltet hatte. Mir hatte niemand geschrieben und ich hatte vor sechs Jahren meine Social-Media-Accounts gelöscht.

Wie durch einen unsichtbaren Faden gezogen, landete mein Daumen auf der Kontaktliste. Er kreiste über Basilton. Tief durchatmend stellte ich das Smartphone aus, schüttelte den Kopf über mein schwaches Verhalten und ließ das Handy zurück in den Rucksack plumpsen. »Du musst allein zurechtkommen«, schalt ich mich. Basilton war nicht verpflichtet, mich zu retten, wo er mich schon deckte. Das wäre zu bequem gewesen, und zu allem Überfluss … egal. Es war falsch, bei jedem Problemchen zu erwägen, ihn anzurufen. Doch war es nicht leicht, alte Gewohnheiten abzulegen. Wenn ich diese starke, unabhängige Frau sein wollte, die ich vor Augen sah, musste ich auch so handeln. Dazu gehörte, ohne Hilfe zurechtzukommen.

Mit zu Fäusten geballten Händen warf ich dem Brief vernichtende Blicke zu, doch zu meinem Bedauern fing er kein Feuer oder löste sich in Luft auf. »Ach, was solls.« Ungestüm riss ich ihn auf und entfaltete das Blatt Papier mit eiskalten und vor Angst zitternden Fingern. *Letzte Mahnung.* »Nein«, schluchzte ich, schubste meinen Rucksack achtlos vom Drehstuhl, um mich stattdessen auf diesen fallen zu lassen. »Nein, nein, nein.« Ich begriff, was es hieß, eine letzte Mahnung zu erhalten, und zählte stirnrunzelnd, wie viele ich ignoriert hatte.

Mir blieben keine drei Monate, um die Mietschulden zu begleichen, bevor der Räumungsbescheid ins Haus flatterte. Der von einem Kurier aus Ohio persönlich vorbeigebracht wurde. Wenn ich genauer darüber nachdachte, erschien mir sein Auftreten mit jeder verstrichenen Sekunde ungewöhnlicher. Wurden solche Schreiben nicht normalerweise einfach von der Post zugestellt? Aber das änderte nun auch nichts mehr an meiner Situation.

»Was soll ich nur tun, Basilton?« Meine Stimme brach, und ich wünschte mir nichts sehnlicher, als von ihm in die Arme geschlossen zu werden. Selten hatte ich mich so machtlos gefühlt wie in diesen Sekunden.

# KAPITEL 6

## Malio

»Ach komm, du bist absolut machtlos!« Noelanis zischende Stimme drang mir unter die Haut, und sie entriss sich meinem lockeren Griff, als hätte ich sie gefesselt.

»Wo warst du?« Mein gedämpfter Tonfall hallte von den Wänden des schmalen Eingangsbereichs unseres Hauses wider. Wie jeden Tag hatte ich den Wecker früh gestellt, damit ich pünktlich zum Sonnenaufgang, zur Golden Hour, mit dem Surfbrett am Strand war. Ich liebte die Ruhe, liebte es, wach zu sein, wenn alle anderen schliefen und sich nur vereinzelte Frühaufsteher-Touristen zum Strand aufmachten, um den Sonnenaufgang für ihre Reise-Fotobücher einzufangen.

Doch die Ruhe war heute wie verflogen gewesen, als ich statt Fred, dem Waschbären, der regelmäßig unsere Mülltonnen durchwühlte, meiner Schwester Noelani im Eingang begegnet war.

»Das geht dich nichts an, du Vogel.« Sie rieb sich übertrieben über das Handgelenk und simulierte, dass ich sie zu fest angepackt hätte.

»Du bist fünfzehn. Und ob es mich etwas angeht«, donnerte ich eine Nuance energischer.

Noelani riss die Augen auf und starrte atemlos die Treppe hinauf, lauschte, ob sich jemand regte, doch Moms monotones

Schnarchen, das diese vehement abstritt, drang zu uns herunter. »Halt die Klappe!« Fordernd ballte sie ihre Hände zu Fäusten. Ihr Smartphone, das sie an einer albernen Kette trug, schaukelte umher.

»Wo. Warst. Du?« Ich bemühte mich nicht mehr, unsere Eltern nicht zu wecken. Denn mal ehrlich, wer hatte hier Scheiße gebaut? Meine verzogene Schwester oder ich?

»Ist ja gut«, nuschelte sie ein bisschen undeutlich.

»Hast du getrunken?« Ich setzte einen Schritt auf sie zu, um an ihr zu riechen. Geschickt wich sie mir aus und brachte so viel Abstand zwischen uns, wie es im schmalen Vorraum möglich war.

»Das geht dich auch nichts an«, erwiderte sie risikobereit. Ich stöhnte, denn das war mir Antwort genug. Meine perfekte Welle würde heute ohne mich brechen.

»Noelani«, seufzte ich unnachgiebig, streckte den Arm aus und zeigte zum Sofa. »Geh dich hinsetzen.«

»Warum?«

»Setz dich bitte hin«, bat ich sie angespannt. Mit jeder Sekunde stieg mein Puls. Selten war ich so frustriert und ungeduldig gewesen wie in diesem Augenblick. Doch meine Schwester bewegte sich keinen Millimeter.

»Soll ich dich eigenhändig hintragen oder setzt du dich in Bewegung?«

»Fass mich an und ich schreie«, drohte sie.

»Was?« Ich schüttelte den Kopf. Dieses Gespräch gewann von Sekunde zu Sekunde an Absurdität. »Ich dachte, du willst nicht entdeckt werden.«

Ihr fiel keine Erwiderung ein.

»Du bist betrunken, Lani.« Die Ruhe in meiner Stimme, zu der ich mich zwang, schien sie zu verunsichern. »Was du hier treibst, wird schiefgehen. Dich nachts rausschleichen, was denkst du dir dabei?«

»Ich bin alt genug. Bald sechzehn!« Trotzig reckte sie das

Kinn vor und verschränkte die Arme abwehrend vor der Brust. Die Haare fielen ihr über die Schultern.

Kopfschüttelnd atmete ich durch. »Du bist ein Kind. Ein Teenager, und du gehörst nachts nicht auf die Straße.«

»Wenn es nach dir ginge, dürfte ich mein Zimmer gar nicht mehr verlassen.« Damit behielt sie ausnahmsweise recht.

»Lio? Lani?« Mom kam in ihren rosafarbenen Frotteesocken die Treppe herunter und band sich ihren traditionell hawaiianischen Pareo um, der schon meiner Grandma gehört hatte. »Was ist hier los?«

»Nichts. Ich wollte eben los: eine Runde joggen«, log meine Schwester dreist und wie aus der Pistole geschossen. Mir klappte die Kinnlade herunter.

»Ah, hab viel Spaß, Liebes«, nuschelte Mom und schlurfte schlaftrunken an uns vorbei zur Küche.

»Ist das dein Ernst, Mom? Noelani trägt Hackenschuhe.« Ich rieb mir mit den Handflächen übers Gesicht.

»Das sind High Heels, du Esel«, flüsterte meine Schwester in meine Richtung.

»Oh, hübsch«, kommentierte Mom, die sich über die Augen rieb. Sie drückte den Power-Knopf des Kaffeevollautomaten und es war, als weckte sie sich auch selbst dadurch auf. »Aber zieh sie bitte aus, bevor du das Haus betrittst.« Sie seufzte. »Wenn deine Großeltern sehen würden, wie du unsere Gepflogenheiten ignorierst.«

»Mom«, toste ich und lenkte das Gespräch wieder zum Wesentlichen. »Sieh sie dir an. Sieht sie aus, als wäre sie auf dem Weg nach draußen, um eine Runde zu joggen?« Ich deutete auf die silbernen Schuhe, das locker sitzende und weit ausgeschnittene, grüne Kleid.

Mom schluckte und wandte sich rasch ab, um eine Tasse, auf der das Logo des *Koa's* prangte, aus dem Hängeschrank zu holen. »Nein. Ich bin nicht von gestern, Malio.« Betont langsam drehte sie sich zu uns um. Der erschöpfte Blick, den sie mir schenkte, sprach Bände. »Geh nach oben, Schatz«, bat sie Noelani seufzend und wies ihr mit ausgestrecktem Arm den Weg.

»Siehst du«, zischte diese mir im Vorbeigehen zwinkernd zu. »Ich sagte doch, du bist machtlos.« Siegessicher stakste sie davon, kickte ihre Schuhe achtlos von den Füßen und tippelte die Treppe hinauf, ohne den Anstand, die Schuhe ordentlich im Garderobenschrank zu verstauen.

»Malio, lass es mich erklären«, seufzte Mom und setzte zu einer Aussage an.

»Nein.« Ich schnitt ihr das Wort ab und entfernte mich rückwärts von ihr, wobei ich den Kopf schüttelte und die Hände neben mein Gesicht hob, die Handflächen zu ihr gewandt. Ich war enttäuscht, und das durfte sie sehen. »Das kann nicht dein Ernst sein, Mom. Ich …« Die Sprache blieb mir in der Kehle stecken, bis es schmerzte. Eine Mutter sollte niemals zu erschöpft sein, um ihr Kind zu beschützen. Ich wusste um ihre und Dads Probleme mit der Surfschule und dem *Koa's*. Die laufenden Rechnungen zu begleichen, wurde immer schwerer, doch da sie versuchten, es geheim zu halten, blieb mir nichts weiter übrig, als den Ahnungslosen zu spielen. Sie hatten so viel für mich aufs Spiel gesetzt, und mir drehte sich der Magen um, wenn ich daran dachte, dass sie nicht einmal dann enttäuscht von mir wären, wenn sie die Wahrheit erfuhren. Mom und Dad waren nicht ehrlich mit mir, doch leider war ich keinen Deut besser.

# KAPITEL 7

## Kalea

Warum lösten sich Probleme nicht in Luft auf, wenn man sie lange genug ignorierte? Seitdem mir der Kurier den Brief übergeben hatte, waren Tage vergangen und mein Gemütszustand fuhr Achterbahn. Am Tag danach, als ich den ersten Schock verkraftet hatte, hatte ich das Schreiben aus meinem Blickfeld geschoben. Aus den Augen, nur leider alles andere als aus dem Sinn, wie ich feststellen musste. Tage später verfolgte mich die Angst vor den Konsequenzen, die gemeinsam mit dem Brief in mein Leben geflattert waren. Ich schloss abends im Bett die Augen und dachte an die verfluchte letzte Mahnung, und das Erste, das mir morgens in den Sinn kam, war ebendiese. Dass sie mich in meine Träume verfolgte, kam erschwerend hinzu.

Ich zog übernächtigt die Haustür hinter mir ins Schloss und lief die Stufen herunter, bis ich auf dem triefend nassen Rasen stand, der unter meinen Schritten schmatzte. Dieses Geräusch gehörte zu meiner Morgenroutine. John war ein früherer Vogel als ich und hatte die Grünflächen der Wohnanlage gegossen, bevor die Sonne komplett aufgegangen war. Zwei Häuser weiter stutzte er mit einer Heckenschere bewaffnet einen Busch zurecht und ich winkte ihm zu.

Ich setzte meinen Helm auf, klappte das abdunkelnde Visier hoch und schob den Elektroroller aus der Anlage, ehe ich auf der Straße aufsattelte und losratterte. Ich erlaubte mir, den lauen Sommerwind des Morgens, der sich kühl auf meiner Haut anfühlte, zu genießen. Es gelang mir, kurz mal wirklich zur Ruhe zu kommen, und diese paar Minuten hatten etwas von der Leichtigkeit in sich, nach der ich jahrelang gesucht hatte. Ich rollte über die Flurtle Alley, die parallel zur Strandpromenade verlief und in der man in den Morgenstunden, wenn Shore Mana seelenruhig schlief, den Ozean rauschen hörte. Zu selten verschlug es mich an den Strand, obwohl ich mir geschworen hatte, täglich ans Meer zu gehen. Stattdessen versuchte ich, nicht nur die Auffangstation, sondern auch meinen Kopf über Wasser zu halten.

Ich passierte das *Oasis*, den hiesigen und Flos Meinung nach nennenswerten Nachtclub der Stadt, aus dem zwei Touristen heraustorkelten und sich lachend die Bäuche hielten. Sofort war da wieder dieser Kloß in meinem Hals, denn seit ich New York verlassen hatte, hatte ich keinen Club mehr betreten, egal wie sehr mich das *Oasis* reizte. Flo ging dort gern tanzen, und meine Finger reichten mittlerweile nicht mehr aus, um aufzuzählen, wie oft sie mich angefleht hatte, mitzukommen. Das Besondere am *Oasis* war, dass es einen direkten Strandzugang hatte und alle paar Wochen legendäre Strandpartys stattfanden. Und doch war mir dieser Spot Shore Manas zu unsicher. Ich könnte erkannt werden oder gar fotografiert. Orte, zu denen viele Touristen gingen, mied ich lieber.

Ich konzentrierte mich wieder auf die Straße vor mir und genoss das Farbenmeer, das sich mir am hellblauen Himmel bot. Vereinzelte orange- und pinkfarbene Schleierwolken zogen an ihm entlang. Die morgendliche Golden Hour war der Grund, warum ich mich jeden Morgen zu unchristlichen Zeiten aus dem Bett quälte. Ich hatte in meinem Leben nichts Schöneres gesehen, und ein wenig entschädigte der Himmel, der in lodernden Pastellflammen stand, mich für all meine Sorgen.

# KAPITEL 8

## Malio

Ich hatte ihn verpasst. Den besten Zeitpunkt, um in den Sonnenaufgang zu surfen. »Naive Schwester«, grummelte ich und zertrat eine grässliche Sandburg. Im nächsten Augenblick tat es mir leid und ich hoffte, dass das Kind, das sie gebaut hatte, abgereist war. Der klamme Sand unter meinen Füßen bescherte mir trotz der lauen Brise wie jeden Morgen eine Gänsehaut. Ich war den Weg vom Haus zur Surfschule gerannt und hatte mich in Windeseile in den kurzärmligen Wetsuit gequetscht.

»Ach, egal.« Ich hielt das Surfbrett unter dem Arm und entschied mich, eine schnelle Runde zu surfen. Wie sollte ich sonst die fiesen Gedanken und Gefühle loswerden, die in mir tobten, wenn nicht auf dem Board? Kurz schloss ich die Augen, ignorierte wie immer, dass der Strand sich bereits mit Touristen füllte, bevor ich den ersten Fuß ins Meer setzte. Still und heimlich dankte ich den Wellen, dass sie mich unversehrt gehen ließen.

Mit gesenkten Lidern konzentrierte ich mich auf das Tosen der ineinander brechenden Wellen, die ihren Weg zum Ufer fanden. Eine Woge folgte auf die Nächste, es war ein unaufhörliches Spiel der Natur. Ich atmete tief ein und sog den Duft von Algen, Sand und Salz in mich auf und stakste knietief ins Nass hinein. Das Brett berührte das schaukelnde Wasser und ich paddelte routiniert durch die Brechungslinien.

Ich schmeckte das Salz auf den Lippen und kniff die Augen zusammen, damit mir das Wasser, das von meinen Haaren tropfte, nicht hineinlief. Die ersten Sonnenstrahlen kitzelten mich an der Nasenspitze.

»Da«, flüsterte ich und entdeckte eine Stelle, aus der eine vollkommene Welle heraustreten könnte. Geübt legte ich mich bäuchlings auf das Brett und paddelte. *Links, rechts, links, rechts.* Die Welle formte sich, mein Paddeln beschleunigte sich, ein fließender Bewegungsablauf, über den ich nicht mehr nachdachte. Es gab nur das Wasser, das Holz unter mir, die Sonne hoch oben und mich. Ich war so klein, so unbedeutend zwischen dem Meeresgrund und der Himmelssphäre und doch war dies der Moment, der mich fühlen ließ, als wäre ich unbesiegbar. Im passenden Zeitpunkt stemmte ich mich hoch und sprang in einer fließenden Bewegung auf die Füße.

»Perfekt«, flüsterte ich mir zu, unterdrückte nur schwer ein Lächeln und jubilierte innerlich. Mir fiel es leicht, die Balance zu halten, und auch wenn man nie voraussehen konnte, wann die Welle brach, kannte ich keine Angst. Das Meer war nicht einfach ein lieb gewonnener Freund, der Ozean war meine Familie. Ich entschied, mich vom Wellengang bis zum Ufer tragen zu lassen, schoss pfeilschnell durch das brusthohe Wasser, das abflachte.

Das knisternde Gefühl in meinem Kiefer wurde jäh gestört, als ein dumpfer Knall gegen das Brett meine Konzentration unterbrach. Ich wusste nicht, wie mir geschah, schlagartig war überall um mich herum Wasser und ich fand die Oberfläche im ersten Augenblick nicht. Panik fuhr mir in die Knochen und im Versuch zu atmen schluckte ich Salzwasser, das meine Lunge in Flammen setzte. In einem Wirbel knallte ich auf den Boden, der mich achtlos zurückfederte, das Brett donnerte mir gegen den Kopf, dass ich Sterne tanzen sah. Das Salz biss mir in den Augen und brannte in der Speiseröhre, sodass mir speiübel wurde. Ich rief mir Dads wichtigsten Grundsatz in Erinnerung: Egal, was passierte: Ruhe bewahren. So schwer es mir auch fiel, hielt ich in der Bewegung inne, um meine Orientierung zurückzufinden, drückte meine Knie in den rettenden Sand unter mir und mich hoch, bis mein Kopf durch die Wasseroberfläche brach. Ich rang keuchend nach Atem und wusste nicht, ob ich darüber lachen oder weinen sollte, dass ich kurz davor gewesen war, im gerade mal hüfthohen Wasser zu ertrinken.

»Was zur Hölle!« Prustend schrie ich das Meer an, zog das Brett zu mir heran und hielt Ausschau nach dem Grund, der mich hat fallen lassen. Mein Blick heftete sich auf etwas Rundes, das von einer nach der anderen Welle hin und her gewogen wurde.

»Nein.« Erstickt blieb mir die Stimme weg, ich wuchtete mich auf das Surfbrett und paddelte auf das Objekt zu. »Nein, nein, nein, bitte nicht«, flehte ich und boxte aus Hilflosigkeit wutentbrannt ins Wasser, weil ich realisierte, was soeben geschehen war. »Sei nicht verletzt, bitte.« Ich sprang vom Board, griff nach der Schildkröte und rannte aus dem Wasser.

»Falls du tot bist, bring ich dich um!« Mit jedem Schritt wurde die Panik größer. Mein geliebtes Board zog ich an der Leash hinter mir her, was den Weg zur Surfschule enorm erschwerte. Ohne das Tier abzusetzen, befreite ich den Fuß von der Verbindungsleine und preschte los. Ich wusste, dass es nicht weit von hier eine Rettungsstelle für Meerestiere gab, und betete, dass sie geöffnet hatte und ich sie direkt fand. »Wehe du stirbst.«

## KAPITEL 9

# *Kalea*

»Auf einer Skala von null bis zehn«, frustriert schleuderte ich einen Gummihandschuh in die Ecke, »wie scheiße kann ein Tag laufen?«

»Ja«, kam es prompt von Florence, die Mikroskopieplättchen für eine Untersuchung vorbereitete, wobei ihr fast die Augen zufielen. Garantiert hatte sie eine Nachtschicht in der Bar übernommen und war direkt zum *Turtles' Inn* gekommen, ohne zu schlafen. Was würde ich nur ohne Florence tun? Sie war zwar meine beste Freundin, dennoch war es keine Selbstverständlichkeit, dass sie mir so hingebungsvoll half. Erst recht nicht bei der lausigen Bezahlung.

»Danke. Ich liebe es, wie du mich aufzubauen versuchst«, jammerte ich und ließ mich erschöpft auf den Drehhocker neben ihr fallen.

»Sorry!« Ihr schiefes Grinsen erreichte ihre Augen und sie drehte sich seufzend zu mir um. »Was ist denn los?« Bei dieser Frage lief es mir, trotz der vorherrschenden Saunatemperaturen, eiskalt den Rücken herunter. Florence war zwar im Bilde, dass ich mit einigen Zahlungen im Rückstand war, doch das wahre Ausmaß kannte sie nicht. Ich hatte die Befürchtung zu versagen, sobald ich die Worte laut aussprechen würde. Ich hatte immer alles mit mir selbst ausgemacht.

»Ach, ich habe nicht ausreichend geschlafen«, schwindelte ich und versuchte krampfhaft, nicht den Blick abzuwenden. Wer den Augenkontakt abbrach, wurde schneller als Lügner überführt. Das hatte ich mal irgendwo gelesen.

Florence zog eine Augenbraue hoch. »Und jetzt die Wahrheit, bitte.« Okay, es stimmte scheinbar nicht. Sie rollte näher zu mir heran, sodass sich unsere Knie berührten. »Ganz ehrlich, Kalea, ich sehe mir das nicht mehr länger mit an. Du siehst entsetzlich aus.«

»Ist das ein Kompliment? Danke.«

Kopfschüttelnd lachte sie. »Nicht so, du Witzbold. Du bist gestresst, ich sehe dich nur Ungesundes in dich hineinfuttern. Wann hast du zuletzt auf dich geachtet? Was ist los? Und warum greifst du ständig zu deinem Handy?«

Ertappt biss ich mir auf die Lippe. »Beobachtest du mich?«

Sie atmete stöhnend aus. »Nein, aber ich gehe auch nicht mit geschlossenen Augen durch O'ahu.«

»Fühlt sich aber nach Observation an«, murmelte ich.

Florence klopfte mir mit einer Faust auf den Kopf. »Manchmal bist du eine Nuss«, erklärte sie schulterzuckend, als ich sie entsetzt anblickte. »Ich wollte sichergehen, dass du nicht hohl bist.«

»Warum bin ich noch gleich mit dir befreundet?« Lächelnd rieb ich mir über die geschändete Stelle.

»Weil ich dich niemals verurteilen würde?«

Ich nickte. »Das muss es sein.«

»Gern geschehen.«

Ich ignorierte den Stich in meiner Magengegend und atmete tief durch. Auch wenn ich sie nie angelogen hatte, fühlte es sich so an.

Florence und ich kannten uns seit zwei Jahren. Sie war die erste Person gewesen, die hier in Shore Mana mit mir gesprochen hatte. An meinem allerersten Tag war mir das Apartement zu eng vorgekommen und ich hatte das Gefühl gehabt, nur am Strand Luft zu bekommen. Es war mitten in der Nacht gewesen, als ich im Sand saß, den Blick auf das Meer gerichtet, das außergewöhnlich still vor mir gelegen hatte. Meine Füße hatte ich in den kühlen, feuchten Sand gebohrt und den Tränen freien Lauf gelassen, denn es war ja niemand da gewesen, der mich hätte sehen können – nur allein hatte ich mich dort sicher gefühlt. Immer wieder gab es Tage, an denen meine Selbstzweifel und die Reue fast zu groß wurden, um sie zu ertragen. So auch in dieser Nacht am Strand vor zwei Jahren. Und dann war diese herzensgute Frau wie aus dem Nichts neben mir aufgetaucht, hatte sich wortlos zu mir gesetzt und mir ein Taschentuch gereicht. Ich war mir sicher, dass ich niemals wieder einen Menschen wie Florence treffen würde, sie war einmalig. Ich erinnerte mich genau, wie ihre bloße Anwesenheit mir Trost gespendet hatte, und das, obwohl sie eine Fremde gewesen war. Bis heute hatte sie nie gefragt, wo ich herkam. Für sie war nur wichtig, dass ich da war. Mehr als meinen Namen und Geburtstag kannte sie nicht aus meiner Vergangenheit, und ich liebte sie dafür, dass sie mir die Chance gab, ein komplett neues Leben aufzubauen.

»Also …« Räuspernd versuchte ich, die passenden Worte zu finden, die mich nicht wie eine Versagerin dastehen ließen. Ich hatte ihr vieles nicht anvertraut. Allem voran, wie pleite ich war. Mein früheres Leben hatte ich samt Status in New York gelassen. Von dem Geld, mit dem ich die schillernde Glitzerwelt verlassen hatte, hatte ich das Appartement gekauft. »Ich …« Ein schriller Ton drang aus den blechernen Lautsprechern über der Eingangstür zu uns herüber. »Die Klingel!« Ich sprang erleichtert auf.

»Du entkommst mir nicht«, trällerte Florence mir nach. Sie hatte recht. Ich konnte nicht auf ewig vor ihr verheimlichen, was los war, das wäre nicht fair. Aber wer auch immer vor der Tür stand, hatte mir Zeit verschafft, mir zu überlegen, wie ich Florence einweihte. Und vielleicht sogar Zeit, um eine Lösung für meine missliche Lage zu finden. Eine, die nicht den Namen Basilton trug.

Mit vor Aufregung schweißnassen Händen zog ich fest an der störrischen Tür, damit sie sich knarzend öffnete. Man sollte meinen, dass es mittlerweile Routine für mich war, neue Schildkröten aufzunehmen, doch wusste ich nie, was für ein Kerlchen auf meine Hilfe angewiesen war. Einmal hatte Mrs. Diaz, eine Seniorin, die zu sämtlichen Stadtveranstaltungen ihre berühmte Paella kochte, einen Korb voll verlassener Katzenbabys vorbeigebracht, weil sie gehört hatte, dass ich mich um Tiere kümmerte. Knapp daneben, aber mit Dr. Garcias Hilfe hatten sie alle ein Zuhause gefunden, und manchmal, wenn mir eine von ihnen in Shore Mana über den Weg tapste, ging mir das Herz auf.

»Hi.« Ein Mann in halblangem Wetsuit stand vor mir, eine Meeresschildkröte in den Armen. »Ich hatte einen Unfall.« Unfall? Oh fuck. Okay. Durchatmen. Ich hatte weder Geld noch Futter für eine weitere, schwer verletzte Schildkröte und hoffte, sie wieder entlassen zu können, nachdem ich sie durchgecheckt und beobachtet hatte.

Ich wies auffordernd in den Raum hinein, damit er eintrat. »Du oder sie?«

»Was?« Er runzelte die Stirn und erst jetzt fiel mir auf, dass er triefend nass war, weil ihm vereinzelte Tropfen von seinen Haarspitzen die Schläfen herabrannen. Und er war barfuß. Und rang nach Atem. Kam er direkt vom Strand?

»Pack sie bitte mit dem Bauch waagerecht«, bat ich ihn und er befolgte meine Anweisung, ohne zu murren. »Es kann fatale Folgen haben, eine Schildkröte zu lange aufrecht zu halten, die Organe rutschen nämlich nach unten oder sie ersticken, wenn Gewicht auf ihre Lungen drückt. Komm mit«, forderte ich ihn auf und führte ihn zum Behandlungstisch. »Leg sie ab.«

»Ich hab sie getroffen«, erklärte er atemlos und fuhr sich mit den Händen über das Gesicht.

»Okay.« Ich wandte mich zur Schildkröte, die auf den ersten Blick keinen verletzten Eindruck erweckte. Gott sei Dank! Die Anspannung in mir machte einer vorsichtigen Erleichterung Platz. »Womit denn?«

»Mit meinem Surfbrett, nah am Ufer. Genau weiß ich nicht, was passiert ist. Sie muss gegen das Board geknallt sein. Oder das Brett gegen sie – was weiß ich denn?«

Florence tauchte hinter uns auf und griff sich ein paar Einweghandschuhe. »War da Blut?«

Behutsam fuhr ich mit der Handfläche den Panzer auf und ab, tippelte mit den Fingerspitzen auf ihm herum und lächelte meine beste Freundin an, weil sie sofort half.

»Es war im Wasser«, wiederholte er und ich erkannte einen Umschwung in seiner Stimme. Vor einem Moment war er verunsichert gewesen, jetzt wirkte sein Tonfall genervt.

»Blut würde man eindeutig sehen«, erklärte ich seelenruhig, bevor Florence eine schnippische Antwort gab. Ich liebte sie, doch manchmal war sie zu aufbrausend, und ich vernahm eine deutliche Schwingung in der Luft.

»Ich habe keine Ahnung, das Wasser hat alles verwirbelt. Ich denke nicht.« Er zeigte auf das Meerestier. »Sie bewegt sich nicht mehr. Warum rührt sie sich nicht?«

»Das ist nicht ungewöhnlich«, beruhigte ich ihn. Florence verzog hämisch einen Mundwinkel. »Schildkröten verstecken sich, sobald sie Gefahr wittern, und bewegen sich dann keinen müden Zentimeter.«

»Als hätten sie ihren persönlichen Panikraum immer dabei«, murmelte er und entlockte mir ein Grinsen.

»Zum neidisch werden, oder?« Ich riss meinen Blick von der Schildkröte los, schnippte mir den Gummihandschuh von der Hand und hielt sie ihm hin. »Hi, ich bin Kalea.«

»Malio. Hi.« In dem Augenblick, in dem sich sein Mund zu einem verwunderten Lächeln verzog, begann es in meinem Magen zu kribbeln. Es fühlte sich an, als tanzten mindestens zehn

Schildkröten Cha-Cha-Cha meine Magenwände auf und ab. Das letzte und einzige Mal, dass dies geschehen war, lag viele Jahre zurück und war nicht einmal *echt* gewesen. Und das letzte Mal, dass ich *Gefühle* für jemanden hatte, als ich mich, aus welchen Gründen auch immer, auf jemanden eingelassen hatte, war nicht gut ausgegangen. Es hatte damit geendet, dass ich als Gespött aller die Stadt verlassen hatte.

# KAPITEL 10

## Malio

Ich schaffte es kaum, das Lächeln auf meinem Gesicht zu unterdrücken, während ich vom *Turtles' Inn* zum *Koa's* lief. Kalea. Sie war mir nie in Shore Mana aufgefallen, was heißen musste, dass sie nicht von hier kam und in der Zeit hergezogen war, als ich in New York studiert hatte. »Kalea«, murmelte ich kopfschüttelnd und biss mir auf die Unterlippe. Der Name bedeutete Glück. Das ich echt gebrauchen konnte. Der Moment, in dem sie mir ihre Hand hingehalten hatte, hatte sich tief in mein Hirn gebrannt. Ihr beruhigendes Lächeln, das es nicht schaffte, ihren müden Blick zu übertünchen, hatte meine Panik im Keim erstickt. Tiefe Schatten lagen unter ihren Augen, doch erkannte ich sofort ihre Kompetenz im Umgang mit dem Tier.

Irgendetwas an ihr faszinierte mich und ich konnte nicht sagen, ob es die Tattoos oder die hellbraunen Augen waren. Vielleicht war es die Art, wie sie ihre schulterlangen dunkelbraunen Haare zu einem unordentlichen Pferdeschwanz band. Ich seufzte und fuhr mir mit einer Hand über die Stirn, die mittlerweile von einer körnigen Salzschicht überzogen war. Schon möglich, dass es an ihrem Namen lag, denn für meine Eltern waren Namen und ihre Bedeutungen unvergleichlich wichtig und das war auf mich übergesprungen. Ich erreichte den Strandabschnitt, an dem unsere Surfschule und der Shop lagen, und schlurfte durch den Sand, der meine glühenden Fußsohlen kühlte. Mein Surfbrett lag dort, wo ich es zurückgelassen hatte. Mittlerweile hatte der Wind Sand darauf getragen. »Entschuldige, Kumpel«, nuschelte ich dem Board zu und lehnte es gegen die Hauswand. Ich pfriemelte am Reißverschlussring des Wetsuits herum, an dem ich immer den Schlüssel für die Surfschule befestigte, als Vorsichtsmaßnahme, damit ich ihn nicht im Meer verlor.

Die eiskalte Luft der Klimaanlage strömte mir entgegen, ließ mich frösteln und der Blick auf die Wanduhr über dem Info-Tresen verriet mir, dass mir kaum zehn Minuten blieben, bis die ersten Kursteilnehmer auftauchten. Ich hatte keine Ahnung, wie ich mich während der heutigen Kurse konzentrieren sollte. Denn in meinem Kopf drehte sich alles um die Frage, wie es mir gelang, das Schildkrötenmädchen, wie ich sie heimlich nannte, wiederzusehen.

# KAPITEL 11

## *Kalea*

»Ich hole dich später ab«, rief Florence im Gehen und zog die widerspenstige Eingangstür hinter sich zu, sodass mir keine Möglichkeit blieb, zu widersprechen. Obwohl ich nicht gern zu Touristenspots ging, würde sie es mir nicht durchgehen lassen, sie nicht ins *Coconight* zu begleiten. Mir graute es jetzt schon.

Seit Malio, der Typ im klitschnassen Wetsuit von heute Morgen, gegangen war, hatte mir Florence bei jeder Gelegenheit verschwörerisch zugezwinkert. Als hätte sie einen sechsten Sinn dafür, wenn ich jemanden … nett fand.

»Du brauchst einen Namen«, murmelte ich Malios dickhäutigem Sorgenkind zu und strich ihm dabei sanft über den Panzer. Er hatte sich einmal kurz aus seiner Höhle getraut, um mir ein Stück Salat aus den Fingern zu schnappen. Seine Scheu ließ mich lächeln und mein Herz wärmer werden, denn dieses kleine Kerlchen hier erinnerte mich wieder daran, warum ich Schildkröten so liebte. Es gab viele Gründe, die sie zu meinen Vorbildern machten, so seltsam das auch klang. Sie waren verständnisvoll und cool in jeder Lebenslage, blieben selbst inmitten von Chaos gelassen. Nicht umsonst wurde ihnen in vielen Kulturkreisen nachgesagt, dass sie unsere Welt auf ihrem Rücken trugen und Frieden brachten. Sie waren unglaublich stark und die Weibchen entschlossen, an den Strand zurückzukehren, an dem sie geschlüpft waren, selbst wenn sie dafür zehntausend Meilen zurücklegen mussten. Es gab sie bereits vor den Dinosauriern und ich würde alles in meiner Macht Stehende dafür tun, dass sie nicht ausstarben.

»Na komm«, seufzte ich, richtete mich auf und legte die Hände unter seinen Bauch. »Ich bringe dich ins Quarantäne-Becken«, erklärte ich ihm und ein Grinsen breitete sich in meinem Gesicht aus. Wenn Flo nicht schon weg wäre, hätte sie mich wieder aufgezogen, dass ich mit der Schildkröte sprach wie mit einem Menschen, obwohl ich sie schon dabei beobachtet hatte, wie sie dasselbe tat. Sie leugnete es natürlich. Aber mal ehrlich: Jeder Tierfreund redete mit Tieren oder nicht?

Routiniert lief ich in den Innenhof und kniff die Augen zusammen. Schon vor der Mittagszeit stand die Sonne hoch am Himmel, was dafür sorgte, dass man es hier draußen kaum aushielt. Und meine Sonnenbrille vergaß ich jedes Mal. An manchen Tagen wehte eine zarte, Abkühlung schaffende Brise. Nur war heute leider keiner dieser Tage und die Luft zum Schneiden dick. Ächzend hievte ich unseren Neuzugang die Edelstahlstufen des Beckens empor, setzte mich auf den schmalen Beckenrand und benetzte den Schildkrötenpanzer auf meinem Schoß mit Wasser, ehe ich ihn mit dem Bauch voran auf der Wasseroberfläche absetzte. Ich wartete ein paar Sekunden, bis er seine Ärmchen und Beinchen herausstreckte. Sehr gut, seine Reflexe funktionierten also.

Instinktiv fing er an zu paddeln, ließ das Köpfchen herauslugen und entfernte sich von mir. Erleichtert lächelte ich und legte den Kopf schief, denn der Indikator im Wasser schlug nicht an. Er blutete also nicht. Der Indikator sorgte dafür, dass sich das Wasser verfärbte, sobald es mit Blut in Berührung kam. Ich tauchte nacheinander beide Arme bis zu den Ellenbogen ins kühle Nass und senkte genießerisch die Augenlider.

Doch der entspannte Moment hielt nicht lange an. Ich wusste, was mich erwartete, wenn ich mit Flo ins *Coconight* ging. Sie würde garantiert das Gespräch von vorhin wieder aufnehmen wollen, was ich ihr nicht verübeln konnte, immerhin kannten wir uns seit zwei Jahren. Zwei Jahre, in denen ich ein Buch mit sieben Siegeln gewesen war. Es war nur fair, dass ich über meinen Schatten sprang und ihr erklärte, warum meine Vergangenheit ein Geheimnis war.

***

Das unüberhörbare Magenknurren zeigte mir, dass meine letzte Mahlzeit eine ganze Weile her war. Ich versuchte, das flaue Gefühl zu ignorieren. Konzentriert presste ich die Lippen aufeinander und maß die einzelnen Chemikalien millilitergenau ab, die ich zur Reinigung in die Becken goss. Mein Herz zog sich schmerzhaft zusammen, und es klopfte ein schlechtes Gewissen größer als alle Ozeane bei mir an, als ich sah, wie verdreckt manche Filter waren. Ich hatte keine Neuen mehr vorrätig und stand bei dem Shop, der mir sämtliches Equipment lieferte, seit Wochen in der Kreide. Langsam wurde es ungemütlich für meine Schützlinge, und es brach mir das Herz, sie nicht besser versorgen zu können.

Wenig später rieb ich die feuchten Hände seufzend an meinen Shorts ab, brachte die Eimer und Chemikalien zurück in den alten, dunkelrot lackierten Holzschuppen und verriegelte das Zahlenschloss. Nur Florence und ich kannten den Zugangscode. Es war das Datum der Nacht, in der wir uns kennengelernt hatten. In Erinnerung daran, wie wir uns für diesen Code entschieden hatten, zog ich an meinem Zopfgummi und schüttelte lächelnd die schulterlangen Haare auf. In meinem Bauch rumorte es erneut und ich strich mir sanft über den gereizten Magen, um ihn zu beruhigen. Seit Florence gegangen war, um Schlaf nachzuholen, hatte ich es vermieden, nach drinnen zu gehen. Denn ich wusste, was dort auf mich wartete: die Mahnung. Müde rieb ich mir über Gesicht und Augen, die von der salzigen Luft gereizt waren und juckten. Drei tiefe Atemzüge später, die sich anfühlten wie Föhnluft in meiner Lunge, setzte ich mich in Bewegung und zog am gusseisernen Knauf der Hintertür. Ohne darüber nachzudenken trugen mich meine Füße zum Büro, in dem der Kühlschrank stand. Mein Hals war trocken und jedes Schlucken fühlte sich an, als würde ich meine Kehle mit Schleifpapier malträtieren. Ich schnappte mir eine Wasserflasche und stöhnte auf, als die frische Kühlschrankluft meine Haut umschmeichelte. Ich trank sie in einem Zug aus, holte mir eine Fertigsuppe, stellte sie in die Mikrowelle und erwärmte das Essen.

Erschöpft ließ ich mich in den Bürostuhl sinken. Das war ein Fehler, denn nun hatte ich den perfekten Blick auf all die Papiere, die um meine Aufmerksamkeit buhlten. Mittlerweile hatte ich den Überblick verloren, und bei dem Gedanken an den Stapel, der zu Hause im Wohnzimmer wankte, wurde mir kotzübel. Das bisschen Förderung, die ich monatlich vom Naturschutzbund bekam, reichte hinten und vorne nicht, und Spenden liefen kaum ein. Was kein Wunder war, denn für Werbung fehlten mir nicht nur die Mittel, sondern auch die Zeit. Ich war in einem elendigen Teufelskreis gefangen.

Als ich den Blick durch den Raum schweifen ließ, blieb er am Rucksack neben mir hängen. Wie von einem unsichtbaren Faden gezogen, landeten meine Finger in diesem und holten mein Handy heraus.

»Lass es«, zischte ich mir warnend zu, entsperrte dennoch das Display und rief die karge Kontaktliste auf. Basilton stand oben und ich ließ einen Finger über dem grünen Hörer schweben. Ein Anruf könnte mir helfen. Ein einziger Anruf könnte dafür sorgen, dass meine Schützlinge neue Filter bekamen und Dr. Garcia sein Geld. Es brauchte nicht mehr als diesen einen Anruf, und ehe ich es mich versah, landete der Daumen auf dem Hörer-Icon. Wie erstarrt starrte ich das Smartphone an und das gedämpfte Tuten, das mir entgegen tönte, ließ Panik in mir ausbrechen.

»Nein«, stieß ich atemlos hervor, tippte hektisch auf den Abbrechen-Button und warf das Gerät im hohen Bogen zurück in die Tasche. Schwach. Ich war schwach. Zitternd ließ ich mein Gesicht in die Handflächen sinken und zählte immer wieder bis vier, bis sich mein Atem reguliert und der Schwindel hinter meinen Augen sich gelichtet hatte.

Ich ballte die Hände zu Fäusten und als es in meinem Rucksack vibrierte, warf ich den Kopf in den Nacken und unterdrückte die Tränen. »Nein!« Ich schlug auf die Tischplatte, sodass das Holz knackte. Ich stand auf und verließ den Raum, während das Handy unaufhörlich vibrierte. Was hatte ich mir nur dabei gedacht?

# KAPITEL 12

## Malio

»Erst lässt du mich warten und jetzt schwebst du mit dem Kopf in den Wolken.« Deacon hatte sich zu mir herübergebeugt, um gegen meinen Oberarm zu boxen, und grinste mir wissend zu. »Was ist los?«

Achselzuckend ließ ich mich in die Strandliege gleiten. Ich schloss für einen Moment die Augen und konzentrierte mich auf das Rauschen der Wellen, die heute Abend in langsamen Wogen am Ufer ausliefen, und auf das beruhigende Knistern der Palmenblätter über unseren Köpfen, die im Wind schaukelten. Tief inhalierte ich die salzige Luft, die sanfte Brise streichelte meine nackten Oberarme und Beine. Normalerweise genoss ich unser Donnerstagabend-Treffen, liebte es, wie der bunte Himmel sich in ein tiefschwarzes Zeltdach verwandelte, an dem unzählige Sterne funkelten. Doch heute fiel es mir schwer, all das wertzuschätzen. »Ich habe mehr erlebt, als in einen Tag passt.« Ich suchte seinen Blick.

Deacon stöhnte gespielt theatralisch auf, griff nach seiner Bierflasche und ließ sich ebenfalls in seine Strandliege fallen. »Ich bin ganz Ohr. Wo zwickt es denn?«

Ich räusperte mich und entschied, chronologisch vorzugehen, erzählte ihm von der morgendlichen Begegnung mit meiner Schwester. Dabei ließ ich nicht aus, wie enttäuscht ich von

Mom war, die annahm, Probleme aus der Welt schaffen zu können, indem sie diese ignorierte. »Noelani dreht langsam durch«, sagte ich.

»Was willst du dagegen unternehmen?« Deacon hatte einen Arm unter dem Hinterkopf verschränkt und starrte zum Himmel.

Ich schnaubte und verdrehte die Augen. »Wenn ich das wüsste. Manchmal wünschte ich mir, Noelani wäre nicht zu dieser Zeit ein Teenager.«

»Zu dieser Zeit?«

»Social Media, du weißt schon«, erklärte ich missmutig.

»Das gab es auch bei uns«, erinnerte er mich milde lächelnd, doch ich schüttelte den Kopf. Er stemmte sich hoch, um sich aufzusetzen. »Du kannst die Veränderungen nicht stoppen.«

»Oh, du weiser Deac«, murmelte ich und setzte die Flasche an den Mund, um sie zu leeren.

Deacon hielt mir seine hin und wies mit dem Kopf zum Strandbartresen. »Ich glaube, heute passt ein Zweites?«

Ächzend erhob ich mich, wobei meine Füße im weichen Sand versanken. »Du kannst Gedanken lesen.« Kurz darauf balancierte ich zwei eiskalte Bierflaschen und einen Teller überbackener Nachos zu unserem Stammplatz. Unsere Treffen wurden nie verschoben. Selbst zu meiner Studienzeit in New York hatten wir donnerstags telefoniert oder geskypt. »Hier.« Ich hielt ihm die Nachos hin, damit er sie mir abnahm.

»Ich fürchte«, seufzte mein bester Freund, »du kannst nichts weiter anstellen, als aufzupassen, dass nichts Schreckliches passiert. Wenn überhaupt.«

Ich setzte mich wieder neben ihn. »Das reicht mir nicht.«

»Malio«, versuchte er mich zu besänftigen, doch ich schnitt ihm das Wort ab.

»Nein, Deac. Sorry, das kann ich einfach nicht.«

»Und was genau willst du unternehmen?« Er zog eine Augenbraue in die Höhe.

»Reden.«

»Reden?«

»Ja. Mit Noelani.«

Er schüttelte den Kopf, machte sich über die Nachos her und zwinkerte mir zu. »Hat dein sechzehnjähriges Ich gern mit sich reden lassen?«

»Fünfzehn«, verbesserte ich ihn grummelig.

»Lani hat bald Geburtstag.« Er schmunzelte.

Fassungslos starrte ich ihn an und wackelte mit meiner Bierflasche. »Ich würde dir raten, die Klappe zu halten, sonst könnte es passieren, dass diese Flasche Bekanntschaft mit deinem Schädel macht.«

Kapitulierend hob Deacon die Arme über seinen Kopf, wobei er sich mit Bier bekleckste. »Shit«, fluchte er.

»Das reicht mir fürs Erste«, kommentierte ich schadenfroh den Bierfleck auf seinem Business-Hemd und zeigte darauf. »Warum bist du überhaupt so herausgeputzt?«

Er machte eine wegwerfende Handbewegung, um mir zu suggerieren, dass es egal war. »Ich saß lange im Studio heute, wir hatten ein paar Meetings mit meinem großkotzigen Boss, der sich für wichtiger hält, als er ist.«

Ich nickte wissend über diese alte Leier. »Ah, der charmante Rob.«

»Jep.« Er wirkte müde. »Wobei mir tausend andere Worte statt charmant einfallen. Blasiert, großspurig, aufgeblasen. Lassen wir das und widmen uns dem nächsten Thema. Noelani war erst Punkt eins auf deiner Liste, richtig?«

Warum wurde mir plötzlich so heiß? Räuspernd setzte ich mich auf. »Ich hatte einen Unfall.«

Mit aufgerissenem Mund starrte er mich an, checkte mich von den Fußspitzen bis zum Schopf ab. »Du siehst heile aus.« Er runzelte die Stirn.

»Ich ja«, murmelte ich und realisierte, wie das klang. »Bei meiner Surfsession heute früh habe ich eine Schildkröte mit meinem Board umgenietet.«

»Du hast was?« Feixend zog er die Augenbraue hoch, wofür ich ihm gern einen weiteren Bierfleck beschert hätte.

»Das ist nicht lustig.« Ich lachte jetzt leider auch, da sein Grinsen mich ansteckte. Im Schnelldurchlauf berichtete ich ihm, wie ich barfuß Shore Manas Strandpromenade entlang gerannt war, die geschundene Schildkröte in den Armen haltend. Und wie ich in die uralte Auffangstation geplatzt war, in der sich sofort um die Verletzte gekümmert wurde.

»Malio?«

»Hm?«

»Ist in der Rettungsstation was passiert?«

Wie mühelos er meine Mimik las. »Eventuell«, seufzte ich.

»Eventuell möchte dein bester Freund alles wissen. Nicht die abgespeckte Version«, bohrte er nach.

Ich ließ den Kopf kreisen und hoffte, dadurch die eintretenden Kopfschmerzen im Zaum zu halten. »Eine der beiden Frauen heißt Kalea.«

Deacon zuckte mit den Schultern. »Ist das schon die Info?«

»Im Grunde ist sie das.« Ich setzte zu einer Erklärung an und griff eine Handvoll Nachos, bevor Deacon sie alle verputzte. »Kalea ist ein alter hawaiianischer Name.«

»Ah, wir kommen der Sache näher.« Deac zog den Teller gespielt beiläufig ein Stück zu sich heran, was mich schmunzeln ließ.

»Für meine Eltern sind Namensbedeutungen total wichtig, und es sieht aus, als hätte das auf mich abgefärbt. Es fiel mir den ganzen Tag schwer, fokussiert zu bleiben«, stöhnte ich. »Bei den Surfkursen war ich nicht bei der Sache. Zum Glück waren alle Anfänger, sie haben nichts bemerkt.«

Deacon kaute amüsiert und obwohl sein Mund voll war, griff er wieder zu den Nachos. »Und du meinst, es liegt ausschließlich an ihrem Namen?«

Ich schnappte pfeilschnell nach dem Teller. »Ja. Und lass mir was übrig.«

Beleidigt klopfte er sich die Krümel von der Hose. »Was bedeutet Kalea denn?«

»Glück oder hell.« Sobald ich es ausgesprochen hatte, preschten tosende Wellen gegen meine Magenwände.

»Oh, Glück könnte ich auch gebrauchen«, murmelte Deac. Ich legte den Kopf schief, um seine Aussage zu hinterfragen, doch natürlich ging er sicher, dass wir bei meinem Thema blieben. Das war typisch für ihn. »Wie sieht sie aus? Erzähl!«

*Woosh!* Die zweite Welle, die mich eiskalt packte. Das Kribbeln in meinen Fingerspitzen zeigte mir, dass es nicht ausschließlich ihr Name war, der etwas mit mir angestellt hatte. »Hübsch«, murmelte ich einsilbig.

»Eloquent heute, huh?«

Ich verdrehte die Augen, steckte mir den letzten mit Käse überbackenen Chip in den Mund und stellte den leeren Teller zurück auf den Tisch. Bei Deacs entsetztem Blick fiel es mir schwer, nicht aufzulachen. »Sie hat braune Haare, hellbraune Augen, ihre Haut ist von der Sonne gebräunt und von unzähligen dezenten Tattoos übersät.«

Deacon biss sich auf die Unterlippe und wies auf die Stellen an meinem Körper, an denen ich ebenfalls tätowiert war. »Na das passt. Und du schmiedest Pläne, wie du sie wiedersehen kannst, weil du sie interessant findest?«

»Wie kannst du manchmal so pfiffig sein?«

»Lio«, lächelte er brüderlich. Er sprach mich nur selten mit meinem Spitznamen an. Das bedeutete immer etwas. »Ich kenne dich besser als mich selbst.«

»Wenn du mir jetzt verrätst, wie ich es anstelle, sie wiederzusehen, ohne aufdringlich zu wirken, gehe ich direkt los und bestelle dir eine weitere Portion Nachos.«

»Eine große?« Er wackelte mit den Augenbrauen, was mir ein schallendes Lachen entlockte.

»Du bist verfressen.«

»Du kriegst einen ab. Oder zwei.«

»Wie gnädig. Na los, ich bin gespannt auf deine Ideen.«

Mein bester Freund verzog die Mundwinkel, wie immer, wenn er überlegte. Das hatte er schon in der Schule bei Prüfungen gemacht. Wie beiläufig stemmte er sich hoch, um an seine hintere Hosentasche zu greifen und sein Portemonnaie hervorzuholen. Ich versuchte, den Stich im Magen zu ignorieren. Er warf es mir wortlos zu. Seufzend drehte ich es in der Hand, holte Luft und setzte zum Protest an. Er schnitt mir das Wort ab. »Lass es einfach und geh Nachos holen.«

»Deacon«, murmelte ich kleinlaut. »Ich kann zahlen.«

»Weiß ich doch.« Gespielt genervt verdrehte er die Augen. »Aber deine Ziele sind teuer.«

Ich ließ mich zurück gegen die Lehne sinken, die bei jeder Bewegung knarzte. »Und deine nicht, oder was?«

»Du weißt doch, ich lebe von einem Tag zum nächsten. Und heute ist mein Ziel ein Korb voll überbackener Nachos.« Er verschränkte gelassen die Arme hinter dem Kopf.

Mein Lachen löste meine Anspannung. »Mit dir zu diskutieren kann ätzender sein, als ein aufgedrehtes Kleinkind zu überreden, ins Bett zu gehen.«

»Schildkröte«, kam es prompt aus seinem Mund.

Verwirrt runzelte ich die Stirn. »Schildkröte?«

»Ja, Schildkröte«, wiederholte er und ein Strahlen breitete sich auf seinem Gesicht aus. »Wenn du eine Ausrede brauchst, nimm sie als Vorwand, die Station zu besuchen.«

»Das könnte klappen«, sinnierte ich und genoss dieses kribbelige Gefühl, das sich von meinem Magen bis in sämtliche Nervenenden ausbreitete. »Und es interessiert mich wirklich, wie es der Schildkröte geht.«

»Siehst du«, Deac klatschte in die Hände und wies dann mit dem Kopf hinter uns zum runden Tresen, der von unzähligen Lichterketten eingefasst war. »Und jetzt hol mir Nachos.«

# KAPITEL 13

## Kalea

Gedankenverloren knabberte ich an dem Bambusstrohhalm, der in meiner Piña colada steckte. Ich hatte seit Ewigkeiten keinen Alkohol mehr angerührt und vernahm eine Benommenheit hinter den Augen. Um ehrlich zu sein, konnte ich nicht sagen, ob ich das gut oder schlecht fand. Die Wahrheit lag irgendwo dazwischen. Vielleicht war es gut, da der Cocktail meine Sorgen für einen Moment milderte. Ich schnaubte. Alkohol konnte Gedanken sowieso nicht lange schweigen lassen.

»Okay, mir reicht's«, donnerte Florence neben mir und klatschte mit der Handfläche auf den Tisch.

Erschrocken zuckte ich zusammen, wobei mir beinahe der Strohhalm in den Gaumen krachte. »Florence«, zischte ich mahnend und registrierte erleichtert, dass dieses Wattegefühl sich in Luft auflöste. Vermutlich war es nichts weiter als die Müdigkeit, die meine Gedanken vernebelte.

»Sorry«, entschuldigte sie sich mit schief gelegtem Kopf, wobei ihr die langen blonden Haare über eine Schulter fielen. Sie runzelte die Stirn.

Ich schob das Glas ein Stück von mir weg und richtete mich auf, wobei mein unterer Rücken schmerzte. Wir saßen an einem Hochtisch auf gepolsterten Barhockern ohne Lehne. Garantiert hatte Florence diesen Tisch absichtlich ausgesucht, damit ich nicht sofort einschlief. »Raffinierte kleine Ziege«, nuschelte ich.

»Was, ich?« Empört stemmte Florence die Hände in die Hüfte, doch genügte ein Blick in ihr Gesicht, um mir zu zeigen, dass sie scherzte.

»Ja, du«, lachte ich und deutete erst auf meinen Nacken, dann auf meinen unteren Rücken. »Mir tut hier auf diesen Hockern einfach alles weh.«

»Klar, das wird an den Stühlen liegen«, schmunzelte Flo. »Und nicht daran, dass du seit Monaten körperlich arbeitest. Ohne Pausen. Ohne auch nur einen freien Tag.«

»Wird das hier eine Intervention?« Ich zog das Glas wieder zu mir heran und saugte am Strohhalm. Mehr Watte, bitte.

»Geplant war es nicht«, überlegte sie. »Aber warum eigentlich nicht?«

Lächelnd verdrehte ich die Augen. »Ich weiß, ich weiß. Aber mir bleibt nichts anderes übrig.«

»Du ackerst dich kaputt, Süße«, murmelte meine beste Freundin und deutete auf mein Handy, das in der Mitte des runden Tischs lag und vibrierte. Ich ignorierte es seit Stunden und bereute, es aus dem Rucksack genommen zu haben, ohne die Vibration auszustellen. Ich ging ja eh nicht ran. Frustriert griff ich danach, schaltete das Display an und erstarrte bei der Anzahl entgangener Anrufe. Es waren mittlerweile über zwanzig.

»Whoa«, staunte Flo, die mir heimlich über die Schulter schielte. »Was ist denn bei dir los?«

»Nichts«, wies ich sie ab, nullte die Anruferliste, schaltete die Vibration aus und legte es wieder auf den Tisch, wie um mich selbst zu quälen.

»Sah nicht nach nichts aus«, kommentierte Flo und stupste mich mit dem Finger an.

»War es aber!« Ich sprang vom Barhocker und deutete in den Gang, der zu den Toiletten führte. »Bin gleich wieder da.«

»Mach schnell, das Essen kommt bald.«

»Ich habe nichts bestellt.«

»Ich aber. Für uns. Beeil dich.« Sie wedelte mit einer Hand, um mich zu scheuchen. »Ich warte mit dem Essen.« Ich war zu müde, um Widerrede zu leisten.

Das Licht in der Toilette war alles andere als schmeichelhaft, denn darin reichten meine Augenringe bis zum Kinn. Deprimiert öffnete ich den Wasserhahn und ließ mir eiskaltes Wasser über die Arme laufen, wobei mein Blick an dem Tattoo hängen blieb, das mein rechtes Handgelenk zierte. Es war eines der ersten gewesen, das ich mir hier in Shore Mana hatte stechen lassen: eine Linie, auf der die Zeichen für *play*, *break*, *fast-forward* und *rewind* gezeichnet waren wie bei einer Playlist. Das Tattoo sollte mich daran erinnern, im Hier und Jetzt zu leben. Denn weder war es möglich, Geschehenes rückgängig zu machen noch die Zeit anzuhalten oder in die Zukunft zu sehen. Einzig und allein der Play-Button war wichtig.

Eine sanfte Gänsehaut bedeckte meinen Körper und als ich nach einem Papierhandtuch griff, heftete sich mein Blick auf das *B* an meinem Ringfinger. »Ach, verdammt«, fluchte ich. Vielleicht waren die Tattoos auf meiner Haut doch mehr Fluch als Segen, wenn sie mir ständig vor Augen führten, wovor ich versuchte, sie zu verschließen. Es war unmöglich, vor Erinnerungen und Träumen davonzurennen, wenn sie in die eigene Haut eingebrannt waren. Doch ich hatte mir die Tattoos stechen lassen, weil ich keine Angst mehr vor der Zukunft haben wollte. Und auch, weil ich meine Vergangenheit eben als das ansehen wollte, was sie war: meine Vergangenheit.

Kaum dass ich einen Fuß zurück in die Bar setzte, durchbohrte Florence mich mit einem fordernden Blick, der nichts Gutes verhieß. Wie hoch war die Chance, dass sie mir nicht folgen würde, wenn ich jetzt aus dem *Coconight* preschte? Mit gestrafften Schultern setzte ich meinen Weg fort. Ich kletterte auf den Barhocker und wäre beinahe zur anderen Seite wieder herunter geplumpst. »Ich hasse diese Stühle«, brummelte ich und ließ den Blick über die zwei Portionen Pommes und Gemüsetaler gleiten, die vor uns standen.

»Wer ist Bas? Was ist eigentlich los?« Florence' Fragen überraschten mich so sehr, dass ich die Fritte fallen ließ, die ich zuvor in die Hand genommen hatte.

»Wie bitte?« Schluckend griff ich nach dem Smartphone, das mir zwei weitere verpasste Anrufe anzeigte. »Hast du in mein Handy geschaut?« Ich versuchte, die Wut, die sich in meinem Bauch bildete, zu unterdrücken. Erst antworten lassen, dann ausrasten. Gegebenenfalls.

Flo verdrehte die Augen und ich erkannte einen Anflug von Schmerz in ihrem Gesicht. Ihre Pupillen weiteten sich, verdrängten das helle Grün. »Nein.« Enttäuscht darüber, von mir verurteilt worden zu sein, verschränkte sie die Arme vor der Brust und schluckte. »Dein Handy liegt offen da, entschuldige bitte, dass ich automatisch hinschaue, wenn es aufblinkt wie ein Weihnachtsbaum.«

Augenblicklich tat es mir leid, sie beschuldigt zu haben. Ich atmete tief ein und wischte mir mit den Handflächen über die Wangen. »Es tut mir leid, natürlich hast du das nicht«, versuchte ich kleinlaut, mich zu entschuldigen.

»Okay.« Florence rutschte auf dem Stuhl neben mir herum und ich erkannte Nervosität in ihrer Stimme. »Iss«, forderte sie mich einsilbig auf und ich nickte.

Ich spürte ihren Blick auf mir, auf meinen Händen. Sie verfolgte jede meiner Bewegungen, fehlte nur, dass sie mir beim Kauen zusah. Räuspernd richtete ich mich auf. »Was?«

Sie drehte ihren Hocker zu mir herum, um mir eindringlich in die Augen zu sehen. In ihren erkannte ich Zuneigung und Sorge. Der perfekte Beste-Freundin-Mix. Die vereinzelten warmen Lichter der Bar reflektierten in ihren goldenen Creolen. Sie fasste meine linke Hand, drehte sie mit den Außenflächen nach oben und legte sie auf dem Tisch ab.

»Dieses *B* dort«, sie deutete mit ihrem Zeigefinger auf das Tattoo, berührte es behutsam, als könnte sie es verwischen, »steht das für diesen Bas, der dich ständig anruft?«

Leugnen brachte nichts und so nickte ich. »Ja. *B* wie Basilton.« Es war eine Sache, meine Vergangenheit vor ihr zu verheimlichen. Es war mein gutes Recht. Doch sie in direkter Konfrontation anzulügen, war fies. Mir das zu verzeihen, wäre schwer, daher ignorierte ich die aufsteigende Übelkeit, die mich daran zu hindern versuchte, sie in das Leben einzuweihen, das ich verlassen hatte.

»Gott, Kalea. Bitte erzähle mir endlich, was mit dir los ist. Wer ist dieser Typ, macht er dir Probleme? Hast du welche? Oder bist du in Gefahr?«

Mir war nicht in den Sinn gekommen, dass man die ganzen Anrufe als böswillig einstufen konnte. »Nein«, rief ich aus. »Nein, überhaupt nicht. Er …« Gott, was war mir übel.

»Er – was?«

Ich entschied, ihr nicht die ganze Wahrheit zu sagen. Dafür war ich nicht bereit. Nicht alles zu verraten, war kein Lügen. »Er ist … also Bas ist … na ja …«, stotterte ich wirr. »Wie soll ich das nur erklären?«

»Kalea, komm auf den Punkt.«

»Mein … bester Freund.«

»Oh«, verdutzt klappte ihr Mund auf und zu, wie bei einer Meeresschildkröte auf Futtersuche.

Ihre Reaktion lockte mir ein Lächeln aufs Gesicht. »Was hast du erwartet?« Bas war mein bester Freund seit der Juniorhigh. Ich hatte sie nicht angelogen, doch warum ergriff dann das schlechte Gewissen Besitz von mir? Ich *wollte* ihr ja alles erzählen und hasste es, ihr nicht die ganze Wahrheit sagen zu können, weil ich noch nicht so weit war.

»Keine Ahnung.« Florence fasste sich an die Kette. Heute trug sie einen Bienen-Anhänger und ein K. Unsere Freundschaftskette, die wir letzten Sommer auf einem *Save the Bees*

*Festival* gekauft hatten. Das Gegenstück mit einem *F* lag in der Schmuckschatulle in meinem Schlafzimmer. Ich riss den Blick von der Biene los, als das verflixte Smartphone erneut aufblinkte, um mir einen eingehenden Anruf von Bas zu melden.

»Du gibst wohl nie auf«, seufzte ich, griff mit eiskalten Fingern nach dem Handy und drehte es mit dem Display nach unten. Florence hatte derweil ihren tadelnden Gesichtsausdruck aufgesetzt, bei dem ich mir wie ein unartiges Kleinkind vorkam. Ihr gespitzter Mund und die hochgezogene Augenbraue waren nichts im Vergleich zu ihrem chilischarfen Blick, der mich durchflammte. »Was?« Ich griff nach den Pommes, wobei meine Hand zitterte. Verdammt. Auf meine Körpersprache war noch nie Verlass gewesen, ständig verriet sie mich.

»Er ist dein bester Freund, warum nimmst du nicht ab?«

»Weil ich seine Hilfe nicht brauche«, flüsterte ich und betete, dass Florence aufhörte, nachzuhaken.

Sie blies die Wangen auf und wandte sich von mir ab, griff nach ihrem Cocktail. »Du meinst wegen des *Turtles' Inn*?«

»Genau.«

»Kalea«, murmelte sie, und der besorgte Unterton in ihrer Stimme war nicht zu überhören.

»Nein«, unterbrach ich sie harscher als beabsichtigt und fügte sanfter hinzu: »Nein, Flo, bitte. Ich möchte einen Abend lang nicht daran denken. Nur einen Abend.«

Unsere Blicke trafen sich und ich erkannte ihre Unzufriedenheit. Doch ich musste einen Schritt nach dem anderen setzen, sonst würde ich stolpern, zu Boden gehen und keine Kraft finden, aufzustehen.

»Beantworte mir eine Frage.«

Ich hatte Mühe, Florence' honigsüße Stimme im Gewusel des *Coconights* zu verstehen. »Welche?«

»Bist du pleite?«

Ich starrte in meine Piña colada und erkannte aus dem Augenwinkel, dass ihr Blick auf mir ruhte. Ausweichen nutzte nichts und lügen würde ich nicht. Hinter meiner Stirn pochte es. Ich fühlte mich auf seltsame Art in eine Ecke gedrängt. »Ja.« Meine Stimme war ein tonloses Hauchen. Dieses winzig kleine Wort tat weh. Es schmerzte so sehr. Es auszusprechen, machte den Ruin umso realer. Unumgänglicher, katastrophaler und auswegloser. »Ja«, wiederholte ich flüsternd und fokussierte mich auf meinen gleichmäßigen Atem, um nicht zu weinen. Auf keinen Fall würde ich in einer Bar mit dem süßen Namen *Coconight* flennen. Nicht mal dann, wenn sie *Cococry* heißen würde.

Florence räusperte sich. »So richtig pleite-pleite?« Sie strich mir sanft über den Oberarm, wodurch es mir umso schwerer fiel, die Tränen des Versagens zurückzuhalten.

»Florence …« Bittend sah ich ihr in die Augen.

»Okay.« Sie ergab sich, straffte die Schultern und wies grinsend zur Karaokemaschine auf der Bühne.

»Auf gar keinen Fall.« Alarmiert hob ich die Hände über den Kopf. »Warum quälst du mich?«

»Komm schon.« Sie boxte mir sachte gegen den Oberarm. »Du willst Ablenkung? Keine Gedanken an Probleme verschwenden, die du vor mir und der ganzen Welt zu verstecken versuchst? Dann beweg deinen schnuckeligen Knackarsch mit mir zur Bühne und lass es raus. Glaub mir, ich weiß, wie man gekonnt verdrängt.«

Lange mit ihr zu diskutieren war sinnlos und so gab ich direkt nach, um meine Kraftreserven aufzusparen. »Ich suche den Song aus«, brummte ich und stopfte mir eine Fritte in den Mund, obwohl ich keinen Hunger mehr hatte.

»Gebongt«, lächelte sie und hüpfte mit einer Eleganz von ihrem Barhocker, von der ich nur träumen konnte.

Auf dem Weg zur Bühne stupste ich sie an, damit sie mich ansah. »Danke.«

Seufzend legte sie ihren Arm um meine Taille und drückte mir einen Kuss auf die Wange. »Deine Heimlichtuerei nervt mich wirklich«, flüsterte sie mir ins Ohr. »Aber ich liebe dich. Und deswegen gebe ich dir ein paar Tage.«

Ich verlangsamte meine Schritte. »Und dann?«

Florence kniff die Augen zusammen und lockerte ihre Schultern. »Dann stelle ich irgendetwas an, was dich wütend macht. Aber ich werde es tun, um dir zu helfen. Du wirst das verstehen und nicht mehr böse auf mich sein. So der Plan.«

»Flo …«, setzte ich an, doch sie hob ihre Hand an, um mir das Wort abzuschneiden.

»Nein. Ich schaue mir das schon zu lange mit an. Kein Mensch auf dieser Erde kommt allein klar. Keiner. Nur versuchen es zu viele und scheitern. Und dich möchte ich nicht scheitern sehen, verstanden?«

Perplex starrte ich sie an. Ich war doch längst gescheitert. »J-Ja.« Ich versuchte, das Gefühl, das mich durchströmte zu benennen. Es war unmöglich, denn es waren zu viele: Scham, Erleichterung, Angst und Dankbarkeit. Alles gleichzeitig und in gewaltigen Ausmaßen.

# KAPITEL 14

## Malio

Wow, was war ich platt. Und zerstreut. Meine eigenen Gefühle verwirrten mich. Nicht einmal die Surfeinheit zum Sonnenaufgang hatte es geschafft, mich länger als fünf Minuten aus meinem Gedankenwirrwarr zu befreien.

Als ich gestern nach Hause gekommen war, hatte die Uhr weit nach Mitternacht geschlagen. Deac und ich hatten irgendwann erschrocken festgestellt, dass wir die letzten Gäste im *Nalu* waren. Eigentlich waren es genau solche Abende, die alles wert waren. Mit seinem besten Freund die Zeit zu vergessen, am Meer zu sitzen und die laue Brise zu genießen, die einem um die Nase wehte. Unser Gespräch hatte mir wieder einmal gezeigt, wie besonders unsere Freundschaft war.

Doch selbst bei unseren Treffen hatte ich es nicht geschafft, den Schatten aus dem Blickfeld zu schieben, der seit meiner Rückkehr um mich herumwaberte. Nie hatte ich zu den Menschen gehören wollen, die sich ständig mit Was-wäre-wenn-Fragen belasteten. Es war sinnlos und schmerzvoll. Trotzdem glomm in mir der Funke Verunsicherung, ob ich zurück nach New York gehen sollte, um es einfach hinter mich zu bringen. Wäre ich dann glücklicher? Zufriedener? Keine Ahnung.

Aber wo war mein unbeschwertes Leben hin? Die Tage, an denen es mir reichte, in den Ozean zu tauchen. Die Tage, an denen jede Welle eine Sorge mit aufs Meer hinaustrug. Die Tage, an denen ich mit Deacon am Ufer entlangjoggte und wir stoppten, weil wir vor Lachen keinen Schritt mehr machen konnten. Als ich mir ins Gedächtnis rief, wie erschöpft Deacon ausgesehen hatte, spürte ich ein Zwicken im Magen. Das zerknitterte Hemd, die Schatten unter seinen Augen und das Leuchten in seinem Blick, das nach und nach erlosch.

Gehörte das zum Leben dazu? Mit zunehmendem Alter diese Unbeschwertheit zu verlieren? Dass auf ein Bauchkribbeln gleich zehn Steine im Magen folgten? Die Magie, an die man als Kind fest geglaubt hatte, verschwand und hinterließ nichts.

Ich war gestern auf Zehenspitzen durchs Haus geschlichen, um niemanden zu wecken, und es war, als hätte mich ein unsichtbarer Supermagnet zu Noelanis Tür gezogen. Sachte hatte ich angeklopft und die Tür einen Spaltbreit aufgeschoben, nachdem es still geblieben war. Ich wünschte mir, ich hätte es gelassen. Ich hatte nur eine zurückgeschlagene Decke, ein angelehntes Fenster und ein Klamottenchaos vor ihrem Kleiderschrank vorgefunden. Noelani war nicht da gewesen, und das mitten in der Nacht.

Nun stand ich in der Surfschule unter der Dusche, ließ das lauwarme Wasser über meine schmerzenden Glieder laufen und wünschte mir, dass es neben dem Salz und dem Sand meine Sorgen mit in den Abfluss spülen würde.

Doch als ich den Gedanken an Noelani vertrieben hatte, kam direkt der nächste. Aus heiterem Himmel war da wieder dieser eine Name in meinem Kopf. *Kalea*. Das Schildkrötenmädchen. Was hatte es zu bedeuten, dass ich ein Kribbeln verspürte, das stärker war als meine Sorgen, wenn ich an sie dachte? An den matten Schleier, der über ihren haselnussbraunen Augen lag, und an die zarten Falten um ihre Mundwinkel, die tiefer geworden waren, wenn sie mich angelächelt hatte. An diesen Augenblick, in dem sich unsere Hände berührt hatten. Kalea. Glück.

Nicht mehr lange und die nächsten Kursteilnehmer würden auf der Matte stehen und mich voller Vorfreude anstrahlen. Von Tag zu Tag fiel es mir schwerer, den coolen, unbeschwerten Surferboy zu spielen, doch war es das, was die Touristen, unsere Kunden, sich wünschten. Einen leidenschaftlichen, hawaiianischen Surflehrer, für den nichts weiter auf der Welt zählte als die perfekte Welle.

Manchmal konnte ich mir das sogar selbst vormachen. Ich atmete tief durch und sammelte mich. Ich würde es wenigstens für ein paar Stunden versuchen, diese Person zu sein, damit ich mir vorspielen konnte, dass ich ihr nicht schon vor langer Zeit entwachsen war.

***

Es war lange her, dass ich bewusst an unserer Strandpromenade entlangspaziert war. Den Schildkröten-Sprint gestern konnte man nicht dazuzählen, denn da hatte es nur ein Ziel gegeben, auf das ich wie in Trance zugerannt war. Heute ließ ich den Blick gezielt über die Fassaden schweifen, die zwar schon immer dort gewesen waren, aber mittlerweile fast alle von neuen Inhabern modernisiert worden waren. Jedes Haus ging ins nächste über und doch glich keins dem anderen. Alles war in Weiß oder Pastellfarben gestrichen, überall hingen Blumenampeln. Palmen und Frangipanipflanzen, Orchideen, Jasminblüten und mehr exotische Blumen wuchsen am Straßenrand.

Es herrschte geschäftiges Treiben, ich wich Touristen auf Shoppingtour aus, die *Lei*, die traditionellen Blumenketten um die Hälse trugen, die man in den Geschäften bekam. Ein Laden auf der Promenade war mittlerweile unbezahlbar und daher ein nahezu unerreichbarer Traum für viele Einwohner. Das Klirren aneinanderstoßender Gläser und das Klacken von Besteck auf Keramik- oder Porzellantellern drang an meine Ohren. Stimmengemurmel, von Gelächter übertönt, mischte sich darunter.

Hier zu leben, mit all den schrägen, aber wunderbaren Bewohnern, war ein Geschenk und ich hatte vor meiner Abreise nach New York kurz davorgestanden, es nicht mehr zu schätzen zu wissen. Dafür war es mir jetzt bewusster denn je. Der Duft von frisch gebackenen Malasadas, einer Art hawaiianischer Donut, drang in meine Nase. Einer spontanen Eingebung folgend betrat ich ein Café, dessen Fassade in pastelligem Gelb gestrichen war. Seit Ewigkeiten hatte ich keines der Geschäfte hier mehr betreten und war umso überraschter, ein bekanntes Gesicht hinter dem Tresen zu entdecken.

»Malio, hi«, grüßte Neah verdattert und kam um die Theke herum, um mich kurz zu umarmen. »Du hier und nicht im Big Apple?« Ihre rotbraunen Locken rochen nach Puderzucker und Zitrone. Wir waren zusammen zur Schule gegangen, und während sie mich jetzt aus ihren blauen Augen anstrahlte, drängte sich mir wieder die Frage auf, warum Deacon und sie damals ihre perfekte Beziehung beendet hatten. Sie hatten sich geliebt, auf die richtig ernste, echte Highschool-Pärchen-Art, bei der ich normalerweise gern die Augen verdrehte. »Ich dachte, dich hätte es noch ein Jahr länger in die weite Welt hinausgetragen«, scherzte sie und boxte mir gegen den Oberarm.

»Hi, Neah«, schmunzelte ich und griff nach ihrer Hand, überging ihre Frage dadurch. »Komm noch mal her.« Lachend warf sie den Kopf in den Nacken und legte ein zweites Mal ihre Arme um meinen Oberkörper.

»Du Softie«, neckte sie mich und ich drückte ihr als Antwort einen Kuss auf die Wange. »Erzähl, wie geht es dir?«

»Nächste Frage, bitte«, seufzte ich und machte eine wegwerfende Handbewegung. »Sag bloß, das ist dein Café?«

Stolz nickte sie. »Ja. Kaum zu glauben, was? Manchmal muss man mich kneifen, weil ich es nicht realisiere.«

»Wenn das jemand verdient hat, dann du.« Ich wuschelte ihr wie in alten Zeiten durch die Locken, wofür sie mich mit einem finsteren Blick strafte.

»Nach wie vor hasse ich es, wenn man meine Haare antatscht, Malio«, brummte sie, schaffte es aber nicht, ihren grimmigen Ausdruck lange aufrechtzuerhalten.

»Kennt Deacon dein Café?« Ich ließ den Blick über ihre Auslage schweifen, die gefüllt war mit buntem Gebäck. Von Cupcakes über Kekse, normale Muffins und ganzen Torten. Und natürlich gefüllten Malasadas.

»Klar, was denkst du denn?«, grinste sie. »Er ist Stammgast, weil er meinen Backkünsten nicht widerstehen kann.«

Ich lachte. »Manche Dinge ändern sich nie.« Warum hatte Deacon nie erwähnt, dass seine Ex-Freundin ihr eigenes Café eröffnet hatte? Vielleicht war das Thema einfach während meiner Zeit in New York untergangen. Die beiden waren Freunde geblieben und die einzigen Menschen, die ich kannte, bei denen eine Freundschaft nach einer Beziehung funktionierte.

»Richtig!« Sie nickte zustimmend und wies mit dem Kopf zur Theke. »Willst du etwas?«

»Ich nehme drei Muffins, zwei Blaubeere, einen mit Schokolade, und einen Americano zum Mitnehmen.«

»Mach ich dir, aber bring nächstes Mal einen eigenen To-go-Becher mit!« Geschäftig trat sie an die blitzeblanke Siebträgermaschine, um meinen Kaffee zuzubereiten, warf ihre Locken zurück und sah mich über ihre Schulter hinweg an.

»Ich denke dran«, lächelte ich und fischte den Geldbeutel aus der hinteren Tasche meiner Shorts. »Was bekommst du?«

»Zehn Dollar dreißig«, antwortete sie und verpackte vier Muffins in einem Karton.

»Ich wollte nur drei.« Verwundert hob ich eine Augenbraue.

»Freunde-Bonus.« Sie zwinkerte mir zu und stellte den Karton und den Becher auf den gläsernen Tresen.

»Danke und bis bald, Neah.« Ich schnappte mir die Muffins und den Kaffee und nickte ihr zu.

»Komm bald wieder, gern zusammen mit Deac, dann ist es wie in der Highschool.« Sie winkte mir lächelnd zum Abschied zu.

»Geht klar.« Ich verließ lachend ihr Café und begutachtete das Logo auf dem Muffin-Karton. *Neah's Bakery*. Ich war stolz auf sie und mir fiel auf, dass ich die vergangenen fünf Minuten diese schwarze Wolke über mir vergessen hatte. Es war unglaublich, was es ausmachte, von Menschen umgeben zu sein, die man gern hatte. Ich nahm einen Schluck von dem Kaffee und stöhnte genießerisch auf. Der war echt lecker.

# KAPITEL 15

## Kalea

»Damit du es weißt«, krächzte ich in dem Moment, als Florence zur Tür hereinkam, und presste meine Handballen gegen meine schmerzenden Schläfen. »Ich hasse dich.«

Ihr Gesichtsausdruck wechselte binnen Sekunden von erschrocken überrumpelt zu schadenfroh vergnügt. »Ich könnte sagen, dass es mir leidtut.« Sie grinste extrabreit. »Aber das wäre gelogen, denn das tut es kein bisschen.«

»Du bist der Teufel in Form einer Blondine in Hippieklamotten«, kommentierte ich und schob heimlich einen Stapel Briefe von der Tischplatte in meinen geöffneten Rucksack, als Flo kurz nicht hinsah. Sie grinste nur, weil sie wusste, dass ich ihren Stil liebte, der perfekt zu ihr passte. Heute trug sie ein knappes Batik-Top, auf dessen Brust ein Wal eingestickt war und das auf Höhe ihres Bauchnabels endete. Kurz darunter saß der Bund ihrer beigefarbenen Shorts, an deren Seite bunt eingefärbte Federn baumelten. Ihre pastellfarbenen Sneakers rundeten ihre Erscheinung ab. Flüchtig blickte ich an mir herunter. Heute trug ich, in weiser Voraussicht eines erneuten Sonnenbrands, ein T-Shirt, dessen Ärmel bis zu den Ellenbogen reichten und hellblaue Jeans-Shorts. Die Füße steckten in dunkelroten Chucks und schneeweißen Tennissocken mit babyblauem Rand, die ich meine Waden hochgezogen hatte. Wenn meine

Eltern mich so sehen würden, gäbe es einen Hagelsturm an Vorwürfen, die mich nur noch mehr darin bekräftigen würden, zu tragen, was ich liebte.

Ich hielt mir den schmerzenden Hals. »Nie wieder, Flo. Nie wieder werde ich eine halbe Nacht mit dir Karaoke singen. Ich hoffe wirklich, du hattest deinen Spaß, erinnere dich gern daran, denn es wird nie wieder vorkommen. Ohne Witz, nie wieder!«

»Nie wieder also, ja?«, äffte sie mich schelmisch nach. »Ich koche dir Tee, Kali.«

»Klar«, erwiderte ich sarkastisch. »Kochend heißer Tee bei kochend heißer Innentemperatur ist doch genau das, was man sich wünscht.« Ich war vor einer Stunde hergekommen, hatte nach unseren Schützlingen geschaut und mich an den Schreibtisch gesetzt. Schmerzhafter als meine Kehle konnte sowieso keins der Schreiben hier sein. Trotzdem hatte ich sie mir noch nicht angeguckt.

Florence beugte sich ans untere Regalfach, in dem der Wasserkocher stand, den wir nie verwendeten. Das Kabel hatte sich mit dem des Sandwich-Toasters verheddert, den wir auch nie benutzten. »Was für eine Gerümpelkammer ist das eigentlich?« Schnaufend richtete sie sich auf und ließ den Arm über den ganzen Raum schweifen. »Hier sieht es schlimmer aus als in meiner ersten WG.«

»Tu dir keinen Zwang an und miste gern aus«, brummte ich und nickte nachdrücklich zum Sandwich-Toaster. »Aber nicht den Schreibtisch.« Ich tat, als umarmte ich die Tischplatte.

»Damit ich dein System nicht kille?«

Ich drehte mich auf dem Stuhl zu ihr herum und trat nach ihr. Lachend wich sie zurück. »Ob du es glaubst oder nicht: Ich habe in der Tat ein System.«

»Klar«, lachte sie kopfschüttelnd und schritt mit dem Wasserbehälter an mir vorbei zur winzigen Spüle, um ihn zu füllen. Es entstand eine kurze Stille zwischen uns. Und in dieser traf ich eine Entscheidung: Ich würde Flo endlich um Hilfe bitten.

Keine Ahnung, was es war, das mich dazu brachte. Garantiert der Umstand, dass sie mir gestern Abend unmissverständlich klargemacht hatte, mir früher oder später unter die Arme zu greifen. Ob ich das guthieß oder nicht. Sie war immer für mich da. Das wusste ich. Ich war schlagartig sicher in der Entscheidung, sie einzuweihen. Auch wenn das bedeutete, dass ich mir selbst eingestehen musste, wie schlimm es wirklich um das *Turtles' Inn* stand. Florence einzuweihen hieß, nicht mehr die Augen verschließen zu dürfen. Florence einzuweihen hieß, dass meine Probleme *echt* waren.

»Kalea?« Flos Stimme holte mich aus den Gedanken. Mit schief gelegtem Kopf verweilte sie vor dem Tisch. »Wow, ich beneide deine Superkraft, innerhalb von zwei Sekunden tief in den eigenen Tagträumen zu versinken und unansprechbar zu sein.«

»Entschuldige«, murmelte ich und stützte die Ellenbogen auf dem Tisch ab, faltete die Hände ineinander, wobei ich das *B* auf meinem Ringfinger aus Gewohnheit verdeckte. Ich atmete tief durch. »Flo?«

»Ja, ich helfe dir gern, du Nuss.« Ohne eine Erwiderung abzuwarten, düste sie in den Behandlungsraum, wobei die Federn an ihrer Hose flatterten, und schleppte einen der gepolsterten Hocker heran, um sich mir gegenüber darauf niederzulassen. Sie klatschte in die Hände und rieb sie aneinander, als würden wir einen Plan aushecken. »Na dann, erkläre mir dein *System*.« Sie setzte zwinkernd mit ihren Fingern Gänsefüßchen in die Luft.

Dankbar lächelte ich sie an und formte mit den Lippen das Wort *Danke*. Sie warf mir einen Luftkuss zu und deutete auf das Papierchaos. »Das hier …«, ich berührte einen Stapel zu meiner Linken, »sind Tierarzt-Rechnungen.«

Flo nickte aufmerksam und gab mir das Gefühl, es sich wirklich einprägen zu wollen. Nach und nach tippte ich auf verschiedenste Blätterstapel und erklärte ihr, worum es sich dabei handelte. Zwischendurch goss sie mir einen Tee auf und stellte ihn neben mich. »Und das hier ist die Post dieser Woche, die ich sortieren muss.«

»Das ist von *dieser* Woche?« Erschrocken riss sie den Mund auf. »Meine Güte, ist das viel!«

Erschöpft seufzte ich und ließ den Kopf in meine Hände fallen. »Es sind überwiegend Mahnungen. Lass uns sie durchgehen und den Rechnungen zuordnen, okay?«

»Aye-Aye«, murmelte sie und nahm wortlos das erste Schriftstück zur Hand. Ich beobachtete sie dabei, wie sie zum passenden Stapel griff und die zur Mahnung gehörende Rechnung suchte. Ich atmete erschöpft aus. Still arbeiteten wir das Blätterchaos ab, spielten Rechnungs-Mahnungs-Memory, bis der letzte Brief seinen Platz gefunden hatte. Florence stand energisch auf, flitzte zu unserem Regal-für-alles herüber und schnappte sich aus einem Karton fünf leere Mappen, ein paar Aktentrennblätter und zwei Stifte. Ich hatte nicht gewusst, dass wir diese Büroartikel besaßen.

Mit einem Knall ließ sie alles zwischen uns auf die Tischplatte fallen und schob mir einen Hefter zu. »Los: beschriften«, forderte sie mich auf und hielt mir einen Stift hin. »Das wird der Dr.-Garcia-Ordner.«

»Okay?«

»Wo ist dein Laptop? Ich werde eine Kalkulation in Form einer simplen Kostentabelle aufstellen, um zu schauen, wo wir stehen.« Sie hatte die Hände in die Hüfte gestemmt und ihr Gesichtsausdruck war so bestimmend, wie ich es nie zuvor bei ihr gesehen hatte.

Ohne Widerworte zog ich die oberste Schublade des Rollcontainers auf, kramte das Notebook hervor, fuhr meinen Laptop hoch und entsperrte ihn für sie. »Hier.«

»Prima. Danke dir.« Sie fasste nach dem Haargummi, den sie ums Handgelenk trug, und band sich die Haare zusammen. Als wäre es das Normalste der Welt, schnappte sie sich den ersten

Stapel, und ohne Pause jagten ihre fliederfarben lackierten Fingernägel über die Tastatur.

Ich schluckte, wobei mein schmerzender Hals protestierte. »Florence?«

»Hm?« Ohne aufzusehen, tippte sie weiter.

»Wer bist du und wo ist meine beste Freundin hin?«

Überraschenderweise hielt sie mitten in der Bewegung inne und klappte lächelnd den Laptop zu. »Wir machen einen Deal, okay?«

»Einen Deal?«

»Genau.« Sie richtete sich kerzengerade auf und setzte einen ernsten Gesichtsausdruck auf, in dem man keine Emotion ablesen konnte. »Ich verrate dir etwas. Dafür erzählst du mir ganz bald irgendetwas von Basilton, okay?« Sie deutete auf meinen Ringfinger und ich schluckte, nickte aber. Ich hatte schon kommen sehen, dass ich nicht lange darum herumkommen würde.

»Meinetwegen«, seufzte ich, gespannt auf das, was folgte.

»Ich habe dir nie verraten, was ich gelernt habe.« Sie massierte sich die Nasenwurzel, als würde der bloße Gedanke daran ihr Kopfschmerzen bereiten.

»Gelernt?«

»Ja, glaubst du, ich lebe schon immer von einem zum nächsten Tag?« Sie hob verschmitzt lächelnd eine Augenbraue.

Ich lachte auf. »Irgendwie schon, ja.«

»Schön wär's«, feixte sie und zog eine Grimasse. »Aber nein, du weißt, dass ich nicht von hier komme. Wie du.«

»Ja, das weiß ich, du bist aus Chicago.«

»Korrekt.« Sie schluckte, und täuschte ich mich oder zuckte sie beim Wort Chicago unmerklich zusammen? »Dort wurde ich in einer renommierten Kanzlei zur Anwaltsgehilfin ausgebildet, wo ich ein weiteres Jahr gearbeitet habe. Ich habe sogar angefangen, Jura zu studieren.«

»Ernsthaft?« In einem Mix aus Überraschung und Schock riss ich den Mund auf. »Das passt überhaupt nicht zu dir.«

Lachend fasste sie sich an ihre geröteten Wangen. »Ich weiß und danke für das Kompliment. Aber lass dir gesagt sein, in Bleistiftrock und enger Bluse sehe ich echt heiß aus. Und ich bin eine verdammt kompetente Anwaltsgehilfin.«

»Flo, du überraschst mich. Und glaub nicht, dass du mir entkommst, ich will alles wissen. Alles.«

»Ich weiß.« Sie streckte mir die Zunge raus und klappte den Laptop wieder auf. »Ruhe jetzt, ich muss hier ein Erwachsenen-System in dein Baby-System bringen, und danach widmen wir uns dem Papierstapel, den du vorhin heimlich in deinen Rucksack hast fallen lassen. Ich schätze, dabei handelt es sich um unerfreuliche Schreiben von Banken?«

Ertappt erstarrte ich zur Salzsäule und nickte. »Ich …« Mir blieb die eh schon heisere Stimme im Hals stecken. Es fiel mir noch immer unheimlich schwer, zuzugeben, dass ich allein nicht zurechtkam. »Ich möchte einen Kredit beantragen«, nuschelte ich. »Aber ich verstehe nur Bahnhof.«

»Das kriegen wir hin. Eins nach dem anderen, Kali.«

Die Zuversicht in ihrer Stimme war der Funken Hoffnung, der mir gefehlt hatte. Warum hatte ich so lang damit gewartet, um Hilfe zu bitten? Es war ein winziger Schritt nach vorn, doch war dies genau der Schritt, den ich brauchte, um, egal wie, aus dem tiefen Meer meiner Sorgen zurück ans rettende Ufer zu gelangen.

Minute um Minute verging, der letzte Schluck Tee in meiner Tasse war bereits kalt. Ich kam mir fehl am Platz vor. Als stünde ich Florence im Weg, die sich hochkonzentriert durch meine Papierberge wühlte. Ich versuchte, sie nicht zu offensichtlich anzustarren, was mir verdammt schwerfiel. Alle paar Sekunden runzelte sie seufzend die Stirn. Warum zur Hölle seufzte sie? War ich mehr am Ende, als gedacht?

Florence hob schnell den Blick, sodass ich zusammenzuckte und mich ertappt zur Seite wandte. »Kali, hör auf, mich zu beobachten!« Sie tippte amüsiert mit dem Kugelschreiber auf einen Notizblock.

»Mach ich nicht«, erklärte ich schwach und streckte ihr die Zunge raus, weil sie skeptisch die Augen verdrehte. »Mich beschleicht das Gefühl, dass du das hier gut ohne mich hinkriegst.« Ich stand auf, verknotete das Shirt über dem Bauchnabel und strich meine Shorts glatt. »Ich mach die Futterrunde.«

»Guter Plan.« Florence nickte und machte eine verscheuchende Handbewegung. Irgendwie konnte ich sie mir mit jeder verstreichenden Sekunde mehr und mehr im Businesskostüm vorstellen.

Schmunzelnd trat ich in den Innenhof, wo mir direkt die Sonne ins Gesicht knallte. Ich schirmte die Augen ab, als ich zum Futterschuppen schlurfte, wo ich peinlichst darauf achtete, die exakt empfohlene Menge in die Eimer zu füllen, denn dann reichte es länger. Es war bedrückend, dass ich meinen Schützlingen nur das Nötigste bieten konnte. Gerade für Vielfraß Donut hätte ich gern tiefer in den Futterkrug gegriffen, da er empört davonpaddelte, wenn seine Ration ausgeschöpft war. Dr. Garcia hatte ihm einen Tumor am Bein entfernt, und bisher sah es aus, als hätte er damit das Schlimmste überstanden. Leider erging es nicht allen meinen Schützlingen so, und bei dem Gedanken daran zog sich mein Herz schmerzhaft zusammen. Jeder Tod fühlte sich für mich an, als hätte ich nicht alles gegeben.

Ich wanderte von einem Wassertank zum nächsten. Es dauerte nicht lange, bis ich mich erschöpft fühlte. Der fehlende Schlaf und die enorme Hitze forderten ihren Tribut, und ich fuhr mir seufzend mit dem Handrücken über die feuchte Stirn. Manchmal kam ich mir vor, als wäre das hier mein eigenes Casino, in dem ich jeden Tag auf Risiko spielte. Ich wollte nicht wissen, wie lange das Glück noch auf meiner Seite war, ehe ich alles verlor.

# KAPITEL 16

## Malio

Ich lief vor dem Zaun der Rettungsstation auf und ab, weil das Herz heftig in meiner Brust schlug. Nicht mehr lange und es würde hinausspringen. Hoffentlich beobachtete mich niemand. Die Aufregung hinderte mich daran, einen Fuß durch das Tor zu setzen, dabei hatte ich das perfekte Alibi: Ich wollte nur nach der Schildkröte sehen, deren Leben ich fast auf dem Gewissen gehabt hätte. Doch bei dem Gedanken, dem mysteriösen, von Tattoos übersäten Schildkrötenmädchen gleich gegenüberzustehen, brach mir der Schweiß aus. Die sengende Mittagshitze tat dabei ihr Übriges. Ich hatte nie Probleme gehabt, auf Menschen zuzugehen. Es fiel mir leicht, mit wildfremden Personen ein Gespräch zu beginnen. Und normalerweise grübelte ich nicht darüber nach, was ich sagen sollte.

»Jetzt komm klar«, schalt ich mich, straffte die Schultern und drückte umständlich die Klinke des Tors herunter, darauf achtend, weder meinen Kaffee noch die Muffinbox herunterfallen zu lassen, und lief zur Tür. Ich schloss für einen Moment die Augen, atmete tief durch, straffte die Schultern und klingelte. Genau so musste es sich angefühlt haben, kurz bevor ich das erste Mal auf einer Welle geritten war: ungeheure Aufregung und eine unverhältnismäßige Angst davor, was geschehen würde. Wie damals gab es auch jetzt zwei Möglichkeiten: Entweder ich surfte, und die Panik vor dem Unbekannten war umsonst gewesen, oder ich fiel ins Wasser, das mich umherwirbelte.

Wenige Sekunden später wurde die Tür ächzend aufgedrückt. Kaleas hellbraune Augen trafen auf meine und in meinem Hirn ratterte ich eine sinnvolle Begrüßung herunter, nur mein Mund gehorchte nicht.

»Malio.« Sie legte den Kopf schief und runzelte die Stirn, wobei ihr eine Haarsträhne vor die Augen fiel. »Wehe du hast in dem Karton eine Babyschildkröte versteckt, auf die du raufgelatscht bist.« Sie wies mit dem Finger auf die Muffins. Ihre Stimme klang kratziger als gestern, erkältet.

Ich befreite mich aus der Schockstarre, und ein Lächeln zupfte an meinem Mundwinkel. »Nein. Ich wollte nach der Patientin schauen und dachte, ihr könntet einen Snack gebrauchen?« Ich hob den Arm mit der Muffinbox in die Höhe, wackelte mit ihr, wie um zu zeigen, dass dort unter Garantie kein Lebewesen drinsteckte.

Perplex starrte Kalea mich an und wies in den Raum hinein. »Klar, komm rein.« Sie räusperte sich.

»Hi«, rief ich ihrer Freundin zu, die an einem Schreibtisch saß, den Kopf über einen Papierstapel gebeugt. »Störe ich?« Ich deutete zum Büro.

»Nein, nein.« Kalea winkte ab.

»Hey«, begrüßte mich ihre Freundin misstrauisch und klappte blitzschnell den Laptop zu, als ich hinter Kalea auf sie zu lief. Was ging denn hier ab?

Ich stellte den Karton mit den Muffins auf den Tisch und öffnete ihn. »Bedient euch!« Ich versuchte, mir nicht anmerken zu lassen, wie unbehaglich ich mich fühlte. So fehl am Platz. Ich musste cool bleiben.

»Kommst du allein damit klar?« Kalea tippte auf ein Schreiben, auf dem das Logo der hiesigen Bank prangte.

»Nein, außer ich fälsche deine Unterschrift. Aber ich kann sowieso eine Pause gebrauchen«, seufzte sie und schnappte sich ungeniert einen der Schokoladenmuffins. »Danke für den Muffin, Unbekannter. Ich bin Florence und vergebe dir, dass du dich mir nicht vorgestellt hast.«

»Malio.« Ich zog grinsend eine Augenbraue hoch. »Also, wo ist sie?«

»Er«, verbesserte Kalea mich. »Du hast einen ihn niedergehauen und keine sie.«

»Ups.« Ich zuckte mit den Schultern.

»Was eher ungewöhnlich ist, denn Männchen kommen normalerweise nicht zurück zum Strand. Er muss sich verirrt haben. Und *er* braucht einen Namen«, erklärte Kalea und ging voraus auf eine weiße Holztür zu, die in einen Innenhof führte. Sie deutete ein Nicken an, damit ich ihr folgte.

»Einen Namen?«

»Ja, du hast doch auch einen.«

Lachend schloss ich zu ihr auf, sodass ich neben ihr lief und ihr ins Gesicht sehen konnte. »Gutes Argument.«

»Ich benenne alle meine Schützlinge nach Süßigkeiten«, erklärte sie mit einem schiefen Lächeln und sah zu mir auf. »Welche ist deine liebste?«

Ich kratzte mich am Hinterkopf und überlegte kurz. Ich kam mir vor, als hätte ein Lehrer an der Highschool mich an die Tafel beordert, um vor dem ganzen Kurs einen Vokabeltest zu schreiben.

»Iff bin ja für Muffin«, murmelte Florence hinter uns und zeigte auf die Schachtel, die sie mitgenommen hatte.

»Das passt«, gab ich ihr recht. »Nennen wir ihn Muffin.«

»Perfekt.« Kalea deutete auf einen riesigen weißen Behälter, an dessen Seite eine schmale Eisentreppe emporführte. Er erinnerte an einen hohen Pool. »Dort ist er drin, wenn wir Glück haben, kommt er nach oben.« Als sie ihren Arm hob, rutschte ihr Shirt, das sie in der Mitte zu einem Knäuel geknotet hatte, höher und gab den Blick auf ein weiteres Tattoo auf ihrem unteren Rippenbogen frei. Den ganzen Schriftzug konnte ich auf die Schnelle nicht entziffern, nur das Wort *wild* stach mir ins Auge. Meine Neugierde war geweckt und mir wurde heiß bei dem Gedanken, ihr Shirt ein Stückchen hochzuschieben, um lesen zu können, was dort stand. Bestimmt gab es weitere geheime Tattoos an ihrem Körper zu entdecken.

»Malio?« Kalea winkte vor meinem Gesicht und biss sich verlegen lächelnd auf die Unterlippe. »Hast du gehört?«

»Sorry«, räusperte ich mich. »Ich war in Gedanken.«

Hinter uns schnaubte es und ich drehte mich zu Florence um, die mit dem Finger zwischen Kalea und mir hin und her wies. »Ich nehme alles zurück, Kali, es gibt doch noch jemanden, der in null Komma nichts in Gedanken versinkt.«

»Äh, was?« Ich verstand kein Wort und suchte Kaleas Blick, die sich blitzschnell abgewandt hatte. Trotzdem hatte ich die Röte auf ihren Wangen gesehen, die ihre zarten Sommersprossen betonte.

»Nichts! Beachte sie nicht«, erwiderte Kalea und wies zur Treppe, nachdem sie Florence zwinkernd den Mittelfinger gezeigt hatte. »Zieh am besten deine Schuhe aus, das ist sicherer und geh vor«, forderte sie mich auf.

»Okay.« Ich schlüpfte aus meinen Flip-Flops, stieg langsam die Stufen hoch und stützte mich dabei am Becken ab. Dann setzte ich mich oben auf den verdammt ungemütlichen schmalen Rand.

»Ich geh rein«, informierte uns Florence beiläufig, wies mit dem Daumen hinter sich und wartete keine Antwort ab. »Ist mir zu *heiß* hier.«

»Du kannst die Füße reinbaumeln lassen«, erklärte Kalea, die Florence einfach ignorierte, und setzte sich neben mich, wobei ihr Oberschenkel für eine Sekunde mein nacktes Knie berührte. Es war, als stachen eine Million feinster Nadeln durch meine Haut.

»Ernsthaft?« Ehrlich gesagt war mir mulmig dabei, einen Fuß ins Becken zu halten, immerhin schwamm darin ein wilder Muffin herum.

»Ja, keine Sorge, Schildkröten stehen nicht so auf Zehen«, lachte sie, bewegte ihre Füße im Wasser sanft vor und zurück. Also ließ ich meine Füße auch ins Wasser gleiten. Sie sollte mich ja nicht für feige halten. Kalea deutete mit dem Finger auf einen größer werdenden Fleck. »Dort. Er kommt neugierig zur Wasseroberfläche.«

»Das ist gut, oder?« Ich musste mich beherrschen, nicht panisch die Füße aus dem Wasser zu ziehen, und krallte die Finger um den Wannenrand.

»Ja.« Sie nickte und wandte sich mir zu. Bis eben hatte ich mit meiner Angst vor einem Schildkrötenbiss zu tun gehabt. Nun erkannte ich, dass sie mir so nah war, dass ich ihre Wimpern hätte zählen können. Ich schluckte. Sie starrte auf meinen Kehlkopf und wandte sich dann schnell ab. Mein Radar schlug aus. War sie mir ebenfalls nicht abgeneigt?

»Weißt du, ob ich ihn ernsthaft verletzt habe?«

Sie schüttelte den Kopf und räusperte sich, wobei sie sich mit schmerzverzerrtem Gesicht an den Hals fasste. »Nein, leider weiß ich es nicht genau, aber da er voller Entdeckerfreude umherschwimmt, glaube ich nicht, dass es ihn doll erwischt hat.«

»Sehr gut.« Erleichtert stieß ich Luft aus. Es gefiel mir, wie einfach es war, eine Unterhaltung mit ihr zu führen.

»Ich finde es schön, dass du nach ihm schaust«, murmelte sie und starrte dabei aufs Wasser. »Das macht kaum jemand. Die Schildkröten werden verletzt abgeliefert, und das war's.«

»Wie schade.« Ein Kloß setzte sich in meinem Hals fest, denn ich hatte Muffin auch als Vorwand genommen, wofür ich mir schäbig vorkam.

Wir beobachteten die Wasseroberfläche, in der sich die Sonne spiegelte. Die Bewegungen unserer Füße sandten weiche Wellen über das Wasser. Die Situation hatte eine beruhigende Wirkung auf mich und schaffte es sogar, meine Nervosität im Keim zu ersticken. Kalea strahlte etwas aus, das mir das Gefühl gab, nicht mit einer Fremden zu sprechen. Ich stupste ihr Bein mit dem Knie an und zog zeitgleich mein Smartphone aus der Tasche. »Hast du dein Handy hier?«

Kalea schüttelte den Kopf. »Nein, ist mir schon mal ins Wasser gefallen«, erklärte sie grinsend. »Warum fragst du?«

»Dann hätte ich dir meine Nummer eingespeichert.« Auf meine Aussage folgte eine betretene Stille. Peinlich berührt drehte ich das Handy zwischen meinen Fingern, bis mir auffiel, wie leichtsinnig das war, in Anbetracht der Tatsache, dass wir auf dem Rand eines riesigen Wassereimers saßen. »Dann hättest du mir Muffin-Updates schicken können«, erklärte ich, hob das Handy kurz auf die Höhe unserer Gesichter, und hoffte, meine Stimme klang in ihren Ohren fester als in meinen.

Sie biss sich schmunzelnd auf die Unterlippe und hielt mir ihre Hand hin, mit der Innenfläche nach oben. »Ich kann meine Nummer auswendig, gib her.«

»Perfekt!« Grinsend entsperrte ich das Display und reichte es ihr. Mit flinken Fingern huschte sie über das Display und gab es mir zurück.

»Kalea und dahinter eine Schildkröte?« Ich warf lachend den Kopf zurück. »Ich glaube, ich hätte auch ohne das Emoji gewusst, wer du bist. So viele Kaleas kenne ich nicht.«

Sie zuckte mit den Schultern. »Bei mir bekommen alle Kontakte ein passendes Emoji«, verriet sie mir.

»Was wird meins?« Ich machte keine halben Sachen und flirtete los. Im Grunde hatte ich nichts zu verlieren.

Kalea legte sich grübelnd einen Zeigefinger ans Kinn. »Vielleicht einen Erste-Hilfe-Kasten, ein Surfbrett, einen Muffin«, zählte sie auf und zwinkerte mir zu. »Oder alle.«

»Du schlägst wohl gern über die Stränge?«

»Zu viele Emojis gibt es nicht«, grinste sie. »Das Gleiche gilt im Übrigen für Süßigkeiten, je bunter, desto besser.«

»Gut zu wissen.« Ich ließ das Handy lächelnd in meiner Hosentasche verschwinden.

»Komm, gehen wir.« Sie klatschte auf ihre Oberschenkel, hielt sich am Becken fest und kletterte geübt zurück zur Treppe. Ihre Haare rutschten dabei ein Stück zur Seite und legten ein Tattoo an ihrem Haaransatz im Nacken frei, das ich gestern nicht gesehen hatte, obwohl sie ihr Haar in einem Pferdeschwanz getragen hatte. Es war ein Wolkenkratzer, der mich an die erinnerte, die ich tagtäglich in New York gesehen hatte. Was es wohl bedeutete?

Ich kraxelte hinter ihr die Stufen herunter, schlüpfte in meine Schuhe und folgte ihr zurück in den Behandlungsraum. Florence saß am Laptop, stöhnte frustriert auf und warf ihren Kugelschreiber in eine Ecke.

»Alles okay bei dir?« Ich legte den Stift zurück neben Florence auf den Tisch.

»Klar«, murmelte sie und der sarkastische Unterton in ihrer Stimme ließ mich schmunzeln. »Alles voll okay. Es könnte nicht okayer sein.«

»Also nein.«

»Doch«, erwiderte sie und drehte den Laptop weg, sodass ich keinen Blick auf den Bildschirm erhaschen konnte.

»Ich werfe auch mit Stiften und stöhne auf, wenn alles okay ist«, erklärte ich achselzuckend.

»Selbst wenn nicht, geht es dich nichts an, Surferboy.«

»Flo«, ermahnte Kalea sie, glücklicherweise bevor ich zu einer Antwort ansetzen konnte, die eventuell das Wort *Hippie-Barbie* beinhaltet hätte, und schenkte mir einen entschuldigenden Blick.

»Flo«, äffte sie Kalea nach und verdrehte die Augen.

»Kann ich helfen?«, fragte ich, ohne darüber nachzudenken. Ich wusste, dass mich dieser ganze Papierkram hier nichts anging. Ich kannte die beiden nicht.

»Klar, zieh deine goldene Rüstung an und hilf den hilflosen Jungfrauen in Nöten, oh edler Ritter. Wo ist dein Ross?«, spottete Florence.

Schmunzelnd zog ich eine Augenbraue hoch. »Draußen, es heißt Snickers. Soll ich euch einander vorstellen?«

Sie funkelte mich erzürnt an, doch zuckte ihr Mundwinkel für den Bruchteil einer Sekunde nach oben. »Okay, okay.« Überraschenderweise grinste sie. »Der war nicht übel. Aber trotzdem, wir schaffen das schon, Surferboy.« Ihr letztes Wort klang fast etwas spöttisch.

»Ich bin nicht nur ein Surferboy«, echauffierte ich mich und verschränkte die Arme. »Und selbst wenn, du Hip…«

»Flo hat recht, wir schaffen das schon.« Kalea fuhr dazwischen. »Aber danke dir, wirklich!«

Sie atmete tief durch, hob den Blick an und sah mir für eine halbe Ewigkeit in die Augen. Es fühlte sich an, als würde sie sich vergewissern wollen, ob man mir trauen konnte. Ihre Pupillen weiteten sich und verdrängten ihre hellbraunen Iriden. Sie leckte sich flüchtig über die Lippen. In mir wirbelte alles umher, nur, weil wir uns ansahen. Er schnürte mir die Kehle zu, da ich Schmerz in ihren Augen las.

»Okay«, räusperte ich mich und versuchte vergeblich zu lächeln. »Also keine Hilfe.« Ich nickte in Florence' Richtung, die ihr Bein ausstreckte, um mit dem Fuß den Power-Button des Druckers zu drücken, der direkt losratterte.

»Sieht wohl so aus.« Kalea atmete tief ein und riss den Blick von mir los, lief um den Schreibtisch herum und ließ sich in den Stuhl fallen. »W-wir müssen dann mal weitermachen«, murmelte sie und mir war klar, was das hieß.

Ich sollte gehen. »Klar, ja, sorry. Wie gesagt: Ich wollte nicht stören.« Ich griff nach meinem Kaffeebecher und schnappte mir einen Blaubeermuffin aus der Box.

»Hast du nicht, Malio.« Kalea lächelte mir zu, blinzelte kurz und biss sich auf die Unterlippe.

Ich nickte ihr zu, wobei mein Mundwinkel kaum merklich zuckte. »Bis bald, Kalea.«

# KAPITEL 17

## Kalea

Routiniert lehnte ich den Roller gegen die Hauswand und hatte Malios Worte im Ohr. *Bis bald, Kalea.* Sein Abgang hatte mich verunsichert, was daran lag, dass er nicht gelächelt hatte.

»Hey, Süße«, holte mich Meninas Stimme aus der Trance und ich sah erschrocken zu ihrem Fenster.

»Muffin«, rief ich ihr zu und schüttelte den Kopf, um meine Gedanken zu ordnen. »Menina, meine ich.« Ich plapperte wirres Zeug. »Hey, Menina.« *Halt einfach die Klappe, Kalea*, schalt ich mich und presste die Kiefer aufeinander.

»Okay?« Sie zog eine Augenbraue hoch und das Wort in die Länge. »Hunger?« Ich nickte dankbar. »Aber ich habe leider keine Muffins«, feixte sie.

»Hör bloß auf.« Ich hob die Hände und klatschte mir gegen die Stirn. »Ich stehe heute total neben mir.«

»Wir sind die erste Tür links, falls du das vergessen hast«, zog sie mich auf. »Lilly, geh Kalea die Tür öffnen, bitte.« Wie immer vernahm ich kurz darauf Fußgetrappel, als würde ein Zirkuspony durch die Wohnung galoppieren.

»Morgen ist übermorgen von gestern und überübermorgen von vorgestern«, erklärte die Vierjährige freudestrahlend, als sie mir die Tür aufzog und sich an mein Bein klammerte. »Also kann ich morgen mitkommen zu den Schildtröten, ja?«

»-kröten, Süße«, lachte ich.

»Ach ja, stimmt.« Sie ließ von mir ab, zuckte die Schultern und verschwand im Wohnzimmer.

»Du musst sie nicht mitnehmen«, flüsterte Menina mir heimlich zu, nahm mir den Rucksack ab und ich gab ihr wie immer einen kurzen Kuss auf die Wange.

»Die Auffangstation ist auch gar nicht kindergerecht. Aber ich würde so gern mal was für dich tun. Du fütterst mich durch und ich mache gar nichts«, seufzte ich.

Menina lächelte mich mütterlich an. »Aber Kalea, ich koche doch eh.«

»Und?«, fragte ich. »Du glaubst nicht, wie du mein Leben erleichterst.«

»Na gut.« Sie grinste plötzlich bis über beide Ohren. Das gefiel mir ganz und gar nicht, aber insgeheim war ich froh um den Themenwechsel. »Und jetzt erklär mir, warum du mich Muffin genannt hast. Ich hatte schon einige Spitznamen, Muffin ist neu.« Augenblicklich merkte ich, wie mir die Röte ins Gesicht schoss. Oh Mann! Ich versteckte mich hinter meinen Händen. »Deine Reaktion verspricht eine Megastory.«

Ich tappte zum Küchenregal, um Gläser herauszunehmen, und holte den Eistee aus dem Kühlschrank. »Da ist dieser Typ«, murmelte ich und erschrak, weil Menina quiekte. Sie war Highschool-Lehrerin. Die quiekten nicht.

»Sorry, solche Geschichten habe ich einfach zu lange nicht mehr gehört. Mein Liebesleben gleicht dem einer Wüste!«

»Heiß?« Ich blinzelte sie an und setzte ein mit Eistee gefülltes Glas an meine Lippen.

»Eher trocken.«

Prustend spuckte ich das Getränk über den Tisch. »Oh Gott«, lachte ich und wies zur Tischplatte. »Es tut mir leid.« Ich sprintete zur Spüle, um einen Lappen zu holen.

»Lenk nicht ab.« Menina verdrehte lachend die Augen. »Was ist mit *Muffin*?« Sie zeichnete Gänsefüßchen in die Luft. Ich hob beschwichtigend die Hände und begann zu erzählen. Von dem Moment an, als ein klitschnasser Unbekannter barfuß und im Wetsuit mit einer verletzten Schildkröte ins *Turtles' Inn* geplatzt war. Ich erzählte von seinen dunkelbraunen Haaren und den tiefblauen Augen, die mich ans tiefste Meer erinnerten. Ich berichtete ihr, dass er heute da gewesen war und Muffins dabei hatte. Dass wir zehn Minuten auf dem Beckenrand der Quarantänestation gesessen hatten, die rückblickend die schönsten Minuten des ganzen Tages für mich waren. Was ich ihr verschwieg, war, dass ich keinen Schimmer hatte, wie lange ich das *Turtles' Inn* noch über Wasser halten konnte. Ich behielt ebenfalls für mich, dass er mich zum Abschied nicht angelächelt hatte und dass ich nicht verstand, warum mich das störte.

# KAPITEL 18

## Malio

»Schließt du nachher ab, Kane?« Ich warf unserer studentischen Aushilfe die Ersatzschlüssel zum Surfshop im hohen Bogen zu. Er studierte Sportpsychologie an der hiesigen *University of Shore Mana*, hielt sich mit Aushilfsjobs über Wasser und war der typische Surferdude, wie man ihn sich vorstellte, mit seinen schulterlangen Haaren, die er zu einem Knoten zusammenfasste.

Kane fing die Schlüssel gekonnt auf und drehte den Bund lässig um seinen Finger, was ein klimperndes Geräusch durch den Verkaufsraum sandte. »Klar, Boss.« Er grinste breit, da er wusste, wie sehr ich es hasste, wenn er mich so nannte. Ich klopfte gegen den hölzernen Türrahmen, um Kane zu bedeuten, dass ich aufbrach.

Ich stapfte barfuß durch den Sand, in einer Hand weiße Sneakers, in der anderen mein Skateboard, auf dem ich mich ausschließlich fortbewegte, wenn ich nicht am Strand oder im Meer war. Da Shore Mana eine Kleinstadt war, brauchte ich selten länger als eine halbe Stunde, um meine Ziele auf dem Board zu erreichen. Diese Freiheit hatte ich zu meiner Zeit in New York vermisst. Die Freiheit, das Surfen, meine Familie und das Gefühl, atmen zu können.

Ich warf das Skateboard auf den Boden, sprang auf und stieß mich ab. Ich passierte übervolle Restaurants und bog ein paarmal ab. Bald wurde es ruhiger, die Stimmen und das ausgelassene

Gelächter der Touristen verstummten, da ich den Stadtkern verließ. Mit einem Flip wechselte ich vom Gehweg auf die asphaltierte Straße, da kaum Verkehr herrschte. Ich genoss es, die breite Straße für mich zu haben, und fuhr Schlangenlinien. Ab und zu nahm ich mein schwarzes Basecap ab, um die Haare darunterzuklemmen, die durch den Fahrtwind durcheinanderwirbelten.

Außerhalb des Stadtkerns würde Shore Mana wie eine typische amerikanische Vorstadt aussehen, wären da nicht die Blütenmeere und Palmen. Die Grundstücke wurden, wenn überhaupt, durch niedrige weiße Zäune getrennt und vor den Häusern parkten hochmoderne SUVs oder abgewetzte Jeeps, denen die salzige Luft zugesetzt hatte.

Je näher ich meinem Elternhaus kam, desto öfter hielt ich an, um Müll von der Straße zu sammeln, den Waschbär Fred hier verteilt hatte. Das gleichmäßige Rattern der Gummiräder unter meinen Sohlen auf dem rauen Asphalt hatte eine beruhigende, fast meditative Wirkung auf mich. Immer und immer wieder stieß ich mich ab, schloss für ein paar Sekunden die Augen, da ich so sicher auf dem Board war, dass ich nicht umfallen würde. Wenn ich still war, hörte ich entfernt das Meeresrauschen. Ich öffnete die Augen und blinzelte zum hellblauen Himmel, an dem vereinzelte Zuckerwattewolken vorbeizogen.

Ich würde kurz zu Hause vorbeischauen, ehe ich zu Dads Lager fuhr, in dem ich mir eine behelfsmäßige Werkstatt eingerichtet hatte. Vielleicht lenkte mich die routinierte, handwerkliche Arbeit vom Schildkrötenmädchen ab, zu der meine Gedanken immer und immer wieder flogen. Ich sah Kaleas Gesicht vor mir, die grübelnden Züge, kurz bevor sie sprach, und ihr gefasstes Lächeln, von dem ich noch nicht einschätzen konnte, ob es ehrlich oder geübt war. Was ich wirklich nicht leugnen konnte, war, dass sie mich faszinierte, wobei ich herauszufinden versuchte, was genau es war, denn Liebe auf den ersten Blick gab es nicht. Aber, und das konnte ich nicht leugnen, Anziehung auf den ersten Blick durfte man nicht unterschätzen.

# KAPITEL 19

## Kalea

»Ich hasse euch, echt«, murmelte ich dem Stapel Briefe zu, der mich auf meinem Couchtisch erwartete. »Könnt ihr euch nicht einfach in Luft auflösen?« Seufzend ließ ich mich auf das Sofa fallen. »Und all meine Sorgen bitte auch.« Ich kickte die Sneakers von den Füßen und zog die Beine unter meinen Hintern. Was würde mit meinen Babys geschehen, sollte ich die Auffangstation wirklich verlieren? Sollte ich mir einen anderen Job suchen? Hier in Shore Mana gab es nicht viele Möglichkeiten für Meeresbiologen. Dozentin an der *University of Shore Mana* vielleicht. Doch wollte ich das? Nein. Außerdem war es sowieso fast unmöglich, einen Lehrjob zu ergattern, so ganz ohne Erfahrung. Fakt war, dass Hawaii meine Wahlheimat geworden war und ich dieses Nest voller liebenswürdiger Menschen nicht verlassen wollte, auch wenn es mir nach wie vor schwerfiel, mich im Kleinstadtgetümmel treiben zu lassen.

Als ich damals hierhergezogen war, hatte ich meinen Namen mit hawaiianischem Ursprung als ein gutes Omen angesehen, das für mich bedeutete, dass ich hier ein schönes Leben führen könnte. Meine oberflächlichen und ignoranten Eltern hatten ihn mir gegeben, einfach nur weil sie auf *fancy* Namen gestanden hatten. Doch an diesem Ort bedeutete der Name mehr. Und das gefiel mir.

Noch vor zwei Jahren war ich doch so hoffnungsvoll gewesen. Wo war diese Hoffnung nur hin?

Ein resolutes Klopfen an meiner Wohnungstür riss mich aus den Sorgen. Sofort schlug mein Puls in meinem Hals. Dass ich gerade an meine Eltern gedacht hatte, machte es noch schlimmer. Meine Freunde kamen nie unangekündigt vorbei. Ich hatte nichts bestellt und Meninas Klopfen klang anders. Diese Angst, gefunden zu werden, saß so tief in mir, dass ich sämtliche Touristenorte Shore Manas mied. Vielleicht war ein Tourist da, der mich erkennen könnte. Ich wusste, wie unwahrscheinlich das war. Aber die Angst war trotzdem da. Manchmal fühlte ich mich, als lauerte mir ein schwarzer Schatten aus New York überall auf. Immer fürchtete ich, dass mein altes Leben mich vielleicht doch noch einholen würde.

Mit gerunzelter Stirn stand ich auf und schlich auf leisen Fußsohlen zur Tür. Ich wagte es kaum, zu atmen, und achtete darauf, nicht das kleinste Geräusch zu verursachen. An der Tür stellte ich mich auf Zehenspitzen, um gerade so durch den Spion gucken zu können, der für Riesen eingebaut worden war.

»Nein«, hauchte ich. Ein Kloß, groß wie Manhattan, bildete sich in meinem Hals, und es war mir unmöglich, ihn herunterzuschlucken. »Das kann nicht sein Ernst sein.«

»Kalea?« Er klopfte erneut und jeder Ton hallte in meinen Knochen nach. »Mach auf, Lea«, seufzte er und starrte direkt in das Guckloch. *Lea.* Niemand nannte mich so. Niemand außer ihm. »Ich habe deinen Schatten gesehen, versuch gar nicht erst, dich zu verstecken.«

»Okay«, flüsterte ich und sammelte mich, indem ich die Schultern straffte, mir über das Gesicht und die Haare fuhr und erneut durchatmete. Meine zittrigen Finger krallten sich um die Türklinke und ich drückte sie herunter, um die Tür aufzuziehen.

»Lea.« Er schluckte, als unsere Blicke sich trafen, legte den Kopf schief, wie er es schon als Kind gemacht hatte, und lächelte mich vorsichtig an. »Hey?«, begrüßte er mich und breitete die Arme aus. Es brauchte nicht mehr für mich, um in Tränen auszubrechen. Er war schon immer mein Ventil gewesen, der Mensch, der alles von mir wusste. Der aus der gleichen Welt kam wie ich und als Einziger nachvollziehen konnte, warum ich ein neues Leben gewählt hatte.

Mit wackeligen Beinen stolperte ich auf ihn zu, schmiegte mich an seine Brust. »Bas«, schluchzte ich in sein Jackett, das garantiert teurer war als eine Monatsration Schildkrötenfutter. »Bas«, wiederholte ich mit kratziger Stimme und klammerte mich am Revers seiner Jacke fest. »Was machst du denn hier?«, jammerte ich an seiner Brust. Er legte sanft den Arm um mich und strich mir über den Rücken, um mich zu beruhigen. Wir hatten uns seit einem Jahr nicht gesehen.

»Lass uns reingehen«, nuschelte er an meinem Ohr, schob mich und sein Gepäck ein Stück rein und schloss sachte die Tür hinter uns. Es vergingen mindestens fünf Minuten, in denen ich mit geschlossenen Augen in seinen Armen lag, seinen vertrauten Duft nach Sicherheit, schwarzem Kaffee und Zeitung einatmete und sich mein überschnell schlagendes Herz an den Takt seines Herzens anpasste.

Ich machte einen Schritt zurück und starrte auf den nassen Fleck an seiner Brust, der leider nicht nur aus Tränenwasser bestand. »Entschuldige«, schniefte ich und wischte mir mit dem Handrücken über die Nase. »Eklig«, kommentierte ich aufgelöst lachend und wies auf seine Jacke. »Sorry.«

Basilton zuckte nur mit den Schultern. »Nicht so wild, Lea!« Er entledigte sich des Jacketts und öffnete die Knopfleiste seines Hemdes. »Kann ich mir eben die Reise vom Körper waschen? Und meine Kleidung bräuchte einen Waschgang.« Bas schnüffelte am Stoff seines Hemdes und verzog daraufhin das Gesicht zu einer Grimasse, was mir ein Lachen entlockte. Ich nickte wortlos und lief voraus ins Badezimmer. Er folgte mir und zog sich auch das weiße Shirt über den Kopf, das er unter dem Hemd trug.

»Du hast schon gemerkt, dass es in Hawaii tropisch heiß ist, ja?« Meine belegte, kratzige Stimme erschreckte mich.

»Hast du Waschpulver?« Er ignorierte meinen Einwand grinsend.

»Natürlich.« Ich verzog anerkennend den Mund, als ich ihn beäugte. »Trainiert da jemand wieder?« Ich pikste ihm gegen die nackte, stählerne Brust.

»War da nicht eben jemand noch völlig in Tränen aufgelöst?« Er hielt mir die Hand hin. »Waschmittel, bitte. Und dann raus hier, ich muss *wirklich* duschen.«

Ertappt öffnete ich den Badezimmerschrank und stellte den Karton auf meine betagte Waschmaschine. Ich wusch mir noch kurz das Gesicht und riss ein Klopapierblatt ab, um mich zu schnäuzen. Ich überließ Basilton das Badezimmer, damit er meine Rotzflecken aus seinem Hemd und seine Reise aus dem Rest seiner Kleidung waschen und duschen konnte.

Mit zittrigen Knien schlurfte ich zur Küche, um uns Kaffee aufzusetzen, und war froh, dass das Pulver reichte. Für Basilton war es nie zu spät für Koffein, und ich konnte auch einen gebrauchen. Wenig später vernahm ich das Geräusch eines sich öffnenden Reißverschlusses, und als ich stirnrunzelnd in seine Richtung schielte, wühlte Bas in seiner Sporttasche nach frischer Kleidung. Er zog ein dunkelblaues Achselshirt und eine kurze graue Jogginghose heraus. Als ich mit zwei Tassen Kaffee, seinem schwarz, meinem mit dem letzten Tropfen Milch, ins Wohnzimmer tappte, saß er auf dem Sofa, einen der Briefe zwischen den Fingern und einen nackten Fuß auf dem Couchtisch. »Bas«, donnerte ich lautstark und sah mit Genugtuung, dass er zusammenzuckte und den Fuß vom Tisch nahm, was mir ein Lachen entlockte. »Was tust du da? Das ist privat.«

Seufzend legte er den Schrieb zurück zu den anderen und klopfte mit der Handfläche neben sich. »Erzähl es mir.«

Ich blieb an Ort und Stelle stehen. »Was denn? Da gibt es nichts zu erzählen.«

»Ich. Verurteile. Dich. Nicht.« Er betonte jedes Wort und blickte mir dabei eindringlich in die Augen. »Aber ich möchte wissen, was mit dir los ist. Du rufst mich an und ignorierst jeden meiner Rückrufe. Ich sorge mich, verstehst du?«

»Nein.« Trotzig reckte ich das Kinn vor. »Du musst dir keine Sorgen machen. Ich komme klar. Danke für deinen Kontrollbesuch, ich bin quicklebendig, wie du siehst.«

»Du bist traurig und siehst aus, als hättest du seit Jahren nicht mehr geschlafen«, erwiderte er trocken. Ich hasste, wie gut er mich lesen konnte. Und ich hasste mich selbst dafür, dass ich ihn deswegen monatelang aus meinem Leben herausgehalten hatte. Ich war der Grund, warum wir uns seit Wochen, Monaten nicht gesprochen hatten, denn je größer meine Probleme wurden, desto mehr entfernte ich mich von Bas. Seine Anwesenheit und seine ständig viel zu weisen Worte hätten mir nur aufgezeigt, in was für einer Klemme ich wirklich steckte. Mit ihm darüber zu reden, machte alles real, was ich nicht sehen wollte.

»Na und?« Meine verdammt rissige Mauer bröckelte, und es fiel mir schwer, den Kloß im Hals zu ignorieren, der mir gemächlich die Kehle abschnürte.

Er lächelte mich an und wackelte mit den Augenbrauen. »Ich habe mal geschworen, für dich zu sorgen, erinnerst du dich?«

Ich verdrehte genervt die Augen und setzte einen Fuß vor den anderen, bis ich vor ihm stand, und reichte ihm seinen Kaffee. »Ja, aus einem spitzenmäßigen Grund, Mr. Conteville.« Ich stöhnte, stellte die Tasse ab und ließ mich neben ihn fallen. Basilton hier zu haben schmerzte, da er mich an all das erinnerte, das ich vergessen wollte, doch würde ich es ihn niemals spüren lassen. Vielleicht würde es in ferner Zukunft leichter werden. Es war ihm gegenüber nicht fair, doch in seinen Augen spiegelte sich meine Vergangenheit. Ich war nicht bereit, mich ihr zu stellen, würde es vielleicht niemals sein.

»Der Grund ist egal«, murmelte er und legte mir einen Arm um die Schulter. »Miss Conteville.«

»Lass den Quatsch.« Ich lachte gequält, obwohl mir zum Weinen zumute war.

»Wenn ich mich recht entsinne, hast du meinen Namen behalten.« Er legte abgeklärt den Kopf schief und stupste mich mit seiner Schulter an.

»Ja, um unseren Eltern eins auszuwischen.« Grinsend boxte ich ihm gegen den Oberarm.

»Was super geklappt hat«, triumphierte er und hielt mir seine rechte Hand hin. Ich legte meine linke hinein und drehte sie, sodass seine oben lag und ich das kleine *K* sah, das seinen Ringfinger zierte. Ihn zu berühren war auf einer Seite das Normalste der Welt für mich. Doch auf der anderen Seite weckte es Erinnerungen, die ich in einer Schublade in den Tiefen meines Herzens verschlossen hielt. Ich sah Basilton in die Augen. In das bodenlose Braun, in das ich als Teenager geglaubt hatte, mich unsterblich verliebt zu haben. Oder eher, in das mir eingeredet wurde, mich verlieben zu müssen.

Die Gesellschaft hatte mit uns gespielt und erst aufgehört, als sie mich so weit hatte, dass ich meinen besten Freund geheiratet hatte und nicht mehr fähig gewesen war, Gefühle von Schuld zu unterscheiden. Wenn einem von allen Seiten eingeredet wurde, dass man einander liebte, glaubte man es irgendwann. Doch der pure Glaube an die Liebe genügte nicht, wenn das Gefühl fehlte. Es hatte Momente gegeben, in denen ich wirklich dachte, dass das mit Basilton *diese* Liebe war. Doch das war sie nicht, nie. Letztendlich hatten alle anderen etwas Falsches in unsere tiefe Verbindung hineininterpretiert. Und nicht wir.

Aber das hatten wir erst nach der Hochzeit verstanden. Wir hatten so vieles getan, nur, damit alle endlich aufhörten, zu reden, zu tuscheln, zu mutmaßen, wann wir uns denn endlich öffentlich zu unserer Liebe bekannten und uns das Jawort gaben.

Damals hätten wir noch nicht ahnen können, wie laut die Stimmen erst werden würden, als wir das Unsagbare taten: Wir entschieden, unsere Leben nach eigenen Vorstellungen zu gestalten. Nämlich getrennt voneinander. Basilton war weitaus mehr als mein bester Freund seit Kindertagen. Er war mein Ex-Ehemann, und das nur, weil es in der ach so schillernden Welt, aus der wir stammten, so schwer war, eigene Wege zu gehen und eigene Entscheidungen zu treffen. Wir waren mutig gewesen, hatten auf unsere Herzen und nicht auf die Meinungen anderer gehört, und zahlten nun den Preis. Bis an unser beider Lebensende.

# KAPITEL 20

## Malio

Ehrfürchtig fuhr ich das glatte Holz der Koa-Akazie mit den Fingerspitzen nach. Es war wertvoll und mittlerweile verboten, diese Bäume zu fällen. Daher arbeitete ich ausschließlich mit alten Restbeständen. Ich prüfte, ob ich einen Grat übersehen hatte, und hielt das dunkle, rötliche Holz an das schmale Fenster, vor dem reger Verkehr herrschte. Die Sonnenstrahlen ließ ich auf dem rohen Board tanzen und inspizierte jeden Millimeter haargenau.

In Dads Lager herrschte komplette Stille, was ich normalerweise genoss, doch heute sorgte sie dafür, dass meine um Kalea schwirrenden Gedanken lauter und unaufhaltsamer wurden. Seufzend legte ich das geformte Holzstück, das ein traditionell hawaiianisches Surfbrett werden sollte, wieder auf die provisorische Werkbank. Die Hängeschränke von Moms und Dads alter Küche hatte ich nebeneinander gereiht und sie mit der Platte eines Tapeziertischs bedeckt. Mittlerweile hatte ich mich an meine behelfsmäßige Werkstatt gewöhnt, mir blieb aber auch nichts anderes übrig, denn für richtige Werkmöbel fehlte mir das nötige Geld.

Ein warmer Luftzug fuhr mir in den Nacken und gleich darauf hörte ich, wie die Eingangstür ins Schloss gedrückt wurde. Ich schlug das Board in antistatische Tücher ein, da es unbehandelt sehr empfindlich war und ich nicht riskieren wollte, dass es sich verfärbte oder sich feine Staubpartikel darauf niederließen, die es zerkratzten.

»Wusste ich's doch, dass du hier bist!« Dads vertraute Stimme hallte durch den hohen Raum aus rohen Betonwänden mit kupferfarbenen Streben am Fenster und um die Türrahmen. Überall standen Umzugskartons, transparente Aufbewahrungsboxen und neben der Tür ein alter Schreibtisch, auf dem eine noch ältere Lampe stand. Als Kind war mir Dads Lager unheimlich gewesen und ich hatte es die Höhle genannt. Doch seit ich aus New York zurückgekommen war, war es zu einem Rückzugsort für mich geworden, der es trotzdem niemals schaffen würde, an das heranzukommen, was das Meer für mich war.

»Ja, hey!« Ich grinste Dad schief an und deutete zum Drehstuhl neben einem der Küchenschränke, in dem ich meine Werkzeuge aufbewahrte. »Setz dich, Dad«, forderte ich, da mir nicht entgangen war, wie er beim Eintreten das Gesicht schmerzvoll verzogen hatte. Es tat mir weh, zu sehen, wie er sich quälte, es aber zu verheimlichen versuchte.

»Du behandelst mich wie einen alten Mann, Lio.« Dad zwinkerte mir zu, tat aber wie geheißen. Bis auf das kaputte Bein, das er sich vor zwei Jahren durch ein Rettungsmanöver am Strand zugezogen hatte, war er fit. Es war während einer Surfstunde passiert, bei der ein Zehnjähriger plötzlich panisch geworden war, im Wasser wild um sich gestrampelt hatte und sich ohne Hilfe nicht mehr über Wasser hätte halten können. Das Surfbrett des Jungen hatte Dad mit einem gewaltigen Stoß an der Seite erwischt, sodass er sich trotz des abfedernden Wassers den Oberschenkelhalsknochen gebrochen hatte. An einer so ungünstigen Stelle, dass er mit Schrauben zusammengehalten werden musste, die ihm den Alltag seitdem erschwerten. Das Tragischste an der ganzen Sache war, dass Dad nicht mehr surfen konnte, obwohl er es sein Leben lang mindestens so geliebt hatte wie ich. Vermutlich noch mehr, auch wenn ich keine Ahnung hatte, wie sich dieses mehr anfühlte. Nicht umsonst hatte Dad sich ein Leben rund um diesen Sport aufgebaut, hatte mit Mom aus dem Nichts eine Surfschule und einen Surfshop aus dem Boden gestampft. Er war mein größtes Vorbild.

»Tu ich nicht«, entgegnete ich. »Nur wie einen etwas angeknacksten.«

Dad lachte, wobei er den Kopf schüttelte. Seine kurz geschorenen, schwarzen Haare betonten sein Gesicht. Er hatte tiefblaue Augen, die ein wenig heller waren als meine. Er trug graue Shorts und ein gelbes Shirt, wodurch seine traditionellen Maori-Tattoos, die bis zu seinen Handgelenken reichten, besonders ins Auge stachen. Seine Füße steckten wie immer in Flip-Flops. Mom behauptete, dass sie nur am Strand geheiratet hatten, damit Dad nicht gezwungen war, sich vernünftige Schuhe anzuziehen.

»Mach ruhig Witze auf Kosten deines alten Herrn.« Dad war alles, aber mit seinen fünfundvierzig Jahren nicht alt. »Hast du einen Auftrag?« Dad deutete mit einem Nicken zu dem Holz, das ich nicht ohne Grund unter dem Tuch versteckt hielt. Es war mir unangenehm, dass ich keine neuen Aufträge bekam. Woher auch? Niemand verirrte sich auf die winzige Homepage, die weder einladend aussah noch ein funktionierendes Shop-System besaß.

Ergeben schüttelte ich den Kopf. »Schön wär's. Ich muss Boards herstellen, ehe ich sie verkaufen kann.« Und ich musste mich mit den leidigen Themen wie Werbung und allem, was dazugehörte, auseinandersetzen.

Dad stieß einen Schwall Luft aus. »Kostspielig«, murmelte er, was mir sofort einen Stich versetzte.

»Sehr«, erwiderte ich knapp und brachte es über mich, das Brett, das ein Surfboard werden sollte, von den Tüchern zu befreien, damit Dad einen Blick darauf werfen konnte.

Ächzend erhob er sich vom Stuhl und kam auf mich zu, wobei er sein linkes Bein minimal hinterherzog. Er legte mir die

Hand auf die Schulter und drückte sie kurz. »Du wirst Kunden finden, Lio«, versuchte er, mich aufzubauen. »Es gibt immer Menschen, die Qualität und Handwerk zu schätzen wissen.«

»Und Tausende Dollar für ein einziges Surfbrett ausgeben?« Das klang selbst in meinen Ohren utopisch, doch das war der Marktwert. Mich beschlich die Sorge, dass mein Traum zu nischig war, als dass ich damit Erfolg haben könnte.

»Dein Handwerk ist beeindruckend, man sieht die Liebe, die du reinsteckst.« Dad tippte nahezu ehrfürchtig auf die Oberfläche des Koa-Holzes. »Lass die Zweifel rumzweifeln und scher dich nicht um sie.«

Ich seufzte lächelnd und schlug das Board ein. »Danke, Dad.« Was er nicht ahnte, war, dass ich ihm insgeheim dafür dankte, dass er nicht nachfragte. Weder er noch Mom hatten je nachgefragt, warum ich mitten im Wintersemester zurückgekommen war, was mittlerweile drei Monate zurücklag.

»Und jetzt erzähl.« Dads Stimme unterbrach meine Gedanken. Er wackelte mit den Augenbrauen und stieß mir grinsend seinen Ellenbogen in die Seite.

Verdattert starrte ich ihn an. »Was soll ich erzählen?«

»Du kannst mir nichts vormachen. An wen denkst du?«

Das stimmte. Und es war furchtbar. »Ich sollte an meinem Pokerface arbeiten«, brummte ich, denn nach Deacon war Dad schon der Zweite, der meine Tagträumereien bemerkte. Ich zog das beigefarbene Stoffplissee vor dem Fenster herunter und sogleich wurde der eh schummrige Raum in ein Halbdunkel getaucht. »Limo bei Giovanni?« Ich schnappte mir mein Skateboard, ging zur Tür und nickte nach draußen.

»Klingt gut.« Dad humpelte an mir vorbei aus dem Lager und ich zog hinter ihm die Tür zu und schloss ab, ehe ich ihm folgte. »Ich bin mit dem Wagen hier«, erklärte er und wies zu seinem Jeep, dessen türkise Lackierung an einigen Stellen abblätterte. Mom hasste dieses Auto, doch Dad würde sich nur über seine Leiche ein neues zulegen. Er hatte es sich in dem Jahr gekauft, als die Surfschule eröffnete, was mittlerweile vierundzwanzig Jahre her war. Damals war ich ein Baby gewesen. Ich hörte ihn mit seinen Schlüsseln klimpern.

»Fang«, rief er mir im Gehen zu und ich reagierte blitzschnell, indem ich sie auffing. Er lächelte mir zu, weil er wusste, wie gern ich ab und zu hinter dem Steuer saß, auch wenn ich mein Skateboard bevorzugte. Ich legte es mit der Trittfläche nach unten auf die Ladefläche und zog die alte Fahrertür auf, um mich auf den betagten Fahrersitz aus grauem Kunstleder zu schwingen. Dad kurbelte das Fenster auf seiner Seite herunter, wodurch ein vertrautes Quietschen ertönte, da sich Salzkristalle und Sand zwischen der Karosserie und dem Glas versteckten.

»Dann mal los, Hokulani«, sprach ich den Jeep mit dem Namen an, den Noelani ihm gegeben hatte, als sie drei Jahre alt gewesen war und in einer Phase gesteckt hatte, in der sie allem einen Namen verpasst hatte. Hokulani hieß Stern am Himmel und für Dad war sein alter Wagen mindestens genauso wertvoll, weshalb sich der Name bis heute hielt.

Ich fuhr los. Der Himmel bereitete sich allmählich auf die Golden Hour vor, indem sich hauchzarte pinkfarbene Wolkenschwaden in das Hellblau mixten. Unwillkürlich wanderte mein Geist zurück zu Kalea, dem Schildkrötenmädchen. Das Handy mit ihrer Nummer wog bleischwer in meiner Hosentasche, denn seit ich heute Vormittag ihre Auffangstation verlassen hatte, kaute ich auf dem Gedanken herum, ihr zu schreiben. Doch was?

»Lio?« Dad ertappte mich, was ich an seinem amüsierten Unterton erkannte.

»Da ist ein Mädchen«, verkündete ich und warf ihm einen kurzen Seitenblick zu, wobei sich einer meiner Mundwinkel zu einem schiefen Lächeln anhob.

Dad nickte. »Seit wann kennst du sie?«

»Seit gestern.«

Dad entfuhr ein Lachen und er lehnte seinen Hinterkopf gegen die Stütze. »Das nenne ich frisch. Sie muss was Besonderes an sich haben, dass du ihr so schnell verfällst.«

Ich zog die Nase kraus und verdrehte die Augen. »Ich bin ihr doch nicht verfallen, Dad«, entgegnete ich schnaubend. Hitze stieg in mir auf, und ich kurbelte das Fenster in der Hoffnung herunter, der Fahrtwind würde für Abkühlung sorgen.

»Du kennst die Geschichte von deiner Mom und mir«, erinnerte er mich. Ich schenkte ihm einen genervten Blick.

»Ja, Dad«, grinste ich und wischte mir eine schwarze Haarsträhne aus der Stirn. »Aber nicht alle von uns finden die große Liebe beim ersten Versuch.« Ich dachte an meine Ex-Freundinnen und schüttelte mich. »Oder beim zweiten, dritten und vierten, siebten, neunten.«

»Dass du keine Bindungsangst hast, ist uns aufgefallen«, amüsierte Dad sich und boxte mir gegen den Oberarm.

»Ey!« Ich warf ihm einen finsteren Blick zu, schaffte es allerdings nicht, ein Lächeln zu unterdrücken, denn im Grunde hatte er recht damit. Bisher hatte ich schnell Nägel mit Köpfen gemacht, sodass die Frauen, mit denen ich ausgegangen war, direkt meine festen Freundinnen geworden waren. Rückblickend war es in keinem der Fälle eine schlaue Idee gewesen, da ich dadurch mehr als ein Herz gebrochen hatte, was nie meine Absicht gewesen war.

»Du machst das schon, Lio«, versicherte Dad mir mit so viel Zuversicht in der Stimme, dass sich ein Band um meinen Hals festzurrte. Manchmal fragte ich mich, wo Dad dieses Vertrauen in mich hernahm.

# KAPITEL 21

## Kalea

Wie konnte sich etwas gleichzeitig richtig und falsch anfühlen? Bas zu sehen, tat gut und weh zugleich. Er hatte vorgeschlagen, Pizza zu bestellen, und ich hatte sofort meine Chance gesehen, ihm kurz zu entkommen, um den Kopf freizukriegen. Sein unangekündigter Besuch hatte mich mehr aus der Bahn geworfen, als ich zugeben wollte, also hatte ich prompt vorgeschlagen, selbst zur Pizzeria zu fahren. Ich stellte den Elektroroller am Straßenrand ab.

Bas hatte mir einen Fünfzig-Dollar-Schein in die Hand gedrückt und keine Widerreden hören wollen, als ich ihm versicherte, ihn als meinen ungebetenen Gast einladen zu können. Selbstverständlich war das gelogen gewesen. Und selbstverständlich hatte er die Lüge im gleichen Moment enttarnt, in dem sie mir über die Lippen geglitten war. Ich war blank, und Bas wusste es, verdammt. Und er ließ ohnehin nicht mit sich diskutieren. Bas war der größte Dickschädel, dem ich in meinem ganzen Leben begegnet war, doch wäre es gelogen zu behaupten, dass ich ihn deswegen weniger liebte.

Auf der Swell Street, in der mein liebster Italiener lag, herrschte der allabendliche Touristentrubel und ich hoffte, einfach in ihn eintauchen und untergehen zu können. Garantiert beachtete mich niemand. Meine Panik war übertrieben. Das versuchte ich mir schon seit Jahren klarzumachen. Noch hatte es nicht funktioniert.

Ich stieß die Glastür zum *Giovanni's* auf. Eine prickelnde Kühle empfing mich und umschmeichelte meine vom Tag aufgeheizte Haut. Giovanni drehte die Klimaanlage gern auf, weshalb sein Geschäft kontrovers besprochen wurde. Der Duft von gebackenem Käse, gepaart mit fruchtiger Tomate, Oregano und Scampi drang mir in die Nase, und ich verdrehte genüsslich die Augen. Simultan begann mein Magen zu knurren, obwohl meine letzte Mahlzeit bei Menina nicht lange her war.

»Kalea, mia bella«, begrüßte Giovanni mich höchstpersönlich, indem er mir einen Luftkuss zuwarf. Na super, er sorgte für Aufmerksamkeit, doch ich versuchte mich an einem Lächeln. »Wo warst du nur so lange?« Theatralisch fasste er sich an die Brust, als hätte es ihm das Herz gebrochen, dass ich mich nicht mehr hatte blicken lassen. Doch wer kein Geld für seine Schildkröten hatte, hatte auch keines für Pizza oder Limonade.

»So viel zu tun, so viel zu tun«, seufzte ich und setzte mich an den Tisch direkt an der Bar, der nicht für Gäste gedacht war. Von Giovanni an diesen Tisch eingeladen zu werden, war eine Ehre, und er empfand es als Beleidigung, wenn man sich fortan woanders hinsetzte. »Machst du mir zwei Pizza Verdura fertig?« Ich strahlte ihn müde an und legte mein Gesicht in die Hände. »Mit extra viel Käse und auf eine bitte schwarze Oliven.«

Er beäugte mich neugierig. »Du hasst Oliven, mia bella.«

»Stimmt!« Ertappt lachte ich. »Die ist nicht für mich.«

»Soso«, schmunzelte er und rief meine Bestellung auf Italienisch durch die hüfthohe Schwingtür in die Küche, aus der es schepperte. »Wo ist deine laute Freundin?«

»Florence?« Ich prustete los. »Ich schätze im *Coconight.*« Ich schielte zur Wanduhr hinter der Bar. Sie war aus dem Boden eines Weinfasses gefertigt. Garantiert hatte Florence die Auffangstation schon verlassen, zumindest hoffte ich, dass sie nicht mehr über meinen Papierbergen hockte. »Wie geht es Giulia?« Giulia war Giovannis Tochter, die die hiesige Highschool besuchte und sein Ein und Alles war. Er verwöhnte sie und überschüttete sie mit Liebe.

»Sie wird immer schöner«, strahlte er, und in seinen Augen blitzte ein stolzes Glitzern auf.

»Das glaube ich dir.«

»Kommt was dazu?« Er tippte auf das Touchpad seines hochmodernen Kassensystems und runzelte verärgert die Stirn. »Das hab ich doch angetippt«, brummte er der Maschine zu und drückte fester darauf, dass sie wackelte. »Geht doch.«

»Ich nehme noch zwei Flaschen deiner Limonade.«

»Sì, certo.« Giovanni schnappte sich drei Flaschen aus dem Kühlschrank, von denen er eine mit dem Flaschenöffner, der am Griff baumelte, öffnete. Ohne hinzusehen griff er nach einem Glas auf einer Strebe oberhalb unserer Köpfe und goss mir die Limonade ein. Das Glas und die zwei geschlossenen Flaschen stellte er vor mich.

»Danke, Giovanni!« Ich setzte die Limo gierig an und bemerkte erst, als die kühle Flüssigkeit meine Lippen benetzte, wie durstig ich war. Wie sehr ich den Minze-Limette-Geschmack vermisst hatte. Für einen Moment blendete ich das Gewusel um mich herum komplett aus.

Die Küchenklingel holte mich aus meinen Gedanken, und als ich die Augen öffnete, schob Giovanni mir zwei Pizzakartons über den Tisch. »Das macht achtundvierzig Dollar, Mia Bella«, erklärte er mir und ich drückte ihm Basiltons Geldschein in die Hand. Puff. So schnell löste sich ein Eimer Schildkrötenfutter in Luft auf.

»Stimmt so«, lächelte ich und stand auf. »Bis bald, Giovanni, grüß Giulia.«

»Werde ich, bella Kalea!« Er winkte mir zum Abschied zu und wandte sich sofort mit einem breiten Grinsen an zwei Touristen, die kritisch seine Limonade beäugten und nicht so ganz wussten, wie sie sich ob Giovannis aufdringlicher Art verhalten sollten. Schmunzelnd packte ich die Pizzakartons und machte auf dem Absatz kehrt. Und blieb wie angewurzelt stehen.

»Hi.« Malio starrte mich mindestens so erschrocken an wie ich ihn. Ein Mann, den ich schon in der Stadt gesehen hatte, hatte zusammen mit Malio das Restaurant betreten und war schnurstracks auf Giovannis Freunde-und-Familien-Tisch zugelaufen. Ihm war gar nicht aufgefallen, dass Malio ihm nicht folgte.

»Hi«, erwiderte ich. Keine Ahnung, wann ich mir zuletzt so unbeholfen vorgekommen war. »Ich hab Pizza geholt«, erklärte ich ihm atemlos, als hätte ich damit gegen das Gesetz verstoßen.

Ein Lächeln zuckte an Malios Mundwinkel und er schien sich als Erster von uns beiden aus der Schockstarre lösen zu können. »Gut, dass du mir das sagst, darauf wäre ich im Leben nicht gekommen, Schildkrötenmädchen.« Er tippte auf die Pizzakartons in meinen Händen, und ich verdrehte lachend die Augen, wackelte mit den Pizzen. *Schildkrötenmädchen.* Beim Klang dieses Kosenamens war es, als strampelten tausende Babyschildkröten in meinem Inneren mit ihren kleinen Ärmchen und Beinchen um die Wette.

»Ich muss los, sonst werden die Pizzen kalt.«

Malio nickte und sein hüpfender Kehlkopf verriet, dass er schluckte. Mir entging nicht, dass er den Kartons einen skeptischen Blick zuwarf. Glaubte er, ich hätte ein Date? Oder dass ich heute Abend gleich zwei Pizzen verschlingen würde? Letzteres war mir lieber, auch wenn ich nicht wahrhaben wollte, warum. Er sollte nicht denken, dass ich vergeben war.

»Bis bald, Kalea«, verabschiedete er mich und hielt mir zuvorkommend die Glastür auf. Kaum merklich schüttelte ich den Kopf, um die verwirrenden Gedanken zu vertreiben, und setzte mich in Bewegung, wobei ich krampfhaft versuchte, das wackelige Gefühl in meinen Knien zu ignorieren.

»Bis bald«, nuschelte ich, sah herab auf den Karton, den langsam Fettflecken zierten, schlüpfte an Malio vorbei durch die Tür und huschte zu meinem Elektroroller, ohne einen Blick zurückzuwerfen. Ich schloss den Koffer hinter dem Sitz auf, um zwei breite Gummis hervorzuholen, mit denen ich die Pizzen darauf schnallen würde. Die Limonadenflaschen legte ich in das Köfferchen. Mein Puls hämmerte mir im Hals und ich musste mich zwingen, ruhig zu atmen. »Was war das denn?«, flüsterte ich und stützte mich am Roller ab, bis die Schildkrötenbabys in meinem Bauch aufhörten, sich zu kabbeln.

Trotz der Hitze zitterten meine Finger, als ich meinen Helm aufsetzte, wodurch das defekte Visier herunterrutschte. Ich schob es hoch und wollte aufsatteln, wobei ich unauffällig zurück zum *Giovanni's* schielte und prompt in Malios Augen blickte. Er stand neben Giovanni und dem Mann, den ich für seinen Dad hielt. Vor Schreck stieß ich mein Schienbein am Roller an und zuckte zusammen, fasste blitzschnell nach dem Lenker, da das Fahrzeug wackelte. Super. Das war ja jetzt gar nicht peinlich gewesen. Ich warf erneut einen Blick zum Restaurant, aus dem Malio mich noch immer ganz ungeniert betrachtete. Ich zuckte mit den Schultern, um meine Unsicherheit zu überspielen. Zu meiner Überraschung lachte Malio und schüttelte den Kopf. Er hob unauffällig einen Arm an, um mir zu winken, und ich konnte erkennen, dass er den Mund zu einem schelmischen Grinsen verzog. Zu einem Grinsen, das meine Knie weicher und meinen Bauch kribbeliger werden ließ.

# KAPITEL 22

## Malio

Ich eiste den Blick von Kaleas Rücklicht los und setzte die Flasche an meinen Mund. Vielleicht würde Giovannis hausgemachte Limonade den Brand in mir löschen, den Kalea ausgelöst hatte. Dad unterhielt sich neben mir mit Giovanni und ich wandte mich den beiden zu, ohne ihnen zuzuhören. Unwillkürlich stellte ich mir die Frage, für wen Kalea die zwei Pizzen geholt hatte. Ich ignorierte das Zwicken in meiner Magengrube. Hatte ich mir unseren Flirt auf dem Beckenrand eingebildet? Ich sollte mich zusammenreißen und einfach herausfinden, ob Kalea vergeben war. Falls ja, wäre es das Beste für mich, auf Abstand zu gehen, denn ich hatte kein Interesse an einem gebrochenen Herzen.

Dads Stimme holte mich aus meinen Gedanken. Giovanni stand nicht mehr neben uns, sondern rückte einem Touristenpärchen auf die Pelle, was typisch für ihn war. Giovanni hatte die Begabung, selbst die introvertiertesten Menschen für sich zu gewinnen, was garantiert daran lag, dass er auf jeden Gast zuging, als wären sie seit Jahrzehnten befreundet. »Wie heißt sie?« Dad stieß seine Glasflasche an meine, um mir zuzuprosten, und lächelte mich diabolisch an, als er sie an seine Lippen setzte.

»Kalea«, murmelte ich und behielt Dad im Blick, da ich auf seine Reaktion gespannt war, die prompt eintraf und mich nicht enttäuschte. Dad verschluckte sich und hustete, klopfte sich mit der freien Hand auf den Brustkorb und hielt die Hand mit der Flasche in die Höhe, als wollte er etwas erwidern. »Dad? Brauchst du Hilfe?« Amüsiert beobachtete ich ihn dabei, wie er wieder zu Atem fand und sich räusperte.

»Ihr Name ist sehr alt. Kommt sie auch von hier?«

Ich zuckte mit den Schultern und seufzte. »Das weiß ich noch nicht, Makuakāne.«

Dads Augen strahlten, als ich ihn mit dem hawaiianischen Wort für Dad ansprach. Er legte mir den Arm um die Schultern, um mich zu sich zu ziehen und mir einen Kuss auf den Scheitel zu drücken, als wäre ich ein Kind. »Keiki«, erwiderte er, was im Grunde Sohn hieß und mich schmunzeln ließ. »Du wirst es herausfinden«, erklärte er mir aus tiefster Überzeugung. »Glück und hell.« Er sprach ehrfürchtig die beiden Worte aus. »Dieser Name war weit oben auf der Liste, als deine Mom und ich einen für deine Schwester gesucht haben, weißt du?« Er stieß mir den Ellenbogen in die Seite und wackelte mit den Augenbrauen. »*Glück und hell*, und Malio, *der Widerspenstige*. Klingt für mich nach einem mustergültigen Match.«

»Dad! Hör auf, schon unser Hochzeitsgeschirr auszusuchen«, lachte ich und versuchte, das Feuerwerk in meinem Inneren im Zaum zu halten. »Ich bin Kalea erst gestern zum ersten Mal begegnet.«

»Für Geschirr ist sowieso deine Mom zuständig.«

»Wehe, du erzählst ihr irgendetwas, Dad.«

»Ich kann schweigen wie ein Grab«, versprach er mir. »Das muss in der Familie liegen«, fügte er leise und vorwurfsvoll hinzu.

»Dad«, seufzte ich. Mir war klar, dass ich nicht ewig verschweigen konnte, warum ich mein Studium abgebrochen und zurück nach Shore Mana gekommen war. Doch ich suchte noch immer nach einem Grund, den sie verstehen würden und der mich nicht so schwach dastehen ließ.

»Schon okay, Malio. Alles zu seiner Zeit. Alles immer zu seiner Zeit«, beteuerte er und schenkte mir zeitgleich ein so ehrliches Lächeln, dass sich ein schmerzvoller Kloß in meinem Hals ausbreitete. Wie sollte ich ihm erklären, warum ich zurückgekehrt war und alles abgebrochen hatte? Würden sie mein Heimweh nachvollziehen können? Wäre es Grund genug für sie?

Noch war es nicht zu spät, noch hatte ich die Chance, es doch durchzuziehen. Mom und Dad waren so stolz auf mich gewesen, als ich für die *New York Law School* Stipendien erhalten hatte. Ich, Malio, der weder Jahrgangsbester noch Sohn einer einflussreichen Familie, sondern nur jemand mit dem Kopf in den Wolken und einer gewaltigen Prise Glück gewesen war. Nur gut sein reichte niemals aus. Jeder erfolgreiche Mensch war es nicht durch puren Fleiß und Ehrgeiz geworden. All jene hatten Erfolg, weil das Glück zudem auf ihrer Seite war. Nicht alle konnten alles schaffen, was sie wollten. Manche wollten mit jeder kleinsten Faser ihres Herzens und würden es dennoch niemals schaffen. Und nun hatte ich aufgegeben, hatte mein Glück mit Füßen getreten. Das war es, was Mom und Dad sehen würden, da war ich mir sicher.

In den Schaufenstern spiegelten sich die Farben der sich senkenden Sonne. »Golden Hour«, murmelte ich und genoss das Kribbeln in den Beinen. Sobald sich der Himmel verfärbte, hieß es für mich, aufzubrechen. Zum Strand, zu den Wellen, zum Ozean und zu dem Augenblick, in dem ich vollständig war.

»Los, geh!« Dad deutete mit einem Nicken zum Ausgang und hielt seine Hand auf, damit ich seinen Autoschlüssel hineinlegte. »Ich hole sowieso gleich Lani bei Kekona ab.«

»In Shore Mana fahren Busse«, erwiderte ich und verdrehte die Augen. »Für mich hatten die auch gereicht.«

»Lio«, ermahnte Dad mich und hob eine Augenbraue an.

»Ach, was soll's«, brummte ich in meinen Bart und lief rückwärts los zur Tür, wobei ich Dad winkte. Ich ließ meine geleerte Limoflasche in den dafür vorgesehenen Kasten neben dem Ausgang rutschen und trat hinaus, wo mir die Abendhitze entgegenschlug, die sich anfühlte wie ein Saunaaufguss.

Ich nahm das Skateboard von der Ladefläche des Jeeps, sprang auf, stieß mich ab und rollte los, wobei mich die Sonne blendete, die golden in den Schaufenstern reflektierte. Entfernt sichtete ich einen Roller wie Kaleas und hätte fast vergessen, mit einem Flip vom Bordstein zu springen. Gerade rechtzeitig fing ich mich, sodass ich nicht fiel. Das Schildkrötenmädchen hatte sich tief in mein Bewusstsein eingenistet und der warmen Welle nach zu urteilen, die sich ihren Weg bis in meine Nervenenden suchte, hieß ich Kalea bis ins kleinste Molekül willkommen.

# KAPITEL 23

## Kalea

»Wo hast du die denn her?« Ich war in mein Wohnzimmer getreten, wo Bas es sich auf dem Sofa gemütlich gemacht hatte. Auf dem niedrigen Couchtisch standen zwei Weinflaschen, deren Etiketten teuer aussahen.

»Ich war einkaufen«, erklärte er mir in einem Ton, als befürchtete er, ich wäre begriffsstutzig. »Eure Mall«, er betonte das Wort und verzog den Mund, »ist allerdings ein Witz – warst du mal in dem Weingeschäft?«

»Ich mag es nicht, wenn man Shore Mana nicht zu schätzen weiß«, tadelte ich Bas. »Und ja, natürlich, Jerry ist etwas zerstreut.« Jerry, der Besitzer des *Whine's*, ein präziser Name für einen Weinladen, brachte gern die Länder durcheinander, aus denen er seine Weine bezog. »Nichtsdestotrotz führt er die exquisitesten Weine«, erklärte ich nachdrücklich und platzierte die Pizzakartons direkt neben den Flaschen. »Man muss nur ein bisschen suchen.«

»Er wurde fuchsteufelswild, als ich ihm anbot, seine Weine zu sortieren«, murrte Bas schmollend.

»Deine Hilfsbereitschaft in allen Ehren. Manche Personen mögen es nicht, auf ihre Fehler hingewiesen zu werden.«

Bas richtete sich auf und griff nach dem Weißwein. »Im Argentinienregal standen Weine aus der Toskana«, empörte er sich und deutete auf das Etikett. »Wenn man es eilig hat, pusht dieser Laden einem den Puls.«

»In Shore Mana hat man es nicht eilig«, entgegnete ich schmunzelnd. »Und das ist perfekt«, ergänzte ich flüsternd, da Bas mir vor Augen führte, was ich hier im Vergleich zum hektischen New York liebte. Ich nahm ihm die eiskalte Flasche ab, an deren Glas erste Kondenztropfen herunterperlten, und entdeckte *Kröti*, meine Stoffschildkröte, die Bas zwischen sich und der Rückenlehne zu verstecken versuchte.

»Nimm deinen dicken Hintern von ihm!« Ich drückte ihm die Weinflasche zurück in die Hand und landete mit einem Hechtsprung an seiner Seite, um Kröti hervorzuziehen. »Du hast ihn vom Bett geklaut. Was hast du dort gesucht?« Ich umarmte die Schildkröte und schmiegte mein Kinn in den flauschigen Stoff.

»Ich habe Kröti gesehen, als ich aus dem Bad kam.«

»Und wolltest ihn dann entführen?« Gespielt angriffslustig hob ich eine Augenbraue an.

Bas schüttelte lachend den Kopf. »Niemals, aber ich wurde irgendwie … nostalgisch« Er stockte und legte den Kopf schief. »Ich hätte niemals gedacht, dass aus deiner kindlichen Besessenheit für Schildkröten diese Leidenschaft wird.« Er zuckte mit den Schultern, und für den Bruchteil einer Sekunde huschte ein verklärter Ausdruck über sein Gesicht. Irgendwie melancholisch, wehmütig, erinnerungsbehaftet.

»Alles fing mit ihm hier an.« Ich strich Kröti über den Panzer und stupste Bas mit meiner Schulter an. »Er war das beste Geschenk ever.« Ich lächelte in Erinnerung an den Tag in unserer frühsten Kindheit, als Bas mir dieses Kuscheltier geschenkt hatte. Weder er noch ich konnten ahnen, dass ich mich ab diesem Tag dermaßen in die Meeresriesen verliebte, dass ich ihnen mein ganzes Leben widmete und sogar Meeresbiologie studierte, obwohl Mom und Dad mich schon an der *Brown* in Providence sahen.

»Das Beste war aber dein Schildkrötenkostüm in der dritten Klasse«, prustete Bas plötzlich, und ich versteckte mein Gesicht hinter Kröti. Dass er mich auch immer wieder daran erinnern musste. Mein Panzer war auf der Straße abgefallen und ich hatte es nicht gemerkt. Für den Rest des Tages hielten mich alle für einen grünen Nacktmull.

»Schlimmster Tag meines früheren Lebens. Lassen wir das«, bat ich stöhnend.

»Okay, wie du meinst. Wo ist dein Flaschenöffner? In der winzigen Küche konnte ich keinen finden.«

»Ich habe keinen.«

»Komm schon, wo ist er?«

Ich schüttelte den Kopf. »Ich habe wirklich keinen. Ich kann es an einer Hand abzählen, wie oft ich mir in den letzten Jahren Wein geleist…«, ich verhaspelte mich, »gekauft habe.«

»Lea«, seufzte Bas und klopfte auf das Sofa neben sich, damit ich näher an ihn heranrückte. »Komm her.« Seine Stimme schwang um. Wo eben Belustigung zu hören gewesen war, dominierte jetzt Sorge.

Wieder schüttelte ich den Kopf und verschränkte die Arme vor der Brust. »Nein«, murrte ich und biss mir auf die Unterlippe. »Du willst über Geld reden, Basilton.«

»Wenn du meinen Namen sagst, ist das für mich ein Zeichen, erst recht nicht klein beizugeben, das weißt du doch«, erklärte er mir fürsorglich und zog mich näher an sich heran. Widerwillig ließ ich mich direkt an seine Brust sinken und mich durchflutete dieses Gefühl von Familie. Bas war mein bester Freund seit Kindertagen und auch die Jahre, in denen wir geglaubt hatten, uns auf andere Weise lieben zu müssen, hatte unser inniges Band nicht entzweigerissen. »Rück raus mit der Sprache, Kleines.«

»Nenn mich nicht Kleines, wir sind gleich alt.« Kichernd boxte ich ihm in den Bauch und stützte mich von ihm weg, zog die Beine unter den Po, nachdem ich die Sneakers von meinen

Füßen gestrampelt hatte. »Ist ja gut.« Er wartete, bis ich bereit war und hielt meine Hand. In Momenten wie diesem erwischte ich mich bei der Frage, ob Bas und ich beieinander hätten bleiben sollen, denn wir funktionierten. Wir liebten uns nicht auf diese romantische Art, die in Büchern und Filmen gepredigt wurde, aber mal ehrlich: Gab es diese überhaupt? »Ich bin pleite.« Mein Mund schien in Flammen zu stehen, mein Herz zog sich qualvoll zusammen, und es war, als explodierte eine Bombe hinter meiner Stirn. Die Worte waren raus. Und somit war es wahr.

»Was brauchst du, Lea?«

»Nein«, wehrte ich direkt ab. »Wenn du dich auch nur einen Millimeter bewegst, um zu deinem Scheckbuch zu gehen, serviere ich dir morgen zum Frühstück Eier. Deine eigenen!«

Bas hob beschwichtigend die Arme. »Ich glaube nicht, dass du mir jemals wieder an die Eier gehst«, erklärte er, ohne rot zu werden.

»BASILTON!«, donnerte ich los und im Gegensatz zu ihm stieg mir die Hitze zu Kopf. »Darüber reden wir nicht, hast du das vergessen?« Meine Wangen wurden noch wärmer, als ich an all die Male dachte, die wir miteinander geschlafen hatten. Es war nie wirklich seltsam gewesen, irgendwo zwischen Erfahrungen sammeln und Spaß. Wir waren so jung gewesen und ich konnte mich glücklich schätzen, dass es Bas war, dem ich das Vertrauen meines ersten Mals geschenkt hatte. Denn bis heute hatte er mein Vertrauen nie gebrochen oder ausgenutzt. Basilton war mein Ehemann gewesen, und nicht nur deshalb würde er für immer zu meinem Leben gehören. Seit wir der Wahrheit ins Gesicht geblickt und uns für die Scheidung entschieden hatten, hatten wir einander aber nicht mehr nackt gesehen. Es war eine unausgesprochene Übereinkunft gewesen, und je mehr Zeit vergangen war, desto besser hatte ich mich mit dieser Entscheidung gefühlt. Und doch bereute ich den Sex mit ihm nicht, denn er war trotzdem schön gewesen.

»Natürlich nicht!« Bas wackelte mit den Augenbrauen. »Aber ich mag es, wenn du knallrot anläufst.« Er hielt sich schützend die Arme vor das Gesicht, da ich nach einem Kissen gegriffen hatte, um es ihm über den Kopf zu ziehen.

»Du bist furchtbar«, sagte ich und wandte mich den Pizzen zu. »Iss, dann bist du wenigstens still.« Ich hielt ihm auffordernd einen Karton hin und öffnete den zweiten auf dem Couchtisch. »Ihgitt!« Mit herausgestreckter Zunge und vor Ekel verzogener Grimasse klappte ich den Deckel herunter, schnappte ihm den anderen Karton aus der Hand, um ihm stattdessen diesen zu geben. »Hier, Oliven, ich verstehe nicht, was du an denen findest.«

»Du hast keine Ahnung, die sind lecker.«

»Iss!«

Bas lachte. »Lea!«

»Du sollst essen«, grinste ich mit vollem Mund und tippte seinen Karton an. »Die wird sonst kalt.« Der Käse von meiner Pizza zog sich so lang, dass ich den Arm komplett ausstrecken musste, bis er riss.

»Ich glaube, das Leben in O'ahu tut deinen Manieren nicht gut«, feixte er und biss genüsslich in ein Pizzastück, wobei ihm der fettige Käse auf die Beine tropfte.

»Das Leben in Shore Mana ist das Beste, das mir hätte passieren können«, erklärte ich ihm. »Ich meine es ernst.«

»Ich habe keinerlei Zweifel. Aber Lea?« Bas stupste sein Knie gegen meins. »Bitte schlage meine Hilfe nicht um jeden Preis der Welt aus. Ich kann trotz allem für dich sorgen, und ich möchte für dich da sein, okay? Immer.«

Ich atmete tief ein und schluckte den Bissen herunter, der bleischwer in meinen Magen plumpste. »Immer«, erwiderte ich und spähte hinab auf meinen Ringfinger und das tätowierte *B*, das diesen seit dem Tag zierte, an dem wir die Ringe abgelegt und die Scheidungspapiere unterschrieben hatten.

Bas schien es aufgefallen zu sein, denn er nahm das Pizzastück in die andere Hand, um seine zu meiner auf mein Bein zu legen. Das winzige *K* in der gleichen Schriftart neben dem *B*. Auch ohne diese Tattoos war mir klar, dass er für immer zu mir gehörte. »Okay, Lea?« Er würde nicht lockerlassen, ehe ich ihm mein Wort gab.

»Okay«, seufzte ich und fuhr das *K* mit der Fingerspitze nach. »Du bist eine Plage.« Bas lachte und biss beherzt in seine Oliven-Pizza. Er griff nach der Fernbedienung auf meinem Couchtisch und ich versteifte mich. Im Grunde war der Fernseher Deko, denn ich bezog weder Kabelfernsehen noch konnte ich mir Streamingdienste leisten. Ab und zu fand ich mich bei YouTube wieder. Bas schaltete das Gerät ein und navigierte zum Netflix-Logo. Die App öffnete sich und ich hatte die Wahl zwischen drei Accounts: Basilton, Arabella und Kalea. »Basilton Dean Conteville, ist das dein Ernst? Ich will keine Almosen.«

»Deine Entscheidung, Kalea Sofia Leonor Conteville, ob du es nutzt.« Er zuckte mit den Schultern. »Es ist nur ein Angebot und der Account wird eh bezahlt, also guck mich nicht an, als hätte ich dir ein Bett aus Diamanten gekauft.«

»Das könntest nicht einmal du dir leisten«, murrte ich und ließ zu, dass ein Lächeln an meinem Mundwinkel zuckte.

»Wo du recht hast«, pflichtete Bas mir schmunzelnd bei und wählte eine uralte True-Crime-Serie aus, die wir als Teenies oft zusammen geschaut hatten und von der wir alle Folgen auswendig mitsprechen konnten. Sie war ein absoluter Comfort-Watch für mich. Ich entschied, mich fallen zu lassen und zu genießen, dass mein bester Freund bei mir war, auch wenn der Grund des Besuchs mir missfiel. Geschlagen ließ ich mich gegen ihn sinken und kuschelte mich an seine Brust.

Vor dem Fenster war es stockfinster geworden, die Pizzakartons waren ratzeputz leer gefuttert und ich war mehrmals weggenickt. Ein Vibrieren, das von meiner Kommode neben der Eingangstür kam, ließ mich aufhorchen.

»Lass ruhig laufen«, bat ich Bas, der die Folge pausieren wollte, und quälte mich hoch. Neugierig griff ich nach dem

Handy und entsperrte das Display. Nach einem kurzen Schockmoment kam ich nicht umhin zu lächeln. Eine Nachricht von einer unbekannten Nummer sorgte normalerweise dafür, dass sich Panik in meinen Eingeweiden festsetzte und mich vorübergehend lähmte. Die Angst, dass sie mich fanden, von mir verlangten, nach Hause zu kommen, wo ich überhaupt nicht hingehörte. Doch diese Nachricht war von der Person, die ich den ganzen Tag kaum schaffte, aus meinen Gedanken zu vertreiben.

**Unbekannt:** Hi, Schildkrötenmädchen, hast du die Pizza auf der Rollerkonstruktion heil ans Ziel gebracht und hat's geschmeckt?

Schildkrötenmädchen. Ich sog die Lippen ein, um nicht breit zu grinsen, und wandte mich zur Kommode um, damit Bas es nicht bemerkte. Meine Finger zitterten vor Nervosität und in meinem Kopf herrschte Leere. Was sollte ich erwidern? Ich tippte, löschte, schrieb, pausierte, löschte wieder und tippte von Neuem los. Malios Status wechselte zwischen online und offline. Wartete er etwa auf eine Antwort? Das half meiner Nervosität nur bedingt.

**Ich:** Hi Surferboy, der Pizza ging es mindestens so gut wie Muffin nach deinem Überfall, und klar, Giovannis Pizza ist die Beste. Wer war der Mann, mit dem du dort warst?

War ich zu neugierig? Zu forsch? Ich hatte mir irgendwann angewöhnt, Fragen zu stellen. Doch wenn ich die Fragen stellte, hatte mein Gegenüber eher damit zu tun, zu antworten, als im Umkehrschluss mich auszufragen. Ich erzählte nicht von mir, hielt geheim, wo ich herkam, wer ich gewesen war, bevor ich mich von meiner Familie und der schillernden Glitzerwelt der Upper East Side gelöst hatte, die mehr Schatten warf als die höchsten Berge der Welt.

Ich schluckte. Mir wurde heiß, weil Malio tippte, und ich erwischte mich dabei, wie ich die Luft anhielt. Auch er stoppte, schrieb weiter, stoppte. Es erleichterte mich, dass er seine Worte genauso sortieren musste wie ich. Um Zeit zu überbrücken, speicherte ich mir seine Nummer ein, setzte hinter seinen Namen einen Muffin-Emoji, gefolgt von einem Surfbrett, und beinahe hätte ich ein blaues Herzchen ausgewählt, als wäre ich dreizehn Jahre alt.

Ich brauchte gar nicht erst zu versuchen, mich selbst davon zu überzeugen, dass ich Malio nicht anziehend fand. Seine dunkelblauen Augen hatten sich besonders in mein Gedächtnis gebrannt, und ich wünschte mir, sie irgendwann länger ansehen zu können, ohne dass es komisch und aufdringlich wäre. Ich drehte und wendete das Smartphone aufgeregt zwischen den Fingern, wobei mein Blick auf den Tattoos landete, die die Unterseiten meiner Handgelenke zierten. Natürlich waren mir Malios Tattoos ebenfalls direkt ins Auge gestochen, die ihn nur noch faszinierender für mich machten. Unter seinem Shirt und dem kurzärmeligen Wetsuit hatten Muster hervorgelugt, die mich an traditionelle Maori-Tattoos erinnerten, woraus ich schloss, dass er von hier kam.

**Malio:** Das war mein Dad, wir waren auf eine Limonade bei Giovanni, danach bin ich surfen gegangen.

**Ich:** Hoffentlich unfallfrei?

**Malio:** Da surft man ein einziges Mal in seinem Leben eine Schildkröte über den Haufen …

**Ich:** Ihr seht euch ähnlich!

**Malio:** Ich sehe aus wie eine SCHILDKRÖTE?

Ich lachte, denn wir hatten zeitgleich getippt, wodurch die Reihenfolge unserer Antworten durcheinandergeraten war.

**Ich:** hahaha! Du und dein Dad natürlich. Aber wenn ich es mir überlege, haben du und Muffin ein paar ähnliche Züge.

**Malio:** Das ist das außergewöhnlichste Kompliment, das ich je bekommen habe.

Malios Status sprang auf offline. Als ich das Smartphone zurück auf die Kommode legen wollte, vibrierte es erneut. Er hatte mir ein Foto geschickt und mir entkam ein ersticktes Quieken, da ich versuchte, ein Lachen zu unterdrücken. Er hatte ein Selfie von sich geschossen, neben sich im Sand eine ungelenke Zeichnung einer Schildkröte. Das Foto war mit Blitzlicht aufgenommen und Malio war nur halb im Bild, doch durch den Blitz stachen seine Augen hervor. Ich schaffte es kaum, mich von seiner gebräunten Haut, den geraden, weißen Zähnen und den dunklen Wuschelhaaren loszueisen. Er strahlte in die Kamera, dass es sich erneut anfühlte, als nähme eine Horde Babyschildkröten in meinem Bauch Tanzunterricht. Es rumpelte, rappelte, kitzelte mich an den Magenwänden.

**Ich:** Du Künstler! Hübsche Schildkröte!

**Malio:** Du wirfst ja mit Komplimenten um dich, daran könnte ich mich gewöhnen.

**Ich:** Ich kann auch anders.

Ich schielte in die obere rechte Ecke des Displays, um die Uhrzeit zu checken. Es war bald Mitternacht.

**Ich:** Bist du etwa noch am Strand?

**Malio:** Das glaube ich dir aufs Wort. Und ja, ich war nach dem Surfen noch am Strand joggen.

**Ich:** Wow, ambitioniert. Mich würden keine zehn Schildkröten ans Meer zum Joggen kriegen.

**Malio:** Ich habe einen ziemlich hohen Bewegungsdrang.

Ich: Ich nicht.

Malio schickte eine Horde Tränen lachender Smileys.

Ich: Ist es dir nicht zu finster?

Malio: Nein, der Mond ist heute sehr hell, guck raus.

Verstohlen lehnte ich mich zur Seite und lugte durch den schmalen Flur zum Schlafzimmerfenster. Er hatte recht, ein silbriger Streifen Mondlicht fiel auf den Holzrahmen meines Betts, verlief über den Parkettboden und suchte sich seinen Weg durch den Flur bis zu meinen Füßen. Unauffällig hielt ich das Handy vor die Brust, um vor Basilton zu verheimlichen, wie ich ein Foto vom Mondschleier schoss, damit ich es Malio schicken konnte.

Ich: Stimmt, irgendwie magisch. Gute Nacht, Surferboy.

Ich beendete das Gespräch, wo es am schönsten war.

Malio: Da hast du recht. Gute Nacht, Schildkrötenmädchen.

Grinsend biss ich mir auf die Unterlippe und genoss dieses Kribbeln, das sich wie ein warmer Regenschauer über meiner Haut ergoss.

Ich schielte zu Basilton, der mich, eine Augenbraue hochgezogen, beobachtete. »Lea?« Er klopfte fordernd auf den Platz neben sich. »Wie heißt er?«

»Wer?« Ich tat, als wüsste ich nicht, was er meinte, und blieb an der Tür stehen. Ausreichend Sicherheitsabstand konnte nicht schaden.

»Ich kenne dieses Grinsen«, erklärte er mir selbstsicher. »Ich war der Erste, dem es galt, schon vergessen?«

Stöhnend verdrehte ich die Augen, legte mein Handy mit dem Display nach unten zurück auf die Ablage und ging auf Bas zu.

»Er heißt Malio.« Ich versuchte, Gleichgültigkeit in meine Züge zu legen, doch es war, als hielte ein Bindfaden meine Mundwinkel hoch. Ich schaffte es nicht, mein Lächeln zu unterdrücken. »Guck mich nicht so an«, forderte ich ihn auf, griff nach einem Sofakissen und donnerte es ihm in sein selbstgefällig grinsendes Gesicht.

»Autsch!« Bas rieb sich über die Nase. »Wie gucke ich denn?«

»So kuhäugig!«

»Ich bin einfach neugierig, wen meine beste Freundin datet, okay?« Er hielt sich in weiser Voraussicht die Unterarme vor das Gesicht. Er kannte mich leider zu gut.

»Wir daten nicht, ich habe ihn erst gestern kennengelernt.«

Bas hob eine Augenbraue an. Schon wieder. »Jetzt bin ich eifersüchtig. Nach so kurzer Zeit schwebst du schon auf Wolke sieben?«

»Bei mir schwebt überhaupt nichts, hör auf, mir das einzureden.« Ich verschränkte die Arme vor der Brust und wandte den Blick zum Fernseher. »Lass uns weiterschauen.«

Bas zog mich an sich, wobei ich ihn leise lachen hörte. Er drückte mir einen liebevollen Kuss auf den Scheitel. »Ich will nur nicht, dass irgendjemand dein eh schon demoliertes Herz bricht, Lea«, flüsterte er mir ins Ohr. Sofort zog sich mein Magen zusammen.

»Ich weiß«, räusperte ich mich. »Ich passe gut auf mich auf, Bas, okay?«

# KAPITEL 24

## Malio

Das Skateboard unter meinen Sneakers rollte ich durch das friedlich schlafende Shora Mana. *Freiheit.* Das war Freiheit für mich. In der Nacht waren die Wellen, die am Ufer brachen, lauter und sogar noch zu hören, als ich das Wohnviertel erreichte, in dem ich aufgewachsen war. Ich rauschte vorbei an all den Häusern, in denen die Lichter lange erloschen waren. Der orangefarbene Schein der Straßenlaternen leuchtete mir den Weg, auch wenn in dieser Nacht der Mond ausgereicht hätte. Kurz schloss ich die Augen und inhalierte die salzige Meeresluft, genoss die kühle Brise, die meine Haut streifte. Nachts kühlte es sich so weit ab, dass ich das Gefühl hatte, durchatmen zu können.

Ich bog in die Palms Shadows Ave ein, in der mein Elternhaus stand. Die Gehsteige säumten Palmen, die ich zu meiner Zeit in New York vermisst hatte, genauso wie die Blumenmeere, die auch in der Nacht ihren Duft verströmten. Der sanfte Wind raschelte in den Palmenblättern und die Schatten tanzten auf dem Boden. Seufzend hielt ich an, um ein Überbleibsel von Freds Futtersuche aufzusammeln, den ich just in diesem Moment dabei erwischte, wie er versuchte, Mr. Paytons Regenrinne emporzuklettern. Ertappt hielt er inne, starrte mich durch seine Verbrechermaskierung an und regte sich erst wieder, als ich weiterfuhr. Ich stopfte die aufgelesene Müsliverpackung in unsere Mülltonne.

Als ich das Haus betrat, parkte ich mein Skateboard unter der Fußbank im Vorraum und lief durch den Windfang, dessen Angeln leise quietschten. Zielstrebig ging ich auf den Kühlschrank zu, um mir kühles Wasser zu holen. Vom Tag erschöpft lehnte ich mich gegen die Kücheninsel und fischte das Smartphone aus der Hosentasche. Ich pustete ein paar Sandkörner vom mittlerweile stark zerkratzten Display, entsperrte es und landete direkt im Chatverlauf mit Kalea, was mir ein Lächeln entlockte.

»Gute Nacht, Surferboy«, las ich ihre letzten Worte vor und hieß das Prickeln willkommen, das sich anfühlte, als piksten tausend hauchzarte Nadeln in meine Haut. Wenn ich an Kalea dachte, war ich genauso aufgeregt wie in den Minuten, bevor ich mir ein neues Tattoo stechen ließ. Langsam suchte mich die Müdigkeit heim, nur bezweifelte ich, dass ich bei dem Gedankenchaos schlafen konnte. Ich stellte mein geleertes Glas auf der Arbeitsfläche ab, um zur Treppe zu gehen, die ins Obergeschoss führte.

Ein Geräusch, das von der Außenwand zu kommen schien, ließ mich aufhorchen. *Klick. Klick. Klack. Quietsch.* »Was zur Hölle?« Ich schnappte mir ein dickwandiges Glas, um es gegebenenfalls als Waffe einzusetzen. Was Besseres gab es leider nicht. Barfuß zwängte ich mich durch einen Spalt des Windfangs, damit er keinen Ton von sich gab, und trat nach draußen, in der Hoffnung, Fred vorzufinden, der auf das Vordach kletterte. Leider fand ich nicht Fred vor.

»Noelani, das passiert jetzt nicht wirklich, was machst du da?« Ich stemmte die Hände in die Hüften. Meine Schwester flitzte barfuß über das Vordach bis zu ihrem Fenster, ihre Sneakers in den Händen. Sie stoppte wie zur Salzsäule erstarrt und wandte sich langsam zu mir um, als hoffte sie, sich verhört zu haben. »Küche! Sofort«, zischte ich ihr zu und deutete mit ausgestrecktem Arm ins Haus. Über Noelanis Gesicht huschte dieser abgeklärte Ausdruck, der mir zu verstehen gab, dass ich mich zum Teufel scheren sollte. Die Art, wie sie selbstgefällig eine Augenbraue in die Höhe zog und hämisch einen Mundwinkel anhob, ließ mich brodeln. Meine eigene Schwester schaffte es mittlerweile, dass ich in null Komma nichts auf einhundertachtzig war. Darauf war ich nicht stolz. »Sofort, Noelani«, wiederholte ich nachdrücklich, sodass sie widerwillig nickte.

»Krieg dich wieder ein«, murrte sie, als sie so gekonnt durch ihr Fenster stieg, dass es wohl kaum das erste Mal gewesen war. Ich fragte mich, warum sie sich überhaupt über das Vordach aus dem Haus schlich, immerhin hatte sie von Mom kaum etwas zu befürchten. Vermutlich machte sie es meinetwegen. Ich fuhr mir mit der freien Hand durch die Haare und legte den Kopf zurück, atmete tief durch und versuchte, den Ärger in mir unter Kontrolle zu bringen. Es brachte nichts, Noelani anzubrüllen, die Worte würden an ihrem Panzer abprallen. Ich nahm mir ein, zwei Minuten, um runterzukommen, ehe ich nach drinnen zu ihr ging.

Sie stand neben der Kücheninsel, barfuß und mit dem gleichen Wasserglas in der Hand wie ich. Sie schwenkte die Flüssigkeit verträumt darin, dass es über den Rand schwappte, und zuckte leicht zusammen, als sie meine Anwesenheit wahrnahm. Sofort versteiften sich ihre Schultern, und dieser abwehrende Ausdruck setzte sich auf ihrem Gesicht fest. Wie eine Schutzmaske, die sie sich aufsetzte.

»Was willst du?«, fuhr sie mich sofort an. Ich beobachtete durch zusammengekniffene Augen, wie sie das Glas an ihre Lippen setzte, um einen Schluck zu nehmen, doch sie täuschte mich nicht, denn ich erkannte ihre Unsicherheit. Wie sie da stand, ein Bein vor das andere gestellt, mit den Zehen wackelnd. Den Kopf kaum merklich schief gelegt, der Biss auf ihre Unterlippe und das blitzschnelle Zwinkern. Noelani war nervös und wusste, dass sie im Unrecht war.

»Wo warst du, Lani?«, fragte ich ruhig. Ich erhob die Stimme nicht, behielt die Kontrolle. Ich würde sie nicht anschreien, musste geduldig sein.

Noelani schnaubte und verschränkte die Arme vor der Brust, wobei sie sich einen Schwall Wasser über das Shirt kippte. Gleichgültig wischte sie mit einer Hand darüber, als scherte es sie nicht. Mein Blick fiel auf eine Art Namensschild am Saum ihres Oberteils, doch sie verdeckte es so schnell mit einer Hand, dass ich das Logo nicht entziffern konnte. War sie auf irgendeiner Firmenveranstaltung gewesen? Bei Highschoolpartys gab es keine Namensschilder, zumindest nicht bei meinen damals. »Das geht dich …«

»… nichts an«, fuhr ich resigniert dazwischen. »Schon klar.«

»Was fragst du dann, wenn es dir klar ist?« Sie stellte das Glas auf der Kücheninsel ab und machte Anstalten, an mir vorbei aus der Küche zur Treppe zu stolzieren. Sie verdeckte das Schild zu gut, verdammt.

Ich streckte den Arm aus, um ihr den Weg zu versperren. Sie würde sich unter ihm hindurchbücken und sich zwischen mir und dem Türrahmen durchquetschen müssen, was sie aufzuhalten schien, denn sie stoppte unweigerlich vor mir. So nah, dass ich auf meine kleine Schwester hinabsehen konnte und das Erdbeershampoo roch, das sie seit dem Kindergarten benutzte. Sie hob den Blick, und der Zorn darin jagte mir einen eiskalten Hagelschauer über den Rücken. Sie schien alles an dieser Situation zu hassen. Seufzend deutete ich mit einem Nicken auf die Wand, und Noelani sah hin. Sie räusperte sich und verdrehte die Augen. »Was, Malio?«

Ich nahm den Blick nicht von dem Foto, das Mom von Lani und mir in dem Sommer geschossen hatte, bevor ich nach New York gegangen war. Es zeigte uns, einen Eimer Popcorn zwischen uns, wie wir auf dem Sofa im Wohnzimmer fläzten und einen Film schauten. Noelani strahlte in die Kamera, ihre Zahnspange glänzte. Sie war schon damals wunderschön gewesen.

»Ich vermisse dich«, erklärte ich unverblümt, betrachtete sie undurchdringlich und nahm den Arm runter, um sie nicht mehr einzusperren, denn alles daran fühlte sich falsch an.

Sie rang mit sich und für den winzigen Bruchteil einer Sekunde verrutschte ihr tougher Ausdruck und ließ die weichen Züge meiner Schwester von früher hervorblitzen. »Tja.« Sie schnalzte arrogant mit der Zunge, dass es mir fast wehtat. »Ich bin kein Kind mehr«, erklärte sie die Schultern straffend. »Pech gehabt.«

»Streck deine Nase nicht so in die Höhe«, bat ich sie eine Spur zu kühl. »Du musst mir nichts beweisen oder etwas vormachen.« Mit diesen Worten wandte ich mich auf dem Absatz um und ließ sie stehen. Obwohl in mir ein Vulkan brodelte, betrat ich seelenruhig die Treppe und aus dem Augenwinkel sah ich, wie der Kopf meiner Schwester zum Foto an der Wand schwenkte und sie die Finger um das Namensschild krallte.

Ich hatte keinen Schimmer, wo Noelani gewesen war, warum sie sich nachts aus dem Haus schlich. Aber ich fühlte mich nicht mehr so, als wäre ich mit einer Niederlage aus diesem Gespräch hervorgegangen. Ich war gefasst geblieben, hatte meine Stimme nicht erhoben, und vielleicht war das der richtige Weg, um wieder zu ihr vorzudringen.

# KAPITEL 25

## Kalea

»Bas, nein!« Stöhnend warf ich den Kopf zurück, als er durch den Eingang des *Turtles' Inn* trat. »Was ist das?«

»Schildkrötenfutter?« Er stand selbstsicher wie eh und je in der Tür.

»Das sehe ich.« Ich verdrehte die Augen, denn es war klar, dass meine Frage nicht wortwörtlich gemeint war.

Er schmunzelte und zuckte mit den Schultern, hob die zwei Eimer hoch. »Was fragst du dann?«

»Bring es zurück.« Fordernd verschränkte ich die Arme vor der Brust.

»Hab keinen Kassenzettel. Das ist ja jetzt richtig ungünstig gelaufen. Mensch, wie ärgerlich.«

Ich warf die Hände in die Höhe und drehte ihm meinen Rücken zu, um zu überspielen, dass er mir ein ungewolltes Grinsen entlockte. »Fein«, rief ich aufgebracht. »Fein! Ignorier einfach, dass ich keine Hilfe von dir annehmen möchte, Bas!«

»Ich liebe dich auch über alles«, lachte er.

Ich hörte, wie die Eingangstür des *Turtles' Inn* erneut ins Schloss fiel, schielte herüber, und prompt schoss mir die Hitze ins Gesicht.

»Hey?« Florence warf mir einen skeptischen Blick zu. Sie spazierte an Bas vorbei, wobei sie ihn von oben bis unten scannte, und stellte eine Papiertüte aus der *Little Wavy Bakery*, die ein paar Gehminuten von der Auffangstation entfernt lag, auf dem Schreibtisch ab. »Frühstück«, erklärte sie wortkarg und schnippte mit ihrem weiß manikürten Fingernagel dagegen.

»Hey, Flo«, begrüßte ich sie hastig und redete in einem Schwall weiter, bevor Bas auf die Idee kam, sich selbst vorzustellen. »Bas, das ist Florence, meine beste Freundin.« Ich berührte sie am Oberarm und wies dann mit dem Zeigefinger auf Bas. »Das ist Basilton, mein bester Freund, ich hab dir von ihm erzählt.« Nun, das war sehr vage, denn im Grunde wusste sie nichts über ihn.

»Und Ex-Ehemann«, ergänzte Bas überlegen. In diesem Augenblick wünschte ich mir wie nie zuvor, jemanden mit purer Willenskraft in Flammen aufgehen zu lassen, bis nichts übrig blieb als ein Haufen schneeweißer Asche. Das und nicht weniger hätte er verdient.

»WAS?« Florence sah geschockt zwischen Bas und mir hin und her und griff nach meiner Hand. »Moment, willst du mir erzählen …« Sie fuhr mit dem Zeigefinger über das Tattoo an meinem Ringfinger. Ganz ungeniert, wie Florence eben war, eilte sie zu Bas. »Abstellen«, forderte sie und deutete auf die Futtereimer. Ich prustete los, als Bas sie lediglich mit hochgezogener Augenbraue anstarrte und sich nicht regte. Bas gehorchte nicht. Niemandem. Erst recht keiner Person, der er nie begegnet war und die glaubte, dass er ihren Befehlen Folge leistete wie ein gut erzogener Schäferhund. Basilton war eher zu vergleichen mit einem Golden-Retriever-Welpen: Befehle prallten an ihm ab, und man liebte ihn trotzdem.

»Das heißt: Lieber Basilton, kannst du bitte die Eimer abstellen?« Er legte den Kopf schief und stierte Flo an, blinzelte nicht ein einziges Mal.

Ich schluckte, da die Luft hier drin von Sekunde zu Sekunde dünner wurde. Basiltons und Florence' eigensinnige Persönlichkeiten waren die beste Voraussetzung dafür, dass sie sich früher oder später gegenseitig die Köpfe einschlagen würden. »Stell die Eimer ab«, murrte Florence. »Bitte?« Sie hatte die Hände zu Fäusten geballt und es fiel mir immer schwerer, nicht zu lachen.

Bas schüttelte gönnerhaft den Kopf. »Ach herrje, was für Manieren«, tadelte er Flo, beugte sich jedoch ein Stück herunter, um die Eimer auf den Boden zu stellen.

»Bla, bla, bla.« Da Florence mir den Rücken zuwandte, sah ich sie nur mit dem Kopf wackeln, doch ich ging davon aus, dass sie genervt die Augen verdrehte. Sie fasste nach Bas' Handgelenken und er ließ es amüsiert geschehen. »Ha!« Meine beste Freundin wirbelte zu mir herum, Bas Hand in ihrer. »Da!« Sie deutete auf seinen Ringfinger, den das *K* zierte.

»Herzlichen Glückwunsch, du bist ja eine richtige Spürnase«, spöttelte Bas, entwand sich ihrem Griff und klatschte ihr Applaus.

»Ist der immer so unfreundlich?«, fragte Flo und lief zielstrebig zu mir – und wohl eher der Bäckertüte – herüber.

»Ist die immer so forsch?«, entgegnete Bas und stellte die Eimer neben die Tür, die in den Innenhof zu den Schildkröten führte. Er kam zu uns herüber und lugte in die Frühstückstüte. »Das reicht ja kaum für ein Mäuschen«, schnaubte er. »Ich gehe mehr holen.«

»Mehr hat die Auslage mit reduziertem Gebäck vom Vortag eben nicht hergegeben, entschuldigen Sie bitte, Euer Hochwohlgeboren«, spottete Florence, riss ihm die Snacks aus der Hand und versenkte ihren Blick darin.

Bas blitzte zu mir herüber und kniff fragend die Augen zusammen. Hastig schüttelte ich den Kopf und hob unauffällig den Zeigefinger zum Mund, um ihm zu suggerieren, dass Florence nicht eingeweiht und ihre Formulierung reiner Zufall gewesen war. Er nickte und zwinkerte mir zu, woraufhin ich ihm ein dankbares Lächeln schenkte. Er wusste, dass es okay für mich war, wenn Florence erfuhr, dass ich mit meinen fünfundzwanzig Jahren geschieden war. Doch niemand sollte wissen, wo wir herkamen, da wir uns von diesem Leben losgeeist hatten.

Der einzige Unterschied war, dass Basilton kein Stolz-Problem damit gehabt hatte, sich mit einundzwanzig Jahren seinen Treuhandfont auszahlen zu lassen, ehe er Manhattan den Rücken gekehrt hatte, um sein eigenes Ding zu machen. Ihm war egal, was man über ihn sagte. Er hatte das Geld als Sicherheit genommen und war nicht so naiv gewesen wie ich, die behauptet hatte, es ohne einen müden Penny zu schaffen.

Ich schnaufte. Klappte wunderbar, mein Neustart bei null. Das Einzige, das mittlerweile bei unter null lief, war mein Kontostand. Bas hingegen stand am Anfang seiner Karriere als Fotograf und war mit seinem Künstler-Pseudonym unentdeckt unterwegs. Er wurde gebucht, lichtete Menschen ab, und es wäre gelogen, wenn ich behauptete, dass er kein Meister war. Seine Fotografien waren preisverdächtig, doch ich würde einen Teufel tun, ihm das unter die Nase zu reiben. Er hasste Lob, und ich hatte nie verstanden, warum.

Er winkte mir noch mal, bevor er das *Turtles' Inn* wieder verließ.

»Auf die Gefahr hin, dass du mich von deiner Freundesliste streichst, dein Ex-Mann ist ein Arsch«, nuschelte Florence mit vollem Mund, sobald er fort war. »Er ist bestimmt nicht grundlos dein Ex.« Sie hielt mir auffordernd die Frühstückstüte hin.

»Du bist auch kein liebes, einem Kinderbuch entsprungenes Glitzereinhorn«, erinnerte ich sie und fischte eine Macadamiawaffel, die mit weißer Schokolade überzogen war, aus der Tüte. Ich biss genüsslich hinein und hatte das etwas trockene Gebäckstück in unter einer Minute verputzt.

»Hast du nach Donut gesehen?« Florence umging meinen Einwand, schnappte sich eine Waffel und lief Richtung Innenhof, wobei ihre weißen Flip-Flips patschende Geräusche von sich gaben.

Ich schüttelte den Kopf und wies mit dem Daumen hinter mich zum Schreibtisch. »Hab Papierkram erledigt.«

»Was heißt: Du hast dir den Kopf darüber zerbrochen, wie zur Hölle du all die Rechnungen begleichen sollst?«, fragte sie.

»Bingo.« Ich seufzte. »Übernimmst du die Futterrunde und stellst die Eimer in den Schuppen?« Ich warf Basiltons Beigabe einen finsteren Blick zu. Wenn Florence sie verstaute, waren sie wenigstens aus meinem Blickfeld verschwunden.

Sie zuckte mit den Schultern und stopfte sich die halbe Waffel in den Mund, um die Hände frei zu haben. »Klar«, nuschelte sie und verschwand samt der Eimer im Innenhof. Ich atmete auf und schielte zur Wanduhr im Behandlungsbereich. Es war kurz vor zehn Uhr und für meinen Geschmack hatte ich schon mit zu vielen Menschen reden müssen. Normalerweise genoss ich die Stunden am Morgen, die ich für mich hatte, doch heute war ich kaum aus dem Bett gekommen. Was zugegebenermaßen daran lag, dass Bas und ich bis zwei Uhr nachts unsere Serie gebingt hatten. Nachdem wir sein Nachtlager auf dem Sofa hergerichtet hatten, hatte ich im Bett an die zwanzig Mal den Chatverlauf mit Malio gelesen, ehe mir vor Erschöpfung die Augen zugefallen waren.

Ich entschied, mich um den Behandlungsraum zu kümmern, wobei man ihn so kaum nennen konnte. Es war eher ein Behandlungsbereich, den ich durch ein Gestell mit einem hellgrünen abwaschbaren Duschvorhang vom Rest des Büros abgegrenzt hatte. Er erinnerte mich an die Notaufnahmen in Krankenhaus-Serien. Ich schritt zur Eingangstür, um sie zu öffnen und mit einem Holzstück zu verkeilen, damit die Luft etwas zirkulierte. Die Gummihandschuhe quietschten auf meiner Haut, als ich sie mir über die Finger zwängte. Routiniert verdünnte ich das spezielle Reinigungsmittel mit Wasser, das ich zuvor in einen Eimer hatte laufen lassen. Da meine Hände tropfnass waren, hob ich ungelenk ein Bein an, um mit dem Sneaker den On-Schalter des in die Tage gekommenen Radios zu treffen. »Komm schon«, feuerte ich mich an und lächelte zufrieden, als Musik, von Rauschen untermalt, aus dem Gerät schepperte.

»… *Guten Morgen, Shore Mana …*«, grüßte Deacon, der Radiomoderator, nach dem Song, und schaffte es, mir ein Lächeln ins Gesicht zu zaubern. Seine Stimme hatte etwas Beruhigendes an sich. »… *Heute ist ein wunderbar sonniger Tag, also schnappt euch eure Surfboards, packt die Badehosen und Bikinis ein und ab an den Strand. Ein Vögelchen hat mir gezwitschert, dass euch heute die perfekte Welle erwartet.*«

Ich schnaubte und sah an mir herab, wie ich in meinen schwarzen Shorts und dem hellblauen Top versuchte, nicht vor Hitze einzugehen. »Super Vorschlag, Deacon«, murrte ich, als würde ich ihn a) kennen und er mich b) hören.

»… *Und falls ihr noch nicht in Sommerlaune seid, seid ihr es garantiert nach dem folgenden Song …*«, moderierte er an. Das Lied *No Money* von *Galantis* drang aus dem Radio.

»Wie passend«, lachte ich verzweifelt, doch der Beat schaffte es tatsächlich, meine Laune zu heben. Manchmal durfte man beim Text nicht so genau hinhören. Ich schwang den Lappen im Takt und wackelte mit dem Hintern, da ich mir sicher war, allein zu sein. Ich schrubbte den Behandlungstisch penibel wie schon lange nicht mehr und ging die Hüfte schwingend in die Hocke, um die untere Edelstahlablage des Tischs von Wasserflecken zu befreien. Ein schabendes Geräusch, das eindeutig nicht zum Song gehörte und wie die schwere Eingangstür klang, die über den Boden geschoben wurde, ließ mich erstarren. *Bitte nicht.* Langsam wandte ich mich um und wollte augenblicklich im Erdboden versinken.

»Hi, Dancing Queen!« Malio presste im Versuch, nicht in Gelächter auszubrechen, die Lippen aufeinander.

»Hi, Eindringling«, begrüßte ich ihn und hoffte, dass meine

Gesichtsfarbe nicht verriet, wie peinlich mir die kleine Showeinlage war. »Was verschafft mir die Ehre?« Schnell ablenken.

»Die Tür steht sperrangelweit offen.« Er wies mit dem Daumen zur Tür, die wenn überhaupt nur einen Spaltbreit offen gestanden hatte. »Ich dachte, ich schaue vor meinem Kurs bei Muffin vorbei.«

»Kurs?« Ich schnippte mir die Gummihandschuhe von den Fingern und warf sie im hohen Bogen in den Mülleimer, wobei ich innerlich triumphierte, dass ich diesen wirklich traf.

»Surfkurs«, erläuterte er. »Meiner Familie gehört das *Koa's*.«

»Der Laden vor der Promenade?« Ich war nie drin gewesen, da er für mich aussah wie ein Ort, an dem sich Touristen tummelten.

»Der gehört dazu. Den Shop und die Surfschule weiter den Strand runter haben meine Eltern vor vierundzwanzig Jahren eröffnet.«

»Wow«, entfuhr es mir. »Das ist eine lange Zeit. Was verkauft ihr im *Koa's*?«

Malio fasste sich an den Hinterkopf und wirkte verlegen. »Früher nur original hawaiianisches Surfing-Zubehör, mittlerweile auch Postkarten und allerhand Krimskrams für den Strand.« Er seufzte. »Leider. Aber anders hätte mein Dad den Laden nicht halten können.«

»Wie schade.« Verdammt, das Gespräch verlief in eine Sackgasse und ich wollte um jeden Preis verhindern, dass uns der Gesprächsstoff ausging und wir in verlegenes Gestammel versanken. »Vielleicht besuche ich dich bald im Shop«, schlug ich vor, ohne darüber nachzudenken. »Wenn ich eh in der Gegend bin«, fügte ich rasch hinzu, damit ich nicht zu aufdringlich klang.

An Malios Mundwinkel zuckte ein Lächeln und er nickte. »Gern. Ich bin immer vor und nach den Golden Hours dort, um mich umzuziehen.«

»Okay, super.«

»Jep.«

Shit. Da war sie, die peinliche Stille. »Muffin?«

»Was?« Malio zog verwirrt die Nase kraus. »Ach, Schildkröte.« Er fuhr sich lachend mit der Hand über das Gesicht.

»Deswegen bist du doch hergekommen«, grinste ich und versuchte, das aufkeimende Flattern im Magen zu ignorieren.

»Genau.« Er zwinkerte und biss sich schief lächelnd auf die Unterlippe. »Nur wegen Muffin.« Okay. Das war der Anblick, der mein Gehirn kentern ließ. Wie sonst sollte ich mir das Kribbeln erklären, das sich von meinem Bauch bis in die Fingerspitzen ausbreitete? Was war los mit mir? Ich kannte Malio nicht, warum flatterte mein Herz schneller als ein Kolibri, wenn ich an ihn dachte? Ihn jetzt direkt vor mir zu haben, machte sogar noch mehr mit mir. Seine schwarze Jeans, die weißen Sneakers, das dunkle Shirt, auf dem ein Artprint prangte, und das Basecap standen ihm extrem gut. Unter seinen Shirtärmeln lugten die Tattoos hervor und als ich unauffällig an ihm heruntersah, blitzten zwischen seiner Jeans und den Schuhen ebenfalls schwarze Zeichnungen auf.

»Draußen«, murmelte ich und zeigte zum Innenhof.

»Kommst du mit?« Er nickte in die Richtung.

Ich strich mir die Haare hinter die Ohren, von denen ich mir wünschte, dass ich sie zu einem Zopf gebunden hätte, da mir unfassbar heiß unter ihnen wurde. »K-klar«, murmelte ich und atmete durch. »Hast wohl Angst, dich zu verlaufen?« Nein, scheiße. Das war so ein schlechter Witz, dass ich mich augenblicklich schämte.

Malio ließ sich nichts anmerken. »Eher, in eins der Piranha-Becken zu fallen.«

Ich lächelte und lief los, wobei ich beinahe den Wassereimer umgetreten hätte. Haarscharf streifte mein Schienbein den Henkel und ließ den Eimer ein Stück über den Boden scharren. »Schildkröten stehen wirklich nicht auf Zehen.«

»Ich gehe lieber auf Nummer sicher.«

»Schisser«, grinste ich und hielt ihm die Tür zum Innenhof auf. Er lief so nah an mir vorbei, dass ich die Wärme seines Körpers auf meiner Haut spürte. Oh Himmel, darauf war ich heute wirklich nicht vorbereitet.

# KAPITEL 26

## Malio

Jetzt oder nie. Komm schon, Malio. Sei kein Feigling. Was hatte ich denn zu verlieren, wenn ich Kalea unverfänglich um ein Date bat? Ich war mir sicher, dass sie mich auch ein bisschen mochte, warum sonst färbten sich ihre Wangen rosa?

»Da, schau, er kommt.« Kalea deutete in die Tiefe des Beckens, auf dessen Rahmen wir saßen. Ihre Stimme war friedlich und hingebungsvoll, wenn sie von ihren Schildkröten sprach, dass mir warm ums Herz wurde.

Statt ihrem Fingerzeig zu folgen, erwischte ich mich dabei, wie ich die zarten Tattoos auf ihrem Arm scannte. Hauchfeine Striche zierten ihn, auf der Rückseite ihres Unterarms prangte eine Zeichnung aus einem Mond, einer Sonne und zwei Sternen, die auf einer gepunkteten Linie lagen, die alle Symbole miteinander verband. Als ich meinen Blick ihren Arm entlangwandern ließ, blieb er an einem Tattoo hängen, das ihren Ringfinger schmückte. Leider schaffte ich es auf die Entfernung nicht, es zu entziffern – ein Buchstabe? Am Mittelfinger trug sie einen rosé-goldenen Ring, den eine Schildkröte zierte.

»Malio?« Ich hörte ein Schmunzeln in Kaleas Stimme und mir wurde heißkalt bewusst, dass ich sie wie gebannt anstarrte.

Ich räusperte mich und versuchte, meine Gedanken von ihren Tattoos weg zu lenken. »Sorry. Wo?« Schluckend richtete ich den Blick auf die Wasseroberfläche und auf einen Fleck, der größer wurde. Muffin. »Ah, da«, lächelte ich und verbat mir, panisch die Füße aus dem Wasser zu ziehen. Doch ich kam nicht umhin, nervös zu wackeln, wodurch das Wasser gegen meine Hosenbeine schwappte. Hoffentlich lockte ich Muffin dadurch nicht erst recht an.

»Entspann dich, Malio.« Kaleas Lachen drang mir unter die Haut und ich wandte ihr den Blick zu. Sie hielt sich amüsiert eine Hand vor den Mund und ihre haselnussbraunen Augen strahlten mich an. »Oder willst du mir echt weismachen, dass du Angst um deine Zehen hast? Du gehst ständig surfen und könntest von einem Hai gefressen werden.«

»Die Wahrscheinlichkeit, in den Everglades von einem Krokodil gefressen zu werden, ist höher«, erwiderte ich schulterzuckend.

Kalea hob eine Augenbraue an und fuhr sich durch ihre schulterlangen Haare, die sich sanft in der lauen Morgenbrise wogen. »Soll ich für dich googeln, wie wahrscheinlich es ist, einen Zeh an eine Schildkröte zu verlieren?«

»Ich bitte darum!« Nickend verschränkte ich die Arme vor der Brust, was keine gute Idee war, da ich dadurch das Gleichgewicht verlor. Gezwungen unauffällig krallte ich mich wieder in den Beckenrand, wobei meine Hand die nackte Haut ihres Oberschenkels streifte. Für einen Wimpernschlag zuckte sie unter meiner Berührung zusammen und auch in meinem Innersten entfachte sich einen Tsunami. Bloß. Nichts. Anmerken. Lassen. Verdammt.

»Ich werde mir diese Aufgabe in meinen Kalender eintragen, in den ich sowieso nie hineinschaue«, erklärte sie mir todernst, doch ich vernahm ein Schaukeln in ihrer Stimme.

»Klingt gut«, lachte ich und fasste endlich Mut. »Kalea?« Meine Stimme war rau, als hätte ich sie mit Schleifpapier bearbeitet.

»Was?«

Ihr fordernder Blick ließ mich schlucken und mir war klar, dass es jetzt kein Zurück mehr gab. »Kennst du das *Shore Mana Bay Grill*?«

Sie nickte. »Das *SMBG*, klar. Sie haben die besten Nachos, Florence ist süchtig nach diesen Dingern.«

»Hast du Lust, am Freitag hinzugehen? Mit mir?« Die Frage war raus und es fühlte sich … gut an? Ich hielt ihrem Blick stand, beobachtete jede ihrer Regungen.

Ihr Mund verzog sich zu einem Lächeln, und sie biss sich auf die Lippe, ehe sie den Blick senkend nickte. »Okay.«

*Okay.* Okay war okay. Kein überschwängliches *Ja, gern*, aber auch kein *nicht unbedingt*. Mit Okay konnte ich leben. »Dann haben wir ein Date«, erklärte ich, vom Mut gepackt.

Es vergingen Sekunden, die mir eher vorkamen wie Minuten, ehe Kalea antwortete. »Haben wir.«

Ich klatschte mir auf die Oberschenkel. »Ich muss los.«

»Ja, lass deinen Kurs nicht warten«, pflichtete sie mir bei, fasste nach dem eisernen Geländer, um sich daran hochzuziehen und stand auf. An den Oberschenkeln prangten rote Druckstellen vom Beckenrand und ich sah schleunigst woanders hin, nicht, dass sie bemerkte, wie ich ihr auf den Hintern starrte. »Komm.« Sie hielt mir ihre Hand hin, um mir zu helfen, auf dem Rand entlang zu rutschen, bis ich beim Geländer angelangt war. Ich ignorierte den inneren Wirbelsturm, als ich ihre Finger mit meinen umschloss.

Ich hievte mich auf die oberste Treppenstufe und erst jetzt fiel mir auf, dass ich so hoch war, dass ich über das Dach des *Turtles' Inn* sehen konnte. Für einen Moment ließ ich den Blick über die umliegenden, flachen Häuser schweifen, die abgelöst wurden von den höheren Bauten des Stadtkerns und der Promenade. In der Ferne wogten Palmen im Wind und wenn ich mich darauf fokussierte, hörte ich das Meer, wow.

Ich stieg hinter Kalea die schmale Eisentreppe hinab, und prompt wurden wir von Florence begrüßt, die sich verschwitzt mit dem Unterarm über die Stirn wischte. »Was ist denn hier heute für ein Besucherdurchlauf?« Sie wandte sich breit grinsend an Kalea. Irgendetwas schwang in ihrem Ton mit, das mich aufhorchen ließ. Schnell bückte ich mich zu meinen Schuhen und umging es, dass Kalea und Florence etwas in meinem Gesicht lesen konnten. »Morgen, Malio«, grüßte sie, und ich nickte lächelnd, während ich meine Schnürsenkel band.

»Übertreib nicht«, tadelte Kalea sie und verdrehte die Augen, ehe sie sich mir zuwandte. »Dann bis Freitag?«

Überrumpelt von ihrer Verabschiedung grinste ich. »Willst du mich loswerden?«

Ich erntete einen verwirrten Blick von ihr. »Hast du nicht eben behauptet, dass du zum Kurs musst?« Sie legte den Kopf schief und zog die Augenbrauen zusammen. »Meinetwegen kannst du mir auch helfen, die Wasserfilter zu reinigen«, sprudelte es teuflisch grinsend aus ihr hervor.

»Das kann Florence machen.« Ich pikte ihrer besten Freundin in den Oberarm, die mich daraufhin finster anfunkelte. »Bin schon weg!« Ich hob die Arme in die Höhe und machte einen Rückwärtsschritt.

Kaleas Blick huschte für kaum länger als einen Wimpernschlag an mir vorbei, wobei ich mir erst nichts dachte. »Du kannst dort am Haus entlanggehen.« Sie deutete auf einen schmalen Fliesenweg, der durch den Innenhof verlief, eng vorbei am Hauptgebäude. Ihre Stimme war eine Oktave höher geklettert und sie klang atemlos. Was war denn in sie gefahren? »Da kommst du seitlich am Haus raus«, erklärte sie, fasste mich an den Oberarmen, drehte mich herum und schob mich fort. Weg von der Tür, durch die man in den Hauptraum gelangte.

»Kalea!« Mir entfuhr ein empörtes Schnauben und ich versuchte, mich umzudrehen, doch sie schob und schob und schob so energisch, sodass ich es mit mir geschehen ließ.

»Bis Freitag«, trällerte sie, als ich hinter der Häuserwand verschwand, um die sie mich geschubst hatte.

»Was war das denn?«, flüsterte ich mir zu und lief zum Haupteingang, neben dem ich mein Skateboard geparkt hatte. Ich warf einen flüchtigen Blick zurück in die Auffangstation und entdeckte einen Schatten, ehe die Tür zum Innenhof ins Schloss fiel. Hatte Kalea mich verstecken wollen? Vor wem? Was war da los? Ich sprang auf mein Board und rollte über die Platten zum Ausgang, wobei es gleichmäßig unter mir klackte, wenn die Rollen über eine Fuge glitten. Ich passierte das Tor und holte mein Handy aus der Hosentasche, um ihr zu schreiben. Doch dann hielt ich inne. Ich mochte dieses Gefühl nicht, dass da irgendetwas im Busch war. Aber ich war nicht in der Position, sie zur Rede zu stellen. Nicht vor unserem ersten Date, am zweiten Tag nach unserem Kennenlernen.

Ich ließ das Handy zurück in die Jeanstasche gleiten und entschied, das Stechen in der Magengegend zu ignorieren. Es hatte dort nichts zu suchen. Je länger ich durch die Straßen rollte und mich auf meine Atmung konzentrierte, desto ruhiger wurde ich und desto sicherer war ich mir, dass das die richtige Entscheidung gewesen war. Ich gab Kalea einen Vertrauensvorschuss, was sollte schon passieren?

# KAPITEL 27

## Kalea

Wenn man etwas kaum erwarten konnte, verging die Zeit wie im Schildkrötentempo. Und sie verging noch langsamer, wenn man seine Nervosität verstecken musste. Dabei wusste ich nicht einmal, warum ich Bas nicht einfach von dem Date erzählte. Vielleicht, weil er mich sofort durchschauen würde. Ich war nicht bereit, seine Meinung zu hören, wollte noch nicht, dass es zu real wurde, ehe irgendetwas spruchreif war. Das Date mit Malio war eines, bei dem ich schon jetzt richtige Schmetterlinge im Bauch hatte. Es war keins von denen, bei denen ich schon vorher wusste, dass der Abend nur nett werden würde. Keins von den Dates, bei dem von Anfang an klar war, dass das gemeinsame Dinner eine Formalität war, bevor man sich gegenseitig die Kleider vom Leibe riss und sich nach dieser Nacht nicht mehr sehen würde. Gegen beides hatte ich nichts einzuwenden. Sex machte Spaß, und nur weil man nicht in einer festen Beziehung war, hieß es nicht, dass man keinen haben durfte – wie traurig wäre das denn? Aber mit Malio war es irgendwie anders.

Seufzend zog ich die Tür des *Turtles' Inn* ins Schloss und strich mit den Fingern über die abblätternde Fassade. Hierfür hatte ich alles eingetauscht. Für dieses marode Gebäude und den Wunsch, endlich selbstbestimmt zu leben und ohne das

Gefühl, es irgendjemandem außer mir selbst recht machen zu müssen.

»Ihr verdammten Büsche, warum stutzt ihr euch nicht einfach selbst?« Stöhnend durchquerte ich den Vorgarten, hielt aber inne. Ich könnte nach Hause fahren, wo Menina mich zum Essen hereinwinken würde. Oder ich könnte meinen Arsch in Bewegung setzen, um die Gartenarbeit zu erledigen, die mir seit Wochen ein Dorn im Auge war. Schon allein beim Gedanken an mein Date mit Malio im *Shore Mana Bay Grill* in drei Stunden begann ich zu schwitzen. Büsche stutzen könnte mich ablenken.

Also marschierte ich voller Tatendrang zurück zum Haus, den schmalen Weg zum Innenhof entlang und schnurstracks auf den Schuppen zu, in dem ich das uralte Gartenequipment lagerte.

»Oh, große Klasse«, jammerte ich, als ich versuchte, eine Heckenschere zu öffnen. Sie war von der hohen Luftfeuchtigkeit korrodiert, dass sie quietschte, und ich mich geschlagen geben musste. Diese Schere würde keiner Hecke mehr zu nahe kommen. Stirnrunzelnd betrachtete ich den finsteren, fensterlosen Schuppen. Lediglich das Licht durch die Tür drang hinein. »Irgendwo hier war doch …«, murmelte ich und kniff die Augen zusammen, um in diesem Schummerlicht etwas erkennen zu können. »HA. Da!« Ich stellte mich auf Zehenspitzen, um an das oberste Regalfach heranzureichen, auf dem ein Karton gefüllt mit Gartenscheren stand. Egal, wie hoch ich mich streckte, ich reichte mit den Fingerspitzen nur an die Unterseite.

»Dreck«, fluchte ich und legte den Kopf in den Nacken. Klar, ich könnte mir aus der Auffangstation einen Hocker holen, doch ich war zu faul. Ich sog die Lippen ein und ruckelte an dem Schwerlastregal, das den Eindruck machte, nicht sofort in sich zusammenzufallen. Als mein Fuß das erste Regalfach berührte, drang eine Stimme an mein Ohr und ein Schatten verdeckte das Licht. »Du willst nicht wirklich das Regal hochklettern?« Florence. »Du brichst dir das Genick, Kind.«

Ich stieß einen erstickten Schrei aus und fasste mir ertappt an die Brust. »Wegen dir hätte ich mir fast in die Hose gemacht«, meckerte ich sie an. »Was machst du überhaupt hier?«

»Handy vergessen.« Florence hob grinsend eine Augenbraue und deutete auf ihr Smartphone, das an einer Kordel um ihren Hals baumelte, trat in den Schuppen und streckte sich neben mir hoch, um den Karton nach vorn zu ziehen. Sie war größer als ich. »Was ist da drin? Erschlägt es uns, wenn es herunterfällt?«

»Gartenscheren«, brummte ich und quetschte mich an ihr vorbei nach draußen, damit sie genug Platz zum Hantieren hatte.

Flo pustete die dicke Staubschicht vom Deckel, woraufhin wir zeitgleich einen Nieser ausstießen, der uns in Gelächter verfallen ließ. »Erklärst du mir, warum du freitagabends Bock hast, dich um den Wildwuchs im Vorgarten zu kümmern? Ich gehe davon aus, das hattest du vor?« Flo legte den Kopf schief, wobei ihre eingedrehten Strähnen ihr Gesicht umrahmten, und trat aus dem Schuppen. Sie trug unter ihrem kurzen und sehr knappen, weißen Jumpsuit einen weißen BH, dessen Spitze ihr gebräuntes Dekolleté umschmeichelte.

»Irgendwann muss das halt erledigt werden.« Ich versuchte, aus dem Verhör zu flüchten.

»Ach ja?«

»Ja.«

»Ach ja?«

»Florence!«

Sie stellte lachend den Karton zu unseren Füßen ab, nahm den Deckel ab und reichte mir, nachdem sie kurz herumgewühlt hatte, eine Kinder-Gartenschere. »Wann ist es?« Ächzend stand sie auf und klopfte sich mit einer Hand Staub vom Knie, in der anderen hielt sie eine Schere für Erwachsene. War das ihr Ernst?

»Wann ist was?« Mich ahnungslos zu stellen erschien mir sinnvoll.

»Das Date mit deinem hotten Surferboy aka Muffins Daddy aka Malio?«

»Florence!«

»Komm.« Sie hakte sich bei mir unter und zog mich den Seitenweg entlang am Haus vorbei, bis wir, bewaffnet mit unseren hochprofessionellen Gartenutensilien, am Zaun standen. »Ich habe eine Stunde Zeit, ehe ich ins *Coconight* muss«, erklärte sie mir mit in die Hüften gestemmten Händen. »Wir stutzen gemeinsam diesen Dschungel und ich habe ein Ohr für dich, falls du es brauchst, okay?« Sie deutete mit der Schere auf ihr Ohr.

»Pass lieber auf, dass du es dir nicht absäbelst.« Ihre Worte wärmten mich von innen. Ich wollte mit Florence darüber sprechen. »In drei Stunden«, beantwortete ich ihre Frage kleinlaut. »Ich bin nervös.«

Florence, die sich abgewandt hatte, um knorrige Äste aus der Hecke zu knipsen, linste über ihre Schulter zu mir. »Versuch einfach, das Date zu genießen, Süße.«

»Das sagst du so leicht. Ich mag ihn irgendwie echt gern.«

»Das trifft sich gut.« Sie zwinkerte mir diabolisch zu.

Ich löste mich aus der Starre und widmete mich ebenfalls der blütenlosen Hecke. »Flo, rede nicht in leeren Phrasen mit mir. Das nervt.«

Widerwillig wandte ich ihr den Blick zu, bis er ihrem begegnete, in dem Wärme lag. »Er steht auf dich, Kalea. Mach dir darüber keine Sorgen.«

»Woher willst du das wissen?« Misstrauisch zog ich die Augenbrauen zusammen.

*Knack. Knack. Knack.* Florence nahm sich Zeit für ihre Antwort und schnitt einen trockenen Zweig nach dem anderen ab. »Mann, irgendwie ist das echt so meditativ wie Yoga.«

»Florence Whittingham!«

»Beruhige dich, Kali. Man sieht es, okay? Seine Blicke! Als wäre er ein Welpe und du sein liebster Quietsche-Ball, über den er sofort herfallen möchte.«

»Meinst du echt?« Das Kribbeln, das ich bisher versucht hatte, im Bauch einzusperren, breitete sich unaufhaltsam wie eine Welle im Rest meines Körpers aus und schwappte mir gegen den Brustkorb. »Setz mir keine Flausen in den Kopf.«

»Nein, wirklich! Er mag dich, du magst ihn, *it's a match*. Außerdem geht ihr auf ein Date, wenn das kein Beweis ist, weiß ich auch nicht!«

»Ich traue dir einfach mal.« Ich trennte einen Ast durch, dann einen weiteren, einen weiteren, einen weiteren. »Du hast recht«, lächelte ich. »Irgendwie ist das beruhigend, wir hätten das eher tun sollen.«

Wir arbeiteten still nebeneinander her, jede von uns in ihre eigenen Gedanken versunken, und das regelmäßige Rascheln und Knacken von Blättern und Ästen brachte mich runter. Ich genoss die Sonnenstrahlen auf der Nasenspitze und schielte zu Florence herüber, deren Haut sich unter ihren schmalen Spaghettiträgern rosa verfärbte. Ich flitzte wortlos zu meinem Rucksack und warf ihr die Sonnenlotion zu. Ohne Widerrede verteilte sie diese auf ihrer Haut und der zarte Duft drang an meine Nase. Sofort war es wieder, als kitzelte mich eine Horde Babyschildkröten, denn ich liebte diesen Geruch. Er erinnerte mich an Urlaub, Strand, Sonne und Meer und damit auch an Freiheit.

In diesem Augenblick hielt ich mir vor Augen, was ich jetzt alles hatte. Ich lebte in der malerischsten Kleinstadt der Welt, und wenn man die Regenzeit außen vor ließ, gab es kaum einen trüben Tag. Ich hatte kein Geld, doch ich hatte mehr: Hoffnung und nicht jeden Morgen nach dem Aufstehen das Gefühl, wieder niemandem genug zu sein.

»Ich muss langsam los.« Flos Stimme riss mich aus meinen Gedanken.

Ich nickte und wischte mir mit dem Unterarm über die Stirn, begutachtete, was wir geschafft hatten, und pfiff anerkennend durch die Zähne. »Wow, wir sind wahre Gärtnerinnen.«

»Oder?« Florence pflichtete mir bei, hielt mir aber die Innenfläche ihrer Hand hin. »Ich habe eine Blase, schau.«

»Nächstes Mal bekommst du die gepolsterte Mickey-Maus-Heckenschere«, bot ich ihr mitfühlend an und wedelte mit ebendieser. »Meiner Haut geht es blendend.«

»Deal.« Sie lachte und gemeinsam schlenderten wir zum Hauseingang, wo ich den Rucksack deponiert hatte. Wir ließen die Scheren neben dem gepflasterten Gehweg auf den trockenen Rasen fallen. »Ich hoffe, du ziehst dich für dein Date um?« Sie beugte sich näher an mich heran. »Und duschst?«

Ich verdrehte die Augen und pikte meiner besten Freundin mit dem Zeigefinger gegen das Dekolleté, um sie wegzuschieben. »Hör auf, an mir zu schnüffeln, natürlich gehe ich duschen. Aber was spricht gegen mein Outfit?« Ich zupfte am Saum meines schlichten weißen Shirts, das einen V-Ausschnitt hatte, aus dem der Träger meines schwarzen Neckholder-Bikini-Oberteils herauslugte. Meine Beine steckten in einem apricotfarbenen Stoffrock, der mir bis zu den Waden reichte und bei der kleinsten Windböe umherflatterte. Ich mochte ihn gern.

»Nichts, du siehst süß aus.« Ihr Kompliment war wie Balsam. »Für ein Date ist das trotzdem nichts.« *Autsch.*

»Super, Florence. Die Schmetterlinge im Bauch reichen mir nicht, jetzt habe ich auch noch Zweifel und Panik davor, etwas anzuziehen, das *nichts für ein Date* ist.« Ich zeichnete Gänsefüßchen in die Luft. »Ich danke dir vielmals.«

»Soll ich dir helfen?«

Ich grinste teuflisch. »Bas ist noch bei mir.«

»Du wirst das schon schaffen, ich glaube an dich. Schick mir zur Not Fotos.«

»Bas beißt nicht«, erklärte ich ihr. »Zumindest nicht … egal.« Ich winkte ab, presste grinsend die Lippen aufeinander. Es wurde wärmer um meine Ohren.

»Zumindest nicht?« Flo verschluckte sich vor Neugierde.

»Das bleibt mein kleines Geheimnis.«

»Eklig!«, kommentierte Florence und verzog angewidert das Gesicht. »Ich kann mir euch beide nicht im Bett vorstellen, ihr seid doch eher wie Bruder und Schwester.«

»EKLIG Florence!« Ich schüttelte mich. »Das will ich niemals wieder hören.«

»*Sweet Home Alabama*«, trällerte sie in ihrer Kopfstimme.

»Irks. Ich dachte, du musst los zum *Coconight*?«

Sie griff nach ihrer Smartphone-Kordel, schaltete das Display ein und nickte energisch. »Verdammt, hast recht. Schreib, schick Fotos, sei du selbst, sprich nicht nur über Schildkröten, benutzt Gummis«, ratterte sie herunter und entfernte sich im Rückwärtsgang von mir, drehte sich um und warf mir über die Schulter einen Luftkuss zu.

Ich hielt die Hände trichterförmig an meinen Mund, um ihr zuzurufen. »Du bist unmöglich, aber ich hab dich lieb.«

Sie formte mit den Fingern ein Herz und passierte den eisernen Torbogen, ehe sie losjoggte. Seufzend schnappte ich meinen Rucksack, schlurfte zum Roller, setzte auf und fuhr los, wobei ich den sanften Wind auf meiner erhitzten Haut willkommen hieß. Zu Hause stellte ich erleichtert fest, dass sowohl Menina als auch Bas ausgeflogen waren. Stattdessen begrüßte mich ein Teller, abgedeckt mit einer Glasschüssel und umringt von Kühlakkus, auf der Fußmatte. Ein Zettel hing dran.

Hi Kalea, Lilian und ich sind das Wochenende über bei meinen Eltern – Familienangelegenheit, daher musst du heute leider allein essen – oder mit dem schnuckeligen Typen, den ich die letzten Tage immer bei dir gesehen habe und der den Sand meiner Wüste durcheinanderwirbelt ☺ (und der diesen Zettel hoffentlich nicht vor dir findet. Falls doch: Hi, ich bin Menina und wenn du Glück hast, teilt Kalea mit dir.)

Und darunter in Basiltons unverkennbarer Handschrift:

*Hi Lea, hab den Zettel vor dir gefunden, war lecker, ich hab dir was übrig gelassen. Wir sehen uns später, dein schnuckeliger, Sand aufwirbelnder Typ.*

Ich verdrehte lachend die Augen. Es war typisch für Bas, den Teller wieder vor der Tür zu parken, statt ihn in meinen Kühlschrank zu stellen. Schmunzelnd schloss ich die Wohnungstür auf und steuerte direkt in die winzige Küche, beförderte das Couscous-Gericht in die Mikrowelle. Ich entledigte mich meiner Kleidung, bis ich nur noch den Bikini trug. Trotzdem war mir noch zu heiß.

Die Mikrowelle piepste und ich holte den Teller heraus und schlang gierig ein paar Bissen herunter. Ich öffnete die schmalen Türen meines Kleiderschranks und mein Blick fiel direkt auf ein Kleidungsstück, gegen das nicht einmal Florence etwas einzuwenden hätte. Ich nahm das Kleid vom Bügel und wühlte in meiner Schublade nach frischer Unterwäsche, ehe ich ins Badezimmer verschwand.

## KAPITEL 28

# *Malio*

Ob Kalea genauso aufgeregt war wie ich? Wiederholt schaltete ich das Display meines Handys ein, um die Uhrzeit zu checken. Ich war viel zu früh an unserem Treffpunkt aufgeschlagen. In der Zeit, in der ich auf sie wartete, hätte ich locker einen Burger bestellen und verputzen können. Statt mir unten am Strand die Beine zu vertreten, blieb ich vor dem *Shore Mana Bay Grill* stehen wie bestellt und nicht abgeholt. Noch zwanzig Minuten, die sich anfühlen würden wie zwanzig Stunden. Ich zuckte beim Vibrieren des Smartphones in meiner Hosentasche zusammen und fummelte es heraus. Sofort kitzelte ein Lächeln an meinen Mundwinkeln.

**Schildkrötenmädchen:** Treffen wir uns am Eingang oder am Strandzugang?

**Ich:** Ich stehe am Haupteingang.

**Schildkrötenmädchen:** Du bist schon da? Wow, ich muss dich wohl unter ›Mr. Überpünktlich‹ einspeichern.

**Ich:** Bild dir bloß nichts darauf ein.

Mein Lächeln wurde breiter.

**Schildkrötenmädchen:** Trifft sich eigentlich ganz gut …

Ich runzelte die Stirn. Worauf wollte sie hinaus?

**Ich:** Was meinst du?

**Schildkrötenmädchen:** 3 …

**Schildkrötenmädchen:** … 2 …

**Schildkrötenmädchen:** … 1

Wie gebannt starrte ich auf das Display, als würde sie wie ein Kaninchen aus einem Hut daraus hervorspringen.

»Hi, Surferboy.« Ertappt zuckte ich zusammen und drehte den Kopf zu der honigsüßen Stimme. »Nenn mich gern Miss Überpünktlich.« Sie grinste, wobei sie sich seitlich auf die Unterlippe biss und sich ihre Haare hinter die Ohren strich. Sie senkte den Kopf und blickte mich eine Spur scheu an.

»Schildkrötenmädchen!« Ich ließ das Handy in meine Hosentasche gleiten und wandte mich zu ihr um. »Hey«, begrüßte ich sie und schaffte es gerade rechtzeitig, zu schalten und einen Arm anzuheben, damit ich sie kurz umarmen konnte, bevor es peinlich wurde. Sie erwiderte es. Mir gefiel diese feste Umarmung, die nur so vor Selbstbewusstsein strotzte. Ihr Haar, von dem ein fruchtiger Duft nach Pfirsich ausging, kitzelte mich am Hals und ich hätte sie zu gern länger gegen mich gedrückt.

»Du siehst hübsch aus«, erklärte ich ihr, wobei ich es nicht schaffte, nicht breit zu lächeln. Eine warme Welle jagte durch meinen Körper. Zwar hatte sich die Aufregung nicht komplett gelegt, doch langsam entschleunigte sich mein Puls. Eigentlich hatte ich mir vorgenommen, sie darauf anzusprechen, dass sie mich so aus dem *Turtles' Inn* gejagt hatte, doch plötzlich erschien es mir nicht mehr wichtig. Sie war hier, das zählte.

»Danke«, murmelte sie und zuckte mit den Schultern, zupfte beiläufig am Stoff ihres dunkelblauen Kleides. »Ich mag das Kleid auch.« Es fiel mir schwer, den Blick von ihr zu lassen. Der Stoff hatte sich wie eine zweite Haut auf ihre gelegt, umschmeichelte ihre Beine, da es kurz über dem Knie endete, ohne zu eng anzuliegen. Es war weit ausgeschnitten, wodurch es alles andere als easy war, nicht auf die Stelle zwischen ihren Brüsten zu schauen, die zu allem Überfluss ein Tattoo zierte. Oben heraus lugte eine filigran gezeichnete Orchideenblüte. Der Rest verschwand unter dem Stoff, und schon jetzt raubte es mir den Verstand, nicht zu wissen, wo es endete.

»Wollen wir?« Ich nickte zum schmalen Weg, der von der Straße zum Eingang des *Shore Mana Bay Grill* führte.

»Klar, deswegen sind wir hier.« Kalea beugte sich grinsend herunter, um nach dem Rucksack zu greifen, der hinter ihr stand und der mir bisher nicht aufgefallen war.

»Rucksack?« Ich feixte. »Hast du noch was vor? Eine Wanderung? Oder hast du Wechselkleidung eingepackt, um morgen im *Turtles' Inn* nicht in dem Kleid aufzukreuzen?«

Kalea hob eine Augenbraue an, und für einen Wimpernschlag ließ sie mich in dem Glauben, mit meinem Spruch zu weit vorgeprescht zu sein, da sie keine Miene verzog und mich streng beäugte. Sekunden später bröckelte ihre Maske und sie lachte. »Das hättest du wohl gern, Malio. Nein, tatsächlich habe ich keine anderen Taschen. Das Kleid hat auch keine, was, genau genommen, ein Minuspunkt ist.«

»Da lobe ich mir die guten alten Jeans«, grinsend klopfte ich auf meine Oberschenkel. »Genug Platz für alles.«

»Sicher«, prustete Kalea. »Bei dieser Hitze kann ich mir nichts Besseres vorstellen, als meine Beine in eine enge und dazu noch schwarze Jeans zu quetschen.«

»Sie hat Luftlöcher«, erklärte ich todernst und deutete auf die Risse am Knie. Wir waren am Eingang angelangt und ich öffnete die Tür, ließ Kalea eintreten und atmete direkt auf, als uns die kühle Luft des klimatisierten Restaurants entgegenschlug. »Vielleicht hast du recht. Ich wollte aber weder im Wetsuit noch in einer Badehose oder meinen kurzen Jogginghosen aufkreuzen, weißt du?«

»Hey, ihr Süßen«, begrüßte uns Clarissa. Sie war ein bisschen älter als wir, arbeitete schon seit Ewigkeiten hier und alle wussten, dass sich hinter ihrer vorlauten Art eine liebenswürdige Zuhörerin versteckte. Ich kannte sie seit unserer Kindheit, und Clarissa war wie Deacon eine der wenigen, die es nach der Highschool nicht in die weite Welt verschlagen hatte. Sie deutete im Vorbeigehen auf einen Tisch im Anbau, dessen Seitenwände später am Abend zur Seite geschoben wurden, damit man das Gefühl hatte, man säße direkt am Strand. »Der dort?«

»Hi, Clarissa«, erwiderte Kalea strahlend und nickte. »Ja, der ist super. Komm.« Sie fasste mich am Arm, schlängelte sich durch die zu eng stehenden Tische und zog mich hinter sich her. Ich war so perplex, dass ich ihr wortlos folgte. Kaum dass wir saßen, hob Kalea unseren Gesprächsfaden wieder auf. »Willst du mir sagen, du hast keine anderen Hosen?«

Ich legte den Kopf schief. »Das fragt die Frau, die mit ihrem einzigen Rucksack zu einem Date auftaucht?«

»Touché«, brummte sie und deutete auf die Karte, wobei mein Blick auf das Tattoo über ihrem Fingerknöchel fiel. Ein Buchstabe, der tausend Fragen bei mir aufwarf, von der ich heute keine Einzige stellen würde. Dafür war es zu früh. Schmunzelnd öffnete ich die Speisekarte, schüttelte den Kopf und klappte sie wieder zu. »Ich weiß, was ich nehme.«

»Nachos?« Kalea wackelte mit den Augenbrauen und ich nickte. »Nehmen wir den Partyteller?«

»Der ist für vier!«

»Ich verstehe das Problem nicht«, entgegnete Kalea und beförderte ihre Karte zu meiner in die Mitte des Tisches.

»Mein bester Freund Deacon würde sich genau jetzt in dich verlieben«, grinste ich und spürte, wie mir die Hitze in den

Kopf schoss. Ich versuchte, es zu überspielen, indem ich den Arm anhob, um Clarissa an unseren Tisch zu winken. Glücklicherweise war ich nicht anfällig dafür, puterrot anzulaufen, also hoffte ich, dass Kalea nichts bemerkte. Von sich verlieben beim ersten Date zu sprechen, war mutig. Oder undurchdacht, peinlich und eine Arschbombe ins Fettnäpfchen.

»Deacon Amano?« Kalea kniff grübelnd die Augen zusammen.

»Genau.« Ich wusste, was jetzt kam: Der aus dem Radio?

»Der aus dem Radio?«

»Der aus dem Radio«, bestätigte ich und wandte mich an Clarissa, die an unseren Tisch getreten war. »Hey, Clari. Wir nehmen die Partyplatte.«

Sie legte den Kopf schief und tippte mit ihren türkis lackierten Fingernägeln, die das einzig Bunte an ihr waren, auf den Tisch. Sie schenkte mir einen flüchtigen, finsteren Blick, da ich sie mit Clari ansprach, um sie zu necken. »Bleibt ihr zu zweit? Ansonsten ist der Tisch zu klein.«

»Ja, nur wir beide«, schaltete sich Kalea ein, die Ellenbogen lässig abgestützt. »Der Platz ist super.«

Clarissa starrte zwischen Kalea und mir hin und her und verengte ihre tiefschwarz geschminkten Augen skeptisch. »Die Partyplatte ist für vier Personen, das wisst ihr, ja?«

»Ich verstehe das Problem nicht«, sagte ich und zwinkerte Kalea zu.

»Du lernst schnell«, lobte Kalea mich und wandte sich an Clarissa. »Ich nehme einen Peach Iced Tea, bitte.«

»Kriegst du«, lächelte Clarissa nickend. »Und du?«

»Wie immer«, meinte ich und ließ mich gegen die Stuhllehne sinken. Ich war erschöpft, da ich unter Strom stand.

»Bay Grill Hauslimo, alles klar.« Clarissa tippte mit ihrem Stift auf den Block, nachdem sie alles notiert hatte. Statt sich zu entfernen, kniff sie neugierig die Augen zusammen und beäugte uns noch kritischer als zuvor.

»Alles okay?« Kaleas rechter Mundwinkel zuckte nach oben und in ihren Augen blitzte es.

»Ist das ein Date, ihr Süßen?«

So war Clarissa. Direkt und absolut keine Scheu davor, jemanden in eine unangenehme Situation zu bringen. Wenn man sie nicht kannte, könnte man glauben, sie verspeiste kleine Kinder zum Frühstück. Ihre Lieblingsfarbe war schwarz wie die Nacht. Wenn sie durch die Straßen von Shore Mana wandelte, fiel sie direkt auf zwischen all den hellen Pastellfarben der Fassaden und den knalligen Farben der Palmen und Blumen. Sie machte kein Geheimnis daraus, ihren Platz im Leben nicht gefunden zu haben. Doch wer hatte das schon mit Ende zwanzig? Wenn es spät wurde, plauderte sie gern aus dem Nähkästchen und blühte auf.

»Ist es«, erklärte Kalea kurz und knapp, wobei ihre Miene keinen Zentimeter verrutschte. Da war keine Unsicherheit zu sehen. Wow. Ich hingegen fühlte mich, als drohte ich Tropfen für Tropfen zu einer Pfütze aus meinen eigenen Emotionen zu zerfließen.

»Ich wusste gar nicht, dass ihr euch kennt.« Clarissa wedelte mit dem Stift zwischen uns hin und her.

»Das ändern wir ja auch gerade«, sagte ich. »Oder wir versuchen es zumindest.« Ich zog eine Augenbraue hoch und hoffte, dass Clarissa den Wink kapierte.

»Bin schon weg«, grinste diese. »Moment.« Sie stoppte in ihrer Drehung, wühlte in ihrer Schürze und zog ein Feuerzeug daraus hervor. Schelmisch feixend schob sie die Stabkerze in die Mitte des Tisches und zündete sie an.

»Oh Clarissa«, lachte Kalea und schüttelte den Kopf. Clarissa zwinkerte uns schulterzuckend zu und entfernte sich. »Sie ist einmalig.«

»Und man kann ihr nie böse sein, wie macht sie das nur?«

»Vermutlich, weil man weiß, dass sie es nie böse meint?«

»Das wird es sein.« Ich tat es Kalea gleich und stützte die

Ellenbogen auf den Tisch. »Wie war dein Tag? Oder eher die letzten Tage?«

Sie seufzte und fuhr sich durch ihre hellbraunen Haare, die seidig im Sonnenschein glänzten. »Anstrengend. Eigentlich sind alle meine Tage anstrengend.« Sie zuckte mit den Schultern. »Aber das ist okay, ich liebe, was ich tue.«

»Das ist das Wichtigste, oder?«

Sie biss sich auf die Unterlippe. »Schon, ja.«

»Was ist los?«

Kalea winkte ab und ließ sich gegen die Lehne sinken. »Ich habe ein paar …«, sie stockte, »… finanzielle Probleme, aber ich werde das in den Griff kriegen.«

»Das dachte ich mir fast, ich hatte den Briefkopf der Bank gesehen, sorry.«

Sie stöhnte und versteckte sich hinter ihrer Hand. »Kein Problem, nimm es mir nicht übel, dass ich deine Hilfe abgelehnt habe.«

»Ich glaube, Florence war froh drum.« Ich grinste im Versuch, die Stimmung wieder anzuheben.

»Florence ist Florence«, lachte Kalea. »Sie scheint etwas ruppig, ist aber das zarteste Blümchen, das mir jemals begegnet ist.«

»Das glaube ich dir nicht.« Ich hüstelte. »Florence ist eine Stachelbuschsorte, die dir dein Lieblingsshirt einreißt.«

»Nur, wenn man nicht aufpasst.« Wenn sie besonders breit lächelte, schloss sich minimal ihr linkes Auge. Es war wunderschön und so einnehmend, dass es mich fast einschüchterte.

Clarissa brachte unsere Getränke und leckte sich im Gehen grinsend über die Lippen, als witterte sie bei uns die nächste heiße Lovestory.

»Wie geht es Muffin?«, fragte ich, sobald Clarissa wieder fort war. Ich sog gierig am violetten Glasstrohhalm, wodurch mir erst auffiel, wie durstig ich gewesen war.

»Sehr gut, der Zusammenprall hat ihn anscheinend nicht verletzt, er hatte sich nur erschrocken. Wir können ihn wieder freilassen.« Das Strahlen in ihren Augen ging sofort auf mich über und in meinen Fingerspitzen kribbelte es.

»Kann ich dabei sein?«

Sie nickte und errötete. »Natürlich, morgen?«

»Klingt perfekt.«

»Warum bist du den Rest der Woche nicht vorbeigekommen? Zu viel zu tun?« Sie zog sich ihren Eistee über den Tisch, der eine nasse Spur vom Kondenswasser auf der Platte hinterließ.

»Jein.« Ich fuhr mir durch die Haare und schaffte es kaum, ihrem Blick standzuhalten. »Wir hatten uns für heute verabredet …«

»… und dadurch ausgeschlossen, dass wir uns schon vorher sehen könnten?«, beendete sie meinen Gedanken.

»Exakt«, bestätigte ich und fuhr mir über das Gesicht. »Ich wäre gern vorbeigekommen, aber wir hatten uns mit *Bis Freitag* verabschiedet.«

»Und ich hätte dich gern vorher gesehen«, murmelte sie und fuhr mit ihrem Zeigefinger die Wassertropfen an ihrem Glas nach, die an diesem herunterperlten.

»Na, dann wissen wir das ja jetzt besser.«

»Was meinst du?« Sie sah mich mit schief gelegtem Kopf an.

»Wenn ich dich jetzt frage, ob wir nächstes Wochenende was unternehmen wollen, heißt das nicht, dass wir uns nicht auch unter der Woche sehen können.«

»Gut zu wissen!« Fast verlegen schmunzelte sie und senkte den Blick. Ich wusste nicht, ob mich ihr Selbstbewusstsein oder dieser kurze Anflug von Schüchternheit mehr anzog. Mein Gott, Kalea brauchte nicht viel zu tun, um mich komplett um den Finger zu wickeln, und es machte mir noch nicht einmal etwas aus. Ich rutschte auf dem Sitz nach vorn, wodurch mein Knie unter dem Tisch gegen ihres stieß.

»Malio?« Sie atmete tief durch und hörte auf, ihre Hände zu wringen. »Unternehmen wir nächstes Wochenende etwas?«

»Och«, winkte ich ab und zuckte gespielt gleichgültig mit

den Schultern. »Lass uns erst mal schauen, wie das heutige Date endet.« Mein Grinsen war so breit, dass meine Wangen schmerzten.

»Arsch.« Kalea griff lachend nach ihrer Stoffserviette, auf der das Logo des *Shore Mana Bay Grills* abgedruckt war, und peitschte nach meinem Arm.

»Ey!« Ich rieb mir über den Oberarm und schenkte ihr einen fassungslosen Blick.

»Ich frage dich nur einmal«, erklärte sie und betrachtete mich so streng, dass ich es ihr für einen Wimpernschlag fast abgekauft hätte. Sie hatte dieses Pokerface verdammt gut drauf.

»Ja, ich würde unfassbar gern etwas mit dir unternehmen.«

»Gut.« Sie nickte.

»Gut«, wiederholte ich und beobachtete, wie sie ihre Serviette zusammenfaltete und sie ablegte, als wäre nichts gewesen. Währenddessen zwang ich mich, nicht auf das *B* auf ihrem Ringfinger zu starren, und ließ den Blick stattdessen unauffällig über ihre Schultern, ihren Hals und ihr Gesicht gleiten. Wie konnte es sein, dass sie mir nie zuvor in Shore Mana aufgefallen war? »Seit wann bist du hier?«

Verdutzt hob sie eine Augenbraue an und tippte auf den Tisch. »Hier-hier? Hast du eine seltene Form von Amnesie?«

Ich verdrehte die Augen. »Natürlich nicht hier-hier, sondern in Shore Mana.«

»Seit zwei Jahren, wieso fragst du?« Sie spielte an einem ihrer Ringe herum und wirkte plötzlich nervös. Als hätte sie Angst davor, dass ich weitere Fragen stellte?

»Ich frage mich, wie es sein kann, dass wir uns nicht zuvor begegnet sind. Shore Mana ist ein Dorf.«

»Genau genommen ist Shore Mana eine Küsten*stadt*. Betonung auf Stadt.«

»Ich glaube, ich überlege es mir, ob ich noch einmal mit dir ausgehen möchte«, stichelte ich und wies auf ihre Serviette. »Du bist eine gewalttätige Besserwisserin.«

Empört riss sie den Mund auf und verschränkte die Arme vor der Brust. »Und du bist …« Ihr Mund klappte auf und wieder zu.

»Gut aussehend? Unfassbar intelligent, zuvorkommend, ein Mann, den man gern seinen Eltern vorstellt?«

Sie zog belustigt eine Augenbraue hoch. »Garantiert all das und so bescheiden noch dazu.«

Ich deutete eine Verbeugung an, was im Sitzen eher ungelenk wirkte. »Danke, danke, danke.«

»Könnte daran liegen, dass ich die meiste Zeit im *Turtles' Inn* bin, auf dem Weg zwischen meiner Wohnung und der Auffangstation und superselten mit Florence im *Coconight*.«

»Supermarkt?«

»Okay, ab und an bin ich auch dort, aber das war's.«

»*Giovanni's*?«

»Es war Zufall, dass wir uns dort letztens getroffen haben, ich esse sonst nie auswärts, das ist viel zu teuer.«

»Zufall, soso.«

»Malio!« Kalea rümpfte die Nase und wich meinem Blick aus, lächelte aber. »Lass das Verhör.«

»Schon gut, schon gut.« Ich hob die Hände in einer beschwichtigenden Geste. »Könnte auch daran liegen, dass ich die letzten zwei Jahre nicht hier gelebt habe und erst seit Kurzem wieder zurück bin.« Warum zur Hölle erzählte ich ihr das? Das war doch die perfekte Steilvorlage für sie, weitere Fragen zu stellen.

»Wo bist du gewesen?« Ach scheiße, sollte ich wirklich schon mit allem auspacken? Dann hielt sie mich doch direkt für den größten Versager Hawaiis. Sie lehnte ihr Kinn in die Handfläche und blinzelte mich neugierig an.

»In New York«, presste ich hervor. »Bis vor drei Monaten.« Kalea zuckte zusammen. Nicht leicht, sondern so stark, dass sie sich das Bein am Tisch anstieß, der daraufhin über den Boden schrammte. »Alles okay?« Verunsichert zog ich die Augenbrauen zusammen und schob den Tisch zurück in seine Ausgangsposition.

»Klar. Sicher. Alles okay, natürlich«, sagte sie schnell, schluckte und wischte sich auf beiden Seiten die Haare hinter die Ohren, was silberne Creolen zum Vorschein brachte. »New York also, super. Große Stadt, ist cool da.«

»Geht es dir gut?«

»Bestens.« Sie lächelte angestrengt und deutete erleichtert zur Bar, hinter der sich die Küche befand und aus der Clari gerade kam, die Bay Grill Nachos Partyplatte in einer Hand balancierend. »Na endlich, ich verhungere.«

»Dito.« Ich senkte den Kopf und sah zu ihr auf.

»Guck mich nicht an wie ein Welpe«, bat sie mich und atmete tief durch. »Es ist alles gut, wirklich. Du hast nur …«, sie suchte nach passenden Worten und seufzte. »Egal, lass uns essen, ja?« Ich dachte gar nicht daran, meinen Welpenblick, wie Kalea ihn nannte, von ihr zu nehmen und erkannte mit Genugtuung, dass er seine Wirkung nicht verfehlte. »Es ist zu früh. Ich will noch nicht darüber reden.«

Das war okay für mich, ich wollte sie auf keinen Fall drängen, ihr aber zeigen, dass ich gewillt war, ihr zuzuhören.

Clarissa platzierte die Platte zwischen uns. Darauf waren diverse Schälchen, gefüllt mit Guacamole, Käsesoße, Salsasoße, Olivenpaste, Chilipaste, einer Creme aus Bohnen und Ketchup, und daneben noch: Jalapeños, Tomaten, Mozzarella-Sticks und eine eimergroße Schale mit knusprigen Nacho-Chips. »Et voilà, lasst es euch schmecken. Kotztüten für Übermütige führen wir nicht.«

»Danke dir.« Ich nickte Clarissa zu, die sich entfernte, und wandte mich an Kalea. »Schon gut. Wir drängen uns zu nichts und haben einfach Spaß, okay?«

Kalea runzelte die Stirn, als überlegte sie, worauf ich hinauswollte. Auch ich wollte nicht direkt mit all den ernsten Dingen ins Haus fallen, die mich beschäftigten. Ich wollte mich gut fühlen, Spaß haben. Für all die schwarzen Gedanken, all die Hindernisse in meinem Leben war später noch genügend Zeit.

Ich wollte mich mit Kalea amüsieren, sie lachen hören und die Zeit mit ihr genießen. Natürlich wollte ich sie kennenlernen, doch was war falsch daran, es langsam anzugehen? Ich fühlte, dass vieles mit Kalea möglich war. Glücklichsein. Vergessen und vielleicht sogar verdrängen, bis es nicht mehr schmerzte.

»Okay«, erwiderte sie schließlich. »Spaß klingt gut.«

Ich hob mein Limonadenglas an. »Auf den Spaß unseres Lebens, der mit dieser bombigen Portion Nachos beginnt.«

Kalea wartete nicht lange, schnappte sich ihr Glas und ließ es gegen meines klirren. »Auf Nachos und un…«, sie verhaspelte sich und lief rot an, was ich so charmant fand, dass ich bezweifelte, dass neben all den Schmetterlingen in meinem Bauch genug Platz für das Essen war.

»Auf uns«, beendete ich ihren Satz mit fester Stimme und blickte ihr eindringlich in die Augen. Sie sollte wissen, wie ernst es mir war. »Und alles, was kommt.« Nein. Das hier war nicht irgendein Date mit irgendeiner Frau. Das hier fühlte sich richtig an, trotz der Geheimnisse, die wie eine Gewitterwolke über unseren Köpfen den Sonnenschein trübte. Kalea surfte auf meiner Welle, und ich war so was von gewillt, sie auf mein Board zu ziehen.

# KAPITEL 29

## Kalea

Bloß keine Müdigkeit vortäuschen. Eventuell hatte ich meinem Magen mit der Partyplatte doch zu viel zugemutet. Ich hoffte, Malio las es nicht von meinem Gesicht ab, dass ich nicht mehr konnte. Trotzdem griff ich energisch nach einem weiteren Chip, tunkte ihn in Salsasoße, führte ihn zum Mund und kapitulierte. »Ich platze«, gab ich zu und linste zu Malio, der verdächtig lang kaute, ohne sich nachgenommen zu haben. »Mach den Mund auf«, forderte ich, ließ den Chip plumpsen und mich gegen die Stuhllehne sinken, ohne ihn aus den Augen zu lassen.

»Mh?« Malio zog die Schultern hoch, tat unschuldig.

»Aufmachen, da ist doch gar nichts mehr drin!«

»Aaaah.« Er öffnete den Mund und streckte mir die Zunge raus. »Eben erst runtergeschluckt.« Er flunkerte.

»Du hast wohl keine Scheu, mir dabei zuzusehen, wie ich mich quäle?« Ich verschränkte die Arme vor der Brust und ignorierte das fiese Stechen in meinem Magen.

»Eigentlich war es sogar amüsant«, verriet er mir neckend. »Ich habe Wetten gegen mich selbst abgeschlossen, wann du zugibst, dass dir die Nachos zu den Ohren herauskommen.«

»Das stellt dich nicht gerade in ein gutes Licht, Surferboy.« Ich strich mir erschöpft über den Bauch, der sich wölbte.

»Schildkrötenmädchen«, nannte er mich mit rauer Stimme und neigte den Kopf.

Ich kicherte unter seinem einfühlsamen Blick, der mich ganz zappelig machte. »Was?«

»Ich finde es super, dass ich immer, wenn ich mich an unser erstes Date erinnere, daran denken werde, wie du dir Nacho für Nacho reingequält hast, damit nicht auffällt, dass du dich übernommen hast.«

»Danke auch«, lachte ich und war sogar zu voll, um mich nach vorn zur Serviette zu beugen, um ihm diese ins Gesicht zu pfeffern. Außerdem trampelten die Babyschildkröten in meinem Bauch wild umher.

Clarissa trat an unseren Tisch und hob belustigt einen Mundwinkel an. »Na? Soll ich euch den Rest einpacken?«

»Ja!« Stöhnend versteckte ich mich hinter meiner Hand. »Ich hab gehört, pappige Nachos sind noch besser als kalte Pizza zum Frühstück.«

»Ihgitt«, kommentierte Clarissa, während ich ihr half, alle Schälchen zurück auf die Platte zu stellen.

Malio hatte den Blick verträumt zum Meer gerichtet, dessen Rauschen wie die schönste Musik der Welt klang. Ich erkannte einen Funken Sehnsucht in ihm, während er zum Himmel sah, an dem sich der Wechsel vom Tag zur Nacht ankündigte. Die Glaswand, an der wir gesessen hatten, war zur Seite geschoben worden, sodass wir uns in der lauen Abendbrise auf der Außenterrasse befanden. Der Wind kam vom Meer und ab und zu brachte er mikrofeine Wassertröpfchen mit sich, die meine Haut kühlten.

Innerhalb der letzten halben Stunde hatte sich das *SMBG* gefüllt und dichtes Stimmengemurmel waberte durch das Restaurant. Ich hörte Gläser klirren, Besteck, das auf Tellern kratzte, und Musik, die aus den Lautsprechern scholl. *»... Ab in den Feierabend, Leute ...«*, vernahm ich Deacons Stimme und tippte unter dem Tisch mit meiner Fußspitze gegen Malios Bein. Er senkte für den Bruchteil einer winzigen Sekunde die Lider, ehe er sich mir lächelnd zuwandte.

»Sorry.« Er streckte ich. »Ich war in Gedanken.«

»Deswegen habe ich dich nicht angetippt.« Ich winkte ab, um ihm klarzumachen, dass das wirklich nicht der Grund war. »Ich könnte den Farben des Himmels auch stundenlang dabei zusehen, wie sie sich wandeln.« In diesem Moment war ich erschöpft, aber glückselig, dass mir ein Gähnen entkam. »Entschuldige«, piepste ich und hielt mir die Hand vor den Mund, ehe ich mit einem Nicken zu der Lautsprecherbox deutete, die unweit von uns am Strandzugang stand. »Da war gerade Deacon im Radio, deswegen habe ich dich angetippt.«

Malios Mundwinkel zuckten. »Ich bin mittlerweile daran gewöhnt, ständig seine Stimme zu hören. Deacons Radiosender läuft einfach überall in der *Stadt*.« Er betonte das Wort besonders, woraufhin ich die Augen verdrehte.

Malio wandte den Kopf zum Meer. »Weißt du, wann ich gern die Zeit anhalten würde?« In seiner Stimme schwirrte etwas, das mich an Sehnsucht erinnerte.

»Wann?« Ich ging nur zu gern auf seinen Themenwechsel ein und folgte seinem Blick zum Horizont.

»Jeden Abend und jeden Morgen zur Golden Hour.«

»Die Golden Hour ist wirklich etwas Besonderes«, pflichtete ich ihm bei. »Aber willst du das wirklich?« Ich richtete meine Aufmerksamkeit wieder auf Malio, beobachtete seine Züge, blickte wie gebannt auf seinen kantigen Kiefer mit dem schwarzen Dreitagebart.

»Natürlich, warum fragst du?« Er rümpfte verwundert die Nase, deren Rücken von der Sonne gerötet war. Wenn man genau hinsah, erkannte man feine Sommersprossen. Viel zarter als die, die meine Wangen bedeckten.

»Weil etwas, das immer da ist, nichts Besonderes mehr sein kann«, erklärte ich ruhig.

Malio wog den Kopf langsam hin und her und schien sich

seine Antwort genau zu überlegen, bevor er sprach. »Das sehe ich nicht so.«

»Nicht?«

Malio griente kurz. »Nein. Ich denke, dass es Dinge gibt, derer man niemals müde wird, egal wie oft man die Chance hat, sie um sich zu haben. Das gilt besonders für …« Er stockte, fuhr sich mit der Hand über den Hinterkopf und lächelte schief.

»Für?«

»Für Menschen.«

»Da könnte was Wahres dran sein.«

Malio stellte die Ellenbogen auf dem Tisch ab und lehnte sein Kinn auf seine Faust. Der Abstand zwischen unseren Gesichtern war dadurch so gering wie noch nie zuvor. Ausreichend, um total unschuldig zu sein, doch meine Gedanken waren alles andere als unschuldig. Verdammt, ich hätte nichts dagegen, wenn er mir noch näher kommen würde. »Aber abgesehen von Menschen bist du nicht überzeugt, oder?« Seine blauen Augen waren so tief wie der Ozean. Es war schwer, nicht in ihnen zu versinken.

Ich schüttelte den Kopf und räusperte mich, da meine Kehle sich trocken anfühlte. »Nicht ganz. Was würdest du tun, wenn der Himmel immer so aussehen würde?« Ich deutete mit dem Zeigefinger zur untergehenden Sonne und den pinken Schlieren, die sie hinterließ. »Irgendwann würdest du nicht mehr oft hinsehen. Du würdest es nicht mehr zu schätzen wissen, weil er immer da ist. Du wüsstest, dass es okay wäre, jetzt nicht hinzusehen, weil er in fünf Minuten noch da wäre. Und in fünf Minuten hättest du es wieder vergessen.« Ich seufzte. »Tage vergehen, in denen du vergisst, was du einst am Himmel geliebt hast. Du vergisst, ihn anzusehen.« Bei meinen eigenen Worten breitete sich eine Gänsehaut auf mir aus und ich rieb mir über die Oberarme. Hoffentlich würde mir das niemals passieren, dass ich den Himmel und alles, was ich hatte, als selbstverständlich wahrnahm. »Vielleicht haben wir beide recht.« Ich lächelte ihn an und er antwortete nicht, erwiderte nur mein Lächeln und blinzelte auffordernd. »Manche Dinge bleiben vielleicht besonders, auch wenn man sie immer um sich hat. Doch so etwas«, mit einem Nicken wies ich zum Himmel und hob eine Augenbraue an, »so etwas darf es nicht immer geben. Nicht in meiner Welt. Ich möchte mich darauf freuen können. Jede Nacht und jeden Tag.«

»Okay.« Malios Stimme krächzte. »Vielleicht haben wir wirklich beide recht.«

»Haben wir«, flüsterte ich und wandte den Blick zum Meer, nahm aus dem Augenwinkel wahr, wie er es mir gleichtat.

Ganze Minuten mussten vergangen sein, ehe Malio sich räusperte. »Das habe ich am allermeisten vermisst.«

Hitze stieg in mir auf, begleitet von einem beklemmenden Gefühl in der Magengrube. Malio klang, als wollte er sich mir anvertrauen. Und einerseits freute mich das. Andererseits könnte er dann auch von mir erwarten, mich zu öffnen, und dafür war ich noch nicht bereit.

»Den Himmel?« Meine Stimme war nicht so fest, wie ich gehofft hatte.

Malio nickte, und es entging mir nicht, wie er sich versteifte. »Den Himmel, die Golden Hour, das Meer, die Wellen«, seufzte er und nahm den Blick vom Horizont, sah mir stattdessen direkt ins Gesicht. »Das Surfen.« Ein Funkeln stahl sich auf sein Gesicht.

»Warum schaust du so trübsinnig, wenn du es doch wieder hast?« Spitze, Kalea. Meine Neugierde würde mich noch um Kopf und Kragen bringen.

Malios Züge verhärteten sich, als hätte ich ein Tabuthema angesprochen. Er schien die Zähne zusammenzupressen, denn sein eh schon kantiger Kiefer stach noch mehr hervor. Dem Rumpeln in meinem Bauch nach zu urteilen, fand ich das ziemlich attraktiv.

»Weil ich keine Ahnung habe, wie lange es mir bleibt.« Er zuckte mit den Schultern.

»Ich verstehe das. Im Hier und Jetzt zu leben, wenn die Zukunft ungewiss ist, ist leichter gesagt als getan, oder?«

»Da sagst du was. Ich …« Er stockte und schüttelte den Kopf. »Uff, sorry. So viel zum Spaß haben, oder? Willst du noch etwas trinken?«

Er entglitt mir. Verdammt. Da war mehr. Er hatte mir gerade mehr erzählen wollen. Und obwohl ich Angst davor hatte, dass er dann auch Offenheit von mir erwartete, wollte ich auch mehr über ihn erfahren. »G-gern«, murmelte ich und zählte gedanklich die Beträge zusammen. Dieses Date kostete mich garantiert die neuen Filter für die Quarantänebecken, doch ein einziges Mal etwas für mich zu tun, war okay, oder? Warum fühlte es sich nur nicht danach an? Warum hatte ich das Gefühl, meine Schildkrötenbabys zu hintergehen, wenn ich mir einen *Sex in the bay grill*, die hauseigene Variation des *Sex-on-the-Beach*-Cocktails, bestellte?

»Kalea?« Malio wedelte mit einer Hand vor meinem Gesicht herum und deutete mit einem Grinsen nach rechts. Clarissa stand an unserem Tisch und ich hatte es überhaupt nicht mitbekommen.

»Guten Morgen, Kalea«, zog sie mich amüsiert auf und zwinkerte mir zu. »Was willst du trinken?«

»*Sex in the bay grill*«, erklärte ich. »Aber bitte sag Riku, dass er mit dem Wodka sparen soll, ja? Danke.«

»*Kiss in the bay grill*«, Clarissa wackelte mit den Augenbrauen, was mir ein Grinsen entlockte, »und ein Bier. Kommt gleich.« Sie wartete unser Danke nicht ab, sondern flitzte zur Bar, um die Bestellung weiterzugeben.

Malio schaute wieder zum Meer, zu den Wellen, als zögen sie ihn magisch an, und mir fiel auf, dass er unter dem Tisch mit dem Bein wippte. Was machte ihn so nervös? »Malio?«

»Sorry, ja?« Er riss seinen Blick vom Meer los und schenkte mir seine ganze Aufmerksamkeit. Doch das Wippen hörte nicht auf.

»Was ist los?« Ich hob mein Bein an, um es gegen seins zu lehnen, woraufhin es sofort erstarrte. »Muss ich mir Sorgen machen? Seit sich die Golden Hour ankündigt, wirkst du so …« Ich beendete den Satz nicht, um ihm nichts vorzuwerfen.

Malio holte tief Luft. »So? Sag schon.«

»Abwesend?«

»Shit, du hast recht, entschuldige. Es ist nur …«

»Nur was? Lass dir nicht alles aus der Nase ziehen, Mister … Wie heißt du eigentlich mit Nachnamen?«

»Ha'aheo.« Er grinste.

Ich beugte mich auf der Tischplatte ein Stück nach vorn, sodass ich ihm näher war, und legte den Kopf schief. »Hör auf, Sätze zu beginnen, die du nicht beenden willst, Mister Ha'aheo. Das macht mich viel zu neugierig, okay?«

Er streckte lachend seine Hand zu seinem Hinterkopf, fuhr mit seinen Fingern durch die schwarzen Wuschelhaare. »Es tut mir leid. Es ist nur, dass ich normalerweise zur Golden Hour …« Er. Stoppte. Schon. Wieder.

»Du machst mich fertig. Sag schon«, grinste ich und tippte ihn unter dem Tisch mit meinem Fuß an. »Ich bin nicht böse, versprochen.«

»Normalerweise surfe ich zur Golden Hour. Immer.«

»Immer immer?«

Er nickte und zuckte entschuldigend die Schultern.

»Warum hast du mich dann gefragt, ob ich noch etwas trinken möchte? Ich will dich nicht zwingen, hierzubleiben, wenn du lieber dort wärst.« Ich wies mit dem Daumen zum Strand. »Es ist okay für mich, ich will nicht deinen Tagesplan neu ordnen.« Ich meinte es ganz ehrlich.

»Das ist ja meine Zwickmühle«, erklärte er und beugte sich ebenfalls über den Tisch zu mir, sodass zwischen unsere Nasen geradeso einer der Glasstrohhalme gepasst hätte. »Ich möchte nicht, dass der Abend mit dir endet, Schildkrötenmädchen.

Und wenn ich mich heute entscheiden müsste, würde ich mich gegen das Surfen entscheiden, okay?«

Eine Lavawelle flutete meinen Körper und brannte alles nieder. Seine Worte bedeuteten so viel. »Du kannst beides haben«, wisperte ich und dachte gar nicht daran, mich zurückzulehnen, auch wenn die Tischkante schmerzhaft in meinen überfüllten Magen drückte.

»Was?« Malio hob eine Augenbraue an und schielte zur Bar herüber. »Unsere Getränke kommen. Willst du deinen Cocktail auf Ex kippen?«

»Nein, dann kotze ich echt«, grinste ich und wartete, bis Clarissa bei uns war.

»Eure Getränke und«, sie stellte eine Papiertüte auf den Tisch und zwinkerte erst mir, dann Malio verführerisch zu, »euer Frühstück.«

»Mein Frühstück«, berichtigte ich sie und zog die Tüte besitzergreifend zu mir heran. »Können wir direkt zahlen und die Getränke mitnehmen? Wir bringen die Gläser zurück, versprochen.« Ich klimperte mit den Wimpern, denn ich war mir der Wirkung mehr als bewusst.

Sie zuckte mit den Schultern und holte ihre Kellnerbörse hervor, in der das winzige tragbare Kartenlesegerät steckte. »Getrennt? Zusammen? Bar? Karte?«

»Zusammen, Karte«, schaltete sich Malio ein, ehe ich etwas erwidern konnte. Ich biss mir unbehaglich auf die Unterlippe, rutschte auf dem Sitz umher und wandte den Blick ab, bis Malio gezahlt und Clarissa uns einen schönen Abend gewünscht und dabei albern geblinzelt hatte.

»Danke«, piepste ich und überlegte, ihm Floskeln an den Kopf zu werfen, wie dass das nicht nötig gewesen wäre oder dass ich das nächste Mal zahlen würde. Aber das wäre gelogen gewesen. Es war nötig gewesen, dass ich das heute nicht hatte zahlen müssen, denn ich brauchte jeden verdammten Cent für das *Turtles' Inn*. Dass Männer die Dates zahlten, war veraltet, doch ich versuchte, es auszublenden. Es war mir unangenehm, verdammt unangenehm. Doch dass meine Babys weitere Wochen im Wasser lebten, das drohte, zu kippen, war weitaus schlimmer.

»Gern, Schildkrötenmädchen.« Er lächelte und berührte meine Hand, die auf dem Tisch lag. Er strich darüber und schnippte gegen meinen Finger. »Lass uns gehen.« Sein verschwörerischer Tonfall und die kleine Berührung reichten, um meine düsteren Gedanken zu vertreiben. Ich war im Hier und Jetzt. Und das war gut so.

## KAPITEL 30

# Malio

Vom *Shore Mana Bay Grill* bis zum *Koa's* waren es knapp fünfzehn Gehminuten, wenn man am Strand entlanglief. Ich versuchte, die Gewissensbisse zu ignorieren. Trotzdem hatte ich das Gefühl, unser Date gecrasht zu haben. Auch wenn Kalea mir versichert hatte, dass es okay war, kam ich mir wie der größte Egoist vor. Dass ich es nicht einen einzigen Abend ohne Surfen aushielt – wie zur Hölle hatte ich New York überlebt? Es war mir ein Rätsel. An zwölf von zehn Tagen bereute ich trotzdem, mein Studium hingeworfen zu haben. Reue begleitete mich, wachte morgens mit mir auf und schlüpfte nachts unter meine Decke, um schwer auf mir zu liegen.

So viel war seit meinem Weggang passiert. Noelani rebellierte, Dad war verunfallt, Mom resignierte und litt genauso unter Dads Unfall und den damit einhergehenden sinkenden Zahlen des *Koa's* und der Surfschule. Und ich? Ich hatte fast all das Geld in den Sand gesetzt, das mein Studium nun einmal gekostet hatte, weil ich es nicht beendete. Ohne dass ich mit diesem verdammten Abschluss nach Hause kam. Ich wusste, dass ich meine Entscheidung noch ändern und nach New York zurückkehren konnte, aber genau das zerstörte mich, denn es war, als entschied ich mich jeden Tag aufs Neue gegen die Vernunft. Gegen das Richtige. Und das Schlimmste daran war, dass Mom und Dad mich lächelnd zu Hause begrüßt hatten. Keine Vorwürfe, keine Fragen, nichts. Nur die Hoffnung in ihren Blicken, dass ich mich vielleicht doch zusammenreißen und zurück nach New York gehen würde, um mir dieses bedeutende Examen an die Wand hängen zu können.

Ich schloss für einen Moment die Augen und konzentrierte mich auf das Geräusch der Wellen, die am Strand aufliefen. Ich sog gierig die Salzluft ein und ließ den Wind über meine Haut fahren. Niemals würde ich genug davon haben, niemals. Ich drehte mich im Gehen ein Stück zu Kalea um, wobei meine Sneakers, die ich an den Schnürsenkeln zusammengebunden um den Hals trug, gegen mein Schlüsselbein schlugen. Kalea schien ebenfalls in Gedanken versunken zu sein. Wir mussten einen amüsanten Anblick abgeben, wie wir den Strand entlang flanierten. Kalea in ihrem dunkelblauen Kleid, den Rucksack auf den Rücken geschnallt, in einer Hand ein Cocktailglas mit Strohhalm und in der anderen Flip-Flops mit schwarzen Glitzersteinchen. Ich hatte vergeblich versucht, die engen Hosenbeine meiner Jeans hochzukrempeln, die mittlerweile bis zur Mitte der Wade klitschnass war. In einer Hand trug ich Kaleas Frühstücksnachos und in der anderen das Bier.

Seit wir losgelaufen waren, herrschte Stille zwischen uns, die ich durchbrechen wollte, also räusperte ich mich. »Hey.« Ich stupste ihr mit dem Ellenbogen zwischen die Rippenbögen.

»Na? Alles gut?«

»Sicher«, bestätigte ich nickend und setzte mein Glas an die Lippen, um zu trinken. »Wir sind gleich da, dort ist es.« Ich deutete zur Surfschule, die weiter oben an der Promenade lag.

»Perfekt«, grinste Kalea. »Mir tun nämlich die Füße weh.«

»Von zehn Minuten laufen?«

»Sei nicht albern.« Sie verdrehte die Augen. »Von zehn Minuten *im Sand* laufen.«

»Stimmt, wenn ich mir dich genau angucke, stakst du wie ein Storch im Salat.«

Kaleas Züge wandelten sich binnen einer Sekunde von geschockt zu empört, schließlich grinste sie. »Du hast auf jeden Fall kein Händchen dafür, Komplimente zu verteilen.«

»Ich bin nur ehrlich.«

Sie patschte mir ihre Flip-Flops gegen den Oberarm. »Manchmal tut es auch eine kleine Notlüge, weißt du?«

»Du läufst so grazil wie eine Prinzessin?«

»Zum Beispiel«, nickte sie. »Ich kann es kaum erwarten, mich an den Strand zu setzen, um mich auszuruhen und dir beim Surfen zuzusehen.« Angestrengt pustete sie Luft aus ihren Wangen.

Ich schüttelte den Kopf. »Nichts da.«

»Wie bitte?«

»Du kommst mit!«

»Wohin?« Sie kniff die Augen zusammen. Lachend sah ich an ihr vorbei zum Meer. »Vergiss es. Ich kann nicht surfen.« Sie schüttelte den Kopf.

»Ach, komm schon.« Ich verzog die Mundwinkel und senkte den Blick, um ihr meinen Welpenblick zu schenken.

»Guck nicht so, das ist nicht fair.«

»Du kannst nicht in Shore Mana leben, ohne ein einziges Mal auf einem Surfbrett gestanden zu haben«, erklärte ich.

»Bisher hat mich Shore Mana nicht mit Fackeln und Mistgabeln verjagt«, entgegnete sie grinsend.

»Willst du wirklich nicht?«

Sie stöhnte auf und warf den Kopf in den Nacken. Kapitulierte sie? »Du kannst echt überzeugend sein, Surferboy. Gewöhn dich nicht daran, dass ich nachgebe.«

»Ich zwinge dich doch gar nicht«, feixte ich.

»Natürlich nicht«, schnaubte sie und besah mich mit einem Blick, der das Gegenteil behauptete.

Ich zuckte unschuldig mit den Schultern. »Wirklich nicht.«

»Okay. Du kannst mir zeigen, wie man surft.« Sie zupfte an ihrem Kleid. »Aber nicht heute, ich habe keinen Bikini mit, konnte ja keiner ahnen, dass das *Date ins Wasser fällt*.«

»Hier fällt nichts ins Wasser!« Gespielt geschockt riss ich die Augen auf und legte ihr die Hand, in der ich ihre Tüte trug, an den Rücken, um sie zur Surfschule zu lenken.

»Gleich beim ersten Date willst du mich ins Meer locken … Was hast du denn noch alles mit mir vor?«

»Heute oder allgemein?« Ich wackelte verführerisch mit den Augenbrauen, was ihr ein Lachen entlockte.

»Immer ruhig mit den jungen Schildkröten!« Sie stieß mich mit ihrem Ellenbogen an.

»Heißt das nicht Pferden?«

Sie zuckte mit den Schultern. »Ist mir eigentlich egal. Aber alles ist besser, wenn eine Schildkröte dabei ist.«

»Du liebst sie echt, oder?«

»Das ist untertrieben.« Kaleas Stimme hinter mir nahm binnen Sekunden einen neuen Ton an. Da war nichts Freches mehr, sondern pure Ehrlichkeit. »Die sanften Meeresriesen sind mein Leben.«

Und das Surfen war meins. Ich schloss die Tür zur Surfschule auf. *Klick-Klick-Klick.* Seit vor einigen Jahren eine Horde Jugendlicher eingebrochen war, hatte mein Dad sie gesichert wie Fort Knox. Ich gab einen Zugangscode ein, der einen eisernen Riegel freigab, den ich mit aller Kraft zur Seite schob. Dank des Salzes in der Luft wurde dieser immer störrischer.

»Wow«, kommentierte Kalea hinter mir. »Habt ihr da Diamanten und Gold drin?«

»Kann man so sagen.« Ich warf ihr über meine Schulter einen Blick zu, trat ein und schaltete direkt die Alarmanlage neben der Tür aus, damit keine Warnung an Dads Smartphone geschickt wurde. »Die Surfschule und der Shop«, ich klopfte gegen die Holzfassade und deutete in Richtung des Shops, auch wenn man ihn von hier aus nicht sah, »sind das ein und alles meiner Familie. Ihre Schildkröten sozusagen.«

»Wie schön«, hauchte Kalea und trat hinter mir über die Schwelle, schaute sich mit zusammengekniffenen Augen um und ließ ihre Flip-Flops und den Rucksack neben der Tür nieder. Barfuß tapste sie in den Raum hinein, wobei ich hoffte, dass sie sich in der Dunkelheit nirgends anstieß.

»Warte«, lachte ich und fuhr routiniert die Rollos der Fenster hoch. Ich kannte die Surfschule wie meine Westentasche und fand mich hier auch in schwärzester Dunkelheit zurecht. Die Farben der Golden Hour drangen durch die Fenster und tauchten den Hauptraum in magisches Licht. Ich beobachtete Kalea dabei, wie sie sich um ihre eigene Achse drehte, den Blick über die Surfbretter und die Aufsteller gleitend.

Sie zeigte auf ein paar Stühle in einer Ecke, in der eine Tafel auf Rollen stand. »Für den Theorie-Unterricht, hm?« Sie zwinkerte mir zu, und irgendetwas an diesem Zwinkern ließ meine Körpermitte aufflammen.

Ich fuhr mir schluckend durch die Haare. »Genau.« Verdammt, meine Stimme war belegt. Bleib cool, Malio.

Sie spazierte selbstverständlich auf die Theorie-Ecke zu, zog an einem Stuhl, dessen Beine über die Fliesen schrammten. »Los, erklären Sie mir das Surfen, Herr Lehrer«, witzelte sie und sog am Strohhalm, wobei mir das sanfte Wanken in ihrer Stimme nicht entging. Kalea war aufgeregt. Genauso wie ich, seit wir die Surfschule betreten hatten. Hier fühlte es sich so privat an.

»Ich bin eher praktisch veranlagt.« Schritt für Schritt kam ich auf sie zu, wobei sie den Kopf Stück für Stück in den Nacken legen musste, um unseren Blickkontakt aufrechtzuerhalten.

»Dachte ich mir«, murmelte sie leiser, als ich meine Hände auf den hölzernen Armlehnen ihres Stuhls aufstützte. Statt sich gegen die Rückenlehne fallen zu lassen, lehnte sie sich mir ein Stückchen entgegen. Für keine einzige Sekunde gab sie mir das Gefühl, zu schnell zu sein, und meine innere Stimme versicherte mir, dass ich mutig sein durfte. Kalea würde nicht zurückweichen, sobald ich ihr näher kam, und ich wollte es ausprobieren.

Ich war mir sicher, dass diese Anziehung keine Einbildung war. Die Luft zwischen uns knisterte, als wäre sie elektrisch aufgeladen. Gab es irgendeine Regel, die es untersagte, dass man beim ersten Date den Kuss vorzog? Nicht nur ein Abschiedskuss, sondern auch ein Mittendrin-Kuss? In diesem Moment wünschte ich mir, Kalea besser zu kennen, sie besser einschätzen und ihr verschmitztes Lächeln deuten zu können. In ihren haselnussbraunen Augen blitzte etwas auf, das einer Aufforderung gleichkam. Oder einer Einladung? Einer Bitte?

Schluckend beugte ich mich zu ihr vor, wobei mir der Pfirsichduft ihres Shampoos die Sinne zu vernebeln drohte. Meine Handflächen wurden schwitzig und ich war froh, sie um die Armlehnen krallen zu können. Es fehlten kaum mehr drei Zentimeter, bis ich die Lippen auf ihre drücken könnte, als wäre das von Anfang an unser Plan gewesen. Kaleas Mundwinkel hob sich und ein Grübchen entstand daneben, so klein, dass es mir bisher nicht aufgefallen war. Ich wollte es küssen, doch beherrschte mich. Ich lehnte den Kopf zur Seite und entfernte mich von ihr, wobei ich sie nicht aus dem Blick ließ.

Ihre angespannten Züge entspannten sich, doch gleichzeitig entstand auf ihrer Stirn eine steile Falte. Für den Bruchteil einer Sekunde fegte ein Ausdruck über ihr Gesicht, der mir einen Dolch ins Herz bohrte. Sie dachte doch nicht, ich würde sie nicht küssen wollen? Ich leckte mir über die Lippen, die von einem Lächeln benetzt wurden, überbrückte die letzten Zentimeter zwischen uns, bis mein Mund an ihrem Ohr lag. »Komm mit mir ins Meer«, bat ich sie flüsternd. Es gab mir Genugtuung, dass sich eine zarte Gänsehaut auf ihren Armen ausbreitete.

»Ich habe keinen Bikini«, protestierte sie schwach, wobei sich ihre honigwarme Stimme ihren Weg bis direkt in meine Lenden bahnte, wo sie sich festkrallte und dafür sorgte, dass mir heiß wurde. Ich hielt Kaleas neugierigem Blick stand. Sie biss sich auf die Unterlippe und taxierte mich. Es kostete mich alles an Selbstbeherrschung, nicht wie ein liebeskranker Teenager über sie herzufallen, sie zu küssen, mit meinen Fingern über ihre sonnengebräunte Haut zu fahren und mein Gesicht an ihr seidiges Haar zu schmiegen, in dem sich die Farben der Golden Hour verfingen.

»Komm«, bat ich sie, hielt ihr die Hand hin. Sie legte ihre warme Hand in meine. Ich zog Kalea aus dem Stuhl, wandte mich um und lotste sie durch die Surfschule bis zum Kassentresen, hinter dem wir eine Kiste mit Badekleidung lagerten. »Warte.« Ich drückte ihre Hand, ehe ich hinter dem Tresen verschwand und mich hinunterbückte, um besagte Kiste hervorzuholen. »Such dir deine Größen raus«, grinste ich und nickte hinein.

Als Kalea checkte, was sie da sah, lachte sie. »Das hast du doch von Anfang an geplant, gib es zu.«

Ich hob die Schultern und zwinkerte ihr zu. »Ich bin mir keiner Schuld bewusst«, flunkerte ich, denn schon als sie mir erklärt hatte, nicht ins Meer zu können, weil sie keine Kleidung dabei hatte, waren mir die Werbegeschenke der *Koa's Surfing School* in den Sinn gekommen.

»Das glaube ich dir aufs Wort.« Sie stellte ihr halb geleertes Cocktailglas neben der Kasse ab und wühlte sich durch die einzeln verpackten weißen Bikini-Höschen, Bikini-Oberteile und Badehosen für Männer, auf denen das Logo des *Koa's* prangte. Schließlich hielt sie zwei Tütchen in die Höhe und verdrehte grinsend die Augen.

»Die Umkleiden sind dort.« Ich reichte ihr ein Badetuch und deutete auf die Türen zu meiner Rechten. Ich ließ sie vorausgehen und verschwand selbst in einer Kabine, um mir den Wetsuit überzustreifen. Als ich zurück in den Hauptraum ging, stand Kalea am Fenster und blickte zum Meer, das heute keine hohen Wellen schlug. Doch sie würden mir ausreichen. Sie hatte mich nicht bemerkt, und kurz überlegte ich, nicht auf mich aufmerksam zu machen, da ich ein paar Sekunden brauchte, das Bild, das sich mir bot, zu verdauen. Statt sich in das Handtuch zu wickeln, um sich zu bedecken, hatte sie es über ihren Unterarm geworfen. Ihre Haare hatte sie zu einem hohen Pferdeschwanz gebunden, sodass ich auf die Entfernung das Tattoo in ihrem Haaransatz wahrnahm.

Mein Blick wanderte über ihre Schultern, über ihre Schulterblätter, ihre Taille, ihre Hüften. Ihr Körper war über und über mit Tattoos verziert. Die Rückseiten ihrer Oberarme zierten welche, diese waren es aber nicht, die mich anzogen. Es waren die, die im Alltag von ihrer Kleidung verhüllt wurden. Das zwischen ihren Schulterblättern, an ihrer Hüfte, unter ihren Pobacken und ich erkannte seitlich unter ihrem Busen ebenfalls eins hervorblitzen. Ich räusperte mich, fummelte den Schlüssel vom Ring, um ihn an dem Reißverschluss meines Wetsuits zu befestigen, und lief voraus zur Tür. »Wollen wir?«

Kalea zog verwundert eine Augenbraue hoch und besah mich von Kopf bis Fuß. »Fehlt dir nicht etwas?«

»Was meinst du?«

»Ist dein Surfbrett unsichtbar oder brauche ich eine Brille?«

Lachend warf ich den Kopf in den Nacken und klatschte mir gegen die Stirn. »Guter Punkt.« Wow, das war peinlich. »Geh vor, wenn du magst«, bat ich sie.

Kalea zuckte mit den Schultern und schritt an mir vorbei. Hastig rannte ich nach hinten, wo ich mein Surfbrett lagerte, um mit diesem unter dem Arm hinter Kalea her zum Strand zu preschen. Die Leash hatte ich schon am Knöchel befestigt. Ich überholte sie, drehte mich im Rennen um und lachte ihr zu. »Bis gleich«, rief ich. Als meine Füße das warme Wasser berührten, überzog meinen Körper eine Gänsehaut und ich begrüßte das aufgeregte Kribbeln in meinen Fingerspitzen und meinem Kiefer. Die sanften Wellen klatschten mir gegen die Beine, doch ich watete weiter, legte mich auf mein Board und paddelte. *Links, rechts, links, rechts, links, rechts*, bis ich eins wurde mit dem Meer und mich in meinem geliebten *Dazwischen* befand. Zwischen Tag und Nacht, zwischen Himmel und Meer, zwischen Zweifel und Hoffnung. Die nächsten Minuten gehörten mir. Ausschließlich mir.

Ich durchbrach die erste Brechungslinie, wobei mir das Salzwasser ins Gesicht spritzte. Meine Hände tauchten ein in das Meer aus Orange, Pink und vereinzeltem Purpur, das bald dominieren würde, ehe es vom Dunkelblau und Schwarz der Nacht verdrängt wurde. Ich manövrierte mich durch die zweite und dritte und vierte Brechungslinie und begrüßte die tosenden Wellen, die mir das Adrenalin schenkten, nach dem mein Körper sich verzehrte. Hier draußen konnte es gefährlich sein, doch ich wusste sie zu bändigen, die Angst, die mir im Nacken saß. Ich ließ eine Welle nach der anderen unter mir hindurch und spähte auf das offene Meer, um die perfekte Welle zu lokalisieren.

»Da bist du«, wisperte ich, als ich sie ausmachte. Die Welle kam, um mich mit sich zu reißen, um mich nach Hause zu bringen, zur Sicherheit des Strandes. Ich spürte die sanfte Neigung meines Surfbretts, dessen Bug sich unter der Welle erhöhte. »Jetzt«, flüsterte ich lächelnd. Ich zog die Arme aus dem Wasser, stemmte die Hände auf das Brett und sprang in einer einzigen Bewegung auf die Beine. Ich nahm Fahrt auf, balancierte auf dem Brett, das mir die Welt bedeutete. Ich gewann rasant an Geschwindigkeit und wie jedes Mal gewöhnten die Welle und ich uns aneinander.

»Yes«, rief ich lachend aus, genoss den Fahrtwind auf der Haut, der mir die nassen Haare aus dem Gesicht wehte. Ich hatte eine Traumwelle unter mir, das merkte ich daran, dass sie sich über sämtliche Brechungslinien hinwegsetzte, als wollte sie sich selbst etwas beweisen. Erst, als sie langsamer wurde, ließ mein Puls nach und ich achtete darauf, wie mein Herz immer weniger gegen meinen Brustkorb hämmerte. Ich sprang vom Board und griff routiniert danach. »Yes«, wiederholte ich grinsend, legte den Kopf in den Nacken und sah zum Himmel, wischte mir mit der freien Hand das Wasser aus dem Gesicht.

# KAPITEL 31

## *Kalea*

Malio dabei zu beobachten, wie er sich voll und ganz dem Meer hingab, setzte eine ungeahnte Ruhe in mir frei. Mein Blick fiel auf den weißen Bikini und ich konnte nicht anders, als zu lächeln. Sachte zupfte ich am Höschen, um ein paar Sandkörner herunter zu schubsen, die sich dort gesammelt hatten. Wie ich hier am Strand saß, unter dem pinkfarbenen Himmel O'ahus fühlte ich endlich Entspannung. Sie fuhr mir durch den Körper, sanft wie eine Feder und bat meine müden Knochen und Muskeln, die Anspannung loszulassen. Wenigstens für ein paar Augenblicke. Wenigstens für die Zeit, die ich mit Malio verbrachte. Meine Sorgen würden bis morgen auf mich warten, da war ich mir sicher. Ich streckte die Hände gen Himmel und gähnte. Verdammt, ich war wirklich müde und ausgelaugt.

Eine hektische Bewegung im Wasser zog meine Aufmerksamkeit auf sich. Ich kniff die Augen zusammen, um besser zu erkennen, was dort vor sich ging. Malio winkte. Er rief etwas, doch das Meeresrauschen verschluckte die Worte. Ich verdrehte schmunzelnd die Augen und formte mit den Händen einen Trichter vor meinem Mund. »Ich kann dich nicht verstehen«, rief ich und lachte, als Malio den Kopf in den Nacken warf. Er winkte wieder und jetzt kapierte ich, dass er mich ins Wasser lockte. Er wollte echt, dass ich mit ihm baden ging. Aber

ich blickte das Meer lieber an, als es überall um mich zu wissen.
»Na gut«, seufzte ich und stand auf. Der warme Sand zwischen meinen Zehen jagte mir einen wohligen Schauer durch den Körper und ich setzte einen Fuß vor den nächsten, bis die erste auslaufende Welle mich berührte.

»Schneller«, hörte ich Malio über die Wellen hinweg rufen. Sein Lachen drang an meine Ohren und ich verzog den Mundwinkel zu einem Grinsen. Kurz blickte ich mich um. Natürlich waren noch andere Leute an diesem Strandabschnitt, aber sie waren alle mit sich selbst beschäftigt und achteten nicht auf uns. Betont langsam watete ich ins Meer, hüpfte jedes Mal ein Stückchen, sobald eine Welle gegen mich schwappte. Erst gegen meine Schienbeine, gegen meine Knie, die Oberschenkel. Meine Brustwarzen stellten sich auf, obwohl mir nicht kalt war, und ich verschränkte, ohne darüber nachzudenken, die Arme vor der Brust und zog die Schultern an.

»Entspann dich!« Malio und mich trennten wenige Meter, vielleicht die Länge von zwei Surfbrettern, und das Wasser reichte bis zum unteren Ansatz meines Bikini-Oberteils. »Lass die Schultern locker.« Malio legte den Kopf schief und lächelte mich an, wobei es in seinen Augen blitzte. Er saß auf seinem Surfboard wie auf einem Pferd, ließ die Beine links und rechts davon ins Meer baumeln und hielt die Balance, ohne dass er sich festhalten musste. Das hier war sein Element. Er hatte seinen Oberkörper aus dem Wetsuit gepellt. In meiner Körpermitte zog es. Wenn meine Beine eben ein wenig wackelig gewesen waren, bestanden sie spätestens jetzt aus Wackelpudding. Wellen schwappten gegen mich, bis mir eine Größere ins Gesicht klatschte.

»Nicht. Dein. Ernst«, tadelte ich das Meer und rieb mir das Salzwasser aus den Augen. »Fuck!« Mir wurde klar, wie undurchdacht das war. Es brannte. Verdammt, es brannte höllisch. Und war ich obendrein nicht auch noch geschminkt? Klasse, Kalea, ganz großes Kino. Mit zusammengekniffenen Augen versuchte ich, mich über Wasser zu halten, wankte in die Richtung, in der ich das Ufer vermutete. Ich hörte einen Platscher neben mir, dicht gefolgt von einem hämischen Kichern.

»Kalea, Kalea«, keuchte er. »Stopp, warte.«

Ich dachte gar nicht daran und watete weiter, eine Welle prallte gegen mein Schlüsselbein. Moment. Die Wellen liefen auf den Strand zu, was hieß, dass ich in die falsche Richtung, aufs offene Meer zusteuerte.

»Verdammt noch mal«, fluchte ich und blieb stehen, blinzelte und wartete, dass der Schmerz allmählich verflog. »Wasser ist scheiße«, murrte ich, bockig wie ein Kleinkind.

»Kalea, jetzt warte.« Malios Tonfall wurde kein bisschen ernster, doch in dem Moment, in dem er seine Finger sachte um mein Handgelenk schmiegte, verflog mein Ärger. Er zog an mir und legte mir seine andere Hand unter Wasser an die Taille. Konnte es unter Wasser brennen? Ich war der festen Überzeugung, denn es fühlte sich an, als stünde ich in Flammen, dort, wo er mich berührte. Mein ganzer Körper hielt in der Bewegung inne.

»Schildkrötenmädchen«, murmelte er, nah an meinem Ohr, sodass ich vergaß, wie stark das Salzwasser brannte. Blinzelnd öffnete ich die Augen. Malio stand direkt vor mir. Um uns herum Wellen, die plötzlich so sanft wogten, als ahnten sie, dass dies kein Moment für Aufregung war.

»Surferboy«, wisperte ich und wollte mir erneut mit der Hand über das Gesicht reiben, doch Malio fing sie ab.

»Das brennt, schon vergessen?« Statt meine Hand zurück ins Wasser gleiten zu lassen, verschränkte er seine Finger mit meinen und ließ sie gemeinsam unter der Wasseroberfläche verschwinden. Seine Stimme war liebevoll, dass sie, müsste ich sie mit einer Farbe benennen, Honiggold gewesen wäre.

Ich blickte an ihm vorbei und deutete mit einem Nicken auf sein Board, das hinter ihm schaukelte. »Du lässt dein Brett einfach so aus dem Blick?«

Lächelnd drehte er sich um, wandte mir seinen Rücken zu, wodurch sich mein Blick unweigerlich auf die Tattoos heftete, die seine Haut zierten. »Ich hab es an der Leash«, erklärte er mir und fischte mit der Hand ein dünnes Seil aus dem Wasser. »Hier.« Er zog daran und das Board schwang zu uns herüber. »Es ist um meinen Knöchel befestigt.«

»Du gehst also mit deinem Board Gassi, verstehe«, witzelte ich, um meine Nervosität zu überspielen.

»Mich wundert, dass ich dich nicht mit deinen Schildkröten habe an einer Leine spazieren gehen sehen«, konterte er und zwinkerte mir schelmisch zu.

Ich verdrehte die Augen und biss mir auf die Unterlippe. »Witzig.«

»Selbst.«

»Dafür sind sie zu langsam.«

»Was?«

»Die Schildkröten«, erklärte ich. »Sie sind zu langsam, sonst würde ich natürlich mit ihnen Gassi gehen. Tiere brauchen ihren Auslauf.« Ich nahm ihn auf die Schippe, schadenfroh, dass er mir zu glauben schien.

»Okay?«

»Ich habe einen Bollerwagen, in den ich sie hineinsetze. Manchmal machen wir einen Sonntagsausflug zum *Fun Mana*.«

An Malios Mundwinkel zuckte es und er setzte einen vorsichtigen Schritt auf mich zu. »Jetzt verarschst du mich, Schildkrötenmädchen«, flüsterte er und senkte seinen Kopf zu mir herab, sodass nur Millimeter seine Lippen von meinem Ohr trennten. »Auch wenn ich wirklich gern sehen würde, wie Muffin eine Runde im Riesenrad oder Kettenkarussell dreht.«

»Leg dich bloß nicht mit mir an, Surferboy«, krächzte ich und verfluchte meine Stimme dafür. »Im Bärenaufbinden bin ich unvergleichlich.« Ich lehnte mich ein Stück zurück, um in seine tiefblauen Augen blicken zu können, in denen sich die Wasseroberfläche spiegelte. Verflucht, was waren sie schön.

Um die Pupille waren hellbraune Sprenkel verteilt. Es fiel mir schwer, den Blick abzuwenden.

Er lächelte und atmete langsam aus. »Nicht nur darin.«

Ich verstand nicht, was er mir damit sagen wollte, und setzte zu einer Frage an, doch so weit kam ich nicht. Seine Finger, die an meiner Taille lagen, übten leichten Druck aus. Mit der anderen Hand führte er meine an seine Lippen und hauchte einen sanften Kuss auf meine Fingerknöchel. Schwindel überkam mich und mit einem Mal vergaß ich, was ich ursprünglich hatte sagen wollen.

»Was tust du da?« Meine Stimme war kaum mehr als ein Krächzen und ich starrte wie gebannt zwischen seinen Lippen und meiner Hand hin und her. Die sanfte Abendbrise blies über meine feuchte Haut und ließ mich frösteln, da die untergehende Sonne mich nicht mehr wärmte.

»Kalea.« Er sprach meinen Namen in einem Mix aus Stöhnen und Lachen aus. »Was glaubst du denn, mh?« Er drückte meinen Körper an sich und ich schluckte, versuchte, den Gedanken zu verdrängen, dass uns nichts als Wasser trennte. Ich spürte seine Haut auf meiner.

»Du kletterst ins nächste Level?« Ich hob die freie Hand an, um mit den Fingern einen Kreis über seine Brust zu fahren. Über die Seite, die ein traditionelles Maori-Tattoo schmückte. Er bebte leicht unter meiner Berührung und sein Kehlkopf hüpfte. Mutig fuhr ich einen weiteren Kreis und sah von seiner Brust auf, um ihm direkt in die Augen zu blicken. Seine dunkelblauen Iriden wurden nahezu komplett vom tiefschwarz seiner Pupillen verdrängt und an seinem kantigen Kiefer erkannte ich, dass er angespannt die Zähne aufeinanderpresste. Augenscheinlich hatte er nicht damit gerechnet, dass ich die Führung übernahm. Sachte folgte ich mit der Fingerspitze einer unsichtbaren Linie über sein Schlüsselbein, seine Schulter, bis zu seinem Hals. Ich strich ihm über den Kiefer und wünschte mir, tausend Küsse auf diesem verteilen zu dürfen.

Malio hob unsere Hände an und führte meine zu seiner Brust, ließ sie los und legte seine in meinen Nacken. Sie sorgten dafür, dass mein ganzer Körper vor Aufregung bebte. Meine Lippen zitterten unkontrolliert. »Ist dir kalt?« Er drückte sich fester an mich, sodass ich meinen Kopf weiter in den Nacken legen musste, um unseren Blickkontakt nicht zu unterbrechen.

»Nein«, wisperte ich, schüttelte betont langsam den Kopf und versuchte vergeblich, mich auf die Zehenspitzen zu stellen, doch ich sank im weichen Sand ein. Seufzend legte ich ihm meine Hand in den Nacken und senkte für eine lange Sekunde die Lider, da die untergehende Sonne mich mit ihren leuchtenden Farben blendete. »Wenn du mir nicht entgegenkommst, wird das hier leider ni…«

Prompt beugte er sich zu mir herunter und presste seinen Mund auf meinen. Es war eine Erlösung, von der ich nicht gewusst hatte, sie gesucht zu haben. Zwar hatte ich den Kuss kommen sehen und doch überraschte er mich. Malios warme Lippen auf meinen zu spüren, war etwas, das ich mir heimlich seit Tagen wünschte. Die Schmetterlinge in meinem Bauch flatterten wild umher, als versuchten sie, einem plötzlichen Regenschauer auszuweichen.

Ich seufzte, als Malio seinen Mund sachte von meinem nahm. Blinzelnd fuhr ich mir mit der Zunge über die Lippen, die salzig schmeckten vom Meer und zeitgleich verboten süß von seinem Kuss. »Gut so, du Kommandantin?« Malio lehnte seine Stirn gegen meine, sodass ich seinen Augen nah war wie nie.

»Es ist auf jeden Fall eine Verbesserung.« Ich lächelte und taumelte dank einer stärkeren Welle gegen seine Brust. »Huch.« Ich krallte mich Halt suchend in seine Oberarme, wobei ich ihm unter Wasser nicht nur auf den Fuß getreten war, sondern seinem schmerzverzerrten Gesicht nach zu urteilen, auch seine Mitte mit meinem Knie erwischt hatte. »Oh shit!« Ich hielt mir erschrocken die Hand vor den Mund und wollte aus einem Reflex heraus über die Stelle streichen, die ich verletzt hatte. Glücklicherweise landeten meine Finger auf seinem Unterbauch, denn mitten in der Handlung realisierte ich, dass ich kurz davor war, in seinen Schritt zu greifen.

Malio entkam ein Laut, der mich an ein keuchendes Lachen erinnerte. »Was tust du da?« Er lächelte gequält, ließ aber für keine Sekunde seine Hände sinken, die um meine Taille lagen. Er tippelte nervös mit den Fingerspitzen.

»Gar nichts?« Ich wich seinem Blick aus und tat, als bewunderte ich die Farben der Golden Hour, die in flieder- und pfirsichfarbenen Zuckerwattewolken über den Himmel zogen und vom Wasser reflektiert wurden.

Malio stellte sich in mein Blickfeld, sodass ich gezwungen war, ihn anzusehen. Er grinste schief. »Wolltest du mir gerade an …«

»Natürlich nicht«, schnitt ich ihm das Wort ab und ignorierte, wie meine Ohren glühten.

»Also …« Er wackelte albern mit den Augenbrauen. »Nicht, dass ich dich davon abhalten würde.« Er deutete mit einem Nicken an sich herunter, als forderte er mich tatsächlich auf.

Damit kriegte er mich und sorgte dafür, dass aus dieser Situation das wurde, was wir uns vorgenommen hatten: Spaß. Einfach Spaß. »Ach nein?« Ich hob eine Augenbraue und schielte offensichtlich nach unten. Dank des klaren Wassers konnte ich zumindest die Umrisse unserer Körper ausmachen. Einzig die untergehende Sonne, die all das Licht mit sich nahm, hinderte mich daran, noch besser erkennen zu können, was da unten vor sich ging. Ich beschloss, auf sein Spiel einzugehen, und hob eine Hand zu seinem Gesicht, um ihm über die Wange zu streichen.

»Nein, absolut nicht«, erklärte er. Ein Lächeln zupfte an meinem Mundwinkel, und in Malios Augen blitzten Funken der Vorfreude auf. Er verstärkte seinen Griff und erneut hüpfte sein Kehlkopf. Sachte strich ich ihm über den Hals, wanderte über seine Schulter, seine Brust, wobei ich einen Kreis um seine

Brustwarze fuhr, über seinen Bauch bis zum Ansatz seines Wetsuits, der auf seinen Hüftknochen saß. Trotz des regelmäßigen Rauschens der Wellen um uns herum hörte ich Malios Atem, der von Sekunde zu Sekunde schneller wurde. Ich stieß einen Schwall Luft aus, da mir aufgefallen war, dass ich sie vor Anspannung angehalten hatte. Mir schwirrte der Kopf, und kurz rang ich mit mir, ob ich diesen Schritt wirklich gehen sollte. Doch so schnell die Zweifel kamen, so schnell verwarf ich sie wieder. Malio und ich wollten Spaß haben und ich wollte ihm vertrauen, dass er meine Gefühle nicht verletzen, mein Herz nicht brechen würde.

Noch konnte ich nicht sagen, was dieses kribbelige Gefühl in meinem Magen, das mich an das Rennen Hunderter Babyschildkröten erinnerte, bedeutete. Konnte man nach so kurzer Zeit vom Verliebtsein sprechen? Aber selbst wenn, so ein bisschen Verliebtsein hatte noch niemandem geschadet, oder? Und was sprach dagegen, weiterhin Spaß mit ihm zu haben? Er war unglaublich sexy. Diese schwarzen, wuscheligen Haare, der kantige Kiefer, der von einem Dreitagebart bedeckt war, seine Augen. Ich ließ meinen Blick über seine muskulösen Arme gleiten, schluckte bei der Vorstellung, von ihnen gehalten zu werden. Warum sollte ich nicht einfach das tun, was ich in diesem Moment wollte?

Ich setzte einen, dank des stärker werdenden Wellengangs, wackeligen Schritt auf ihn zu. Er überragte mich und ich legte den Kopf in den Nacken. Ich biss mir auf die Unterlippe, wobei mir allemal bewusst war, wie lasziv das war und was es bewirkte. »Du bist aber mutig, mich nicht abhalten zu wollen«, flüsterte ich und schnalzte mit der Zunge. Ich lächelte dabei, als ich meine Hand tiefer wandern ließ und den Reißverschluss seines Wetsuits zu fassen bekam, an dem er den Schlüssel zur *Koa's* Surfschule befestigt hatte.

»Ich?« Seine Stimme kratzte und er räusperte sich. »Du bist es doch, die mich verboten sexy ansieht und ihre Hände nicht bei sich behalten kann.« Er neckte mich und sein Schmunzeln sorgte dafür, dass meine Finger zitterten.

Ich atmete tief durch und hielt für eine Sekunde in der Bewegung inne, nahm den Blick nicht von Malios und zog am Reißverschluss. Er endete auf Hüfthöhe und war hoch genug, um alles zu verdecken. »Wie schade«, murrte ich gespielt traurig und verzog den Mund schmollend, zuckte mit den Schultern und machte Anstalten, meine Hand wegzuziehen. »Weiter geht's wohl leider nicht«, grinste ich.

Malio warf den Kopf in den Nacken, stöhnend und lachend zugleich. »Kalea, ist das dein …«

Ich legte die Hand zurück auf seinen Unterbauch, wartete seine Reaktion ab. Er biss sich vorfreudig auf die Unterlippe und ich fuhr mit den Fingern nach unten, bis ich ihn spürte. »Ernst?« Ich hob überlegen einen Mundwinkel an. »Oh doch, Malio«, erklärte ich und bewegte meine Hand quälend langsam auf und ab, wodurch seine Härte zuckte. »Ich mache keine halben Sachen, weißt du?«

Malio keuchte unter meiner Berührung und senkte für einen Augenblick die Lider, lächelte und atmete lange aus. »Fuck«, stieß er aus und boxte auf die Wasseroberfläche. Ich wusste, weshalb, denn er wurde von Sekunde zu Sekunde härter.

»Eng da drin?« Ich zupfte an seinem Wetsuit. Er fixierte mich, die Augen nahezu nachtschwarz.

Er griff nach meinem Handgelenk, um mich daran zu hindern, weiter über seine Erektion zu streichen. »Verdammt bist du frech, Schildkrötenmädchen.«

»Das merkst du erst jetzt?« Ein Lachen entkam mir, das sich nach purer Freiheit anfühlte. Malio packte meine Taille.

»Du glaubst doch nicht wirklich, dass du so davonkommst?« Er zog mich zu sich, seine Mitte lag hart an meinem Bauch.

»Nicht? Was willst du tun, Surferboy?« Kichernd schluckte ich und hoffte, den Mund nicht zu voll genommen zu haben. Immerhin waren wir trotz allem an einem öffentlichen Ort.

Statt mir zu antworten, ging er ein Stück in die Hocke, sodass er bis zum Kinn im Wasser stand. Kaum einen Wimpernschlag später lagen seine Hände unter meinem Po. Er hob mich hoch, ich verschränkte die Beine um seine Hüften und legte ihm die Arme um den Hals. »Hi«, flüsterte ich direkt an seinen Mund.

»Hi«, erwiderte er und kniff mir in den Hintern.

Ich schluckte und spürte seinen Atem an meinem Mundwinkel. »Und jetzt?«

»Jetzt küsse ich dich richtig«, erklärte er mir und ließ keine Zeit verstreichen, sondern überbrückte die letzten Millimeter zwischen uns, legte seine Lippen auf meine.

»Okay«, hauchte ich. Er lächelte an meinem Mund und bewegte seine Lippen so quälend langsam, dass alles in meinem Inneren zu bersten drohte. Verdammt. Ich öffnete vorsichtig den Mund. Als seine Zungenspitze meine berührte, stieß ich ein leises Seufzen aus, worauf Malio mit einem Stöhnen reagierte. Sämtliche Härchen stellten sich auf, auch meine Brustwarzen wurden hart.

Unser unschuldiger, zaghafter Kuss wandelte sich binnen Sekunden in einen gierigen, hungrigen und ich presste mich enger an seinen Oberkörper. Er schmeckte salzig und ich biss ihm in die Unterlippe, rang für einen Moment nach Atem, ehe er von mir abließ und ich die Augen öffnete. Langsam, als könnte ich dadurch die Zeit anhalten. Er lächelte mich an. Sein Atem ging genauso schnell wie meiner. Pures Verlangen flackerte in seinen Augen auf und ich war mir sicher, dass auch in meinem Gesicht abzulesen war, dass ich ihm am liebsten hier und jetzt auch das letzte Fitzelchen Kleidung vom Körper reißen wollte.

»Was ist das nur?«, hauchte ich erstickt an seinem Mund.

»Was meinst du?« Seine Stimme war tief, sodass sich mein Unterleib schmerzhaft zusammenzog.

»Irgendetwas an dir lässt mich alle Rettungsringe über Bord werfen, Malio«, gab ich zu und hauchte ihm einen Kuss auf den Mund. »Ich möchte nicht, dass es aufhört«, erklärte ich und statt darauf einzugehen, presste er seinen Mund erneut auf meinen, forderte drängender Einlass und glitt mit seiner Zunge über meine Lippen. Er ließ mich an sich heruntersinken, sodass ich seine Erektion spürte und Mühe hatte, auf meinen wackeligen Beinen zu stehen. Das Wissen, dass uns lediglich der dünne Bikinistoff und der seines Wetsuits trennten, ließ mich keuchen.

»Oh Gott, Malio, was tust du mit mir«, wisperte ich und biss ihm erneut in die Unterlippe. Ich nahm eine Hand aus seinem Nacken, wanderte quälend langsam an seiner Seite herunter. Seine Muskeln zitterten und er stockte für den Bruchteil einer Sekunde, abwartend. Ich fuhr über seine Hüfte und ließ kurz von ihm ab, um erneut nach seiner Erektion zu greifen.

»Kalea« keuchte er in meinen Mund und lehnte seine Stirn gegen meine, schloss erregt die Augen, was mich anheizte. Forsch ließ ich die Finger in seinen Wetsuit wandern, wobei ich den Blick nicht von seinem Gesicht nahm. Es machte mich scharf zu sehen, wie er mit sich rang. Als ich meine Hand um seine Erektion legte, stockte mir der Atem, er war warm und so verdammt hart, dass sich alles in mir zusammenzog. Meine Kehle wurde trocken. Malio warf stöhnend den Kopf in den Nacken, ich spürte, dass er gleich kommen würde. »Oh mein Gott.« Er atmete schnell und ich ließ die Finger an seinem Schaft auf und ab wandern, genoss es, ihn in der Hand zu haben, bis er kam. »Kalea, oh Gott.«

Er griff nach meiner Hand und ich zog mich aus seinem Wetsuit zurück. Nur eine Sekunde später presste Malio mich wieder an sich. »Hast du noch nicht genug?« Ich flüsterte an sein Ohr, wodurch er lachte.

»Ich schon. Aber wie sieht es mit dir aus, mh?«

Er griff nach dem Bindeband des Bikini-Oberteils und sah mich fragend an. Sobald ich nickte, zog er es auf. Es verabschiedete sich, aber ich wollte meine Brüste nicht bedecken. Ich wollte, dass er mich sah. Seine Hände wanderten meine Taille entlang und er fuhr das Tattoo, das zwischen meinen Brüsten prangte, mit den Fingerspitzen nach, schien die gezeichnete Orchidee eingehend zu studieren. Ob er wusste, dass sie für Leidenschaft und Hingabe stand? Er widmete sich meinen Brustwarzen und kniff hinein, was mir einen gequälten Laut entlockte. »Malio«, seufzte ich und senkte für einen Augenblick die Lider. Mein Unterleib zog sich schmerzhaft zusammen und das Blut rauschte in meinen Ohren, sodass ich keinen klaren Gedanken mehr fassen konnte. Malio senkte seinen Kopf und umschloss eine Brustwarze mit dem Mund, saugte an ihr und leckte mit der Zungenspitze darüber. Er sandte ein so starkes Prickeln durch meinen Körper, dass ich es kaum mehr schaffte, mich auf den Beinen zu halten.

»Hast du jetzt genug?« Seine atemlose Stimme drang an mein Ohr und ich öffnete die Augen, blickte direkt in seine.

Ich hatte nicht genug, also schüttelte ich den Kopf. In diesem Augenblick war es mir sogar egal, dass wir erwischt werden könnten. Er ließ seine Finger an meinen Seiten entlang nach unten wandern und hakte sie im Bund des Bikinihöschens ein. Er suchte meinen Blick und gab mir mit seinem zu verstehen, dass er nicht weitergehen würde, wenn ich das nicht wollte. Und wie ich wollte. »Ich habe nicht genug«, hauchte ich. Das Kribbeln breitete sich vom Bauch bis in meine Fingerspitzen aus. Malio ließ seine Hand in mein Höschen wandern und fuhr sanft über meine empfindlichste Stelle, die binnen Sekunden zu explodieren drohte. Wir stöhnten gleichzeitig auf, er legte seine Stirn auf meiner Schulter ab.

»Oh Fuck, Kalea«, knurrte er, fuhr zögerlich über meine Mitte und drängte einen Finger in mich.

»Scheiße, Malio«, keuchte ich erstickt und krallte die Nägel in seine Schulter. »Ja, ja, ja.« Ich stöhnte und drängte mich ihm entgegen, ließ mich in diesen Moment fallen, in dem Wissen, gefährlich nah auf den Höhepunkt zuzusteuern, bis in meinem Unterleib ein Feuerwerk explodierte. Meine Knie drohten unter mir wegzuknicken, und das Einzige, auf das ich mich konzentrieren konnte, war der Orgasmus, den Malio mir bescherte.

»Kalea«, presste Malio hervor, nahm seine Hand zurück und zog mich zu sich heran. Sein Mund streifte meinen. »Hast du jetzt genug?«

Ich lächelte atemlos und schüttelte den Kopf. »Vorerst«, wisperte ich, was ihm ebenfalls ein Lächeln entlockte.

War das heiß gewesen. Verdammt heiß. Verdammt.

# KAPITEL 32

## *Malio*

»Malio! Hey, warte!« Ich vernahm die Stimme meines besten Freundes und blickte mich suchend um. Deacon kam auf mich zu gejoggt, zwei Kaffeebecher aus *Neah's Bakery* in den Händen. »Du Träumer«, grinste er. »Hast du mich nicht gehört? Ganz Shore Mana hat sich nach mir umgeblickt, nur du nicht.«

Schluckend schüttelte ich den Kopf und versuchte mit aller Kraft, ein Grinsen zu unterdrücken. Er übertrieb viel zu gern. Mir wurde heiß. Wenn Deacon wüsste, woran ich gedacht hatte.

»Sorry, hab ich nicht«, erklärte ich beiläufig und deutete auf einen der Kaffeebecher. »Ist deine Koffeinsucht schon so fortgeschritten, dass du dir zwei holst?«

Deacon verdrehte die Augen und schüttelte den Kopf. »Du bist genauso witzig wie Neah, die hat mich das Gleiche gefragt. Nein, der ist für Robert.«

»Du bringst deinem Arschlochboss Kaffee? Hast du Angst um deinen Job?« Er hatte wenigstens einen.

»Ich bin einfach nett«, erklärte er eine Spur zu hastig.

»Du. Nett.« Ich deutete mit einem Nicken die Straße herunter, die auf direktem Wege zum Strandabschnitt führte, an dem die Surfschule lag. »Ich muss weiter, hab gleich einen Kurs und bin spät dran. Wir sehen uns spätestens Donnerstag?« Keine

Ahnung, warum ich ihn abwimmelte. Vielleicht, weil er mich so wissend anblickte?

»Ich begleite dich.« Deacon nickte und lief voraus.

»Der Sender ist dort.« Ich streckte den Arm in die entgegengesetzte Richtung zu dem höchsten und modernsten Gebäude der Stadt. Es erinnerte an einen der Wolkenkratzer in Honolulu. In der verglasten Fassade reflektierte die Sonne so fies, dass sie einen blendete. Ganz oben war der Sitz von *Shore Mana FM*, dem Radiosender, in dem Deacon Moderator war. Manchmal fragte ich mich, ob er sein musikalisches Talent nicht vergeudete, doch er sprach nicht gern darüber.

»Danke.« Deacon warf lachend den Kopf in den Nacken und stieß mir den Ellenbogen in die Seite. »Ich werde den Weg, trotz Abstecher zum Strand, finden, keine Sorge.«

»Da bin ich mir nicht so sicher«, grinste ich und holte Luft, um ihn daran zu erinnern, wie verloren er gewesen war, als er mich das eine Mal in New York besucht hatte.

»Wehe, du fängst wieder von dem U-Bahn-Desaster an!«

»Würde niemals auf die Idee kommen.« Entrüstet legte ich mir die Hand auf die Brust. »Dass du das glaubst, enttäuscht mich zutiefst.« Ich grinste breit, bis meine Wangenmuskeln schmerzten.

»Ja ja ja, ist klar.« Deacon verdrehte die Augen. Wir liefen nebeneinander die Straße entlang und wichen ab und an Touristen aus, die durch ihre übergroßen Sonnenbrillen, die Sonnenhüte, die Blumenketten, Lei genannt, und die überdimensionierten Strandtaschen als diese zu erkennen waren. Bis vor wenigen Jahren noch war Shore Mana ein Geheimtipp unter den Reisezielen Hawaiis gewesen, doch mittlerweile kauften immer mehr Unternehmer Häuser und Land, um Urlaubsresorts zu errichten. Der Tourismus war die wichtigste Einnahmequelle geworden. Ich wusste, wovon ich sprach, denn unser Familienunternehmen war mehr denn je vom Tourismus abhängig. Und doch wurde es immer schwerer für meine Familie. Vor Jahren hatte Dad die Fläche, auf dem das *Koa's* erbaut worden war, verkauft, um sein Lebenswerk zu retten. Doch sämtliche Unterhaltskosten und Mieten schossen in die Höhe. Es wurden einfach zu viele Menschen hier, worunter die Natur und wir Einheimischen litten. »Verrätst du mir, was los ist?« In Deacons Stimme schwang Ungeduld mit, dass ich es kaum schaffte, mein Lächeln zu unterdrücken.

»Warum so neugierig?«

»Du hast diesen verträumten Welpenblick aufgesetzt. Sag schon, was schwirrt in deinem Kopf herum, dass du so schaust, als hätte man dein liebstes Skateboard geklaut?«

Ich spürte Deacons Blick auf mir und zwang mich dazu, ihn nicht anzusehen, sondern stattdessen den Griff um mein Skateboard, das ich in der rechten Hand trug, zu verstärken. »Nichts Besonderes«, log ich.

»Oder sollte ich besser fragen, wer?« Er senkte die Stimme, als ahnte er, einem Geheimnis auf der Spur zu sein.

Ich seufzte und streckte die Hand aus. »Kaffee gegen Information«, schlug ich ihm vor.

Deacon fackelte nicht lange und reichte mir den Becher, der für seinen Boss gedacht gewesen war. »Für einen Bald-Anwalt benutzt du ganz schön unfaire Mittel«, brummte er, nahm einen Schluck von seinem eigenen Kaffee und registrierte dadurch hoffentlich nicht, wie ich bei seinen Worten zusammenzuckte. Er ignorierte einfach, dass ich kein Bald-Anwalt mehr war, sondern ein Hätte-ja-klappen-können-Anwalt. Ein Surfen-mag-ich-lieber-Anwalt. »Sag schon, wie geht's dir?«

»Kalea«, beantwortete ich seine Frage. »Kalea spukt in meinem Kopf herum. Unser Date war …«, ich suchte nach Worten. »… Sie ist …« Ich stieß einen Schwall Luft aus. »Sexy, Deacon, diese Frau ist so verdammt sexy«, lachte ich und schüttelte in Erinnerung an das Date den Kopf. »Sie ist klug, ein bisschen stur, hat ihren eigenen Kopf, sie …«

»Lio, Lio, Lio!« Deacon unterbrach mich grinsend, indem er

mit seiner freien Hand wedelte. »Du hebst ja gleich ab. Euer Date lief also gut?«

»Keine Ahnung, wie du zu dieser Schlussfolgerung kommst«, erwiderte ich sarkastisch. »Ja, es war … heiß.« Ich wackelte mit den Augenbrauen und verzog den Mund.

In Deacons Blick mischte sich Erstaunen und er boxte mir gegen die Schulter. »Habt ihr direkt beim ersten Date miteinander geschlafen? Ihr lasst ja nichts anbrennen.« Er tat, als hätte er sich seine Hand an mir verbrannt.

Ich schüttelte den Kopf. »Sagen wir, wir hatten fast Sex.«

»Klär mich auf«, schmunzelte Deac. »Wie hat man fast Sex?«

»Auch unsere Freundschaft hat Grenzen«, wich ich seiner Frage aus.

»Ich glaube, ich suche mir einen neuen besten Freund ohne Grenzen«, murrte er, lächelte mich aber schief dabei an.

Wir bogen in einen schmalen Weg zwischen zwei Häuserwänden ein, eine Abkürzung zum Strand, und mir entging nicht, dass Deacon nicht nur abwesend wirkte, sondern auch kurz zerknirscht aussah. »Was ist los mit dir?«

»Nichts.« Er zuckte mit den Schultern. »Ich kann mich langsam nicht mehr erinnern, wann ich zuletzt einen Treffer versenkt habe.«

Ich fuhr prustend zu ihm herum. »Das tut mir irgendwie leid. Bist wohl durch mit den Frauen von Shore Mana?« Ich konnte mir die Spitze nicht verkneifen. Deacon war der loyalste Mensch, den ich kannte, und das dachte ich nicht nur, weil er mein bester Freund seit Kindertagen war. Er pflegte ein enges Verhältnis zu seinen Eltern, war für seine Freunde da, hatte ein offenes Ohr für jeden. Nur sein Herz, das hielt er unter Verschluss und datete nur zum Spaß. Neah war die Einzige gewesen, die er geliebt und der er erlaubt hatte, ihn zu lieben. Und bis heute machten die beiden ein Geheimnis daraus, warum sie sich getrennt hatten. Ich würde das Gefühl wohl nie loswerden, dass Deacons Seele verwundet war und es eine Sache zu geben schien, die er verheimlichte. Vor mir und vor allen anderen. Als sein bester Freund wartete ich geduldig. Ich wartete darauf, dass er sich mir irgendwann öffnete und mich in den Abgrund seiner tiefsten Verletzlichkeit blicken ließ. Doch bis dahin war ich einfach für ihn da. So wie die letzten zwanzig Jahre, selbst in der schwierigen Zeit in seiner Kindheit, als er …

»Ich würde lachen, wenn es nicht wahr wäre«, unterbrach er meinen Gedankenstrudel und ich brauchte einen Moment, um den Gesprächsfaden wiederzufinden.

»Was ist mit Cathy?« Wir erreichten den Strandabschnitt. Wenige Meter von uns entfernt stand ein winziges Caféhäuschen, das *Cocoday*, das, wie der Name vermuten ließ, zum *Coconight* gehörte. Hier deckten sich die Touristen mit frischem Gebäck, Macadamianüssen und Kaffee-Spezialitäten ein, ehe sie abends an der Promenade zu Cocktails und fettigen Pommes wechselten. Zu meiner Schande musste ich gestehen, das Häuschen nie betreten zu haben. Die lange Schlange davor ließ aber vermuten, dass das Café beliebt war. Unsere Schritte knarzten auf dem schmalen Weg aus Holzplanken.

»Was soll mit ihr sein?« Ich hörte Missmut in Deacs Stimme und runzelte verwundert die Stirn.

»Hattet ihr keine Freundschaft Plus?«

»Hatten wir«, betonte Deacon und seufzte. »Cathy hat jemanden kennengelernt und fand meine Idee von Cathy plus Deacon und Brendan irgendwie nicht so innovativ.«

Ich presste die Kiefer aufeinander, um nicht loszulachen. »Sorry!« Ich zuckte mit den Achseln und suchte seinen Blick. »Vielleicht suchst du dir auch eine feste Fr-«

»Beende den Satz und du schmeckst Sand«, fuhr er mir dazwischen und verdrehte die Augen. »Was Festes ist nichts für mich, das weißt du.«

Ich schloss für eine Sekunde die Augen, seufzte leise und nickte. »Ich weiß, ich weiß, Deac, sorry.«

»Schon gut«, murmelte er.

»Darf ich mal?«, ertönte plötzlich eine Stimme hinter uns, die mir bekannt vorkam. Abrupt hielten Deacon und ich inne. Ich wandte mich um und wollte Platz machen, als ich in Florence' gehetztes Gesicht sah. »Oh, hi«, ächzte sie und zu meiner Überraschung huschte ein Lächeln über ihre Lippen, das aber natürlich sofort wieder verschwand. Sie schleppte eine Kiste mit himmlisch duftendem Gebäck vor sich her und ich ließ den Blick darübergleiten. Malasadas und Scones. Obwohl ich gerade gefrühstückt hatte, lief mir das Wasser im Mund zusammen.

»Guten Morgen, Sonnenschein«, begrüßte ich sie ironisch und nickte zum Gebäck. »Wohin des Weges?«

Sie zog angriffslustig eine Augenbraue hoch, stellte die Kiste zwischen uns ab und legte sich grüblerisch den Zeigefinger an die Lippen. »Lass mich mal überlegen, mh. Gebäck …« Sie zeigte auf die Kiste. »Café«, und wies zum *Cocoday*. »Mh, was könnte ich vorhaben?«

Ich hörte Deacon neben mir amüsiert grunzen. »Nimm es ihm nicht übel, er hat sich zu oft den Kopf am Surfboard gestoßen.«

Ich warf ihm einen entrüsteten Blick zu. »Darf ich vorstellen? Das ist eigentlich mein bester Freund, der das zwischendurch gern vergisst. Und das ist Kaleas Freundin.«

»Beste Freundin«, verbesserte sie mich und ein Funkeln stahl sich in ihren Blick. »Florence, hi.« Sie nickte ihm zu und bückte sich wieder desinteressiert zur Kiste. »Ich muss weiter, viel zu tun. Ich will später ins *Turtle's Inn*, muss heute Abend Trisha im *Coconight* bei der Planung des Summer …« Sie hielt inne und verdrehte die Augen. »Ach, warum erzähl ich euch das? Bis später.« Sie wollte sich zwischen uns hindurchdrängen, doch Deacon hielt sie auf, indem er eine Hand auf der Box platzierte. Was wurde das denn?

»Warte, ich trag das, liegt ja auf dem Weg.« Er zwinkerte ihr zu, drückte ihr den Kaffeebecher in die Hand und versprühte seinen Charme.

»Oh Gott«, keuchte ich, legte stöhnend den Kopf in den Nacken und warf meinem besten Freund einen Blick zu. *Echt jetzt, Deac?*

Deacon zuckte mit den Schultern und zog an der Kiste, bis Florence sie widerwillig losließ. »Wenn du meinst. Tu dir keinen Zwang an, Unbekannter. Aber die dreißig Meter hätte ich auch allein geschafft.«

»Deacon, schön, dich kennenzulernen, Florence. Und es sind mindestens fünfzig Meter.«

»Ich kotze gleich«, schaltete ich mich ein und folgte ihnen, wobei ich mir ein Lächeln ob des Bilds, das die beiden abgaben, nicht verkneifen konnte. Sie liefen nebeneinander und ich ließ den Blick über die Rückseite meines besten Freundes wandern, der Jeans-Shorts trug, schwarze Chucks und ein simples, weißes T-Shirt. Florence wirkte daneben wie eine Regenbogentorte mit ihrem hellgrünen Rock, der ihr um die Waden wehte, dem babyblauen, langärmligen Oberteil, das unterhalb ihres BHs endete und ihren Bauch freilegte, und den quietschgelben Riemchen-Sandalen. Erst jetzt fiel mir auf, dass sie bunte Federn in ihren langen blonden Haaren trug. Florence war ein Kanarienvogel und somit das komplette Gegenteil zu Kalea. Sie war nicht Kalea, hatte nicht ihre kastanienbraunen Haare, die Sommersprossen oder die warmen, haselnussbraunen Augen – okay, meine Gedanken drifteten wieder ab.

»Hast du vom Shore Mana Summerrave gesprochen?« Ich wusste, was Deacon da vorhatte. Er schmiss sich an Florence ran. Wenn er sich an dieser Kratzbürste mal nicht die Haut aufschürfen würde.

Florence nickte. »Genau, keine Ahnung, wie es passieren konnte, aber ich wurde in die Planung reingezogen. Kommst du hin?«

»Klar!« Deacon warf mir einen flehentlichen Blick über die Schulter zu. »Das lassen Lio und ich uns nicht entgehen.«

Ich zog eine Augenbraue hoch und formte mit den Lippen lautlos ein *Ach was, echt nicht?*.

»Super, ich bringe Kalea mit«, erklärte sie und wurde lauter. »Hast du gehört, Surferboy? Ich bringe Kalea mit!«

»Lass mich raten, sie weiß von ihrem Glück noch nichts?«

»Für was für eine Freundin hältst du mich denn?« Sie drehte sich im Gehen um und verschränkte angriffslustig die Arme vor der Brust, doch in ihrem Blick las ich, dass ich recht hatte.

»Für eine, die ihre beste Freundin zwingt, ein Musikfestival zu besuchen, ob diese will oder nicht?«

»Bingo!« Sie grinste und wandte sich nach vorn um, wobei sie Deacons Arm streifte. »Danke.« Sie übernahm die Gebäckkiste wieder, da wir am Café angekommen waren, und nickte uns zum Abschied zu, ehe sie sich an der Schlange der Wartenden vorbeischlängelte.

»Was weißt du über Florence?« Deacon fiel direkt mit der Tür ins Haus.

Ich grinste kopfschüttelnd. »Nichts, Deac. Ich lerne Kalea kennen, daher habe ich leider keinen Steckbrief ihrer besten Freundin vorliegen.«

»Meinst du, sie mag es … locker?«

Seufzend zuckte ich mit den Schultern. »Versuch's doch«, schlug ich ihm vor und zog das Smartphone aus der kurzen Jogginghose. »Verdammt, ich bin spät dran, der Kurs startet bald und ich habe nichts vorbereitet. Ich werde den Rest des Weges joggen«, erklärte ich Deacon, der sich durch die kurzen, dunklen Haare fuhr. Mir fiel auf, dass seine Wangen eine nervöse Röte zierte.

»Okay«, meinte er und salutierte mir zum Abschied. »Wir sehen uns. Und nächstes Mal hätte ich gern mehr Infos.«

Ich schnaubte. »Ich werde nicht für dich herausfinden, ob Florence es locker mag, Deac.«

Er wackelte belustigt mit den Augenbrauen. »Eigentlich interessiert mich eher, wie locker du und Kalea es angehen.«

»Du bist unverbesserlich, aber ich nehm dir das nicht übel«, rief ich ihm noch zu. »Du warst ja schon immer so.«

»Und ich schäme mich nicht dafür.«

Ich grinste und rannte weiter.

# KAPITEL 33

## Kalea

»Ich dachte, der Bollerwagen war ein Witz!« Malio stand in der Tür und sah ungläubig von Muffin zu seiner Box und dann zu dem in die Jahre gekommenen Bollerwagen.

»Ist der für mich?« Ich nickte zu seiner Hand, in der er einen Kaffeebecher aus *Neah's Bakery* hielt, während ich Muffins Panzer mit einer Nagelbürste reinigte. Er ließ sich neben mir im Schneidersitz nieder, wobei sein Knie meines berührte. Ich ignorierte die Hitze, die mir die unschuldige Berührung durch den Unterleib jagte.

Sofort reckte Muffin das Köpfchen aus dem Panzer und schielte zu Malio herüber, der vor Schreck zusammenfuhr und sich unauffällig ein paar Zentimeter entfernte. »Feigling«, murmelte ich lächelnd und nahm ihm den Kaffee ab. Malios Angst vor den Meeresriesen war irgendwie niedlich. »Danke.«

»Was machst du da?« Er wies auf das Sammelsurium an Zahn- und Nagelbürsten, das neben Muffin aufragte.

»Sie lieben es, wenn man ihre Panzer abbürstet, und für mich hat es Tradition, jeder Schildkröte ein Wellnessprogramm zu verpassen, ehe ich sie zurück in die Wildnis entlasse.« Ich zuckte mit den Achseln, nahm einen Schluck des lauwarmen Kaffees und schrubbte weiter.

»Du bist zu gütig«, neckte er mich und stupste mit seiner Schulter gegen meine.

»Nur zu Schildkröten!« Lachend wischte ich mir eine Haarsträhne hinter das Ohr. »Willst du?« Ich hielt ihm die Bürste hin und genoss den Schrecken, der über sein Gesicht huschte. »Du musst nicht, wenn du Angst hast«, erklärte ich und hoffte, dass er mir anhörte, dass ich es ernst meinte und ihn nicht nur auf den Arm nahm.

»Ich fürchte mich nicht.« Seine Erwiderung kam prompt und unglaubwürdig aus ihm herausgeschossen. »Ich habe Muffin den ganzen Weg vom Strand hierher getragen, schon vergessen?«

»Na, wenn das so ist.« Ich drückte ihm eine Zahnbürste in die Finger, die mit dem extra langen Stiel, und navigierte seine Hand zu Muffins Panzer. »Leg los«, grinste ich und stemmte mich mit meinen Armen hoch.

»Wo willst du hin?« Malio sah zwischen Muffin und mir hin und her und ich erkannte ein flehentliches Blitzen in seinen Augen.

»Deine Panik vor Muffin ist zu komisch«, prustete ich, legte ihm eine Hand auf die Schulter und drückte sie. »Ich gehe kurz zum Kühlschrank, um Muffins Abschiedssnack zu holen. Okay? Kann ich euch allein lassen?« Ich nickte zu Malios Hand. »Du massierst übrigens gerade seinen Kopf.«

»Oh Gott, sorry, Kumpel«, entschuldigte er sich bei der Schildkröte und heftete den Blick auf den Panzer, als hinge sein Leben davon ab.

»Zu komisch«, flüsterte ich, während ich zum Kühlschrank ging. Vielleicht half mir die kalte Luft, die aus dem Kühler strömte, dabei, einen klaren Kopf zu behalten. Ein Glück war Bas heute nicht in Shore Mana, sondern erkundete irgendeinen Wasserfall auf O'ahu. So würden er und Malio sich nicht über den Weg laufen. Dafür war ich noch nicht bereit, denn es würde seltsam sein.

Ich blieb noch eine Weile länger vor dem geöffneten Kühlschrank hocken. Sobald ich Malio bemerkt hatte, war mir das Bild von uns im Meer in den Sinn gesprungen wie ein Geistesblitz. Einer der heißen Sorte, an dem man sich sämtliche Gliedmaßen verbrannte. Mein Blick fiel auf das Himbeerkörbchen, das ich auf dem Weg ins *Turtles' Inn* im Supermarkt gekauft hatte, und wie immer durchfuhren mich gemischte Gefühle, wenn ich daran dachte, meine Schildkröten in ihre Freiheit zu entlassen. Einerseits hüpfte mir das Herz vor Freude aus der Brust, denn es hieß, dass es ihnen gut ging. Dass ich meinen Job gut gemacht hatte, dass all das hier einen Sinn ergab, und zeitgleich war es eine finanzielle Entlastung. Andererseits war es, als müsste ich einem Freund Lebewohl und auf Nimmerwiedersehen sagen. Muffin, das lag auf der Hand, war sowieso besonders für mich, denn er hatte Malio in mein Leben poltern lassen.

***

»Oh mein Gott, Muffin, jetzt reiß dich zusammen!« Fluchend und mit vollstem Körpereinsatz zerrten Malio und ich den Bollerwagen zum Ufer. Er war eigentlich für Untergründe wie dem weichen Sand, durch den wir stapften, gedacht, nur leider hatten wir den Plan ohne Muffin gemacht, der auszubüchsen versuchte. Zum wiederholten Male stupste ich ihm seitlich gegen den Panzer, sodass er mit einem dumpfen Knall zurückkullerte.

»Hör auf, ihn zu schubsen«, sagte Malio gepresst und zog am Lenker. »Er ist halt neugierig.«

»Ich schubse dich gleich, wenn du meine Erziehungsmethode bemängelst«, erwiderte ich grinsend. »Wir haben es fast geschafft, noch wenige Meter.« Ich war hinter dem Wagen und musste sämtliche Kraft aufbringen, um ihn zu schieben. Unsere Blicke trafen sich und in diesem Moment schenkte Malio mir ein erschöpftes, aufrichtiges Lächeln, das die Babyschildkröten in meinem Bauch wieder Tango tanzen ließ.

Wir überbrückten die letzten Meter und fanden uns endlich auf festerem Boden wieder, dort, wo die Wellen auf den Strand trafen. Malio klatschte in die Hände und klopfte sich den Sand vom Shirt. »Willst du mir ernsthaft weismachen, dass du das hier sonst allein machst?«

»Traust du mir das etwa nicht zu?« Ich stemmte herausfordernd die Hände in die Hüfte.

»Ich traue dir …« Er stockte. »Vieles zu.« Das Schmunzeln an seinen Mundwinkeln spiegelte sich in seinen Augen wider. »Aber das hier war höchst schweißtreibend.«

Ich zuckte mit den Schultern. »War vielleicht nicht die beste Idee, mit dem Wagen durch Sand zu fahren. Sonst trage ich die Schildkröten von der Straße bis zum Wasser. Außer es sind schwere Riesen wie Donut, da lasse ich mir helfen.«

»Von wem?« Ich erkannte, dass er die Frage betont beiläufig klingen lassen wollte, doch der Schatten, der sich für den Augenblick einer Sekunde wie ein Schleier über seinen Blick legte, verriet ihn.

»Florence zum Beispiel, was denkst du denn?«

»Ach«, er winkte ab. »Hätte ja sein können, dass dir ab und zu noch andere helfen.«

»Andere?«

»Andere Männer zum Beispiel.« Er wich meinem Blick aus. Auf einmal war die perlweiße Muschel, die vor seinem Schuh lag, sehr interessant.

»Andere Männer?« Ich sog amüsiert die Lippen ein. War er eifersüchtig? Auf wen? Da gab es niemanden, und doch fühlte ich mich geschmeichelt. »Dr. Garcia hat mir geholfen, Donut ins *Turtles' Inn* zu tragen, das war es dann aber auch an«, ich grinste schief, »Männern, die mir zu Hilfe eilen.« Wenn man Bas außen vor ließ.

»So war das nicht gemeint«, nuschelte er verlegen und fuhr sich mit der Hand durch die Haare.

»Wie sonst?« Ich und mein angriffslustiges Plappermaul.

»Guck, Muffin will wieder abhauen, er hebt sich schon auf den Bollerwagenrand.« Er ging in die Hocke und schüttelte leicht am Wagen, sodass Muffin abrutschte und die paar hochgekämpften Zentimeter wieder hinabsank. »Geht doch schon los, Kumpel«, beruhigte er die Schildkröte. Ihn so mit Muffin reden zu sehen, ließ mir einen Schauer über den Rücken rieseln. Ich versuchte krampfhaft, die Aufregung, die sich als puddingweiche Knie bemerkbar machte, zu ignorieren.

Seufzend ging ich ebenfalls in die Hocke und ließ mich auf meinen Hosenboden plumpsen, beugte mich ein Stück zu Muffin herunter, sodass unsere Gesichter auf einer Höhe waren. Er streckte sein Köpfchen neugierig in die Höhe und ich hob die Hand an, um ihn mütterlich zu tätscheln. »Das war's schon mit uns beiden, mh?« Muffin sah mich auffordernd an. »Ich weiß, ich weiß, du willst ins Meer und dir ist völlig egal, dass du ein Stück von meinem Herzen mitnimmst.« Und seine Freilassung sorgte für finanzielle Entlastung, wenn auch nur eine kleine. Bei dem Gedanken zog es mir im Magen, doch das änderte nichts daran, dass es wahr war. Ich schielte unauffällig zu Malio, der den Blick abgewandt hatte und statt zu uns zum Horizont sah, an dem die Sonne sich in gewohnter Langsamkeit herabsenkte. Es war nicht mehr lange bis zu Malios liebster Tageszeit, der Golden Hour, und ich verspürte ein Zwicken im Magen. Er machte keine Anstalten, surfen gehen zu wollen, und ich für meinen Teil wollte nicht der Mensch sein, der ihn daran hinderte. Doch konnte er seine Entscheidungen allein treffen und wenn er heute dabei sein wollte, wenn wir Muffin ins Wasser ließen, statt sich durch die Wellen gleiten zu lassen, war das gut so. »Malio?«

Er stieß einen Schwall Luft aus, als er sich zu uns umdrehte. Er lächelte. So ehrlich. Das war kein gestelltes Ich-möchte-eigentlich-woanders-sein-Lächeln, sondern ein Ich-bin-gerade-wirklich-happy-Lächeln. »Bereit?«

»Ich?« Ich schniefte und formte einen Schmollmund mit den Lippen. »Nie. Muffin? Ja, der ist bereit.«

»Alles klar.« Er hielt mir die Hände hin, damit ich mich an ihnen hochzog. Ich schlüpfte aus meinen Sneakers, Malio tat es mir gleich. Gemeinsam, und ohne ein weiteres Wort zu verlieren, griffen wir unter Muffins Bauch, um ihn aus dem Bollerwagen zu heben. In Tippelschritten bewegten wir uns auf das Wasser zu, das heute verhältnismäßig friedlich dalag. Sanfte Wellen liefen am Ufer aus, umspülten unsere Füße. Als uns das Wasser bis zu den Waden reichte, nickte ich und atmete tief durch. Ich liebte und hasste diesen Moment zugleich. Für einen Wimpernschlag schloss ich die Augen und schluckte, ehe ich Malio zunickte. Er verstand, und langsam senkten wir Muffin hinab, bis sein Bauch das Wasser berührte. Wir hielten so lange inne, bis die Schildkröte die Beinchen aus seinem Panzer schob und begann, ganz natürlich zu paddeln.

»Okay, los«, krächzte ich und bedeutete Malio, dass wir ihn loslassen konnten. Muffin streckte sein Köpfchen heraus und in der nächsten Sekunde schleppte er sich durch den weichen Sand, bis er weit genug im Wasser war, um zu schwimmen. Ohne sich umzudrehen, paddelte er davon. Als hätte es unsere gemeinsame Zeit niemals gegeben. Wie immer in diesen Augenblicken des Freilassens fror ich. Ich hasste Abschiede, zumindest die von meinen Babys. Ich sah ihm hinterher, bis er komplett im Dunkelblau des Meeres verschwunden war, und schluckte, um die Tränen daran zu hindern, sich in meinen Augenwinkeln zu sammeln.

»Weinst du?« Malio war ganz nah an mich herangetreten.

»Natürlich nicht«, erwiderte ich und schüttelte den Kopf, wischte mir hastig über das Gesicht. Mist, das verriet mich.

»Komm her.« Ohne eine Erwiderung abzuwarten, glitten Malios warme Hände an meinen Oberarmen auf und ab. Die Härchen in meinem Nacken stellten sich sofort auf. Ich stolperte in seine Arme und ließ die Stirn gegen seine Brust sinken, genoss die Hitze und den warmholzigen Duft, der von ihm ausging. In seinen Armen war ein Ort, an den ich mich wirklich gewöhnen wollte, und diese Erkenntnis ließ mich stockend die Luft anhalten. »Alles okay?« Malios Stimme vibrierte in seiner Brust und drang direkt an mein Ohr. Ich presste die Augen zu, nickte.

»Alles bestens«, murmelte ich. *Alles bestens. Ich bin nur gerade dabei, mich in dich zu verlieben.* »Alles bestens«, wiederholte ich und nahm den Kopf von seiner Brust, legte ihn in den Nacken, um ihn anblicken zu können. Die Golden Hour brach an und in seinen Augen spiegelten sich die ersten pinken Zuckerwattewolken des Abends. »Danke«, hauchte ich und biss auf die Unterlippe.

»Nicht dafür, okay?« Malio zog mich in eine noch festere Umarmung. »Ich werde den kleinen Kerl auch ganz schön vermissen, glaube ich.«

*Wir haben ja jetzt uns*, dachte ich, nicht mutig genug, die Worte auszusprechen.

# KAPITEL 34

## Malio

Nachdem wir Muffin ins Meer gesetzt hatten, entschied ich, Kalea ein paar Augenblicke der Ruhe zu geben. Ich kannte sie nicht lange genug, um zu wissen, wie ich sie am besten tröstete, also behandelte ich sie so, wie ich es mir in diesem Moment gewünscht hätte: Ich wäre gern allein gewesen, um meine Gedanken zu ordnen. Ich hatte ihr einen Kuss auf die Stirn gedrückt und war dann zum *Giovanni's* aufgebrochen. Ich achtete kaum auf die Menschen um mich herum, ein bunter Mix aus Touristen, Ladenbesitzern und wenigen Einheimischen, für die ich ein Lächeln aufbrachte.

Jetzt, auf dem Rückweg, kribbelte es in meinem Bauch, als wäre ich auf dem Weg zu meinem zweiten Date mit Kalea. War es denn eines? Ein Date? Ich achtete darauf, die Limos nicht zu schütteln, und fluchte innerlich, weil das Kondenswasser der eiskalten Flaschen die Papiertüte durchweichte, in der Pizzabrötchen darauf warteten, von uns verputzt zu werden.

Ich erreichte den Strandabschnitt und mein schnell schlagendes Herz stolperte über sich selbst. Kalea saß im Sand, neben ihr der Wagen. Sie hatte die Beine an ihren Körper gezogen und die Arme um sie geschlungen, das Kinn auf ihren Knien abgelegt. Der Wind wirbelte um sie herum, ließ ihre braunen Haare wild umherflattern, was sie nicht zu stören schien. Es war, als bemerkte sie es gar nicht. Ihr Blick war auf das Meer gerichtet. Das Meer, in dem Muffin für die Ewigkeit verschwunden war. Hoffentlich war ihm der Zusammenprall mit meinem Surfbrett eine Lehre gewesen, sodass er das Ufer von nun an mied.

Ich erlaubte mir, für eine Sekunde innezuhalten und Kalea zu beobachten. Erst als ein eiskalter Wassertropfen von den Glasflaschen auf meinem Fußrücken landete, zuckte ich zusammen und setzte den Weg fort. Es wäre gelogen, zu behaupten, dass ich sie nicht stundenlang hätte ansehen können. Das warme Gefühl, das sich dabei bis in meine Fingerspitzen ausbreitete, ließ mich beinahe taumeln. Ich freute mich sehr, mich gleich neben Kalea zu setzen, ihren zarten Duft nach Pfirsich einzuatmen und ihre Haut zu berühren, vielleicht sogar die Linien eines ihrer Tattoos nachzufahren. Die Vorfreude darauf ließ mich betrunken fühlen, wo ich doch vollkommen nüchtern war. Dank des Schwindelgefühls taumelte ich auf sie zu und atmete tief durch, ehe ich hinter ihr in die Hocke ging, um mich anzukündigen. »Hey«, flüsterte ich an ihrem Ohr.

»Erschreck mich noch ein Mal und du darfst nie wieder mit mir eine Schildkröte auswildern kommen«, murmelte sie, wobei sie mich anzwinkerte. Sie fuhr sich mit den Händen über die Oberarme, wie um sich zu wärmen.

»Kalt?« Ich zog ungläubig eine Augenbraue hoch, denn es war noch immer brütend heiß und auch die Nacht versprach kaum Abkühlung zu bringen.

Kalea seufzte und legte ihre Hand auf ihren Brustkorb. »Nur hier drinnen«, erklärte sie und lächelte schwach. »Ich hoffe, Muffin geht es gut.«

»Ganz bestimmt. Er hat immerhin einen Surfbrett-Angriff weggesteckt. Ihn kann da draußen nichts mehr erschüttern.« Ich bohrte die Limonadenflaschen vor uns in den Sand und wies mit ausgestrecktem Arm zum Horizont. »Das ist sein Zuhause«, fuhr ich fort. »Dort fühlt er sich am wohlsten, glaub mir.« Schluckend stupste ich sie mit der Schulter an, griff zu meiner Seite und holte die Pizzabrötchenpapiertüte hervor. »Pizzabrötchen?«

»Unbedingt!« Vor Appetit stöhnend griff sie in die Tüte, schnappte sich zwei Brötchen und biss von einem einen so großen Haps ab, dass sie es sich auch direkt komplett in den Mund hätte stecken können. »Wie wecker!« Sie verdrehte genüsslich die Augen, kaute schneller und grinste. »Wie lecker, meine ich.«

»Wie wecker«, wiederholte ich ihre Worte, nachdem ich mir ein ganzes Pizzabrötchen in den Mund gesteckt hatte.

Ich erntete einen Klaps gegen den Oberarm dafür. »Wie witzig, Malio.«

»Ich mag es, wie du meinen Namen aussprichst«, beichtete ich ihr im Affekt und versuchte, das eiskalte Gefühl, das wie eine Welle über meine Haut schwappte und sich einbrannte wie ein Tattoo, zu ignorieren. Mich zu öffnen war nicht meine Stärke. Ich wusste, dass ich mich in Windeseile verlieben konnte, dass ich prompt Feuer und Flamme sein konnte. Doch nie, wirklich nie, hatte ich mich dabei erwischt, mich zu öffnen. Einfach zu sagen, was ich dachte, ohne Angst davor, dass es nach hinten losging. Verlegen bohrte ich die Füße in den Sand und griff nach den Limos, öffnete die Verschlüsse mit der jeweils anderen Flasche und hielt Kalea eine hin.

»Danke.« Sie nahm sie mir ab und stieß sachte gegen meine. »Wie meinst du das? Wie spreche ich deinen Namen denn aus?«

»Irgendwie vertraut.«

»Vertraut?« Sie biss sich auf die Lippe. »Wie vertraut?«

Ich zuckte mit den Schultern. »Als würdest du mich schon lange kennen. Nicht so wie meine Mom«, erklärte ich schnell.

Kalea warf lachend den Kopf in den Nacken, wobei ihre Haare umherwirbelten. »Da habe ich noch mal Glück gehabt.«

»Wem sagst du das?« Grinsend setzte ich die Limo an die Lippen und ließ den Blick über das Meer gleiten. Am Horizont senkte sich die Sonne herab, und ein flüchtiger Blick über die Schulter verriet mir, dass Shore Mana bereits in der Dunkelheit der Nacht lag. Der Strand war der letzte Ort der Stadt, der von der Schwärze eingeholt wurde, und doch der Ort, an dem die Sterne am hellsten leuchteten. In wenigen Augenblicken würde es so weit sein. »Es ist so schön«, hauchte Kalea und wandte mir ihren Blick zu. »Ich bin viel zu selten am Strand. Viel zu selten nach Einbruch der Dunkelheit draußen. Normalerweise falle ich müde ins Bett, sobald ich meine Wohnung betrete.«

»Das lässt sich ja ändern«, schlug ich ihr vor und rutschte näher an sie heran, um den Abstand zwischen uns zu schließen.

»Wie willst du es schaffen, dass ich nicht mehr müde bin?« Sie pikste mir gegen den Oberschenkel und ich fing ihre Hand ein, drückte sie vorsichtig, ehe ich meine Finger mit ihren verschränkte.

»Da fällt mir so einiges ein«, raunte ich an ihr Ohr.

»Malio«, tadelte sie mich kichernd und stieß ihre Schulter gegen meinen Brustkorb.

»Du tust es schon wieder.«

»Was?« Sie lächelte, wobei ein beschwingter Schimmer in ihren Augen glänzte.

»Meinen Namen sagen.«

»Wer hätte gedacht, dass du so leicht zu beeindrucken bist?«

»Dafür braucht es tatsächlich nicht viel«, erklärte ich grinsend. »Es gibt mehr Dinge, die mir gefallen, als Dinge, die ich nicht mag.«

»Geht es uns nicht allen so?« Kalea ließ den Blick über die Wellen schweifen.

»Falls ja, meckern die Leute zu viel.« Ich schaffte es nicht, meinen Blick von ihrem Profil zu lösen.

Sie rümpfte kaum merklich die Nase, und eine steile Falte erschien auf ihrer Stirn, ehe sie sachte den Kopf schüttelte. »Du hast recht«, pflichtete sie mir bei, wobei ihre Stimme so leise war, dass sie beinahe vom Ozean verschluckt wurde. »Da, wo ich …« Sie stockte. »Da, wo ich herkomme, vergeht kein Tag ohne unterschwellige Negativität, Neid, Missgunst. Nur dass einem ein so überzeugendes Lächeln entgegengeworfen wird, dass man es beinahe glaubt. Und weißt du, was das Schlimmste ist?«

Ich wollte wissen, woher sie kam. Wer sie gewesen war, bevor sie nach Shore Mana kam. Wovon sie sprach. Ich wollte alles tun, um ihr das wehmütige Lächeln, das über ihre Mundwinkel huschte, ersparen zu können. Irgendetwas hielt mich ab. Als wäre es zu früh. Oder hatte ich Angst davor, dass sie mir im Umkehrschluss Fragen stellte? War es für unsere Beziehung überhaupt wichtig, woher wir kamen? Oder war einzig und allein wichtig, wer wir jetzt waren und in Zukunft sein wollten? Ich vernahm Stimmengemurmel hinter uns, ignorierte es aber, da es nur Touristen auf einem abendlichem Strandspaziergang waren, und beantwortete stattdessen ihre Frage. »Was ist es? Sag es mir.«

»Dass man genauso falsch zurücklächelt. Und dass dieses Lächeln irgendwann so in Fleisch und Blut übergeht, dass man sich selbst erfolgreich belügt.«

»Kalea«, seufzte ich und nahm einen Schluck von meiner Limonade. »Ich kenne deine Geschichte nicht und möchte klarstellen, dass ich dich nicht drängen werde, mir was auch immer zu erzählen, okay?«

Sie schenkte mir einen verwunderten Seitenblick. »Okay? Aber?«

Sie war schlau. »Aber ich will, dass du weißt, dass ich es wissen möchte.«

Ein Lichtstrahl dicht hinter uns blitzte auf, woraufhin Kalea sich versteifte. »Dass du *was* wissen möchtest?« Sie trank einen Schluck und warf einen flüchtigen Blick über ihre Schulter. Dann richtete sie ihren Blick starr aufs Meer, als wollte sie krampfhaft etwas ausblenden, was hinter ihr war. Was zur Hölle war los?

»Einfach alles, Kalea. Wer du warst, bist und sein wirst.« Es fiel mir schwer, die Worte über die Lippen zu bringen, was ich daran erkannte, dass ich mit den Knien wackelte. Zwei Touristen kamen uns immer näher. Ich hatte das Gefühl, dass sie sich zu uns kuscheln wollten, so nah standen sie mit ihrer Kamera hinter uns, obwohl genug Platz am Strand war. Doch Kalea schien der Umstand nicht nur zu nerven wie mich, sie machte plötzlich einen verklärten Eindruck.

»Okay okay, ja, ja«, piepste sie mit erstickter Stimme und mir wurde klar, dass sie mir nicht zugehört hatte, da sie sich darauf konzentrierte, auf das Meer zu starren und sich keinen Zentimeter zu bewegen, als wäre sie aus Stein. Verwirrt drehte ich mich um. »Nicht«, zischte Kalea mir zu. »Die gehen wieder«, presste sie hervor. Perplex tat ich wie geheißen, wandte mich nach vorn und lauschte dem Touristenpärchen hinter uns. Der Mann hantierte mit einer Kamera herum. War es das, was Kalea so versteifen ließ? *Blitz*. Kalea war neben mir zusammengezuckt und ich starrte ihr ins Gesicht. Was war los mit ihr? *Blitz. Blitz.* Sie presste die Augen aufeinander, hatte die Lippen eingesogen, die Schultern bis zu ihren Ohren angehoben und hielt die Luft an.

Ich wirbelte herum und blickte in die Augen des älteren Herrn, der unbeholfen seine Kamera in den Händen drehte. Die Frau nickte mir entschuldigend zu. »Alles gut, Kalea«, murmelte ich in ihre Richtung. »Hier versucht nur ein Mann, den Sonnenuntergang einzufangen.«

»Das geht nicht mit Blitz«, erklärte sie mir tonlos und entspannte ihre Schultern. »Wo waren wir stehen geblieben?« Sie setzte hastig die Flasche an ihre Lippen und lächelte mich an. Das war das falsche Lächeln, von dem sie gesprochen hatte.

Ich räusperte mich und runzelte die Stirn, ließ ihre Hand los. »Wir sprachen über …« Ich schüttelte den Kopf. »Falsche Menschen, meine ich.«

»Richtig.« Sie schluckte. Sie entglitt mir. »Was für ein deprimierendes Thema, oder? Lass es uns wechseln.«

»Wie du willst.«

Kalea stöhnte. »Du bist sauer.«

Ich schüttelte den Kopf, denn das war nicht wahr. »Bin ich nicht. Nur verwirrt über deine Reaktion eben.«

»Sorry«, entschuldigte sie sich und verzog den Mund, bis ihr Gesicht einer gequälten Grimasse ähnelte. Ich wartete, dass sie mehr sagte. Doch das tat sie nicht. Und wer war ich, mehr zu verlangen?

»Okay.« Es war okay. War es doch? Verdammt, meine Gefühle fuhren Achterbahn, und das Letzte, was ich wollte, war, dass sie es spürte.

»Lass uns gehen, ich hab Hunger«, bat sie und wartete nicht, sondern erhob sich direkt, warf ihre Schuhe in den Bollerwagen und klatschte die Handflächen aneinander ab.

Ich griff im Aufstehen nach den Pizzabrötchen und wackelte mit der Tüte vor ihrer Nase herum. »Du kannst sie alle haben, wenn du jetzt nicht wegläufst«, versuchte ich, ihr auf hoffentlich lockere Art zu verstehen zu geben, dass sie vor mir nicht zu flüchten brauchte.

»Dann …« Sie verdrehte ertappt die Augen, presste ihre Finger um den Flaschenhals und … lächelte. Diesmal war es echt. »Dann ist mir eben kalt?« Sie legte den Kopf schief.

»Du kannst auch einfach die Wahrheit sagen«, schlug ich ihr vor. »Ich laufe nicht weg, weißt du?«

Für den Bruchteil einer Sekunde entgleisten ihr ihre Gesichtszüge und ich blickte hinter ihre Fassade. Direkt durch ihre Augen hindurch bis in die Tiefen ihrer Seele. Dorthin, wo die Angst saß. Angst wovor? Davor, allein zu sein? »Aber ich tu es vielleicht«, gab sie zu, beide Hände um die Glasflasche gekrallt, als wäre sie das Einzige, das sie über Wasser hielt. »Wegrennen.«

»Ich hole dich ein«, erklärte ich ihr. Ich hatte nicht vor, sie im Stich zu lassen, was auch immer sie belastete.

»Malio«, seufzte sie erneut meinen Namen und jagte mir dadurch eine eiskalte Welle durch den Brustkorb. »Ich will dir nicht wehtun, verstehst du das?«

»Da sind wir schon mal zwei.«

»Und mir, Malio.« Sie betonte meinen Namen. »Mir möchte ich auch nicht wehtun.«

»Auch damit sind wir zu zweit. Kalea.«

In ihren Augen, in denen sich die entfernten Lichter der Promenadenbrücke spiegelten, blitzte ein Funken Vertrauensvorschuss auf. »So spreche ich deinen Namen also aus«, flüsterte sie und biss sich auf die Unterlippe.

# KAPITEL 35

## Kalea

Die Sorge, dass meine Vergangenheit mich einholte, mich hier in Shore Mana fand, begleitete mich tagein, tagaus. Wie lächerlich, dass ich sofort geglaubt hatte, die älteren Touristen, die ein Sonnenuntergangsfoto schossen, wären Paparazzi. Ich hatte nur die Kamera in den Händen des Mannes gesehen, und sofort war etwas in mir durchgebrannt. Der Blitz von hinten, die unnötige Nähe, die plötzliche Panik, für die ich anfälliger schien, wenn ich so emotional war. All diese Dinge waren in diesem Moment zu viel für mich gewesen. Seit Jahren lebte ich in O'ahu und fühlte mich sicherer. Zumindest versuchte ich vehement, es mir einzureden. Außerdem: Was bildete ich mir ein? Ich war keine Upper-Class-Prinzessin mehr, und es war auch nicht so, als hätte ich es jemals darauf angelegt. Es war Jahre her, dass ich Futter für diese vermaledeiten Z-Promi-Klatschseiten war.

»Wollen wir zum *Midnight Market*?« Malios Frage riss mich aus den Gedanken und mir fiel auf, wie verkrampft ich den Bollerwagengriff hielt. Ich suchte seinen Blick und er nickte in Richtung der Promenadenbrücke.

»Findet der oft statt?« Ich strich mir eine lose Haarsträhne hinter das Ohr, die mich am Schlüsselbein gekitzelt hatte. Gerade nach so einem Schockmoment war mir eigentlich nicht danach, mich an einen Touristenort zu begeben.

Ungläubig riss er die Augen auf, und im sanften Silberschein des aufgehenden Mondes wirkten seine Gesichtszüge weich. »Du willst mir nicht sagen, du warst noch nie auf dem *Shore Mana Midnight Market*?«

Ich zuckte mit den Schultern und schüttelte ertappt den Kopf. »Schuldig? Ich war noch nie dort. Florence hat ihn nur mal erwähnt. Zu anderen Veranstaltungen schleppt sie mich meistens, aber nicht dahin. Was heißen muss, dass …«

»Dass deine beste Freundin keinen Sinn für das *echte Partyleben*«, er zeichnete Gänsefüßchen in die Luft und die Pizzabrötchentüte knisterte, »in Shore Mana hat?« Wir überbrückten die letzten Meter Strand, bis wir uns auf der befestigten Straße wiederfanden, die sich heiß von der Sonnenwärme des Tages in meine Fußsohlen brannte.

Lächelnd beugte ich mich zum Bollerwagen hinab, um mir die Sneakers überzustreifen. »Scheint so.« Triumphierend grinste ich und begrüßte den Anflug des Hochgefühls, das Malio auf wundersame Weise schaffte, in mein Innerstes zu pflanzen. Und das, obwohl mir vor wenigen Sekunden zum Heulen zumute gewesen war.

»Das heißt, du willst hin?« Malio schlüpfte ebenfalls in seine Schuhe, platzierte unsere geleerten Limoflaschen und die Pizzabrötchen im Wagen und machte eine einladende Handbewegung, nachdem ich zögerlich genickt hatte.

»Okay!« Denn warum eigentlich nicht? Die Situation eben hatte mir mehr als deutlich gezeigt, dass meine Angst albern war. Malio war bei mir, was sollte schon passieren, wenn ich mit ihm zur Promenadenbrücke ging? Wollte ich mich für den Rest meines Lebens einigeln und vor Kamerablitzen oder Touristen fürchten? Es wäre gelogen zu behaupten, dass ich wie durch ein Wunder frei von Furcht war, aber hier und jetzt wollte ich mich der Angst stellen. Ich war nicht allein.

»Mylady.« Perplex starrte ich ihn an und bewegte mich keinen Zentimeter. »Ihre Kutsche«, erklärte er mit tiefer Stimme.

Einen Moment überlegte ich, ob ich diesem kindischen Gehabe nachgeben und mich von Malio über die Promenade bis zur Brücke ziehen lassen sollte. Doch was sprach schon dagegen? »Vielen Dank, Sir«, entgegnete ich mit nasaler Stimme, verzog anmutig die Mundwinkel und versuchte, so elegant wie möglich in den Bollerwagen zu steigen.

»Festhalten!« Malio preschte los und sofort krallte ich mich an den Seiten fest, da ich sonst herausgefallen wäre. Aus meiner Kehle löste sich ein Schreckenslaut, der klang wie ein Mix aus dem Quietschen bremsender Autoreifen auf nassem Asphalt und dem penetranten Gurgeln von Mundspülung. Malio raste, sodass die Palmen am Straßenrand wie nächtliche Schatten an mir vorbeiwehten. Die blinkenden Lichter auf der Brücke kamen schnell näher. Ich genoss den lauen Fahrtwind, der mir durch die Haare fuhr und meine Haut kitzelte, und lächelte.

»Schneller!«, rief ich Malio aufgeputscht zu, der sich im Rennen lachend zu mir umdrehte.

»Was sind denn das für Manieren, Mylady?« Keuchend rang er nach Atem und zog mit einem Ruck an dem Wagen, dass ich darin nach hinten purzelte. »Wer sich nicht festhält, stürzt heraus«, meinte er und verlangsamte seinen Schritt. »Wirfst du mir ein Pizzabrötchen zu?«

Ich hob tadelnd eine Augenbraue. »Ich dachte, die wären alle für mich?«

»Auf dem *Midnight Market* gibt es viel leckereres Zeug. Ich will nur nicht, dass du dir vorher den Bauch mit profanen Pizzabrötchen vollschlägst.«

»Ich werde Giovanni sagen, dass du seine Pizzabrötchen profan nennst.«

»Das würdest du nicht wagen!«

»Und ob.«

»Wir sind da«, sagte er und parkte den Wagen zwischen zwei Palmen an einem Fahrradständer. Er hielt mir seine Hand hin und statt diese zu ergreifen, legte ich ihm ein Brötchen hinein und kletterte heraus. »Danke!« Sein Lachen war wunderschön. Ich wollte mich daran gewöhnen, denn es fühlte sich an wie eine warmweiche Decke, die sich um meinen Körper schmiegte. Ihn lachen zu hören, tat gut. Es weckte diese lange vergessen geglaubten Schmetterlinge in meinem Bauch und ließ sie zögerlich die Spannweite ihrer Flügelchen austesten. Ein kleines bisschen verlieben war okay. Ein bisschen verlieben tat nicht weh.

»Dann mal los.«

»Dann mal los«, wiederholte Malio und hielt mir auffordernd seine Hand hin, mit der Innenfläche nach oben. Ich griff nach ihr.

Je höher wir die breite Holztreppe erklommen, desto mehr Lichter erschienen in meinem Blickfeld. Als ich den Fuß auf das alte knorrige Holz der Brücke setzte, federte es leicht unter meinem Gewicht. Ich blickte mich um und mein Atem stockte. Was für ein Getümmel!

Provisorische Stände, die lediglich aus Tischen, Stühlen und vereinzelten mobilen Holzbauten bestanden, reihten sich an einer Seite der Brücke aneinander. Der Duft von gegrilltem Gemüse drang mir in die Nase. Ich ließ den Blick weiter schweifen und entdeckte einen Zuckerwattestand und einen Waffelstand. Neben den Waffeleisen entdeckte ich Schälchen gefüllt mit Toppings: Schlagsahne, Macadamianüsse, Erdbeeren, Streusel, geraspelte Schokolade, Nussmus. »Sind wir im Himmel?«

»Lass mich raten, du willst eine Waffel?«

»Auf jeden Fall«, grinste ich und zog an seinem Arm, sodass er hinter mir her stolperte.

***

»Und?« Er deutete zufrieden auf die riesige Waffel in meiner Hand. »Zu viel versprochen?«

Wir spazierten die Brücke entlang aufs Meer hinaus, ließen die Stände hinter uns. Lichterketten waren um die hölzernen

Geländer gewickelt und leuchteten unsere Gesichter an. Ich biss beherzt ein Stück des Teiges ab und angelte nach einer Erdbeere. »Es ist perfekt«, seufzte ich glücklich und lehnte meinen Kopf im Gehen gegen seine Brust. Hier und da passierten wir schmale Sitzbänke, die allesamt besetzt waren. »Dieser *Midnight Market* scheint beliebt zu sein?«

Malio nickte. »Es wundert mich, dass du noch nie hier warst. Er ist eine bekannte Touristenattraktion.«

»Der Name ist irreführend«, murmelte ich besserwisserisch. »Es ist doch gar nicht Mitternacht.«

»Aber der Markt geht bis zwölf«, grinste Malio und biss von seiner eigenen Waffel ab. Wir passierten eine kleine Menschentraube und ich lächelte freundlich in die Gesichter, statt wie sonst automatisch den Blick zu senken. Ich genoss, dass es mir in diesem Augenblick einfach gut ging, dass ich mir mal keine Sorgen machte und mich ein Stück weit befreit fühlte von all dem Ballast, der auf meinen Schultern lag.

Und genau das stellte sich als ein Fehler heraus. Meine Unachtsamkeit bescherte mir Blicke, die ich zu gut aus New York City kannte. Blicke des Erkennens, des Wunderns. Schluckend riss ich den Kopf herum und hoffte, mich zu täuschen. Ich hoffte, mich zu irren und mir das plötzlich lauter werdende Getuschel einzureden. Ich wollte nicht bereuen, heute Abend alle Ängste über Bord und mich mitten ins Touristengetummel geworfen zu haben. Ich beschleunigte und zog Malio mit mir, doch im gleichen Augenblick wurde mir bewusst, dass ich immer weiter in die Falle hineinlief. Wir standen auf einer verdammten Seebrücke, die Hunderte Meter vom Ufer entfernt über dem Meer endete. »Verdammte Scheiße«, keuchte ich, als es hinter uns aufblitzte. Fotos. Diesmal war es kein Mann, der versuchte, den Sonnenuntergang zu fotografieren. Es waren sensationsgeile Touristen, die glaubten, die verloren geglaubte Tochter der Duplantis' gespottet zu haben.

»Kalea«, keuchte Malio, der hinter mir her stolperte. »Ich

verliere meine Waffel, warte.« Er blieb abrupt stehen und schüttelte verwundert den Kopf. »Was ist in dich gefahren?« *Blitz. Ignorieren, Kalea, einfach ignorieren. Blitz.* Ich drehte mich weg und blieb wie angewurzelt stehen, dachte gar nicht daran, mich zu Malio umzudrehen, denn so hätten sie die Möglichkeit, Fotos von meinem Gesicht zu knipsen. Ich hörte Malios langsame Schritte, die mich umrundeten, und da fiel mir auf, dass ich die Augen zugepresst hatte. Zögerlich öffnete ich sie. »Kalea?« *Blitz.* »Was soll das?« Er blickte an mir vorbei und in seinem Gesicht erkannte ich, dass die Ratlosigkeit Wut wich. *Blitz.* »Haut ab!« Rief er den Touristen zu. *Blitz.* »Noch ein Foto und eure Kameras sind Haifutter«, drohte er und machte Anstalten, auf die Leute zuzugehen.

Ich hielt ihn zurück. »Malio!« Meine Finger umschlossen sein Handgelenk, und er blieb stehen, warf den Touristen nur böse Blicke zu. Seine Drohung trug Früchte, denn das aufgeregte Stimmengemurmel ebbte ab, und kein einziger Fotoblitz erhellte mehr die Nacht. »Danke«, flüsterte ich, schluckte. Mir war der Appetit auf die Waffel vergangen und ich blickte missmutig auf die tropfende Schokosoße.

»Was wollten die von dir?« Malio nahm mir die Waffel aus der Hand und legte sie auf das breite Geländer neben seine. Er trat so nah an mich heran, dass ich nicht flüchten konnte. Ich wollte es auch nicht, doch war ich gleichzeitig nicht bereit dazu, ihm alles zu erzählen.

»Fotos«, erklärte ich.

»Ach was.« Malio fuhr sich durch die Haare und legte einen Finger unter mein Kinn, um es anzuheben. »Bist du …« Er lachte nervös. »Keine Ahnung, berühmt oder so?«

Ich schüttelte den Kopf. »Gott, nein.« Ein freudloses Lachen, gepaart mit einem Schnauben drang aus meinem Mund. »Nicht so wirklich.«

»Erklärst du es mir?« Er schluckte.

»Ja.« Meine Stimme war sanft, ich zwang mich, zu lächeln.

»Aber?« Malio erwiderte das Lächeln, das seine Augen nicht ganz erreichte.

»Nicht jetzt.«

Er seufzte und hielt mir seine Hand hin. »Komm.«

»Wohin?«

»Weg von denen.« Er nickte zu den Schaulustigen.

»Okay. Was ist mit unseren Waffeln?« Verwundert suchte ich die Balustrade nach ihnen ab. »Wo sind sie hin?«

»Regel Nummer eins auf der Shore-Mana-Seebrücke«, sagte Malio, »legst du deine Waffel ab, ist sie Möwenfutter.«

Ich entdeckte zwei Möwen, die sich genüsslich über unsere Waffeln hermachten. »Auch mitten in der Nacht?«

»Auch mitten in der Nacht«, bestätigte er grinsend, legte seinen Arm um meine Schultern und eskortierte mich von der Brücke. Ich schmiegte mich an ihn und warf einen letzten Blick in Richtung der Hobby-Paparazzi, deren Interesse an mir verflogen zu sein schien. Was für ein Glück.

# KAPITEL 36

## *Malio*

Ich konnte nicht fassen, dass Kalea mir nicht erzählt hatte, was das gestern auf der Seebrücke gewesen war. Noch eine Stunde waren wir spazieren gegangen, und die ganze Zeit hatte ich darauf gehofft, dass sie sprach. Dass sie es mir erklärte, aber das hatte sie nicht getan. Und ich brauchte eine Erklärung. Es war definitiv nicht normal, dass fremde Menschen versuchten, Fotos von einem zu schießen. Ich hatte hilflos danebengestanden, ohne einen Schimmer, was ich hatte tun sollen.

Während ich rücklings auf meinem Bett lag, starrte ich mein Smartphone an, denn die Versuchung, ihren Namen zu googlen, war groß. Doch das widerstrebte mir. Ich wollte, dass Kalea mir von selbst anvertraute, warum diese Menschen gestern ungeniert Fotos von ihr, von uns, gemacht hatten. Meine Neugierde und das Zwicken im Magen ließen mich kaum einen klaren Gedanken fassen, und mit einem Mal wurde mir das Zimmer zu klein. Als schoben sich die Wände aufeinander zu, ohne darauf zu achten, dass ich zwischen ihnen saß.

Noelani war zu Hause, und ich hörte durch die Wand, dass sie sich in ihrem Zimmer mit irgendjemandem unterhielt. Garantiert war sie live auf TikTok und ließ ihr Ego beweihräuchern. Ich verdrehte die Augen und stemmte mich vom Bett hoch.

Ich hoffte darauf, dass Kalea sich bei mir meldete, widerstand aber dem Drang, in unseren Chat zu schauen. Dort würde ich nur ihre letzte Nachricht von heute früh vorfinden, die sie mir geschickt hatte, nachdem sie allein vom Strand nach Hause gelaufen war.

**Schildkrötenmädchen:** Bin zu Hause. Und Danke, Malio.

Ich hörte ihre Stimme tief in mir, wusste, wie sie meinen Namen betonte, und wenn ich nur daran dachte, regten sich die Schmetterlinge in meinem Bauch. Jedoch war es, als säßen sie in einem gläsernen Käfig fest, der die Schwingungen ihrer Flügelschläge dämpfte. Ihr Geheimnis bremste uns aus. Ich hasste es, gerade, weil ich ihr gegenüber auch nicht so offen war, wie ich hätte sein können. Aber ein Studienabbruch war immer noch was anderes als das, was gestern Nacht passiert war.

»Mein Gott, Malio«, tadelte ich mich, verließ das Zimmer, lief die Treppe herunter und begegnete Dad, der im Esszimmer das Geschirr einsortierte. »Ich bin noch mal …« Ich stockte und lief herüber zum Kühlschrank, um mir eine Wasserflasche herauszunehmen. Wo wollte ich überhaupt hin? »... unterwegs, wartet mit dem Essen nicht auf mich.«

»Alles klar.« Er winkte und nickte mir lächelnd zu.

Ich zog meine schwarzen Vans an, schnappte mir mein Skateboard und taumelte, weil mir die Hitze wie ein heißer Waschlappen ins Gesicht knallte, als ich die Haustür öffnete. Ich kickte das Board auf die Straße und sprang auf, stieß mich ab und entschied, mir in Neahs Bäckerei ein Stück Kuchen zu holen. Mein eigenes Spiegelbild sah mir aus den Schaufenstern der Promenade entgegen, und ich atmete durch, inhalierte den Duft nach Sonnencreme, gepaart mit Salz, Macadamianüssen und Kaffee. Es gab keine Stadt, die wie Shore Mana nach allem duftete, was glücklich machte. Was *mich* glücklich machte.

Beinahe wäre ich an *Neah's Bakery* vorbeigefahren und

bremste ungelenk direkt davor. Ich lehnte mich schwer atmend rücklings gegen die gelbe Häuserwand und blickte zum Meer, über dem Möwen um die Wette kreischten. Ich ignorierte die Touristen, die unseren Strand mit ihren quietschbunten Schirmen verschandelten und sich aneinandergereiht in der Sonne räkelten wie Bratwürstchen auf dem Grill. Stattdessen konzentrierte ich mich auf die Schönheit, all die Farben, das tiefe Blau des Ozeans, die türkisfarbenen Wellen mit ihrer weißen Gischt, den hellbeigen Sand und den babyblauen Himmel, an dem kaum eine Wolke zu sehen war. Ich zwang mich, zu lächeln, denn ich wusste, dass es einem dann besser ging, atmete durch und ließ den Blick über die Häuser wandern, über die Blüten, die überall verteilt waren. Auch Neah hatte Blumenkübel vor ihrer Bäckerei stehen, pinke, violette und orangefarbene Hibisken, die im Halbschatten unter der orange-weiß-gestreiften Markise strahlten.

»Erde an Malio?«, fragte Neah amüsiert und bohrte ihren Finger in meinen Oberarm.

Lächelnd drehte ich den Kopf zur Seite und schielte zu ihr herunter. Unter einem rosafarbenen Bandana lugten ihre rotbraunen Locken hervor und ihre blauen Augen strahlten mich an wie der Sonnenschein höchstpersönlich. »Hi, Lieblingsneah«, begrüßte ich sie seufzend.

Sie band sich ihre Schürze im Nacken neu. »Warum lungerst du vor meiner Bäckerei herum und observierst die Touris?«

»Ich observiere niemanden!« Empört lachte ich. »Ich genieße die Sonne, das Meer.«

»Ich werde ganz neidisch.« Wehmütig reckte sie ihren Kopf aus dem Schatten der Markise. »Aber fünfzehn Minuten direkte Sonne und ich sehe aus wie ein Streuselkuchen. Ich hätte echt gern die Haut meiner Mom.«

»Deine Sommersprossen sind schön«, widersprach ich ihr in dem Wissen, dass ich niemals müde würde, ihr das zu sagen.

Sie verdrehte die Augen. »Das sagst du mir seit unserer Zeit an der Highschool.«

»Es ist ja auch wahr!«

Sie lächelte. »Ach, Malio, du Charmeur.«

»Machst du mir einen Kaffee?« Ich wechselte das Thema, da ich wusste, wie ungern Neah im Mittelpunkt stand. Nickend öffnete sie die Glastür und hielt sie mir auf.

Ich folgte ihr ins Innere und zog einen in die Tage gekommenen Stuhl unter einem runden Tisch hervor, der hoffentlich mein Gewicht tragen würde, und platzierte Handy und Portemonnaie auf dem Tisch. »Ich trinke hier, wenn das okay ist?«

»Natürlich! Kuchen?«

Sie nickte zur Auslage, hinter der mich die perfektesten Gebäckstücke anlächelten, die ich je in Shore Mana gesehen hatte. »Das sieht alles großartig aus.«

Ich ging zur Auslage. Fast schüchtern trat sie zu mir und wies auf eine Torte. »Vielleicht ein Stück von der da?«

»Was ist das?«

»Das ist eine Torte, Malio«, witzelte sie und führte weiter aus, nachdem ich ihr ein Augenrollen geschenkt hatte. »Zitronen-Beeren-Torte mit Frischkäse-Ganache. Die Blüten kann man essen.« Stolz öffnete sie die Glastür und drehte die Torte auf dem Teller. Sie zierten pinke Himbeeren, tiefviolette Brombeeren, knallrote Erdbeeren und hier und da zuckrige Zitronenscheiben.

»Überzeugt!«

Sie griff nach einem Teller. »Ich bringe dir gleich beides.«

»Okay.« Ich ging zurück zu meinem Tisch und setzte mich so, dass ich den perfekten Blick auf das Meer hatte. Vor dem Café liefen Personen die Straße entlang, lachten, quatschten, hielten Shave Ice oder Limoflaschen in den Händen. Neah brachte mir Kaffee und Torte, ließ mich dann aber wieder mit meinen Gedanken allein.

Als ich meinen Kaffee zur Hälfte geleert und den Kuchen zu großen Teilen verputzt hatte, legte sich eine tiefe Zufriedenheit wie eine beschützende Decke über mich, und ich lehnte mich zurück. Ich rieb mir die müden Augen. Langsam machte sich der Schlafmangel der letzten Nacht bemerkbar und als ich den Blick wieder aus dem Fenster richtete, war es, als bräche die tiefschwarze Nacht über mir herein.

Keuchend schüttelte ich den Kopf und kniff die Augen zusammen, in der Hoffnung, eine Fata Morgana zu sehen. Da war Kalea, den Rucksack geschultert, in der Hand eine Papiertüte von *Giovanni's*. Doch das war es nicht, was meine Aufmerksamkeit erregte und dafür sorgte, dass in meinem Magen Eifersucht wütete. Sie hatte ihren Arm mit dem eines Mannes verhakt und warf lachend den Kopf in den Nacken. Der Typ war groß, breit gebaut und ansonsten das komplette Gegenteil von mir mit seinen dunkelblonden, kurz geschnittenen Haaren und dem aalglatt rasierten Kinn. Er trug eine Chinohose, ein weißes Poloshirt und hatte einen so anmutig-coolen Gang, dass ich mir dagegen schäbig vorkam auf meinem Skateboard in meiner Jogginghose, dem T-Shirt und dem schwarzen Cap.

Keine Ahnung, wer das war, aber er versprühte Selbstbewusstsein. Einen Augenblick lang überlegte ich, aufzuspringen, Kalea zuzurufen, ihr zuzuwinken, um zu schauen, was passierte. Doch irgendetwas hielt mich ab, ließ mich wie festgekettet auf dem Stuhl sitzen bleiben.

War er der Schatten, den ich letztens im *Turtles' Inn* gesehen hatte? Gehörte er zu dem Geheimnis, das Kalea vor mir hatte? Ich schluckte und folgte den beiden mit dem Blick, bis ich sie nicht mehr sah. Ich stieß einen Schwall Luft aus und griff nach der Kuchengabel, um mir einen Trostbissen in den Mund zu schieben. Ich musste geduldig sein. Kalea hatte mir gestern Nacht zu verstehen gegeben, dass sie es mir erklären würde. Die Fotos, ihre Angst, diesen Mann dort? Ich hoffte nur, dass es bald so weit wäre, denn dieses Eifersuchtsmonster, das sich durch meine Magenwände fraß, war mir neu und ich hatte kein Interesse daran, dass es sich in mir gemütlich machte.

»Eindeutig«, holte Neahs Stimme mich aus meinem Trübsal.

Ich schluckte herunter. »Was?«

»Jetzt hat du eindeutig jemanden observiert«, erkannte sie und zog sich den zweiten Stuhl unter dem Tisch hervor. Sie trug keine Schürze mehr und hatte auch das Bandana abgelegt, weswegen ihre Locken wild auf ihren Schultern hüpften.

»Habe ich«, gab ich zu. »Und mir hat nicht sehr gefallen, was ich gesehen habe.«

»Ach je«, seufzte Neah und griff nach meiner Gabel, um sich ein Stück des Tortenstücks in den Mund zu schieben. »Bin ganz Ohr, wenn du magst.«

Ich lächelte und genoss die Wärme, die Neahs Worte um mein Herz spülten, es jedoch nicht schafften, die Kälte ganz zu vertreiben. »Ich glaube, ich bin verliebt«, gestand ich ihr.

Sie zog eine Augenbraue hoch. »Du? Und? Das ist doch nichts Neues.«

»Neah!«

»Sorry. Aber: Wow, das ist doch toll. Oder nicht?«

Ich seufzte. »Ich weiß es nicht. Es ist … anders.«

»Ach je«, wiederholte sie und schielte zu meinem Kaffee, den ich ihr wortlos hinschob. »Danke«, lächelte sie und quetschte mich nicht weiter aus.

# KAPITEL 37

## Kalea

*Komm schon, Kalea, wenn du dich damit nicht an Bas wenden kannst, an wen denn sonst?* Ich kniff die Augen zusammen und zählte tonlos bis drei. Zwanzig Mal, ehe ich mich endlich traute, mich ihm anzuvertrauen. »Bas?« So weit, so gut. Er stand mir im Büro gegenüber und hob erwartungsvoll die Augenbrauen. Wir hatten den Nachmittag im *Turtles' Inn* verbracht, weil ich ausnahmsweise bis mittags geschlafen hatte. Bas' bedeutungsschweren Blicken war ich ausgewichen, denn auch wenn er nichts gesagt hatte, wusste ich, dass ihm klar war, dass ich letzte Nacht mit einem Mann zusammen gewesen war. Sein selbstgefälliges Grinsen war Zeichen genug, dass er sich für mich freute.

Sobald ich meinen Gedanken erlaubte, zu Malio zu schweifen, bekam ich ein mulmiges Gefühl. Vergraulte ich ihn durch meine Verschlossenheit? Dieser verdammt emotionale Teufelskreis. Ich wollte mich ihm öffnen, wollte nicht zu der Sorte Menschen gehören, deren Schweigen dafür sorgte, dass alles in die Brüche ging, ehe es die Chance bekam, etwas Richtiges zu werden.

»Das Zeug wird deine Eingeweide verkleben«, kommentierte Bas und deutete auf die leeren Verpackungen der *Dr. Sweets Crunchy Balls*, die ich aus Nervosität binnen zehn Minuten vertilgt hatte. Bas hatte sie mir in meinem Stamm-Supermarkt heimlich gekauft, da er meine Schwäche für bunte Süßigkeiten kannte.

»Danke für deine Sorge, ich habe meine Eingeweide im Griff.«

»Bäh«, grinste Bas und zog sich erst einen, dann einen zweiten Gummihandschuh über die Finger. Wir waren, nachdem wir im Supermarkt gewesen waren, beim *Pu'eo*, dem hiesigen Burgerladen vorbeigegangen, dessen Logo passend zum Namen eine Eule war. Bas hatte unbedingt einen Burger essen wollen, und er kannte mich gut genug, um zu wissen, dass ich zu Pommes niemals Nein sagte, wenn man sie mir unter die Nase hielt. Danach hatten wir den Weg über die Promenade gewählt, weil Bas, so sagte er mir, an jeder Ecke inspiriert wurde, bis wir wieder im *Turtles' Inn* ankamen.

Die ganze Zeit hatte ich heimlich über meine Schulter geschielt, um die Umgebung abzuchecken. Ich würde gern behaupten, mich endlich sicher zu fühlen, wenn ich durch Shore Mana schlenderte, doch ich musste zugeben, dass das Gegenteil der Fall war. Der Vorfall beim *Midnight Market* hatte es natürlich wieder schlimmer gemacht. Ob ich jemals die Angst würde abschütteln können, dass mich irgendein Tourist erkannte? Gerade jetzt mit Basilton saß mir die Angst, die ich sonst mit aller Kraft zu ignorieren versuchte, besonders im Nacken. Allein gefunden zu werden, wäre unangenehm, aber mit Bas? Garantiert würden Gerüchte bis nach New York wabern.

Bas war gerade dabei, den Behandlungstisch zu schrubben, ich konnte ihn ja doch nicht davon abhalten, mir zur Hand zu gehen. Weil ich so lange geschlafen hatte, war Arbeit liegen geblieben und Bas half mir. Es war ausweglos, ihm seine Hilfe ausreden zu wollen, außerdem freundete er sich langsam, aber sicher mit Flips und Bottle Caps, zwei jungen Karettschildkröten, an. Flips war im letzten Jahr verwirrt auf der Promenade gefunden worden, was daran lag, dass er blind war. Vermutlich waren ihm die Augen ausgepickt worden, was grausam klang, aber die Natur konnte barbarisch sein. Flips Schicksal war es leider, dass ich ihn niemals wieder würde aussetzen können. Deswegen war ich seit Monaten auf der Suche nach einem Zuhause in einem Reservat für ihn. In der freien Natur würde er nicht überleben. Bottle Caps war von Berufstauchern entdeckt und eingefangen worden, da sie einen unübersehbaren Tumor am linken Vorderbein hatte, den Dr. Garcia rückstandslos hatte entfernen können. Bei ihr handelte es sich nur noch um Tage, bis ich sie wieder in den Ozean entlassen konnte.

»Bas«, seufzte ich erneut. Ich ließ mich im Schneidersitz auf den Hosenboden sinken und schob vorher den Eimer mit dem dreckigen Wischwasser mit dem Fuß zur Seite. »Ich versuche hier, mit dir zu reden. Du bist unmöglich! So wie früher.«

Er zog eine Augenbraue hoch, schlenderte gelassen zum Kühlschrank, um mir eine Coladose zu holen. »Da ich seit Kindertagen dein bester Freund bin, sehe ich das als Kompliment, Lea«, sagte er. »Was ist los? Ich sehe, dass dich etwas bedrückt.« Er setzte sich mir gegenüber und tippte mit den Fingern gegen meine Knie, nachdem er die Gummihandschuhe entsorgt hatte.

»Ich war gestern Abend mit …« Ich stockte und meine Ohren wurden heiß. »... mit jemandem auf dem *Midnight Market* auf der Promenadenbrücke und dort …« Ich biss mir auf die Unterlippe. Sollte ich es ihm echt erzählen?

»Und dort geschah was?« Bas öffnete zischend die Coladose und nahm den ersten Schluck, ehe er sie mir reichte.

»Da waren Touristen, die … also ich glaube, dass sie … vielleicht haben die …«, stammelte ich wirr.

»Kalea Conteville. Ich liebe dich, aber das nervt jetzt. Sag schon. Wer hat dort was gemacht?«

»Sie haben getuschelt und Fotos geschossen.«

»Okay? Ist das verboten?« Er runzelte die Stirn, doch seine Stimme war nicht ganz fest. Er ahnte, wo das Gespräch hinführte.

»Von mir, Bas. Sie haben mich erkannt. Glaube ich. Bin ich denn noch von Interesse? Ich bin schon so lange weg aus New York. Müsste es nicht mittlerweile Hunderte anderer geben, über die sie tuscheln können? Hunderte neue Skandale?« Ich spie das letzte Wort aus. Unsere Scheidung war als skandalös bezeichnet worden. Dass ich alle meine Social-Media-Profile gelöscht hatte, war ebenfalls ein Skandal. Und dass ich Manhattan fast noch als Kind mitten in der Nacht und völlig überstürzt verlassen hatte, ohne einen Hinweis auf meinen Verbleib, war der größte Skandal von allen gewesen. Bas taxierte mich. »Bas, sag bitte was, ja?«

»Lea.« Er seufzte. »Ich weiß nicht, was in New York los ist, okay? Ich habe dieses Kapitel hinter mir gelassen, genauso wie du.«

»Was ist mit Arabella? Oder Mike?« Arabella war seine kleine Schwester, die die High Society im Gegensatz zu mir liebte und schon als Kind total in diesem ganzen Debütantinnen-Quatsch aufgegangen war. Mike war sein bester Freund, der nach wie vor in unseren alten Kreisen verweilte.

»Ich habe Bella seit Monaten nicht gesprochen«, presste er zwischen seinen angespannten Kiefern hervor. »Ich kann es kaum mit ansehen, was für ein Mensch sie wird. Unsere Eltern haben sie dermaßen verkorkst«, erklärte er verdrossen, und ich bereute es, ihren Namen ins Spiel gebracht zu haben.

»Und Mike?« Ich flüsterte nahezu.

»Wir reden nicht über Klatsch und Tratsch.«

»Aber vielleicht weiß er ja was?«

»Vielleicht.« Bas nickte zustimmend. »Ich werde ihn nicht fragen, Lea.«

»Warum nicht?« Ich kam mir vor wie ein kleines Mädchen, dem man verboten hatte, sich ein Eis zu kaufen.

»Es ist schwierig zwischen uns, seit …«

»… seit unserer Scheidung«, beendete ich seinen Satz. »Seit all dem Getuschel, in das wir hineingeraten sind, nur weil wir unsere eigenen Entscheidungen getroffen haben. Seit du New York verlassen hast. Mike nimmt dir übel, dass du ihn alleingelassen hast.«

»Du kannst froh sein, dass ich dich so lieb habe.« Er zwinkerte mir zu, und für einen Augenblick verlor ich mich in der Sicherheit seines Blicks. »Du weißt doch, wie das ist. Manches verjährt nicht. Aber selbst wenn wir noch Thema in New York sind, kann es uns egal sein. Wir gehen doch sowieso nicht zurück. Und hey, wir haben uns. *Wir* sind uns geblieben, okay?« Basilton war mein sicherer Hafen, meine Heimat. Und doch tauchten plötzlich Malios tiefblaue Augen vor meinem geistigen Auge auf. Denn wenn Basilton meine Heimat war, konnte Malio vielleicht mein Zuhause werden?

»Ich habe mich ein bisschen verliebt«, platzte ich heraus, und erschrak über meine eigenen Worte, denn sie machten die ganze Sache real.

Es vergingen einige Sekunden, ehe Basilton sich aus seiner Schockstarre löste. Sein erschütterter Gesichtsausdruck machte einem schelmischen Platz und er griff sich in schauspielerischer Manier ans Herz. »Wie kannst du mir das antun?« Er lachte und stupste mit seinem Fuß gegen mein Bein. »Ich weiß.« Er zuckte selbstgefällig mit den Schultern. »Das merke ich dir seit Tagen an. Du hast ja schon fast Herzchen in den Augen.«

»Habe ich gar nicht!« Ich verdrehte meine Herzchenaugen und schubste ihn, was allerdings nichts brachte, da er schwer war. Ich rechnete es ihm hoch an, dass er mich nicht darauf hinwies, wie rot ich anlief. Ich spürte, dass meine Wangen extrem heiß wurden. Um mich abzukühlen, griff ich nach der Coladose neben mir, nahm einen Schluck und hielt das kühle Metall abwechselnd an meine Wangen. »Er hat den Vorfall gestern mitbekommen, und ich habe es ihm nicht erklärt, weil …« Ich suchte nach wie vor einen Grund. »Ich weiß nicht genau, warum. Warum weihe ich ihn nicht einfach ein, Bas?«

»Weil du neu anfangen wolltest und dich jetzt doch wieder mit deiner Vergangenheit konfrontiert siehst?«

»Genau.« Ich verzog die Lippen zu einem Schmollmund.

»Weil du, egal, wohin du gehst oder wie lange du weg sein wirst, nicht vor deiner Vergangenheit wegrennen kannst?«

»Ja.«

»Weil du …«

»Ist ja gut, Basilton«, unterbrach ich ihn unwirsch und schluckte den Kloß in meinem Hals herunter. »Warum können die mich nicht einfach in Ruhe lassen?«

»Die?«

»Alle.«

Er lachte und strich mir über das Bein. »Dafür hast du den falschen Nachnamen.«

»Ich habe deinen.«

»Siehst du?«

Ich verdrehte die Augen. »Du hast mir irgendwie geholfen, ohne mir wirklich geholfen zu haben. Wie machst du das?«

»Stets gern zu Diensten!« Bas klopfte auf den Boden und stemmte sich hoch. »Was jetzt?« Er blickte sich im Behandlungsraum um und hielt mir die Hände hin, die ich seufzend ergriff, um mir aufhelfen zu lassen.

»Jetzt drehen wir eine Kontrollrunde, machen die Nachtlichter an und sagen den Schildkröten Gute Nacht.«

»Jeder einzelnen?«

»Natürlich! Oder würdest du nicht jedem Einzelnen deiner Kinder eine gute Nacht wünschen?«

»Ich wäre schon ein besserer Vater als mein eigener, wenn ich meinen Kindern überhaupt eine gute Nacht wünschen würde«, witzelte er, doch ich wusste, wie gebrochen er war. Wir beide waren gebrochene, einst reiche Kids auf der Suche nach Glück, doch wussten wir beide, es zu verstecken.

»Ach, Bas«, murmelte ich, zog an seinem Arm und drückte mich an ihn. »Ich hab dich lieb und egal, was ist, wir haben uns und können uns gute Nacht sagen, okay?«

Er drückte mir einen Kuss auf den Scheitel. »Du warst schon

immer so süß«, grinste er und nickte in Richtung des Innenhofs. »Lass uns deinen Babys gute Nacht sagen.«

»Lass uns gehen«, stimmte ich zu, lief voraus und drehte mich im Gehen zu ihm um. »Willst du dabei sein, wenn ich Bottle Caps ins Meer entlasse? Ich schätze, in anderthalb oder zwei Wochen.« Ich strahlte ihn an, denn es wäre schön, meinen besten Freund dabei zu haben.

Bas wich meinem Blick aus und druckste herum, fuhr sich mit der Hand durch die kurzen Haare. »Geht nicht«, nuschelte er in seinen nicht vorhandenen Bart.

»Nicht? Oh, okay.« Enttäuscht zuckte ich die Schultern und wandte mich zur Tür. Ich war es nicht gewohnt, von Bas zurückgewiesen zu werden. Von allen anderen Menschen ja. Doch nicht von ihm.

»Ich reise ab«, erklärte er. »In drei Tagen.«

Ich fuhr zu ihm herum. »In drei Tagen? Was? Ich habe mich daran gewöhnt, dass du dich in meiner Wohnung eingenistet hast wie ein Parasit, und jetzt haust du wieder ab?«

»Parasit?« Empört schnaubte er und folgte mir auf dem Fuß. »Ich habe einen Job in Ottawa. Aber …«

Wir spazierten über den hellen Fliesenboden, in dem der schleierhafte Mondschein reflektierte und auf denen unsere barfüßigen Schritte schmatzende Geräusche von sich gaben. »Aber?«

»Ich könnte danach wiederkommen?«

»Hierher?« Ich runzelte die Stirn, denn seit Bas New York verlassen hatte, reiste er und lebte nur aus dem Koffer. Nirgendwo blieb er lang. »Nach Shore Mana? In meine winzig kleine Wohnung?«

Mein letzter Satz entlockte ihm ein Lachen. »Ja und nein. Ja, nach Shore Mana, und nein, ich würde mich nicht mehr bei dir einnisten, sondern könnte mir eine Bleibe suchen. Es ist nur so eine Idee.«

»Viel Spaß«, schnaubte ich und nickte zu einem unscheinbaren Schalter im Boden neben einem der Becken. »Flips und

Bottle Caps Nachtlicht.« Er trat darauf und sofort strömte von oben hellblaues, flackerndes Licht ins Becken und ein mattes Fenster, das am Tag kaum zu sehen war, offenbarte sich ein paar Schritte von uns entfernt. »Komm.« Ich winkte ihm zu, da mir sein überraschter Blick aufgeregte Freude in den Magen pflanzte. »Hier, schau. Jedes Becken hat ein Fenster.«

Er legte den Kopf schief. »Also müsste man nicht jedes Mal die wackeligen Treppen hochsteigen und hoffen, nicht vom Rand ins Becken zu fallen?«

»Nö«, lachte ich diabolisch. »Ich sage das niemandem, denn ich finde es schöner, von oben in die Becken zu sehen.«

»Manchmal blitzt die reiche Göre in dir durch«, ärgerte er mich und drückte mir seinen Ellenbogen zwischen die Rippen.

»Das habe ich jetzt einfach mal überhört«, erklärte ich ihm und nahm den Faden von eben wieder auf. »In Shore Mana eine Bleibe zu finden, gleicht übrigens einem Lottospiel. Es gibt kaum Wohnungen, bezahlbare erst recht nicht. So gern ich dich hier hätte, jemandem eine Wohnung wegzuschnappen, wenn du nur ab und zu hier bist, finde ich fies, verstehst du?«

»Ernsthaft? Das hier ist doch nicht Brooklyn?«

»Ich weiß.« Ich zuckte mit den Schultern und beobachtete das Lichterspiel im Wasser. »Das hier ist mein wahr gewordener Himmel auf Erden.«

# KAPITEL 38

## Malio

Mürrisch warf ich das Schleifpapier, mit dem ich ein Stück Koa-Holz bearbeitete, aus dem später die Finne werden sollte, auf die Arbeitsplatte. Statt weiter zu arbeiten griff ich nach meinem Smartphone, um wie ein liebeskranker Teenager meinen Chatverlauf mit Kalea zu scannen, den ich längst auswendig kannte.

**Schildkrötenmädchen:** Na Surferboy, wie geht's?

Die Nachricht hatte sie mir an dem Tag gesendet, nachdem ich bei Neah in der Bäckerei gewesen und dieser gebeichtet hatte, dass ich mich verliebt hatte. Keine Anspielung auf den *Midnight Market* oder das, was dort geschehen war. Und keine Frage, ob und wann wir uns wiedersehen würden.

**Ich:** Ich zerfließe bei der Hitze, bin über die Schuhe meiner Schwester gestolpert, die sie überall verteilt, und musste wieder den Inhalt unserer Mülltonne einsammeln, weil wir über Nacht Besuch von Fred hatten.

**Schildkrötenmädchen:** Klingt nach einem wunderbaren Tag?

**Ich:** Kann man so sagen, wie geht es dir?

**Schildkrötenmädchen:** Bei mir ist alles wie immer, kein Waschbär weit und breit.

*Lüge*, ging es mir durch den Kopf, es war nicht wie immer, denn da war ein Mann an deinem Arm gewesen. Und eine Sekunde später hasste ich, es gedacht zu haben. Ich wollte Kalea nichts unterstellen, doch ich wusste, was ich gesehen hatte.

**Ich:** Super ☺

Auch die darauffolgenden Tage blieb unsere Konversation oberflächlich, bis sie vor zwei Tagen gänzlich abgebrochen war. Ich versuchte, nichts hineinzuinterpretieren, denn ich wusste, wie hart und viel sie arbeitete. Doch fand sie wirklich keinen winzigen Moment, um mir zu schreiben? Heute in einer Woche fand der Shore Mana Summerrave statt, zu dem wir uns spätestens über den Weg laufen würden, und es bereitete mir schon jetzt Kopfzerbrechen. Denn mit jedem Tag, mit jeder Stunde, die wir nichts voneinander hörten, schwand das Vertrauen, das wir aufgebaut hatten. Ich wollte nicht von vorn beginnen. Vielleicht, und dieser Gedanke missfiel mir enorm, war Kalea einfach nicht der Mensch, den ich geglaubt hatte, kennengelernt zu haben. Vielleicht fuhr sie zweigleisig. Nur weil sie ihr Herz verletzten Schildkröten widmete, hieß das nicht, dass sie meins nicht brechen konnte.

»Stopp!« Ich atmete tief durch und legte mein Handy mit dem Display nach unten auf den Schreibtisch. Ich hatte das Handy auf lautlos gestellt, denn ich wollte nicht gestört werden, während ich an meinem Board werkelte. Selbst wenn Kalea mir schrieb, würde ich nicht direkt antworten. Auch ich hatte Würde.

Ich lief zurück zur Arbeitsfläche und schnappte mir ein Messer und einen Rohholzblock, um eine weitere Finne zu schnitzen. Auch wenn ich versuchte, es nicht zuzulassen, brodelte Wut in mir. Wut darüber, allem Anschein nach auf Kalea hereingefallen zu sein. Wut darüber, dass es mir nah ging und ich trotzdem jede Sekunde an sie dachte. Ich schnaubte und schluckte den Kloß im Hals herunter.

Routiniert schabte ich Holzschicht um Holzschicht ab, wobei meine Handgriffe ruhiger wurden. »Dann.« *Schnitz.* »Halt.« *Schnitz.* »Nicht.« *Schnitz.* Ich presste die Worte hervor. Ich war bisher gut allein klargekommen, war glücklich gewesen, verdammt. Warum nur hatte ich plötzlich das Gefühl, dass ich dieses Glück ohne Kalea nicht mehr fand? »Das ist doch unglaublich«, fluchte ich und warf das Holzstück samt Messer zurück auf die Arbeitsfläche. Es brachte mir nichts, wenn ich von meiner Enttäuschung gesteuert das kostbare Holz verschandelte.

Nein. Ich würde mich zurückziehen. Wenn Kalea sich innerhalb der nächsten Woche entschied, vielleicht doch nicht zweigleisig zu fahren, konnte sie zu mir kommen. Sie wusste, wo sie mich fand. Und falls sie es bis zum Summerrave nicht tat, dann … Keine Ahnung, was dann.

# KAPITEL 39

## *Kalea*

»Du kannst keinen Rückzieher mehr machen!« Florence stemmte die Hände in die Hüften und funkelte mich enttäuscht an.

»Einen Rückzieher?« Ich grinste und ließ mich von ihr nicht aus der Fassung bringen, während ich zwei Eimer Futter durch den Vorgarten des *Turtles' Inn* schleppte. Florence tippelte wie ein aufgeregter Welpe um mich herum. »Dafür hättest du mir vielleicht erzählen sollen, dass du planst, in ein paar Tagen mit mir zu diesem Rave zu gehen. Man kann keinen Rückzieher von etwas machen, dem man nie zugestimmt hat.«

»Das ist nicht fair von dir.« Sie schmollte und wickelte sich eine der zwei dünnen, eingedrehten Strähnen, die ihr Gesicht umrahmten, um den Finger. Der Rest ihrer Wallemähne steckte in einem hohen Pferdeschwanz und verlieh ihr, zusammen mit dem weiß glitzernden Eyeliner, ein glamouröses Aussehen. Der dunkelrote Fake-Leder-Rock, der über ihren Knien endete, und das mit schillernden weißen Pailletten übersäte Neckholder-Top und die weißen DocMartens standen ihr sehr gut. Neben meiner besten Freundin fühlte ich mich in meiner normalen Kleidung oft fehl am Platz. Heute Morgen hatte ich ob meiner Schlaftrunkenheit übermüdet schwarze Jeansshorts und ein rosa Shirt mit gelbem Sonnenaufdruck aus dem Schrank gezogen. Das Einzige, das ich geschafft hatte, war, passend dazu die komplett schwarzen Chucks aus dem Schuhschrank zu pflücken.

»Komm schon, Flo. Warum soll ich denn mitkommen? Du gehst doch sonst auch ohne mich feiern?« Mich beschlich das Gefühl, dass ich irgendwas nicht über den Summerrave wusste. Was verheimlichte sie mir?

»Weil ich … also … weil du … weil wir …«, stammelte sie. Während ich die Tür öffnete, nahm sie die Eimer, um sie reinzutragen.

»Danke«, murmelte ich beiläufig, trat ein und schloss die Tür blitzschnell wieder hinter uns. Die Temperaturen waren in den letzten Tagen noch mehr in die Höhe geschossen, sodass es endlich in der Auffangstation kühler war als draußen. »Florence, komm schon, was ist am Summerrave so besonders?«

»Ich bin letztens zufällig über Malio und seinen besten Freund gestolpert«, platzte sie endlich heraus und parkte die Eimer vor der Tür, die zum Innenhof führte.

Ich schluckte. »Aha.« *Malio.* Ich hatte vergeblich versucht, nicht zu sehr an ihn zu denken. Aber die ganze Zeit fragte ich mich, warum er mich ghostete. Er ignorierte mich. Irgendwie. Und dafür hatte ich keine Zeit, es reichte, wenn ich mich um meine Rettungsstation sorgte. Außerdem campierte mein Ex-Mann noch immer auf meinem Sofa. Was zum Problem hätte werden können, wenn ich Malio nach einem Date mit zu mir genommen hätte. *Lass dich nicht stören, das ist nur mein Ex-Mann.* Aber wie es aussah, musste ich mir darüber ja keine Sorgen mehr machen, denn Bas reiste morgen ab, und Malio meldete sich sowieso nicht.

Ich hatte ihm auch nicht mehr geschrieben. Doch ich war das Gefühl nicht losgeworden, dass immer ich es gewesen war, die die Gespräche begann. Als ich ihm eines Morgens ausnahmsweise mal nicht geschrieben hatte, das war vorgestern gewesen, hatte ich den Beweis dafür, denn er hatte es nicht für nötig gehalten, mir stattdessen zuerst zu schreiben. Waren das kindische Gedanken? Ja. Natürlich. Konnte man etwas dafür, dass einen Gefühle überschwemmten? Nein. Absolut nicht. Also badete ich seit zwei Tagen in Selbstmitleid und fragte mich, ob es richtig war, die Zeit mit Malio zu bereuen oder nicht. Wir waren uns so nah gekommen, dass wir beinahe miteinander geschlafen hätten. Im verdammten Meer. In der *Öffentlichkeit.*

»Aha?« Florence wirbelte zu mir herum, die Augen zu Schlitzen verengt. »Was war das für ein Aha, Kalea?«

Ich hob die Hände in die Höhe und runzelte die Stirn. »Das war ein stinknormales Aha«, schwindelte ich und wich ihrem Blick aus, lief zielstrebig zum Büro herüber, um mir etwas zu trinken aus dem Kühlschrank zu nehmen.

»Was ist los im Kalio-Paradies? Habe ich irgendetwas verpasst?« Sie folgte mir und ich warf ihr ebenfalls eine Wasserflasche zu.

»Kalio?« Ein amüsiertes Lächeln huschte über mein Gesicht, auch wenn ich vehement versuchte, nicht zu lachen.

Florence zuckte mit den Schultern. »Oder Malea, mir egal, wie ihr euch nennen wollt.«

»Du bist so eine Nuss.«

»Sag schon, ist alles okay bei euch?«

Ich stieß einen Schwall Luft aus und ließ mich auf den Stuhl fallen. »Nicht wirklich, wir reden nicht miteinander.«

»Was ist denn passiert?« Florence zog sich wieder den Hocker heran, der protestierend über den Boden schabte, um sich mir gegenüber auf die andere Seite des Schreibtischs zu setzen.

»Nichts.«

»Nichts?«

»Nichts.«

»Nichts?«

»Florence.« Ich verdrehte die Augen, woraufhin sie die Arme vor der Brust verschränkte.

»Mein Atem ist länger als deiner.«

»Er ghostet mich«, jammerte ich los. »Keine Ahnung, warum. Wir hätten fast im Ozean miteinander … egal … und jetzt checke ich alle fünf Minuten meine Nachrichten, nur um enttäuscht zu sein, dass da keine ist. Keine von ihm.«

»Einmal zurückspulen, bitte. Ihr hattet Sex? Am Strand?«

Ich ignorierte die Hitze, die sich in mir ausbreitete, und erst recht gab ich nichts auf das schmerzhafte Ziehen zwischen meinen Beinen. Ich beugte mich nach vorn, um meine Unterarme auf dem Tisch abzulegen. »Du hörst nicht zu. Kein Sex. Der kein Sex fand im Meer und nicht am Strand statt. Nein.« Ich gestikulierte wild mit den Händen und klatschte beim letzten Nein mit den Handflächen auf die Platte.

Florence zuckte kaum merklich zusammen. »Und jetzt ignoriert er dich?« Sie schnalzte mit der Zunge. »Okay, ich wusste von Anfang an, dass er es nicht wert ist.«

»Sag das nicht«, murmelte ich. »Meinst du das ernst?«

»Ja, absolut! Tze, vergiss ihn. Dann schieße ich auch seinen Deacon in den Wind.« Sie verschränkte abwehrend die Arme vor der Brust und reckte das Kinn.

»Du kennst Deacon?«

»Nein.« Sie schüttelte den Kopf. »Wir haben uns einmal getroffen und uns da irgendwie zum Summerrave verabredet. Aber ganz locker, also alles cool.«

»Da weht also der Summerrave-Wind her.« Ich schmunzelte.

»Ja, aber ist egal, wir gehen zu zweit hin. Ohne Männer, okay?«

Ich mochte nicht, wie schlecht Florence über Malio sprach. Das sorgte dafür, dass ich meine eigenen Gedanken reflektierte.

»Florence.« Ich seufzte. »Vielleicht hat er ja eine gute Erklärung. Viel zu tun, er arbeitet viel, weißt du? Oder irgendetwas ist vorgefallen, familiär oder so.« Warum nahm ich ihn plötzlich in Schutz? War ich nicht eben noch furchtbar sauer auf ihn gewesen?

Florence schüttelte den Kopf und blieb hartnäckig auf ihrem Malio-ist-doof-Streifzug. »Alles keine Gründe, nicht wenigstens eine winzig kleine Nachricht zu senden, oder?«

»Manchmal schafft man nicht einmal das. Und wenn man jemanden mag, ist es doch okay«, gab ich zu bedenken und fasste in diesem Moment den Entschluss, dass all mein Gejammer nichts brachte. Ich würde ihn zur Rede stellen. Dann war ich eben wieder diejenige von uns, die das Gespräch eröffnete.

Florence warf die Hände in die Luft. »Mach, was du willst. Aber wehe, er verletzt dich.«

»Was dann?« Ich lächelte und schlug sanft gegen ihre Hand, da sie fordernd mit dem Finger auf mich zeigte.

»Dann muss ich mein Trinkgeld dafür auf den Kopf hauen, dir einen übergroßen Eisbecher zu kaufen.«

Ich lachte, ehe ich einen Schluck Wasser trank. »Das kannst du auch gerne tun, wenn ich glücklich bin.«

»Gute Idee, lass uns gehen.« Florence sprang auf und deutete zur Tür.

»Was, jetzt? Wir arbeiten!«

»Also ich sehe uns nur rumsitzen«, erwiderte Florence, hob überlegen eine Augenbraue und deutete abwechselnd auf mich und den Stuhl, auf dem ich fläzte. »Da können wir genauso gut zwanzig Minuten erübrigen, um zu *Molly's* zu flitzen und uns eine Kugel Eis in Mollys berühmter warmer, knuspriger Waffel zu holen.«

»Mmhh, warme, knusprige Waffel«, stöhnte ich genüsslich und verdrängte den Gedanken an den *Midnight Market*, wo Malio und ich uns Waffeln gekauft hatten, die schlussendlich ihr tristes Ende als Möwenfutter gefunden hatten. »Lass uns gehen!« Ich klatschte grinsend in die Hände.

# KAPITEL 40

## Malio

Es war Donnerstagabend, und wie gewohnt verbrachte ich diesen mit Deac im *Nalu*. Mein bester Freund machte sich über seine Käse-Nachos her, während ich, zurückgelehnt in meine Liege, aufs Meer hinausblickte und Möwen dabei beobachtete, wie sie kreischend gen Horizont stoben. Dass diese Vögel aber auch nie zu schlafen schienen.

»Du weißt schon, was du da tust, ja?« Deacons vorwurfsvolle Stimme drang mir bis ins Mark.

Seufzend schloss ich die Augen. »Was tu ich denn?«

»Du versaust es«, erklärte er, und ich hörte seine Strandliege unter ihm quietschen. »Du magst Kalea und benimmst dich wie ein bockiges Kleinkind. Antworte ihr!«

Seine Forderung ließ mich frösteln. »Ich habe wirklich keine Lust auf Spielchen, Deac. Ich habe sie mit einem anderen Kerl gesehen.«

»Vielleicht war es ihr Bruder, ein Freund, Cousin, die Möglichkeiten sind unendlich.«

Ich schnaubte und warf ihm einen belustigten Blick zu. »Sind sie nicht.«

»Nimm nicht alles wortwörtlich, Lio, wir sind hier nicht im Gerichtssaal. Und lenk nicht ab.«

»Auf wessen Seite stehst du eigentlich?« Mürrisch griff ich

nach meiner Limoflasche, die ich in den weichen Sand neben mir gebohrt hatte, und versuchte, seine Spitze zu ignorieren.

»Auf deiner, Bro. Immer auf deiner. Genau deswegen will ich, dass du aufhörst, Kalea zu ignorieren. Antworte ihr.« Er schnappte sich mein Smartphone vom niedrigen Holztisch zwischen uns und warf es im hohen Bogen zu mir, wo es mit einem dumpfen Ton auf meinem Bauch landete.

»Autsch.« Ich warf ihm einen bösen Blick zu. Zu allem Übel vibrierte es, und ich konnte im kurzen Aufblinken des Displays erkennen, dass es wieder Kalea war, die mir schrieb. Mir fiel auf, dass die Menge ihrer Smileys abnahm. »Ich mag es nicht, dass dieser Elefant zwischen uns steht.«

»Meine Güte.« Deacon raufte sich die Haare und stand auf. »Jetzt sei kein Frosch und schaffe diesen Elefanten einfach aus dem Weg. Garantiert hast du dich nur selbst in irgendeinen Strudel hinabgezogen, der gar keine Daseinsberechtigung hat.«

»Wo willst du hin?« Ich kam mir plötzlich wirklich wie ein bockiges Kleinkind vor.

»Aufs Klo«, lachte Deacon kopfschüttelnd und entfernte sich, wobei er durch den Sand stakste.

»Es stimmt«, murmelte ich. »Mein Verhalten ist nicht erwachsen.« Ich sprach die Worte aus, damit sie mir auch wirklich in Fleisch und Blut übergingen.

**Schildkrötenmädchen:** Hast du dein Handy verloren oder warum antwortest du mir nicht mehr?

Es vibrierte wieder.

**Schildkrötenmädchen:** Falls jemand diese Nachricht liest, an den sie nicht gedacht ist: Schäm dich und bring Malio das Handy zurück.

Und wieder.

**Schildkrötenmädchen:** Und falls du, Malio, das hier liest (ich sehe das!), antworte! Mein Selbstgespräch wird langsam langweilig.

Ich presste die Kiefer aufeinander. Was sollte ich ihr antworten? So was klärte man doch nicht per Chatnachricht.

**Ich:** Hey, niemand hat mein Handy geklaut. Bin mit Deacon unterwegs.

Das klang, als wollte ich sie abwürgen. Wollte ich das denn insgeheim? Verdammt, ich war selten so verwirrt gewesen. Seit wann hatte ich nicht den Mut, Dinge, die mich störten, anzusprechen? Das war nie ein Problem für mich gewesen, bei keiner meiner Ex-Freundinnen. Oder fiel es mir so schwer, weil ich für Kalea anders empfand?

**Schildkrötenmädchen:** Wow, ein Lebenszeichen. Viel Spaß.

**Ich:** Danke!

**Ich:** Dir auch.

»Wobei und mit wem auch immer«, flüsterte ich. Als ich aufblickte, kam Deacon zurück, einen Teller und zwei Flaschen in den Händen balancierend.

»Nachschub«, erklärte er und stellte alles auf dem winzigen Tisch zwischen uns ab.

»Perfekt«, lächelte ich, wobei ich hoffte, dass er nicht sah, wie unecht dieses Lächeln war, und stopfte mir vier Nachos auf einmal in den Mund.

»Und?«

»Waff und?« Ich kaute schneller und spülte die restlichen Krümel mit einem Schluck Limonade herunter.

»Alles wieder im Lot? Hast du ihr geantwortet?«

»Jep.« Das war nicht wirklich geschwindelt. Zumindest eine seiner beiden Fragen hatte ich ehrlich beantwortet.

»Und?«

»Deac!« Ich legte stöhnend den Kopf schief und schenkte ihm einen Jetzt-nerv-mich-doch-nicht-Blick.

»Wann seht ihr euch wieder?«

»Schon mit Florence gequatscht?«

Er rutschte auf seiner Liege zurück, wich meinem Blick aus und starrte aufs Meer. »Nö.«

»Du bist enttäuscht«, erkannte ich.

»Nö«, wiederholte er und zuckte die Schultern. »Ist eh besser so. Wir sehen uns dann übermorgen beim Summerrave und gut ist, ich möchte sowieso …«

»… nichts Festes haben«, beendete ich seinen Satz. Diese alte Leier war mir mehr als bekannt. »Schon klar.«

»Ich mag mein Junggesellenleben, okay?« Seine Stimme wurde leiser, sodass sie beinahe im Rauschen der Wellen unterging.

»Schon klar«, wiederholte ich und schielte unauffällig zu ihm herüber. Er spielte mit dem Flaschenhals seines Getränks und blickte verträumt zum Horizont, den man bald nicht mehr erkennen konnte, da die Nacht über uns hereingebrochen war.

»Ich mag es so«, flüsterte er und seufzte. Er log wie gedruckt.

# KAPITEL 41

## Kalea

»Kali?« Florence' aufgebrachte Stimme drang durch den offenen Behandlungsraum bis in den Innenhof.

Verdutzt kletterte ich vom Quarantänebecken herunter, den Futtereimer zwischen Arm und Hüfte haltend. »Was ist los?«

Sie hechtete zu mir herüber, schlug die Tür hinter sich ins Schloss, sodass sie in den Angeln wackelte. Ihr gehetzter Blick alarmierte mich. »Da ist ein Typ«, erklärte sie und wedelte mit den Händen. »Komm runter, schneller.«

»Was für ein Typ? Flo!« Sie fasste mich am Oberarm und zerrte mich zum Haupthaus. »Beruhige dich, was für ein Typ? Meinst du Bas? Ist das wieder so ein Witz von dir?« War Bas zurück? Ich riss mich los, um den Eimer abzustellen, ehe ich die Pellets auf dem Boden verteilte. Dafür waren sie zu teuer.

»Nein, nicht Bas! Er sagt, er wäre von der Bank und verlangt, mit dir zu sprechen, er ist total unfreundlich«, verkündete sie und zog mich zu einem der verdreckten Fenster, durch das wir in den Innenraum lugten. »Ich habe versucht, ihn loszuwerden, immerhin ist deine Frist noch nicht vorbei.« Die Frist. Die Frist, die mir im Nacken klemmte wie eine Schraubzwinge.

»Warum verstecke ich mich in meiner eigenen Auffangstation, als täte ich etwas Verbotenes?« Ich flüsterte neben ihr und sie hielt ihren Finger vor den Mund.

»Schsch! Sieht der da für dich aus wie jemand von der *Bank of Shore Mana*? Ich sag dir, da ist was faul, unsere Bankis sind nicht solche Lackaffen. Mein Magen rebelliert.«

Ihre Sorge schwappte auf mich über und ein flaues Kribbeln fuhr mir durch den Körper. Der Mann im weißen Hemd und schwarzer Anzughose stand an der Tür, einen Fuß auf der Schwelle, und sah sich aufmerksam um, als suchte er irgendetwas oder kundschaftete etwas aus. »Der Kurier«, flüsterte ich und kniff die Augen zusammen. »New York.«

»Wie bitte?« Flo zischte neben mir. »Was redest du für mystisches Zeug? Kurier, New York?«

»Mystisch? Weder Kuriere noch New York sind mystisch«, erwiderte ich. Ich würde ihr noch nichts von meinem Verdacht erzählen. Ich wollte ihn ja selbst nicht wahrhaben, doch dieser Mann dort stank nach New York City. Nach Manhattan. Nach Zwielichtigkeit und gewaltig nach Mom und Dad, die keine Skrupel hatten – vor nichts und wieder nichts. »Vor ein paar Wochen hat mich ein ominöser Kurier vorn am Gartenzaun abgefangen und mir die Mahnung überreicht«, erklärte ich ihr. Bisher hatte ich es ihr nicht erzählt, da ich den Fakt, dass mir die Mahnung persönlich übergeben worden war, alsbald verdrängt hatte. Jetzt kam er mir wieder in den Sinn, und Florence hatte recht: Irgendetwas war hier faul. »Der Typ war auch so schick angezogen. Mich beschleicht das Gefühl, die hängen zusammen.«

»Und du hast mir nichts gesagt? Warum nicht, Kali?«

»Willst du auch wissen, was ich zum Frühstück hatte?« Ich verdrehte die Augen, und Florence tat es mir gleich.

»Witzig, Kalea, das ist was ganz anderes. Zusammen sind wir stärker, okay?« Florence sah mich ernst an.

»Ich gehe hin und höre mir an, was der will«, meinte ich, klopfte mir den Dreck von meiner Stoffhose mit wildem pinkem Muster. »Es bringt nichts, sich gruselige Schauergeschichten auszudenken.«

»Okay. Gut. Ruf mich, falls du Hilfe brauchst.«

Ich zog eine Augenbraue hoch. »Du meinst, falls der Typ mich kidnappen will oder so? Komm schon, Flo.«

»Sorry, aber mein Bauchgefühl hat mich noch nie im Stich gelassen. Ich sage dir, der Typ verheißt nichts Gutes.«

»Das sowieso nicht«, seufzte ich. »Selbst wenn er ein lieber Mensch von unserer Bank wäre. Niemand möchte Bankangestellte vor dem Unternehmen stehen haben.«

Flo nickte und schnappte sich den Futtereimer. »Stimmt auch wieder. Ich kümmere mich ums Frühstück.«

Ich zwinkerte ihr dankend zu und atmete tief durch, machte einen Ausfallschritt zur Tür, um die Klinke herunterzudrücken. Mit durchgestrecktem Rücken und die Nase selbstbewusst in die Höhe gereckt, wie ich es als Kind gelernt hatte, durchquerte ich den Behandlungsraum und trat auf den Eindringling zu.

»Guten Tag«, begrüßte ich ihn und stellte mich so nah wie möglich an den Türrahmen. Meine Stimme war glücklicherweise fest und verriet nicht, wie stark das Blut in meinem Körper pulsierte. Ich wollte auf keinen Fall, dass er auch nur einen einzigen Schritt über die Schwelle setzte. Leider beeindruckte meine Haltung ihn kein bisschen. Er blieb stehen wie ein unverrückbarer Berg. Und ich musste sämtliche Selbstbeherrschung aufbringen, die Angst, die unter meiner Haut schlummerte, nicht ausbrechen zu lassen. Der Typ war furchteinflößend mit seinem zurückgegelten Haar, dem ernsten Blick, der töten könnte, und der siegessicheren Haltung von einem Wrestler.

»Sind Sie Kalea Conteville?« Seine Stimme war tief, laut und unsympathisch. In mir brodelte es.

»Sie stehen hier vor der Tür. Sollten Sie sich nicht vorstellen?« Ich runzelte die Stirn und verschränkte die Arme vor der Brust, wobei ich ihn beinahe streifte.

»Ich bin von der Bank«, erklärte er eine Spur gelangweilt.

»Erstens«, seufzte ich herablassend, »weiß ich immer noch nicht, wie Sie heißen, und zweitens: von welcher Bank?«

Er blickte mich eindringlich an und seine dunkelbraunen Augen wurden von der tiefschwarzen Pupille verdrängt. Meine Haltung schien ihn aufzuregen. Verdammte Scheiße, mir ging der Arsch auf Grundeis. Sein linker Mundwinkel verzog sich zu einem süffisanten Lächeln. »Ich bin von der Bank«, wiederholte er ungeduldig.

»Okay, das hat anscheinend keinen Sinn«, sagte ich. »Und?« Ich zog eine Augenbraue hoch und hoffte, dass er nicht sah, wie ich schluckte.

Er atmete kontrolliert ein und aus, bevor er zu einer Erklärung ansetzte. Mit ausgestrecktem Arm boxte er von außen gegen die Fassade, von der verräterisch der Putz bröckelte. »Ihre Auffangstation, Miss Conteville, ist in einem miserablen Zustand und Sie können die Kosten für eine Instandhaltung nicht stemmen. Sie sollten verkaufen. Ehe es zu spät ist.«

»Was? Auf gar keinen Fall«, rief ich aus. »Was fällt Ihnen ein, hier aufzukreuzen und mich zum Verkauf zu drängen?«

»Dieses Loch ist ein Schandfleck für Shore Mana«, erklärte er, ohne die winzigste emotionale Regung in seiner Mimik, als würde er es von einem Teleprompter ablesen. Seine Worte verletzten mich. Das *Turtles' Inn* war kein Schandfleck, verdammt. Es war alt, brüchig, aber im Herzen wunderbar, doch dem Kerl vor mir brauchte ich das nicht zu erzählen. »Und ich wiederhole: Ihre Konten sind leer. Sie haben keine Möglichkeit, diese alte Hütte zu retten. Sehen Sie es ein und verkaufen Sie.«

»Verlassen Sie mein Grundstück«, presste ich hervor, die Hände an meinen Seiten zu Fäusten geballt. »Sofort!«

Er regte sich, doch allerdings nicht, um zu gehen, wie ich ernüchtert feststellen musste. Stattdessen griff er in seine Anzughose, um einen gefalteten Brief daraus hervorzuziehen. »Verkaufen Sie, Miss Conteville, oder Sie werden es bereuen.« Er hielt ihn mir hin.

»Drohen Sie mir etwa?«

Er schüttelte den Kopf. »Sie sollten unbedingt aufhören, mit Anschuldigungen um sich zu werfen. Verkaufen Sie einfach«, wiederholte er und beugte sich zu mir vor, um mir übergriffig den Brief gegen die Schulter zu drücken. »Oder Sie bereuen es früher oder später.«

»Nein«, erklärte ich nachdrücklich und dachte gar nicht daran, nach dem Papier zu greifen.

»Das ist nicht Ihr letztes Wort.« Er machte auf dem Absatz kehrt und spazierte den schmalen Weg zum Gartentor entlang, als gehörte die Rettungsstation ihm. Ich bebte. In dem Augenblick, in dem er sich umgewandt hatte, wich die Spannung aus meinem Körper und meine schmerzenden Muskeln entspannten sich. Warum wollte er mich so einschüchtern? So wie er würde ein Angestellter der *Bank of Shore Mana* doch niemals reden. Ein Zittern übernahm trotz der hohen Temperaturen Besitz von mir und selbst, als er sich hinter das Steuer seiner glänzend schwarzen Limousine gesetzt, den Motor gestartet hatte und davongefahren war, hörte das Zittern nicht auf. Ich zuckte zusammen, als ich eine Hand auf meiner Schulter spürte.

»Fuck, Kali«, flüsterte Florence. »Was war das denn?« Sie bückte sich statt meiner zu dem Brief. »Alles okay?« Sanft strich sie mir über den Oberarm, legte mir ihre Hand in die Hüfte und bugsierte mich zurück in die Rettungsstation. »Komm schon.«

Ihre beruhigende Stimme drang endlich richtig zu mir durch, und ich schüttelte den Kopf, stieß einen Schwall Luft aus. »Sie wissen, wo ich bin«, hauchte ich, den Tränen nahe.

»Was? Wer? Wovon redest du, Süße?« Florence geleitete mich ins Büro, verfrachtete mich auf meinen Stuhl und wirbelte zum Kühlschrank herum. Sie holte mir eine Flasche Wasser. »Trink«, forderte sie mich auf. »Los, du siehst aus, als stündest du unter Schock.«

»Kann sein«, stimmte ich ihr zu. Ich trank und deutete dann auf den Brief zwischen Florence' Fingern. »Öffnest du ihn für mich?« Ich holte sie ins Boot, das war mir bewusst. »Wer ist der Absender?«

Florence entfaltete den Umschlag und eine steile Falte bildete sich auf ihrer Stirn. »*Bank of Shore Mana*«, las sie vor. »Das kann ich mir nicht vorstellen, da ist was faul. Warum sollten die einen Angestellten persönlich vorbeischicken, wenn die Frist nicht mal abgelaufen ist?«

»Mach ihn auf«, bat ich sie resigniert, wohlwissend, dass meine Eltern alles und jeden schmieren konnten.

Sie tat wie geheißen und das Reißgeräusch ging direkt auf mich über, als risse nicht nur das Papier, sondern auch mein Herz. Meine Schutzmauer, alles in mir wurde entzweigerissen und sorgte dafür, dass sich Angst durch die Ritzen schlängeln und sich in mein Innerstes legen konnte wie ein ungebetener Gast.

»Es ist eine«, sie scannte den Brief und schüttelte verwundert den Kopf, »eine Verkaufsaufforderung.« Sie hob eine Augenbraue. »Was für ein Quatsch, so was gibt es nicht. Kali, in was steckst du bitte drin? Das hier sieht zwar wie ein offizielles Schreiben aus, hat aber bestimmt keine Rechtsgültigkeit.«

»Ich weiß es nicht, Flo«, wisperte ich gebrochen und hasste mich selbst für diesen Rückzieher. Es war okay für mich, Florence in meine miserable finanzielle Lage einzuweihen, doch ich war noch nicht bereit, sie in meine *ganze* Vergangenheit hineinzuziehen. Denn selbst wenn meine Eltern diesen Typen geschickt hatten, änderte das nichts an der Tatsache, dass ich auch ohne ihr Einmischen kurz davor war, meine Auffangstation zu verlieren, wenn ich nichts änderte. Ich brauchte Florence' Hilfe und musste mich auf das Wichtigste fokussieren: die Rettung des *Turtles' Inn*. Mit der Frage, ob meine Eltern wirklich ihre Finger im Spiel hatten, konnte ich mich auch später noch befassen, konnte Florence später alles erklären. Erst einmal musste ich mich dem Geld widmen.

»Wir machen gar nichts, okay?« Florence, die sich mir gegenüber auf den Hocker hatte sinken lassen, klatschte mit den

Handflächen auf den Tisch, sodass er wackelte. »Das hier ist eine linke Nummer, und ich lasse nicht zu, dass wir das *Turtles' Inn* verlieren.«

*Wir.* Ihre Worte sorgten dafür, dass mir Tränen in die Augen stiegen. »Flo«, schniefte ich und wischte mir mit dem Handrücken über die geschlossenen Lider. »Ich weiß nicht, wie es weitergehen soll.«

»Tag für Tag«, meinte sie, schnappte sich kurzerhand den Brief und zerriss ihn. »Schritt für Schritt.«

»Florence!« Ich sprang geschockt auf, um sie daran zu hindern, doch sie machte ungehalten weiter, bis der Brief einem Schnipselhäufchen gewichen war. »So löst man keine Probleme.«

Sie zog eine Augenbraue hoch. »Das weiß ich auch. Aber dieser Brief hier war Grütze.«

»Grütze?« Ich lächelte matt.

»Lass uns weitermachen«, schlug sie vor und deutete mit einem Nicken in Richtung unserer Schildkröten.

»Okay«, willigte ich ein und stand auf, wobei mir auffiel, wie zittrig meine Knie waren. Gemeinsam traten wir in den Innenhof. »Lass uns Bottle Caps checken. Sie kann bald in die Freiheit.«

»Klar.« Florence lächelte mir aufmunternd zu und strich mir erneut über den Oberarm. »Das wird schon alles, okay?«

»Ich hoffe es, Flo. Ich hoffe nichts mehr, als dass alles irgendwie wird.«

Sie nickte und zog mich zu Bottle Caps Behausung, wobei sie mir einen weisen Blick zuwarf. »Ich weiß.«

# KAPITEL 42

## Malio

Wie naiv war es von mir, zu glauben, dass man sich an alles gewöhnen konnte? Ich wollte mich mit dem Gedanken anfreunden, dass Kalea nur ein kurzes Kapitel in meinem Leben gewesen war, doch ich schaffte es einfach nicht, nicht an sie zu denken. Morgen stand der verdammte Summerrave an und ich verfluchte Deacon jeden Tag ein bisschen mehr, dass er mir diese Suppe eingebrockt hatte. Ob ich wollte oder nicht: Ich würde Kalea dort begegnen und hatte keine Ahnung, wie ich mich ihr gegenüber verhalten sollte.

Ich war das Bild von ihr und diesem Typen nicht losgeworden, hatte mich gedanklich total verrannt. Und scheiße ja, ich schämte mich, dass ich nicht einfach auf sie zugegangen war, um das zu klären, als wäre ich ein gekränkter Teenager. Aber irgendwie konnte ich meiner eigenen Haut auch nicht entfliehen. Ich sehnte den Summerrave gleichermaßen herbei, wie ich mich davor fürchtete. Ich hatte mir fest vorgenommen, dort einen Schlussstrich zu ziehen, nach dem ich hoffentlich weitermachen und fühlen konnte wie zuvor. Wie vor diesem einen verhängnisvollen Tag, an dem ich auf Muffin gestoßen und durch ihn ins *Turtles' Inn* gestolpert war, was mein Leben aufgewirbelt hatte wie ein Sturm.

Etwas Gutes hatte das alles aber: Ich verbrachte viel mehr

Zeit in meiner Werkstatt und hatte bereits mehr in einer Woche geschafft als sonst in einem ganzen Monat. Ich konnte bei der Arbeit besser oder auch gar nicht nachdenken. So kam es, dass ich auch heute nach meinen zwei Surfkursen direkt hierhergekommen war, um die Finne am neu fertiggestellten Board anzubringen. Mit jeder Sekunde, die ich hier verbrachte, wurde mir bewusster, dass das hier etwas war, was ich für den Rest meines Lebens tun wollte. Weil es mich glücklich machte, mir half, herunterzukommen.

Ein Klopfen an der Lagerhallentür riss mich aus der Konzentration und ich runzelte die Stirn. Dad klopfte nie an, sondern kam einfach herein. Und sonst suchte mich hier niemand auf. Sofort pochte mir das Herz bis zum Hals. Vielleicht war etwas passiert? Ohne darauf zu achten, ob die Finne verrutschte, legte ich das Board ab. Ich hechtete zur Tür, riss sie auf und hätte sie in dem Moment, in dem ich realisierte, wer da vor mir stand, beinahe vor Erstaunen wieder zugeschlagen.

Doch ich fing mich, holte tief Luft und verfluchte die Schmetterlinge in meinem Bauch, deren Flügelschläge mindestens so stark waren wie Wellen, die ineinander brachen. »Kalea?« Ich schluckte und schüttelte überfordert den Kopf. »Was tust du denn hier?«

»Hi«, grüßte sie und hob die Hand an. »Dein …« Sie stockte und lächelte mich schief an. Sie wirkte gequält. »Dein Dad hat mir verraten, wo ich dich finde.«

»Mein Dad?«

»Ich habe ihn im *Giovanni's* gesehen, erkannt und angesprochen. Es tut mir leid. Mir ist auf dem Weg hierher auch klargeworden, dass das vielleicht übergriffig ist, und habe an die tausend Male überlegt, umzudrehen, aber …« Sie seufzte und wischte sich mit der Hand über die Stirn. »Gott, diese Hitze killt mich.«

»Aber?« Ich krallte mich in die Tür, konnte kaum klar denken und plötzlich konnte ich kaum noch atmen.

»Ich weiß nicht, was los ist, Malio«, erklärte sie mir. »Von einem auf den anderen Tag warst du wie ausgewechselt. Bist nicht mehr in die Auffangstation gekommen, und ich muss wissen, woran ich bin. Okay?« Ihre Stimme überschlug sich in der Mitte ihrer Ansprache, ehe sie beim letzten Wort brach.

*Fuck.* »Kalea«, krächzte ich überfordert. »Komm. Komm rein«, bat ich sie und öffnete die Tür ein Stück weiter, sodass sie eintreten konnte.

»Danke«, murmelte sie und setzte zögerlich einen Fuß hinein, griff zum Stoff ihres Kleides, als wäre sie auf der Suche nach irgendetwas, an dem sie sich festhalten konnte. Ich lief an ihr vorbei zum Fenster, um es anzukippen, dann wandte ich mich zu ihr um. Sie stand noch immer neben der Tür, zwischen uns lagen mindestens zehn Meter, und der Staub tanzte glitzernd im hereinfallenden Sonnenschein. Kalea atmete durch und verschränkte die Arme vor der Brust. »Also?«

»Also?« Ich kniff die Augen zusammen. Warum kam ich mir vor wie ein Tiger im Käfig? Was ging hier ab? Ich hatte sie auf dem Summerrave zur Rede stellen wollen und fühlte mich überrumpelt, da sie mir die Chance genommen hatte. Jetzt war sie es, die Antworten verlangte.

»Malio, bitte. Was ist denn los? Was ist passiert? Ich dachte …« Sie stockte und lief los, wodurch das schlichte hellgrüne Shirtkleid um ihren Körper wogte. Sie kam direkt auf mich zu, blieb stehen und flehte mich traurig aus ihren Augen an, die im diffusen Licht der Lagerhalle honiggolden glänzten. »Ich hatte echt gedacht, dass wir uns mögen.«

Ich. Hatte. Es. Verbockt. »Das dachte ich auch«, stimmte ich ihr zu und schaffte es nicht, die ernüchterte Härte aus meiner Stimme zu verbannen. »Und dann habe ich dich mit einem anderen Mann gesehen. Ich habe keine Lust auf so etwas, weißt du? Entweder du und ich oder …«

Kalea, die sichtlich betroffen wirkte, verschränkte die Arme vor der Brust. Mein Blick fiel auf ihre Hände, ihre schmalen

Finger. Und auf das *B*. »Oder?« Sie schluckte. »Was unterstellst du mir da, Malio?«

»Oder du und …«, ich riss den Blick von dem in ihre Haut gravierten Buchstaben los, »… jemand anderes. Du musst dich entscheiden, ich möchte keine Spielfigur sein.«

»Wow«, spie sie mir entgegen. »Das glaubst du echt? Du hältst mich nicht für aufrichtig? Es ist ganz anders …«

»... als es scheint?«

Ein angriffslustiges Funkeln, in dem sich eine Prise Verletztheit versteckte, blitzte in ihren Augen auf. Alles in meinem Körper vibrierte, es war, als suchte sich ein ganzer Bienenstock einen Ausweg. Frustriert unterbrach ich unseren Blickkontakt und raufte mir stöhnend die Haare. Ich schaffte es nicht, ruhig zu bleiben, und wandte ihr den Rücken zu, ehe ich auf und ab lief. Ich brauchte Bewegung, um klar denken zu können. Die Worte, die Anschuldigungen, die ich aussprach, passten nicht zu dem Gefühl der Angst in mir, Kalea zu verlieren. Sie hier zu sehen, wie sie mich zur Rede stellte, wirbelte viele Fragezeichen in mir auf. Hatte ich wirklich falsche Schlüsse gezogen, wie ich es insgeheim die ganze Zeit gehofft hatte? Gab es womöglich eine plausible Erklärung für das, was ich gesehen hatte? Kalea und diesen Mann? Verdammt, ich hätte von Anfang an klarstellen sollen, dass Kalea für mich weitaus mehr als Spaß bedeutete.

»Vielleicht war es falsch«, presste ich hervor.

»Was war falsch, Malio?« Ich hörte ihrer Stimme den verständnislosen Ärger an und musste erklären, was mir auf der Seele brannte, denn innerhalb der letzten Sekunden war mir etwas klar geworden.

»Es war falsch von uns beiden gewesen, zu entscheiden, einfach nur Spaß zu haben, verstehst du?«

»Nein.« Sie schüttelte den Kopf. »Ich verstehe kein Wort. Erkläre es mir, bevor ich mir wieder irgendetwas zusammenreimen und wildfremde Männer in der Stadt ansprechen muss, um dich und Antworten zu finden.«

Ihre Spitze jagte eine eiskalte Welle über meine Wirbelsäule und ließ mich für den Augenblick einer Sekunde frösteln. »Du hast deine Päckchen zu tragen und ich auch. Es war naiv zu glauben, dass wir uns ernsthaft näherkommen können mit all dem Ballast, den wir nicht miteinander teilen wollen. Diese Oberflächlichkeit war doch zum Scheitern verurteilt. Wir können nicht einfach nur Spaß miteinander haben, wenn wir zusammen sein wollen.« Ich fühlte mich, als stünde ich nackt vor ihr, doch das war mir egal. Kalea sollte wissen, was ich wollte. Dass ich ein *Uns* wollte. Dass es mir zum ersten Mal in meinem Leben den Verstand raubte, wenn ich daran dachte, nicht die Frau zu bekommen, die mein Herz aus der Brust springen ließ.

»Können schon«, hauchte sie und biss sich von innen auf die Lippe. »Doch das ist nicht das, was ich möchte.« Sie setzte einen Schritt auf mich zu, und das Zittern in ihrer Stimme zerriss mir das Herz. »Du hast recht.« Sie stieß einen langen Schwall Luft aus. »Ich habe viele Geheimnisse, die ich aus alter Gewohnheit für mich behalte. Ich schütze mich dadurch, verstehst du das?«

»Ich wünschte es«, gab ich wahrheitsgemäß zu. »Du bist ein großes Fragezeichen für mich. Das Einzige, das ich mit Sicherheit weiß, ist, dass ich dich für mich haben möchte.« Ich stieß ein trostloses Lachen aus. »Auf die Gefahr hin, zu klingen wie ein Neandertaler: Ich möchte dich nicht teilen, mit niemandem, und falls es irgendjemand anderen in deinem Leben gibt, Kalea, dann werde ich kein Teil davon sein. Um mich zu schützen.« Ich atmete tief ein. »Ich werde dir irgendwann alles von mir erzählen, alles. Kein winziges Geheimnis werde ich für mich behalten, bis du jede meiner Erinnerungen für deine eigenen hältst.«

Kalea nickte und legte den Kopf in den Nacken, die Augen geschlossen, als sammelte sie sich. »Ich versichere dir hoch und heilig, dass ich an niemand anderem Interesse habe. Es gibt niemand anderes, es ist ein Missverständnis.«

Ihre Worte ließen mich nicht vollkommen zufrieden zurück, auch wenn der erste Part mich beflügelte. »Ich will, nein, ich kann mich nicht mit deinen Halbwahrheiten abspeisen lassen.« Ich setzte einen Schritt auf sie zu und griff nach ihrer eiskalten Hand. Schluckend hob ich sie an und drehte sie herum, starrte auf ihre Fingerknöchel. »Wofür steht das? Wer ist *B*, Kalea?«

»Bas«, flüsterte sie und räusperte sich, ehe sie wiederholte. »Das *B* steht für Basilton, vermutlich hast du mich mit ihm gesehen.«

»Okay? Kalea, wenn du mir keinen reinen Wein einschenkst, implodiere ich.« Um ihr zu zeigen, was dieses Gespräch mit mir anrichtete, legte ich ihre Hand auf meinen Brustkorb, in dem mein Herz wild pochte. »Ich gebe dir alles, das verspreche ich dir. Aber bitte, Kalea.« Ich ließ ihre Hand los und zu meiner Überraschung nahm sie sie nicht von meinem Herzen. »Schenke mir das gleiche Vertrauen.«

»Okay«, wisperte sie zwischen zusammengepressten Kiefern. »Auf die Gefahr hin, dass du mich mit anderen Augen sehen wirst, sobald du erfährst, woher ich komme und wer ich war.«

Ich schüttelte den Kopf. »Werde ich nicht«, versicherte ich ihr und legte ihr zögerlich die Hand an den unteren Rücken, woraufhin sie einen Schritt auf mich zu stolperte. Ihre Nähe wirbelte alles in mir durcheinander.

Sie sah zu mir hoch und ihr Atem ging schnell, fast stoßweise, als hätte sie Panik. »Basilton ist mein Ex-Mann.«

Ex-MANN?! HOLY SHIT VERDAMMTE SCHEISSE. Ich schluckte und versuchte krampfhaft, die innere Unruhe in den Griff zu kriegen. »Mann? Nicht Freund?« Es war, als tauchte ich unter Wasser, meine eigenen Worte drangen gedämpft an mein Gehör.

»Du siehst geschockt aus«, lächelte sie schwach. »Ja, Basilton und ich waren verheiratet, und als wir uns scheiden ließen, haben wir uns gegenseitig die Anfangsbuchstaben des anderen auf die Finger tätowieren lassen.«

»Warum?« Ich runzelte die Stirn und versuchte, in ihrer Erklärung eine … Erklärung zu finden. Ich war verwirrt und hätte mit vielem gerechnet, aber nicht damit, dass Kalea verheiratet gewesen war.

»Weil er mein bester Freund ist«, seufzte sie und fuhr sich mit der freien Hand durch die Haare, über die Stirn und die Augen. »Er hat mich hier in Shore Mana besucht«, erklärte sie. »Siehst du?« Sie lächelte matt und deutete traurig auf mein geschocktes Gesicht. »Meine Vergangenheit lässt dich mich anders sehen, oder?«

»Nein.« Ich wog den Kopf von links nach rechts. »Ja«, gab ich dann zu. »Nein«, berichtigte ich mich und ließ sie los, um mir über das Gesicht zu fahren. »Ich weiß es nicht.«

»Malio!« Sie lachte unsicher und entfernte ihre Hand von meinem Körper. Sofort fehlte sie mir. »Ich versichere dir noch mal, dass ich nur …« Sie holte tief Luft und wartete, bis ich sie direkt ansah. »… nur dich möchte, okay?«

»Okay«, presste ich hervor. »Ex-Mann«, wiederholte ich ungläubig. »Ich schätze, das wird eine längere Erklärung?«

Sie warf lachend den Kopf in den Nacken. »Könnte man so sagen, mein Leben war … anders. Malio?«

»Ja?«

»Ich erzähle dir alles, das habe ich dir versprochen, aber bitte, zwing mich nicht sofort dazu. Nicht hier, okay?« Ihr Blick hielt meinen gefangen und ich las Unverblümtheit in ihm. Sie log mich nicht an, brauchte nur Zeit, und wenn ich ehrlich war, hatte ich genug zu verarbeiten. Es war etwas anderes zu wissen, dass die Freundin andere Freunde vor einem hatte. Doch einen Mann? In unserem Alter? Das war keine normale Geschichte.

»In Ordnung«, lächelte ich und zog sie in die Arme. »Es tut mir übrigens leid, okay?«

Es vergingen Sekunden, ehe sie antwortete. »Okay.«

Ich atmete erleichtert aus und drückte sie fester an mich, fuhr ihr in sanften Kreisen über den Rücken und genoss es so sehr, ihren Körper eng an meinem zu spüren, dass mir sogar die Hitze egal war. »Danke«, flüsterte ich an ihrem Ohr und nahm mit Genugtuung wahr, wie sich die feinen Härchen auf ihrem Unterarm aufstellten. Was für eine unnötige Achterbahnfahrt. Nur weil ich feige gewesen war und mich lieber in meinem Schneckenhaus verkrochen hatte, statt das Gespräch mit Kalea zu suchen. Ich nahm mir hier und jetzt vor, das auf gar keinen Fall zu wiederholen.

# KAPITEL 43

## Kalea

»Lass uns gehen«, murmelte Malio an meinem Ohr. Ich hatte keine Ahnung, wie lange wir schon Arm in Arm in der Lagerhalle standen. »Hast du Hunger?«

Mein Magen knurrte und entlockte uns ein Lachen. »Ich glaube, das ist Antwort genug. Warte!« Ich griff unter mein Shirtkleid, unter dem ich eng anliegende Shortsleggings mit Taschen trug, um mein Handy hervorzuholen. Malio quittierte es mit einer hochgezogenen Augenbraue und einem amüsierten Grinsen. »Ich rufe flink meine Nachbarin an, um ihr zu sagen, dass ich nicht zum Essen komme.«

»Alles klar.« Malio nickte und wies mit dem Daumen über seine Schulter hinter sich. »Ich räume auf.«

»Ich erwarte übrigens eine Erklärung für das hier.« Ich wedelte mit dem Zeigefinger durch die Luft und deutete auf das ganze Holz. »Mister Geheimnisvoll. Hi, Menina«, flötete ich ins Handy. »Ich wollte dir nur Bescheid geben, dass ich nicht zum Essen komme, ich bin mit Malio unterwegs.« Er machte sich lächelnd daran, ein Board in ein Tuch zu wickeln und die restlichen Holzstücke im Schatten zu verstauen. Ich hörte meiner Freundin kaum zu, da ich plötzlich sehr beschäftigt damit war, Malio anzuschmachten.

»Bring ihn doch mit«, bot Menina an. Ihre Neugier war nicht zu überhören.

»Was? Nein. Ach, Menina«, stöhnte ich ins Smartphone und warf Malio einen entschuldigenden Seitenblick zu.

»Warum nicht? Was ist schon dabei?« Sie klang enttäuscht, und sofort meldete sich mein schlechtes Gewissen, denn ich wollte sie nicht vor den Kopf stoßen.

Ich seufzte tonlos. »Moment, ich frage ihn.«

»Wehe du tust nur so«, brummte sie ins Telefon, was mich zum Lachen brachte.

»Nein, ich frage ihn wirklich.«

Ich lief auf Malio zu, das Handy an die Brust gedrückt. »Ja?« Er grinste, als wäre ich ein süßes kleines Pony.

»Ähem«, stammelte ich. »Willst du heute zufällig mit meiner sehr neugierigen Nachbarin Menina und ihrem Wirbelwind von einer Tochter Lilly zu Abend essen?« Während ich ihn fragte, schüttelte ich eindringlich den Kopf, um Malio zu bedeuten, dass es okay war, Nein zu sagen. Dass er bitte bitte bitte Nein sagen sollte, weil ich mit ihm allein sein wollte. Ich hielt das Handy wieder gegen mein Ohr.

»Gern«, erwiderte er laut genug, dass Menina es gehört haben musste, grinste und presste die Kiefer aufeinander, um nicht loszuprusten, als ich stöhnend die Augen verdrehte. An unserer Wir-verstehen-uns-auch-ohne-Worte-Performance würden wir arbeiten müssen.

»Hör auf zu stöhnen«, mahnte Menina mich.

»Ich habe gar nicht gestöhnt.«

»Hab ich ihn zustimmen gehört?« Sie trällerte fröhlich.

»Ja, er hat zu gute Manieren, um abzulehnen«, erklärte ich. »Wir sind in dreißig Minuten da. Sollen wir was mitbringen?«

»Nachtisch, aber nichts, das im Dunkeln leuchtet, bitte. Sonst putscht der Zucker Lilly wieder auf, dass sie nicht einschläft. Und Mommy ist müde.« Sie seufzte und mein Herz verknotete sich, denn ich wusste, dass sie immer so tat, als wäre ihr Leben voll okay und der Stress annehmbar. Doch Lilly konnte anstrengend sein.

»Geht klar, bis gleich«, murmelte ich ins Telefon und wollte auflegen, als Menina mich aufhielt.

»Warte!«

»Ja?« Ich beobachtete Malio dabei, wie er das Fenster schloss und den Vorhang zuzog. Er lief an mir vorbei zur Tür, um sich seine Schlüssel und sein Handy zu schnappen.

»Hast du noch die Kondome in deinem Nachttisch, die ich dir vom Sexualkundeunterricht mitgebracht habe?« Sie feixte und mir stieg die Hitze zu Kopf.

»Witzig, Menina, witzig«, schnaubte ich ins Telefon und wandte mich ab. »Nein, habe ich nicht mehr.« Sie waren aufgebraucht, doch das würde ich ihr nicht direkt erzählen.

Sie kicherte. »Nun, Gratulation. Dann frag am besten Malio, ob er welche dabei hat. Mein Aufklärungsauftrag endet nicht an der Ausgangstür der Highschool.«

»Das werde ich jetzt nicht tun«, zischte ich ins Telefon. »Du kannst echt störrisch sein, auch wenn du es gut meinst. Keine Sorge, ich bin verantwortungsbewusst.« Das war ich wirklich. Ich legte auf und lächelte Malio unschuldig zu. »Sorry.« Hoffentlich hatte er kein einziges Wort verstanden.

»Was hast du nicht mehr?« Mist. Er öffnete die Tür und bedeutete mir mit einem Nicken, hindurchzugehen.

Ich warf ihm einen scharfen Blick zu und zog einen Mundwinkel hoch. Ach, was soll's. Wir wollten doch ehrlich miteinander sein. »Ob ich noch die Kondome im Nachttisch habe, die sie mir vom Sexualkundeunterricht mitgebracht hatte«, erklärte ich, ohne mit der Wimper zu zucken. »Sie ist Lehrerin an der Shore Mana High«, setzte ich als Erklärung hinterher. »Und laut eigener Aussage ist sie anscheinend zuständig für uns alle.«

»Und?« Er biss sich auf die Unterlippe. »Hast du?«

Ich schluckte und sog lächelnd die Lippen ein. »Nein.«

Er zog eine Augenbraue hoch. »Aufgebraucht?« Sein Blick verriet nichts. Gar nichts. Er blieb unfassbar cool.

»Jap.« Ich zuckte mit den Schultern, erklärte mich nicht.

»Oh, Himmel.« Aus seiner Kehle löste sich ein gequältes Stöhnen. Als ich an ihm vorbei durch die Tür trat, senkte er seinen Mund an mein Ohr. »Keine Sorge, ich bin vorbereitet«, flüsterte er und sein heißer Atem auf meiner Haut sorgte dafür, dass ich kurz mit dem Gedanken spielte, ihn zurück in die Lagerhalle zu schubsen, damit er mir zeigen konnte, *wie* vorbereitet er war.

»Außer im Meer, korrekt?«

Er legte lächelnd den Kopf schief und sein Kehlkopf hüpfte. »Ich fass es nicht«, erklärte er leise.

»Was?«

»Dass ich es fast verbockt hätte. Nur, weil ich eifersüchtig gewesen war.«

»Es?« Meine Stimme hatte sich verabschiedet, sodass ich nur krächzte.

»Uns. Du sorgst dafür, dass alles in mir kribbelt, Kalea, und ich sogar vergesse, was noch vor einer halben Stunde war.«

Vorhin war alles anders gewesen. Vor einer halben Stunde war ich frustriert gewesen, hatte Angst gehabt, den Kopf voller Sorgen. Und jetzt, so nah bei Malio, schwebte mein Kopf in den Wolken und ich fühlte mich leicht. Vielleicht war es nicht das Beste, seine Sorgen zu verdrängen. Doch mir konnte niemand erzählen, dass es nicht okay war, sich von Zeit zu Zeit eine Pause zu gönnen. Und meine Pause war einen Meter neunzig groß, duftete nach Sonne, Salz und Holz und hatte einen sexy Schalk im Blick, bei dem alles in mir schwach wurde.

Unterhalb meines Bauchnabels zog es schmerzhaft und meine Kehle war staubtrocken geworden. Ich sah zu ihm auf, in diese Augen von dunkler aquamarinblauer Farbe, die so viel tiefer waren als der Ozean, und ich realisierte in diesem Moment, dass er meine Lieblingsfarbe war. Meine Lieblingsfarbe war unser Ozean.

Ich hoffte, dass er nicht bemerkte, wie wackelig meine Beine waren. Er hielt mir nicht einfach seine Hand hin, sondern griff stolz nach meiner, drückte sie fest, als wollte er mir damit verständlich machen, dass sie genau dorthin gehörte. Das erste Mal in meinem Leben gefiel mir dieses besitzergreifende Handeln, denn es war genau das, was ich selbst wollte. Ich wollte, dass Malio nur mich sah. Verdammt. Mein Vorhaben, mich nur ein kleines bisschen zu verlieben, war kläglich gescheitert, das musste ich mir eingestehen. Malio war mehr als ein gut aussehender Mann, mit dem ich spaßige Abende verbringen wollte. Ich wollte ihm alles geben. Meine Vergangenheit, mein Jetzt, mich. »Lass uns gehen«, unterbrach ich den innigen Moment zwischen uns, ehe ich für nichts mehr garantieren konnte. »Menina wartet.«

Er nickte, räusperte sich und atmete tief durch. »Lass uns gehen«, wiederholte er, drehte mich um und fasste mit seiner freien Hand um meinen Bauch herum, um mich rücklings an sich zu drücken. Erschrocken japste ich, und noch bevor ich etwas erwidern konnte, spürte ich seine Lippen unter meinem Ohrläppchen, die einen kurzen, aber intensiven Kuss auf meine Haut hauchten. »Ab jetzt keine Geheimnisse mehr, okay?« In seiner tiefen Stimme schwang eine Entschlossenheit mit, die mir das Herz zerriss.

»Okay«, erwiderte ich und konzentrierte mich auf das Klimpern der Schlüssel in Malios Hand. Er schloss ab und Sekunden später fanden wir uns auf dem Gehweg wieder, zwischen der Lagerhalle und der eng befahrensten Straße Shore Manas, auf dessen anderer Seite Shoppinggeschäfte lagen. Malio trug sein Skateboard und wir liefen schweigend zur Ampel, um einen Supermarkt anzusteuern.

Keine Ahnung, was plötzlich geschah, doch er zuckte kurz zusammen und für einen Moment glaubte ich, er würde meine Hand loslassen. »Malio«, grüßte ihn ein Mädchen, mindestens fünf Shoppingbags über den Unterarm geschlungen. »Neue Freundin?« Sie zog blasiert eine Augenbraue hoch und schaffte es nicht einmal, mir einen beiläufigen Blick zuzuwerfen. »Schon Mom und Dad vorgestellt?«

Ah. Seine Schwester. Schien ja herzallerliebst zu sein.

»Das ist Kalea«, erklärte er kurz und ich ignorierte den winzigen Stich in meiner Brust, weil er nicht bejaht hatte, dass ich seine Freundin war.

»Hi«, warf ich dazwischen, doch noch immer würdigte sie mich keines Blickes. Was zur Hölle?

»Noelani, was machst du schon wieder?« Malio klang so erschöpft, dass sich in meinem Hals ein Kloß bildete. Er deutete auf ihre Einkaufstüten.

»Ich war mit Felicity und Joyce shoppen, das sieht man doch«, erklärte sie und schnalzte mit der Zunge. »Sag Mom und Dad, dass ich nicht zum Abendessen komme«, säuselte sie süffisant, und in mir begann es zu brodeln. Was war sie bitte für ein verzogenes Gör? Sofort fühlte ich mich in meine eigene Kindheit zurückversetzt, denn sie klang wie meine Mom, wenn sie mit unseren Angestellten gesprochen hatte. Wut ballte sich in meinem Magen zusammen und ich merkte erst, dass ich Malios Hand fest zusammendrückte, als er sie sanft schüttelte und mich losließ. Mein erster Impuls war es, gekränkt zu sein, doch im nächsten Augenblick verstand ich, dass er die Hand zu seiner Schwester ausstreckte, um gegen die Tüten zu schnippen.

»Das werde ich nicht. Du wirst pünktlich zu Hause sein. Hör auf, dich zu benehmen wie eine Prinzessin.«

Ich schnaubte und hielt mir entschuldigend die Hand vor den Mund. »Sorry.« Ich entschied, für ihn in die Bresche zu springen. »Aber Prinzessinnen benehmen sich nicht so.«

»Was?« Malios Schwester fuhr zu mir herum, die Augenbrauen zusammengezogen, sodass sich eine steile Falte auf ihrer Stirn zeigte. »Was glaubst du eigentlich, wer du bi…« Sie starrte mir ins Gesicht und stockte. Schluckte. Kniff die Augen zusammen. Und erkannte. Konnte das sein? Oder bildete ich es mir ein? Shit.

»Noelani«, seufzte Malio und fuhr sich mit der Hand über das Gesicht. »Weißt du was? Mach, was du willst. Kauf dir dieses ganze Zeug, das du nicht brauchst, verbringe Zeit mit Felicity und Joyce und wackel weiterhin mit deinem Hintern vor der Kamera hin und her. Weißt du, ich sorge mich nur und will dich beschützen, frage mich allerdings langsam, wovor und warum überhaupt.«

»Wenigstens bin *ich* nie nackt oder so«, echauffierte sich seine Schwester und schnappte nach Atem. »Aber deine Freundin, munkelt man«, zischte sie und hob den Mundwinkel an, als hätte sie mich in der Hand. Ich presste die Lippen aufeinander und schenkte ihr einen Blick, der so viel aussagte wie *Vorsicht, Mädchen, verbrenn dich nicht*, und zu meiner Genugtuung schluckte sie merklich.

»Geh uns aus dem Weg«, forderte Malio seine Schwester ziemlich grob auf, schnappte meine Hand und wartete, bis sie gehorchte und einen Schritt zur Seite trat. Ich funkelte sie an und hoffte, dass er nicht wahrgenommen hatte, was seine Schwester da von sich gegeben hatte.

# KAPITEL 44

## Malio

Kalea drückte die Tür ihres Appartements hinter uns ins Schloss und ließ ihre Schlüssel in eine Schale fallen, die auf einer ziemlich klapprigen Kommode neben der Tür stand. »Es. Tut. Mir. So. Leid.« Sie wies auf den feuchten Eisteefleck, der inmitten meines Shirts prangte und dessen trockene Ränder unschöne, hellbraune Linien hinterließen. Meninas zuckersüße Tochter Lilian hatte mich nicht nur mit Fragen überschüttet, sondern auch mit ihrem Getränk. »Ich kann den Fleck schnell rauswaschen, wenn du willst?«

Ich leckte mir über die Unterlippe und hinderte das diabolische Grinsen nicht daran, sich auf meinen Lippen abzuzeichnen. »Sag doch einfach, dass du mich oberkörperfrei sehen willst.«

Kalea legte lächelnd den Kopf schief und setzte sich langsam in Bewegung, direkt auf mich zu. Sie biss sich auf die Unterlippe, wobei ich mich fragte, ob ihr klar war, wie verführerisch das aussah. Sie zupfte an meinem Shirtsaum und stellte sich auf ihre Zehenspitzen. »Ich will dich nicht nur oberkörperfrei sehen«, flüsterte sie und ließ ihre Hand nach oben wandern. Tippelnd suchten sich ihre Fingerspitzen ihren Weg über meine Brust, schwebten über meinen Schlüsselbeinen. Sie strich meinen Hals entlang und griff nach der Blende des schwarzen Caps. Sofort fielen meine Haare hervor, Kalea setzte sich das Basecap verkehrt herum auf den Kopf und fuhr mit ihren Fingern durch meine Haare, strich sie zurück. »Wusstest du, dass ich deine Haare schön finde?« Ihre Stimme war kaum mehr als ein Wispern.

Ich schluckte und stieß Luft aus. Sie verschlug mir nicht nur die Sprache, sondern auch den Atem. »Ich weiß nur, dass ich noch nie so ein starkes Verlangen danach hatte, mein Shirt zu waschen«, flirtete ich und fasste nach dem Saum, um es mir in einer souveränen Bewegung über den Kopf zu ziehen. »Außerdem«, ich drückte Kalea das Shirt in die Hände und drängte mich ihr entgegen, »ist es heiß hier drin, oder?«

An Kaleas Mundwinkeln deutete sich ein Lächeln an. »Ich habe keine Klimaanlage und laufe normalerweise in Unterwäsche herum, um nicht zu zerfließen.«

Ich senkte den Kopf zu ihr herab und verfluchte den Umstand, dass ihre haselnussbraunen Augen mit diesen wunderschönen honiggoldenen Sprinklern allmählich vom tiefschwarz ihrer Pupillen verdrängt wurden. Es war klar, wohin das hier führte. Sanft setzte ich einen unschuldigen Kuss auf das Grübchen an ihrem Mundwinkel und hob meine Hand an, um mit dem Daumen über die hellbraunen Sommersprossen zu streichen, die ihre Wangen und ihre Nasenspitze benetzten. »Das ist dein Zuhause«, flüsterte ich. »Du kannst hier tun und lassen, was du willst.« Mir war egal, dass meine Stimme dank der Erregung kaum mehr als ein Krächzen war. Ich schluckte und strich ihr eine einzelne Haarsträhne hinter das Ohr. Ihr zarter Duft nach Pfirsich betörte meine Sinne.

»Wo du recht hast«, erwiderte sie und streckte ihre Hand, in der sie mein Shirt hielt, zur Seite aus, um es nachdrücklich neben uns auf den Boden fallen zu lassen. Sie griff unter ihr hellgrünes Shirtkleid, das ich ihr am liebsten blitzschnell vom Körper reißen würde, stieg aus der Shorts, die sie darunter trug, und ließ sie auf mein T-Shirt fallen. Auffordernd sah sie zu mir und ich legte schmunzelnd den Kopf schief.

»Was, bin ich wieder dran?«

»Ich möchte, dass du dich als mein Gast wie zu Hause fühlst«, erklärte sie mit belegter Stimme und scannte mich ab. Ihr Blick verharrte auf meiner nackten Brust und wanderte tiefer.

Ich trat auf die Hacken meiner Vans, um aus ihnen herauszuschlüpfen, ohne mich zu den Schnürsenkeln zu bücken. Nachdrücklich schob ich sie mit dem Fuß weg und nickte Kalea auffordernd zu. »Du bist dran«, erklärte ich, wohl wissend, dass ihr, da sie ihre Schuhe ausgezogen hatte, als sie in ihre Wohnung getreten war, nicht viel zum Ausziehen blieb.

»Wie unhöflich«, lachte sie.

»Lady's first?« Ich wackelte mit den Augenbrauen. »Ich helfe auch gern.«

»Ach ja?« Sie fasste nach dem Saum ihres Kleids und blickte mich unschuldig an, setzte einen Schritt zurück, dann noch einen und noch einen, ohne wegzusehen. Ihr Blick verhieß, dass ich ihr folgen sollte, und Gott, eine weitere Einladung brauchte ich echt nicht.

»Ich bin ein Gentleman«, presste ich hervor. »Hast du das noch nicht gemerkt?« Ich umschloss ihre Finger mit meinen Händen und hob sie ein Stück an, wobei ich unseren Augenkontakt nicht unterbrach.

»Und ich bin eine eigensinnige, selbstständige Frau«, entgegnete sie heiser. »Hast du das noch nicht bemerkt?«

»Oh, doch«, grinste ich und genoss, wie mir langsam schummrig wurde. All mein Blut sammelte sich in meiner Körpermitte und ich wusste nicht, wie lange ich dieses Spiel noch spielen konnte, ehe mein Innerstes explodierte. »Ich helfe dir trotzdem gern«, erklärte ich und ließ mich von ihr durch ihre Wohnung navigieren, wobei diese unscharf an mir vorbeizog. Ich hatte nur Augen für Kalea, nur Gedanken für das, was in den nächsten Minuten passieren würde. Wir betraten einen Raum, der eindeutig ihr Schlafzimmer war, und stoppten erst, als Kalea mit ihren Waden gegen ihr flaches Bett stieß.

»Endstation«, flüsterte sie. »Ziel erreicht.«

Ich schüttelte lachend den Kopf. »Noch lange nicht.« Ich nahm ihre Hände vom Stoff ihres Kleides und ließ meine Finger darunter wandern, statt es ihr über den Kopf zu ziehen, wie sie es erwartet hatte.

»Malio«, flüsterte sie tonlos und zitterte unter der Berührung, lächelte.

Ich strich ihr über die Oberschenkel und fuhr über den schmalen Stoff ihres Höschens, über ihre Hüftknochen und ihren weichen Unterbauch, bis ich höher wanderte. Der Stoff hob sich unweigerlich an, je höher ich kam und ich nahm meine zweite Hand dazu, strich unter dem lockeren Kleid an ihren Seiten entlang. Eine Gänsehaut bildete sich auf ihrem Körper.

Sie sah mich direkt an. Es war, als blitzte es zwischen uns auf. Sie schluckte, ich schluckte. Ich atmete schwer auf und ließ meine Finger höher wandern, auf ihren Rücken, wo ich nicht lang verharrte, sondern den Verschluss ihres BHs öffnete. Ich fuhr über die Haut unter ihrem BH, der nur von einem im Nacken gebundenen Träger gehalten wurde, strich mit den Daumen entlang der Unterseiten ihrer Brüste.

Kalea keuchte leise auf, als ich über ihre Brustwarzen strich, und hob die Arme an, um die Schleife in ihrem Nacken zu öffnen. Sogleich fiel ihr BH unter ihrem Shirtkleid heraus, was der wortlose Startschuss war. Ich konnte mich nicht mehr zurückhalten, griff wieder nach dem Saum ihres Kleids, schob es hoch und zog es ihr über den Kopf, sodass sie oben ohne dastand. Sie bedeckte sich nicht, sondern blickte mich aus so selbstbewussten Augen an, dass meine Erektion schmerzhaft pochte. Kaleas Hände suchten meinen Körper, sie strich über meine Seiten und auch ohne ihr mit Blicken zu folgen, spürte ich, wie sie eins meiner Tattoos nachfuhr. Daher wusste ich, wo ihre Finger hinwandern würden. Erst suchten sie sich ihren Weg über meine Brust, kreisten um diese, bis sie an meinem Bauch nach unten wanderten. Am Hosenbund stoppte sie. Statt ihre Finger hineingleiten zu lassen, strich sie über den Stoff, der direkt über meiner Erektion lag. »Kalea«, keuchte ich und warf hilflos lachend den Kopf nach hinten.

»Was ist?« Sie lachte ebenfalls und nahm ihre zweite Hand hinzu, strich am Hosenbund entlang. Sie keuchte auch und schob meine Hose herunter, bis sie um meine Knöchel baumelte und ich hinausstieg. Meine Erektion presste sich unübersehbar gegen die Boxershorts.

Ich griff unter ihren Po und hob sie hoch, woraufhin sie ihre Beine um meine Hüfte verschränkte. »Gleichstand«, erklärte ich und sie grinste, ehe sie ihre Hände um mein Gesicht legte, um meinen Kopf zu sich heranzuziehen. Sie schloss die Augen, und eine Sekunde später spürte ich ihre Lippen auf meinen, die mir einen drängenden Kuss schenkten. Ich öffnete den Mund und Kalea tat es mir gleich, begrüßte meine Zungenspitze mit ihrer. Ich stöhnte gequält auf und presste meine Mitte gegen sie, woraufhin sie keuchte und sich in meine Schultern krallte. Ich unterbrach den Kuss, um sie aufs Bett zu werfen. Überrascht lachte sie, als sie auf der Matratze nach oben federte, stemmte sich auf ihren Ellenbogen auf und leckte sich über die Lippen. »Verdammt, du bist zu heiß, Kalea.«

Sie deutete mit einem Nicken an, dass ich näher kommen sollte. Ich kniete mich auf das Bett und wanderte zu ihr, bis sie unter mir lag und ich meinen Oberkörper auf ihren sinken ließ, während ich sie küsste. Ich fasste nach ihren Handgelenken, drückte sie neben ihrem Körper in die Bettdecke und begann, Küsse auf ihrer Haut zu verteilen. Ich zog eine Spur über ihren Mundwinkel, ihr Kinn, ihren Hals entlang, über ihre Schlüsselbeine und rutschte tiefer. Sie seufzte leise auf, als ich erst ihre eine, dann die andere Brustwarze mit den Lippen umschloss. Ich saugte an ihnen, biss sanft hinein, woraufhin Kalea umso lauter aufstöhnte. »Malio«, drängte sie, befreite ihre Hände und drückte ihr Becken nach oben. Sie fuhr meine

Seiten entlang und ließ ihre Finger in meiner Boxershorts verschwinden.

Ich keuchte auf, als sie ihre Hand um meine Erektion schloss und auf und ab fuhr. »Fuck, Kalea, warte«, presste ich hervor und setzte mich auf. Ich betrachtete Kalea, prägte mir jeden Zentimeter ihres Körpers ein und stand auf, um mir die Shorts von den Hüften zu streifen. Kalea blickte mich unverwandt an und biss sich genüsslich auf die Unterlippe, als sie ungeniert jeden Zentimeter meines Körpers begutachtete. Ich beugte mich zu meiner Jogginghose, um aus der Tasche ein Kondom zu ziehen, riss die Verpackung auf und rollte es auf.

Ohne mehr Zeit verstreichen zu lassen, fasste ich an die Seiten ihres Höschens. »Ich glaube, das fehlt noch, oder?« Statt einer Antwort hob sie das Becken an, um es mir leichter zu machen, sie von ihrer Unterwäsche zu befreien. Ich stöhnte auf, als sie ohne Scham ihre Beine spreizte, obwohl sie genau wusste, dass ich von meiner Position alles sah. »Kalea«, presste ich angestrengt ihren Namen hervor, denn er war alles, was ich denken konnte. Ich strich ihre Beine entlang, wobei ich spürte, dass ich die ersten Lusttropfen verlor, und knetete ihre Oberschenkel.

»Fuck, Malio«, keuchte Kalea. »Jetzt mach schon«, drängte sie, was meine Mitte noch schmerzhafter pulsieren ließ.

»Was soll ich genau tun?«, krächzte ich und ließ zeitgleich einen Finger in sie gleiten.

»Oh mein Gott!« Sie bäumte sich auf und atmete schnell ein und aus. »Willst … du«, sie keuchte und rang nach Atem, als ich einen zweiten Finger hinzunahm, »wirklich, dass … ich … es ausspreche?«

Ich wollte nichts mehr. »Ja, sag es, Kalea.«

»Ich will, dass du mich nimmst, Malio«, stöhnte sie mir entgegen. »Ich will, dass du mich zum Orgasmus bringst.« Sanft kreiste ich mit dem Daumen über ihren Kitzler und sie begann unter meiner Berührung zu zittern. »Verdammte scheiße, Malio«, fluchte sie und versuchte, sich aufzusetzen, doch ich legte meine andere Hand auf ihren Bauch, um sie herunterzudrücken.

»Geduld, Kalea«, forderte ich und senkte meinen Kopf herab, um ihr einen Kuss auf die weiche Haut ihres Bauchs zu setzen.

»Malio.« Sie keuchte drängend und krallte ihre Finger vor Ungeduld in die Bettwäsche, was mich anheizte. Ich setzte einen Kuss auf das Tattoo zwischen ihren Brüsten und rückte ein Stück nach oben, wobei sie einen unzufriedenen Laut von sich gab, als ich meine Hand von ihrer Mitte nahm. Stattdessen drang ich in sie ein und presste für den Bruchteil einer Sekunde die Augen zusammen, um das schneeweiße Feuerwerk aus Sternschnuppen zu verdrängen. Mir war schwindelig, und zeitgleich verspürte ich dieses Gefühl, endlich etwas bekommen zu haben, das ich mir sehnlich gewünscht hatte. Glücksgefühle, gepaart mit der Wärme, die mich umschloss, fluteten meinen Körper, und ich drang mit schneller werdenden Stößen immer tiefer in sie ein.

Ich sah sie an, wollte keinen Augenblick den Blick von ihr nehmen, wollte sichergehen, dass sie es ebenso genoss wie ich. Ihr Blick traf meinen und sofort zupfte ein Lächeln an ihren Mundwinkeln, das sie durch die Intensität meiner Stöße nicht halten konnte. Stattdessen senkte sie ihre Lider und biss sich lasziv auf die Unterlippe, ein Bild, das ich niemals wieder vergessen wollte. Von Sekunde zu Sekunde kam ich der Ekstase näher und Kalea unter mir stöhnte und bäumte sich auf, warf den Kopf nach hinten, und schließlich zuckte ihr Körper unkontrolliert unter mir und ich stemmte die Hände fester links und rechts von ihrem Kopf in die Matratze.

Ich stieß in sie hinein, als hinge mein Leben davon ab. »Fuck!« Sie krallte ihre Fingernägel schmerzhaft in meinen Rücken und keuchte meinen Namen. Ich schloss die Augen, um mich nur auf das Gefühl zu konzentrieren, das sie in mir erweckte, stieß in sie hinein, immer und immer wieder, schneller werdend, bis Tausende Sterne vor meinen geschlossenen Augen tanzten.

Kurz bevor ich kam, öffnete ich die Augen und blickte direkt in ihre vor Erregung tiefschwarzen Pupillen. Ihr Mund stand offen, ihr Atem ging stoßweise.

»Verdammt, Kalea«, stöhnte ich auf, als ich kam und auf ihr zusammenbrach.

# KAPITEL 45

## Kalea

Ich lächelte zu Malios dunklem Haarschopf, der auf meiner nackten Brust lag. Unsere Körper hoben und senkten sich im Einklang, unsere Atemgeräusche waren das Einzige, was die Stille des Appartements störte, bis Malio sich regte und die Bettwäsche raschelte. Er stemmte sich links und rechts ein Stück von mir hoch, den Kopf gesenkt, sodass ich einen perfekten Blick auf seine muskulösen Arme hatte. Ich hob eine Hand an, um ihm seitlich über den Arm zu fahren, und es zog erneut in meinem Unterleib, als Malio unter der Berührung seufzte.

Er hob den Kopf und sah mir direkt in die Augen. Er lächelte wie ich. Es war, als tanzten Sonnenstrahlen auf der tiefblauen Wasseroberfläche seiner Iriden, da sich die Schwärze des Meeresgrundes nach und nach zurückzog. Er unterbrach unseren Augenkontakt auch dann nicht, als er sich aus mir zurückzog, sondern erst, nachdem er mir einen Kuss auf die Lippen gehaucht hatte. »Dort.« Ich wies mit dem Zeigefinger auf die Badtür, die an mein Schlafzimmer grenzte, und setzte mich auf, um ihm zu folgen.

Ich ließ mir eiskaltes Wasser über die Handgelenke laufen und wusch mir das glühende Gesicht, trank einen Schluck direkt aus dem Hahn. Malio tat es mir gleich, nachdem er das

Kondom im Kosmetikeimer versenkt hatte. Dieser Moment hatte eine intime Vertrautheit, die mir neu war. Hier nackt neben ihm im Badezimmer zu stehen, erfüllte keinen Zentimeter meines Körpers mit Scham oder dergleichen. Ich wollte mich nicht bedecken. Und ihm schien es gleich zu gehen, denn er machte keine Anstalten, das Bad ohne mich zu verlassen, um sich anzuziehen.

»Komm«, murmelte er in mein Ohr und hielt mir seine Hand hin, die ich ergriff. Ich lief hinter ihm ins Schlafzimmer, wo er sich auf mein Bett sinken ließ und auf mein Folgen wartete. Ich konnte nicht anders, als meinen Blick über seinen Körper gleiten zu lassen, über die Tattoos an den Stellen, die normalerweise von Kleidung bedeckt waren. Ich umrundete das Bett, um das Fenster zu öffnen, durch das eine laue Brise wehte und meine federleichte Gardine tanzen ließ. Sie berührte mich am Schulterblatt und sofort stellten sich meine hinterhältigen Brustwarzen auf. Malios Mitte zuckte und ich grinste.

»Verräter«, murmelte Malio, hob eine Augenbraue an und nickte lachend zu seinem Becken. Ich zuckte mit den Schultern und setzte mich neben ihn, ehe ich mich trotz der Wärme eng an ihn kuschelte, den Kopf auf seinem Oberarm. »Hi«, flüsterte er mir ins Ohr und setzte einen Kuss auf meine Schläfe.

»Hi«, antwortete ich und kicherte, während ich die Linien des Tattoos auf seiner Brust nachfuhr.

»Also ich würde das gern wiederholen«, erklärte er, und ich hörte ihn grinsen.

»Was, jetzt?« Ich quietschte auf, als ich seine Hand auf meinem Bauch spürte, und sah ihm ins Gesicht.

Er schloss die Augen und schüttelte lachend den Kopf. »Allgemein.«

»Bin dabei«, schmunzelte ich und umrundete seine Brust mit den Fingern. Sie hob und senkte sich gleichmäßig, und für einige Minuten sagte niemand von uns ein Wort. Wir hingen unseren eigenen Gedanken nach und ich entschied, dass der passende

Zeitpunkt gekommen war, ihm von mir zu erzählen, auch wenn das die Stimmung killte. »Ich komme aus New York«, platzte ich heraus.

Malio zog sich nach oben, um sich rücklings gegen das hölzerne Kopfteil zu stützen. »Okay.« Er nickte mir zu, um mir zu bedeuten, dass er bereit war, mir zuzuhören, und streckte einladend den Arm aus. Ich drückte mich ebenfalls hoch, um mich gegen ihn zu lehnen. Er ließ seine Finger über meinen Oberarm wandern, ehe er über meinen Nacken strich. »Wofür steht es?« fragte er, weil er spürte, dass ich um Worte rang.

Ich brauchte nicht nachzufragen, ich wusste, dass er das Wolkenkratzer-Tattoo in meinem Nacken meinte. Ich stieß einen Schwall Luft aus. »Dafür, dass ich New York hinter mir gelassen habe. Ich kann das Tattoo selbst nicht sehen, aber ich weiß, dass es zu mir gehört. So wie New York. Irgendwie.«

»Verstehe.« Er nickte und hauchte einen Kuss auf meine Schulter.

»Mein Name ist Kalea Conteville, mein Mädchenname ist Duplantis.« Ich wartete einen Moment ab, um zu schauen, ob er ihm geläufig war, doch er reagierte nicht, wartete ab. »Meine Familie gehört zur Elite der Upper East Side, ich bin mehr oder weniger im goldenen Käfig aufgewachsen.«

»Ihr seid reich?« Malios Finger fuhren beruhigende Kreise auf meinem Oberarm.

»Meine Familie, ja. Ich nicht. Ich bin …« Ich stockte, um die passende Formulierung zu finden, und entschied mich für die neutrale Variante. »Ich bin gegangen. Ich wollte das alles nicht. Du weißt, was man über einen goldenen Käfig sagt?« Ich blickte zu ihm auf.

»Ein goldener Käfig ist trotz allem ein Käfig?«

Ich nickte. »Genau. Viele Jahre habe ich versucht, mitzuspielen. Mich zurechtzufinden, ohne mich zu verlieren, doch auch wenn ich es nicht gern zugebe, wäre das beinahe passiert.«

»Wie meinst du das?«

»Ich hatte falsche Freundinnen«, sagte ich und verdrehte die Augen. »Reich bleibt unter reich. Es war unmöglich, Menschen außerhalb kennenzulernen.«

»Okay?«

»Irgendwann erstellte ich ein Instagram-Profil, das schnell wuchs. Mir folgten unheimlich viele Menschen, und kaum, dass ich mich versah, nannte man mich Influencerin.«

»Oh Gott«, Malio presste die Augen zu. »Hör mir auf damit, meine Schwester ...« Er stieß den Atem aus und schüttelte den Kopf. »Es geht hier nicht um sie, entschuldige. Sprich weiter.«

Kurz überlegte ich, ihn erzählen zu lassen, da es von mir abgelenkt hätte, doch ich wollte keinen Rückzieher mehr machen. »Ich hatte einen einzigen richtigen Freund, weißt du? Basilton. Unsere Familien spielen sich gegenseitig eine innige Freundschaft vor. Eigentlich mögen sie sich nicht.« Ich schnaubte. »Alles ist falsch. Alles gefakt.«

»Außer eurer Freundschaft?« Malio versteifte sich unter mir.

»Ja, Malio. Basilton ist mein bester Freund, musst du wissen. Er hat mich mein Leben lang aufgefangen, und ich würde das Gleiche für ihn tun.« Mein Herz zog sich schmerzhaft zusammen, denn die Worte waren wahr. »Unsere Eltern drängten uns zur Hochzeit, da die Leute sowieso dachten, wir wären ein Paar.«

»Meine Güte.« Malio stöhnte und fuhr sich mit der Hand über die Augen. »Ihr habt da echt mitgespielt?«

»Wir wurden gedrängt und wir waren so jung. Ich war achtzehn, Bas gerade neunzehn geworden. Wir wussten nicht, wie sich Liebe anfühlen sollte, wussten nicht, ob wir uns liebten oder nicht. Wir waren so verwirrt. Da war kein Ausweg aus ...«

»... aus dem goldenen Käfig?«, beendete Malio meinen Satz.

Ich nickte. »Genau. Wenn du dort hineingeboren wirst, darfst du nicht raus. Du glaubst nicht, was wir für einen Skandal ausgelöst haben, als wir uns nach einem Jahr entschieden haben, uns scheiden zu lassen.«

»Wie haben eure Eltern reagiert?«

»Basiltons Eltern haben seit dem Tag kein einziges Wort mehr mit ihm gesprochen, ihm aber auch nicht seinen Treuhandfond entzogen. Vielleicht war das ihre Art, ihm zu zeigen, dass in ihren Herzen ein Fünkchen Liebe für ihren missratenen Sohn übrig geblieben ist.«

»Und deine Eltern?«

Ich schnaubte. »Sie drohten, mir alles zu nehmen.«

»Aber das war dir egal?« Malios Hand drückte meinen Oberarm, als spürte er, dass ich den Halt brauchte.

Ich nickte. »Wenn man immer Geld hatte, ist man so naiv zu glauben, dass es sowieso nicht glücklich macht.« Ich schluckte den Kloß in meinem Hals herunter. »Ich hätte zwar nicht anders gehandelt, doch mittlerweile denke ich anders darüber. Manchmal bereue ich es, nicht gewartet zu haben. Ich war so trotzig, wollte mich unbedingt gegen meine Eltern stellen.«

»Aber was hätte das Warten verändert?«

Ich schämte mich für die folgenden Worte, doch wollte ich ehrlich zu Malio sein. »Es hätte Geld bedeutet. Ich bin nicht stolz darauf und manchmal bereue ich es wirklich. Mit einundzwanzig hätte ich uneingeschränkten Zugriff auf meinen Treuhandfond gehabt. Ich wäre sorgenloser. Doch ich war stur und dachte, kein Geld zu brauchen. Als würde es auf Bäumen wachsen, oder so.«

»Das tut es nicht«, lachte Malio und sorgte dadurch dafür, dass ich ein wenig entspannte.

»Ach was, wirklich nicht?« Ich boxte ihn gegen den Oberarm. »Das merke ich leider selbst.«

»Das Geld ist nicht alles, was du zurückgelassen hast, oder?«

Es erwischte mich eiskalt. »Wenn du aus diesem Karussell aussteigst, wirst du zur Gejagten.« Malio lachte kurz auf. Meine Worte mussten für ihn überzogen klingen. »Das klingt übertrieben, oder? Aber es ist wahr. Ich habe New York wie eine Verbrecherin verlassen, stilecht mit blonder Perücke, riesiger Sonnenbrille und zwei Koffern gefüllt mit irgendwelchen Designerklamotten, die ich über die Jahre zu Geld gemacht habe.« Ich setzte mich auf, zog die Beine an, um mich im Schneidersitz ihm zuzuwenden.

»Ich bin in dieser Nacht das erste Mal in meinem Leben in einen öffentlichen Bus gestiegen. Und ich habe es gehasst.« Ein Lächeln zupfte an Malios Mundwinkel. »Lach ruhig, ist okay«, winkte ich ab und zuckte mit den Schultern. »Mittlerweile habe ich diese Reichen-Attitüde, von der ich immer dachte, sie überhaupt nie gehabt zu haben, abgelegt.«

»Sicher?« Er wackelte mit den Augenbrauen.

»Ich lebe in einem Schuhkarton, den ich liebe. Also ja, ich denke schon.« Malio wurde auf einmal hibbelig, als brannte ihm eine Frage unter den Nägeln. »Sag schon«, drängte ich ihn lachend. »Frag mich alles, ich bin so offen wie nie.«

»Das habe ich gemerkt.« Er schenkte mir ein teuflisches Lächeln, und seine Augen wanderten über meine nackten Brüste hinab zu meinem Schritt. Es kribbelte in meinem Unterleib und ich griff nach einem Kissen, um es ihm ins Gesicht zu pfeffern, ehe ich es mir auf den Schoß legte.

»Benehmen Sie sich, Mister Ha'aheo.«

»Okay, okay!« Er hob die Hände abwehrend in die Höhe. »Ich versuche zu verstehen, warum die Leute dich letztens fotografiert haben. Ich meine, schön und gut, du bist die Tochter von Reichen. Aber macht dich das gleich berühmt?«

»In Manhattan? Irgendwie schon. Aber wie gesagt, ich war Influencerin.« Ich zeichnete Gänsefüßchen in die Luft. »Im Grunde sind mir Hunderttausende gefolgt, die das Leben in der High Society miterleben wollten.«

Malio hustete. »Hunderttausende?«

Ich hob die Schultern an und senkte den Blick, ließ ihn über seinen nackten Körper gleiten. Diese Situation war die intimste meines ganzen Lebens. »Hab ich schon erwähnt, dass ich jung war und irgendwie nicht so ganz wusste, wer ich sein wollte? Es gab eine kurze Zeit, in der ich darin tatsächlich aufgegangen bin. Es ist auch nicht nur schlecht.«

»Von wie vielen Hunderttausend sprechen wir hier?«

»Malio«, stöhnte ich und schüttelte den Kopf. »Das ist echt egal. Aber als ich gegangen bin, habe ich meinen Account gelöscht. Ich war von der Bildfläche verschwunden, ohne darüber nachzudenken, was das für einen Rattenschwanz nach sich zieht.«

»Meine Schwester.« Malio schluckte und fuhr sich über die Stirn. »Sie hat vorhin etwas gesagt.«

Verdammt. Er hatte es doch gehört. »Ja?«

»Irgendetwas davon, dass du nackt wärst? Muss ich etwas wissen, Kalea?« Er heftete seinen Blick auf meine Brüste und lächelte kurz.

»Nein«, erklärte ich nachdrücklich. »Es gab …«, kopfschüttelnd berichtigte ich mich. »Es gibt Gerüchte. Von Kalea ist drogenabhängig, über Kalea dreht Pornos, bis zu Kalea hat heimlich Basiltons Kind abgetrieben, ist alles dabei. Vermutlich glauben manche, ich ziehe gerade irgendwo unser Kind groß oder so.«

»Und nichts davon ist wahr«, schloss Malio und ich nickte.

»Nichts davon. Ich nehme keine Drogen, hab ich nie, war niemals schwanger und okay, ich mag Sex schon sehr gern. Aber ich würde meinen Körper niemals verkaufen, egal wie.«

Er atmete erleichtert aus und setzte sich auf.

»Meine Eltern wissen bis heute nicht, wo ich mich aufhalte.« Zumindest hoffte ich es. »Es ist kein Geheimnis, dass sie mich suchen. Irgendwie ist meine Flucht ein großer Skandal gewesen, der noch immer nachwirkt.« Ich stöhnte und warf den Kopf in den Nacken. »Es ist frustrierend.«

»Und deswegen machst du ein Geheimnis um dich.« Malio nickte und stieß einen langen Atemzug aus. »Ich verstehe dich jetzt, Kalea.«

»Aber?« Es klang, als gäbe es ein Aber.

»Aber ich verurteile dich nicht und irgendwie …«

»Irgendwie was?« Ich wurde hellhörig. Mein Herz pochte mir bis zum Hals und in mir wuchs die surreale Angst, dass er plötzlich doch nichts mehr mit mir zu tun haben wollte. Ich verschränkte die Arme vor der Brust.

»Irgendwie frage ich mich, warum zur Hölle du glauben konntest, dass ich dich durch deine Vorgeschichte anders sehen könnte. Für mich ändert das nichts. Ich finde es nicht schlimm.«

Ich hob eine Augenbraue an. »Okay? Du hast verstanden, dass ich wie eine Schwerverbrecherin abgehauen bin und gesucht werde?«

In Malios Augen blitzte für eine Sekunde der Schalk auf und er grinste. »Habe ich. Und weißt du eigentlich, wie heiß es ist, mit einer Schwerverbrecherin geschlafen zu haben?«

Ich hielt mir die Hand vor den Mund, um mein Lachen zu dämpfen. »Du bist unverbesserlich, Malio!«

»Sorry?« Er legte den Kopf schief und beugte sich nach vorn. »Kann ich es wiedergutmachen?« Sein Mund kam meinem näher, und als gäbe es einen Schalter in mir, explodierte es in meinem Unterleib und eine Lustwelle flutete mich und schwemmte all die Empfindungen davon, die ich nicht brauchte.

»Könnte sein«, flüsterte ich, beugte mich nach vorn, bis meine Lippen seine streiften.

»Ich habe eben herausgefunden, dass du Sex magst?« Er wackelte mit den Augenbrauen, was mir ein Lachen entlockte.

»Sehr subtil, Surferboy.«

»Schlaf mit mir, Schildkrötenmädchen«, bat er mich und küsste die Stelle unter meinem Ohrläppchen, während er mich sanft auf die Bettdecke drückte.

# KAPITEL 46

## Malio

»Hoch, hoch, hoooooch«, rief ich Kalea Befehle zu, die sie nicht hörte oder, und das war wahrscheinlicher, geflissentlich ignorierte. »Die Welle hinter dir, Kalea!« Ich formte mit den Händen einen Trichter vor dem Mund. Die heranwachsende Welle würde ihr den Arsch polieren. Kopfschüttelnd beobachtete ich, wie sie um ihr Leben paddelte. »Und sie fliegt vom Board in drei …« Ich sog die Lippen ein. »Zwei …« Ich atmete tief durch und paddelte auf sie zu. »Eins!« *Wooosh!* Wie ich prophezeit hatte, war die Welle von hinten über Kalea hereingebrochen und hatte sie vom Board gefegt. *Links, rechts, links, rechts, links, rechts.* Ich paddelte zu ihr herüber, sie wirbelte herum. *Komm schon, tauch auf!* Dieses besorgte Kribbeln in meinem Magen breitete sich auf meinem ganzen Körper aus, und erst als Kalea ihren Kopf wieder durch die Wasseroberfläche brach, atmete ich erleichtert aus. Ich winkte ihr, damit sie ihre Orientierung fand.

»Surf-st-nich-mich!« Ihre Worte gelangten nur abgehackt zu mir, doch ihr grimmiger Gesichtsausdruck und die Tatsache, dass sie das Wasser boxte, waren Aussage genug.

»Du bist die mieseste Schülerin, die ich jemals hatte«, erklärte ich ihr feixend, als ich auf ihrer Höhe war. »Du tust nie, was man dir sagt.«

»Ich habe überhaupt nichts gehört, vielleicht solltest du an deiner Lehrerlautstärke arbeiten.« Trotzig zog sie die Augenbrauen zusammen und wischte sich die klatschnassen Haare hinter die Ohren. Mir fiel auf, dass der hellblaue Träger ihres Badeanzugs heruntergerutscht war, und streckte mich von meinem Board zu ihr herüber, um ihn wieder an Ort und Stelle zu bringen. »Danke«, murrte sie, zog ihr Board zu sich heran und hielt sich daran fest, sodass nur ihre Arme, die das Brett umarmten, und ihr Kopf aus dem Wasser lugten. Ich paddelte zu ihr, bis mein Kopf ihrem nahe genug war, dass ich sie küssen konnte.

»Surfen lernen dauert seine Zeit, okay? Und normalerweise gibt es vorher Theoriestunden und Trockenübungen. Gib nicht auf«, bat ich sie und drückte ihr einen Kuss auf die Schläfe

»Wenn du meinst.« Sie stierte mich grimmig an, sodass ich nicht anders konnte, als zu lachen.

»Zieh dich aufs Board und dann lassen wir uns zurück zum Ufer treiben«, erklärte ich und fasste nach ihrem Surfbrett, um es zu stabilisieren, damit sie es leichter hatte.

»Ja«, pflichtete sie mir bei. »Genug für heute, ich glaube, so viele blaue Flecken hatte ich noch nie.«

Ich hob tadelnd eine Augenbraue an und deutete auf ihren Badeanzug. »Wer wollte denn keinen Wetsuit tragen?«

Sie schnaubte. »Als ob er mich vor Blessuren schützt.«

»Hätte er, und jetzt hör auf zu diskutieren. Ich erkläre dir doch auch nicht, wie man Schildkröten putzt.«

Ächzend zog sie sich aufs Board, was so unbeholfen und witzig aussah, dass ich Schwierigkeiten hatte, mein Lachen zu verstecken. »Das ist wohl kaum vergleichbar«, brummte sie und legte ihre Stirn auf dem Kopfteil ab, nachdem sie es heraufgeschafft hatte. Sie krallte sich links und rechts fest und an ihrem Brustkorb erkannte ich, wie schnell ihr Atem ging. »Okay.« Sie hob den Kopf. »Kann losgehen, zurück zum Strand.«

»Aye-aye.« Ich nickte und hielt Ausschau nach den Wellen. »Nach dieser«, erklärte ich und fasste nach ihrem Board, um es neben meinem festzuhalten. Ich ließ die Welle unter uns hindurchgleiten und bedeutete ihr, loszupaddeln, sodass die nächste Welle uns bis zur Brechungslinie brachte und von dort wie Treibholz ans Ufer spülte. Unsere Boards glitten schwerelos über die Wasseroberfläche, und je näher wir dem Strand kamen, desto klarer und ruhiger wurde das Wasser.

Wir liefen auf dem Sand auf, wodurch wir stoppten. Kalea krabbelte bei der ersten Möglichkeit vom Surfbrett und zog es hinter sich her, ließ sich in den nassen Sand und ihren Kopf zwischen ihre Knie fallen. Ich stand auf und griff mein Board, trug es unter den Arm geklemmt zu ihr.

Die unzähligen Wassertropfen glitzerten dank des Salzes im Sonnenlicht auf ihrer Haut und aus ihrem Haar perlten weitere Tropfen wie sanfte Rinnsale. Ich genoss ihren Anblick und die Schmetterlinge in meinem Bauch, die wie wild umherflatterten. Kalea das Surfen beizubringen bedeutete mir viel, denn ich wünschte mir so sehr, dass sie lieben lernte, was meine Welt war. Ich ließ mich neben ihr in den Sand sinken und stupste sie mit der Schulter an, sodass sie den Kopf zu mir herumdrehte und mich durch ihre Armbeuge anschielte.

»Ich bin jetzt schon kaputt, wie soll ich heute Abend den Summerrave überstehen?« Sie lächelte und hob den Kopf an, ließ ihn in ihren Nacken fallen und schloss die Augenlider. Die Sonnenstrahlen streichelten ihre Wangen, auf denen Salzkristalle glitzerten und mit ihren Sommersprossen um die Wette funkelten. »Warum hast du mir nicht vorher gesagt, wie anstrengend das ist?«

Der Drang, sie zu küssen, überwältigte mich und so beugte ich mich zu ihr herüber und flüsterte an ihr Ohr. »Das habe ich, Schildkrötenmädchen. Aber du hörst nur, was du hören willst.«

Sie öffnete ein Auge und drehte sich zu mir herum, sodass ihre Lippen meine streiften. »Eventuell hast du recht.« Sie zuckte mit den Schultern und grinste. »Küss mich, Surferboy«, befahl sie und lachte so breit, dass ich ihre Backenzähne sah.

»Du gibst mir eindeutig zu gern Befehle!« Ich schnippte ihr gegen den Oberschenkel und fuhr in der nächsten Sekunde die Linien eines ihrer Tattoos dort nach. »Aber diesem Befehl leiste ich gerne Folge.«

»Quatsch nicht, küss mich«, forderte sie erneut und wartete nicht ab, sondern drückte mir gierig die Lippen auf den Mund. »Gut so«, murmelte sie zwischen zwei Küssen, sodass ich ihren Atem spürte. Ich lachte und wandte mich weiter zu ihr um. Ohne, dass wir es kontrollieren konnten, wurde aus dem unschuldigen Kuss etwas Drängendes. Das passierte uns jedes Mal, und ich entfernte mich von ihr, ehe es zu spät wurde. Kalea gab einen entrüsteten Laut von sich und öffnete die Augen, verzog die Lippen zu einem Schmollmund.

»Nicht hier, du weißt, wo das sonst endet.« Meine Stimme wanderte automatisch eine Oktave tiefer und ich deutete nickend zu meinem Schritt. »Und wir sind hier am Strand.«

Kalea lächelte und biss sich auf die Unterlippe. »Richtig. Sorry.« Sie zwinkerte mir zu und ließ den Blick über die Wellen vor uns schweifen. »Ich glaube, ich war noch nie so *zu Hause* wie hier«, hauchte sie verträumt und ahnte nicht, was ihre Worte in mir auslösten.

»Ich war es auch nie«, erklärte ich seufzend. »Woanders zu Hause, meine ich.«

»Auch nicht in New York? Du hast da mal was angedeutet.« Ihre Frage sollte beiläufig klingen, doch sie sorgte dafür, dass mir kalt wurde.

»Nein.« Ich schnaubte. »Absolut nicht. Darum bin ich auch gegangen. Ich wollte zurück nach Shore Mana, ich hatte Heimweh.« Die Worte kamen mir nicht ohne Scham über die Lippen. Heimweh war eine Schwäche. »New York war nichts für mich. Ich brauche *das* hier.« Ich nahm den feinen Sand in meine Faust und ließ ihn sanft herabrieseln, den tiefblauen Ozean vor uns und die sanfte Brise im Gesicht, die uns den Duft nach Freiheit schenkte.

Kalea neben mir zuckte mit den Schultern, das sah ich aus dem Augenwinkel. »Das ist okay. Wir sollten uns alle dort aufhalten dürfen, wo wir uns am wohlsten fühlen.«

»Außerdem habe ich hier meine Surfbretter, die Werkstatt«, führte ich weiter aus und fragte mich, warum ich mich vor Kalea verteidigte. Das war doch überhaupt nicht nötig.

Kalea machte mit ihren Armen eine Wellenbewegung. »Uuuh, die geheimnisvolle Surfbrettwerkstatt. Ich dachte schon, du erzählst mir nie davon.«

Ich stupste sie mit dem Knie an. »Du hättest auch fragen können.«

»Ich wollte dich nicht drängen.«

»Das rechne ich dir hoch an.« Ich hatte mit dem Thema angefangen, also erzählte ich ihr von meinem Traum. »Ich fertige traditionelle hawaiianische Surfbretter aus altem Koa-Holz an und möchte sie verkaufen. Der Shop steckt in den Kinderschuhen und ich habe noch einen langen Weg vor mir.«

»Ich finde, das passt zu dir.« Kalea legte ihre Hand auf mein Bein und suchte meinen Blick. »An seinem Traum zu arbeiten, ist ein guter Grund, um nach Hause zu kommen.«

Ich lachte verzweifelt auf. »So hatte ich das noch nicht gesehen.«

»Dann wird es Zeit, Malio, vielleicht sollten wir alle ein bisschen weniger *bereuen*«, erklärte sie lächelnd und strich über meinen Oberschenkel, was mir fast noch mehr das Gefühl von Zuspruch gab als ihre Worte. Allerdings wusste sie auch noch nicht, dass ich für meinen Traum nicht nur New York, sondern auch die *New York Law School* hinter mir gelassen hatte. Ich räusperte mich, um es ihr endlich zu erzählen, doch Kalea klatschte in die Hände und schenkte mir einen entschuldigenden Blick.

»Ich muss los, die Mittagspause ist vorbei.« Sie stand ächzend auf und versuchte vergeblich, sich den Sand vom Körper zu klopfen. »Ich muss im *Turtles' Inn* erst mal duschen«, murrte sie, öffnete die Leash an ihrem Knöchel und zupfte an ihrem Badeanzug. »Überall kratzt es mich.«

»Überall?« Ich lachte und war froh darum, dass sie mich ablenkte.

»Ja, Malio.« Sie stieg in mein Lachen ein. »Überall. Auch an den Stellen, die du so gern erkundet hast.«

»Erkundet?« Ich hob die Augenbrauen an und stand ebenfalls auf, schnappte mir die beiden Boards, was Kalea mit einem winzigen Augenrollen quittierte, doch sie verkniff sich den Kommentar, dass sie es selbst tragen konnte.

»Nenn es, wie du willst!«

»Sex«, lachte ich. »Ich nenne es einfach Sex. Aber wir können es auch gern Erkundungstour in die Tiefen Kaleas nennen?«

Sie tippte mir mit den Fingern gegen den Oberarm. »Du benimmst dich manchmal wie ein Teenager.«

»Ich fühle mich auch wie ein verliebter Teenager«, gab ich zu, beugte mich zu ihr herüber und küsste im Gehen ihre Schulter, wobei ich aufpassen musste, nicht über die Seile zu stolpern. »Danke«, flüsterte ich ihr zu. Ihr stieg eine sanfte Röte in die Wangen, was eine Welle an Emotionen durch meinen Körper sandte.

»Wofür?«

»Dass du mich so fühlen lässt.«

Ihr schüchternes Lächeln, das ihre Mundwinkel zierte, und dieses winzige Grübchen würden noch zu meinem Kryptonit werden. Ich liebte es.

»Wo treffen wir uns später?« Wir waren an der Surfschule angekommen und Kalea hatte ihre Klamotten in ihren Rucksack gestopft, den sie schulterte. Um die Hüften trug sie ein dünnes, dunkelgrünes Handtuch.

»Ich hole dich ab.«

»Wo?« Sie legte lachend den Kopf schief. »Im *Turtles' Inn* oder bei mir zu Hause?«

»Bei dir. Aber ich komme nicht rein«, grinste ich verführerisch.

»Klar.« Sie nickte. »Weil wir sonst wieder in der Horizontalen enden.«

»Korrekt. Und ich will mir nicht Florence' Zorn aufbürden, wenn wir zu spät beim Summerrave aufschlagen.«

»Florence ist nicht böse!« Kalea verdrehte die Augen. »Sie kann niemandem ernsthaft wehtun, glaub mir.«

»Sie sieht mich immer an, als wollte sie mich fressen. Ihr Beschützerinstinkt dir gegenüber ist sehr, sehr, sehr ausgeprägt.«

»Das ist ihr normaler Gesichtsausdruck. Sie guckt, als wollte sie einem den Kopf abhacken, wenn sie in Gedanken versunken ist.« Sie zuckte mit den Schultern und tippte sich auf die Wange. Ich verstand die Aufforderung und gab ihr einen Kuss. Sie lächelte mich an, wandte sich um und ging.

»Bis nachher«, rief ich ihr hinterher, und sie drehte sich im Gehen um, winkte und warf mir einen Luftkuss zu. Ich beobachtete sie so lange, bis sie auf der Promenade angekommen war, ehe ich mich aufmachte zu den Duschen. Kane übernahm heute meinen nachmittäglichen Surfkurs, sodass ich ein paar Stunden Zeit hatte, um in die Werkstatt zu fahren.

# KAPITEL 47

## Kalea

Es war, als streifte ich die Leichtigkeit, die Malio in mein Leben brachte, ab, bevor ich das *Turtles' Inn* betrat. Hier drinnen schien keine Sonne, die Salzkristalle auf meiner Haut kratzten und verloren ihren Glanz, die Luft war stickig und die heruntergekommenen Möbel erinnerten mich daran, in was für einer Lage ich steckte.

»Fuck«, fluchte ich und ließ den Rucksack neben die Eingangstür fallen, das Handtuch obendrauf. »Ich werde das alles verlieren, oder?« Ich stellte die Frage in den menschenleeren Raum hinein und meine eigene Stimme hallte von den gräulich-gelblichen Wänden wider, die einst weiß gewesen sein mussten. Missmutig schlurfte ich in die Mitte des offenen Raumes und drehte mich um meine eigene Achse. So langsam, dass ich jedes Detail aufnahm und mir nichts entging wie die Deckenfarbe, die dort abblätterte, wo die flackernden Neonröhren, die an die Gemütlichkeit eines Leichenhauses erinnerten, hingen.

Wie viel Zeit blieb mir noch? Mein Blick glitt über die Wände und heftete sich an die Stelle zwischen dem Behandlungstisch und dem alten Schrank, wo sich eine Tapetenbahn herunterschälte. Ich hatte es aufgegeben, sie mit doppelseitigem Klebeband an der Wand zu befestigen, es hielt einfach nicht.

Mit gerunzelter Stirn schlurfte ich zum besagten Schrank herüber und zog eine der Schubladen auf. Ich wusste gar nicht mehr, was darin lag. Sie quietschte, ächzte und stoppte bei der Hälfte, weil sich irgendetwas darin verhakt hatte. »Das ist jetzt ein schlechter Scherz, oder?« Ich rüttelte daran und etwas schepperte, bis sie nachgab und ich zurücktaumelte. Ich fand Halt am Sichtschutz. Ob der teuer war, Geld brachte? Ich hatte ihn nie gebraucht, immerhin war meinen Schildkröten ihre Privatsphäre nicht wichtig. »Ich könnte dich verkaufen«, flüsterte ich und spürte diesen winzigen Funken Hoffnung in mir aufglimmen. Vielleicht fand ich noch mehr Dinge, die ich zu Geld machen konnte. So wie damals all die Kleider, die mich Monate über die Runden gebracht hatten. Es war einen Versuch wert, oder?

Verdammt, ich war so verzweifelt, doch es lag immer noch in meiner eigenen Hand, ob ich scheiterte oder nicht. Ich entschied mich, erst mal duschen zu gehen. Hier herumzustehen und aufzuzählen, was alles repariert werden müsste oder verkauft werden konnte, half mir auch nicht weiter. In der Außendusche im Innenhof spülte ich mir das Salz vom Körper. Meine Gedanken kreisten weiter und klar wusste ich um diesen einen möglichen Ausweg. Vielleicht sollte ich doch Bas um Hilfe bitten.

*Nein*, antwortete ich mir vehement im Kopf. Ich wollte das allein hinbekommen und solange diese winzige Hoffnung da war, es allein zu schaffen, würde ich ihn heraushalten. Er war der letzte Ausweg. Der allerallerletzte.

Ich blinzelte gegen das Sonnenlicht, während das Wasser meinen Körper hinabrann. Der Drehregler quietschte ohrenbetäubend und wie immer tropfte die Dusche nach. Ich drückte mir das Wasser aus den Haaren und schlurfte, ohne mich abzutrocknen, direkt weiter zum ersten Wassertank, in dem Donut schwerelos umherschwamm, als mich aus dem Augenwinkel eine Bewegung durch das milchige Fenster des Hauptgebäudes innehalten ließ.

Was war das? Sofort schlug mir der Puls bis zum Hals. Florence hatte sich für heute entschuldigt und sich wegen der letzten Vorbereitungen des Summerraves freigenommen, Malio war in der Werkstatt, Basilton in Kanada und ansonsten hatte ich keinen Termin. Weder mit Dr. Garcia noch einem meiner Lieferanten. Wobei Letztere auch nicht einfach in die Auffangstation spazieren würden, als gehörte sie ihnen. Nein, irgendetwas war da faul, und ein unheimliches Gefühl beschlich mich, das sich anfühlte wie Hunderttausende brennende Nadelspitzen, die blitzschnell durch meine Haut stachen.

Ich ließ von Donuts Überprüfung ab und schlich stattdessen geduckt und auf Zehenspitzen zur Tür, beugte mich unter das gleiche Fenster, durch das Florence und ich letztens erst gespäht hatten, und tatsächlich! Da war ein Schatten in meiner Auffangstation. Angst lähmte mich und kroch mir eiskalt in die Gliedmaßen. Mein Atem ging schneller und ich presste mir die Hand auf den Mund, um nicht zu keuchen. Die Umrisse der Gestalt waren mir fremd. Das war weder Florence, Malio noch Basilton. Ich beobachtete die Gestalt dabei, wie sie hastig durch meine Auffangstation schritt und schrie mich in Gedanken an, aufzustehen, um die Person daran zu hindern. Doch was, wenn er – das breite Kreuz war eindeutig einem Mann zuzuordnen – gewalttätig wurde?

Er schien irgendetwas zu suchen. Die Tür zum Innenhof, die ich nur angelehnt hatte, schlug durch einen Luftzug zu und ließ nicht nur mich zusammenzucken. Ich beobachtete den Eindringling dabei, wie er zur Eingangstür hechtete, als wären Pistolenschüsse losgegangen, und ohne darüber nachzudenken, sprang ich auf. Fast so, als hätte ich diesen Knall gebraucht, um mich endlich in Bewegung zu setzen und mich nicht zu verstecken wie ein scheues Reh.

Ich riss die Tür auf, doch war ich zu spät und sah nur noch die Eingangstür wanken, die der Einbrecher hinter sich zuwerfen wollte. Doch da sie so schwer war und nur mit Nachdruck ins

Schloss ging, schaukelte sie in ihren Angeln schwermütig hin und her. Ich rannte durch den Behandlungsraum, wobei meine nackten, feuchten Fußsohlen schmatzende Geräusche auf dem Boden hinterließen, und riss die Tür auf. Das Einzige, das ich erkannte, war ein blonder, kurz geschorener Schopf. Der Mann war, wie der angebliche Bankangestellte, komplett in Schwarz gekleidet und preschte die Straße herunter, bis ich ihn nicht mehr sah.

Ich brauchte einige Minuten, um mich zu sammeln, und krallte die Finger in die Tür, ehe ich sie nachdrücklich schloss. Hatte ich sie vorhin offen stehen lassen, weil ich mit den Gedanken nicht ganz bei mir gewesen war? Ich war mir nicht mehr sicher und machte mir Vorwürfe. Hatte ich selbst dafür gesorgt, dass man in meine Auffangstation hatte einsteigen können?

»Quatsch«, schalt ich mich. Jeder, der hineingelangen wollte, schaffte es. Dafür brauchte man im Grunde nur den schmalen Weg am Haus vorbeizulaufen und durch die Innenhoftür zu treten, die ich sowieso nie abschloss, oder sich durch eines der alten Fenster Eintritt zu verschaffen. Ich konnte noch so viele Sicherheitsvorkehrungen treffen, wer dem *Turtles' Inn* schaden wollte, schaffte es. Locker.

»Verdammte Scheiße!« Ich schlug mit der Faust gegen die klapprige Tür und rieb mir im nächsten Augenblick über die schmerzende Hand. Ich eilte zum Büro und scannte alles prüfend ab. Es schien nichts zu fehlen, sogar mein Handy lag auf der Tischplatte, und ein kurzer Blick zum Rollcontainer zeigte mir, dass das Schloss der Schublade, in der ich den Laptop lagerte, unberührt war. »Was wolltest du hier?« Stirnrunzelnd sah ich zur Eingangstür und versuchte, die Kälte zu ignorieren, die mir in die Knochen fuhr. Ich zitterte trotz der brütenden Hitze und fühlte mich mit einem Mal so hilflos und allein.

Wut darüber stieg in mir auf und ich öffnete den winzigen Kühlschrank, nur um mich daran zu erinnern, dass ich mal wieder hätte einkaufen gehen sollen. Gähnende Leere begrüßte mich. »Fein«, rief ich aufgebracht. »Große Klasse. Mein Leben ist eine Katastrophe!« Tränen sammelten sich in meinen Augenwinkeln, und es dauerte nicht lange, bis sie in Sturzbächen meine Wangen hinabrannen und ich mich ergeben auf den Boden sinken ließ.

Ich weinte. Und weinte. Und weinte, bis meine Kehle so trocken war, dass sie schmerzte. Trotzdem fühlte ich mich danach besser. Ächzend richtete ich mich auf und griff nach dem dunkelgrünen Handtuch, das über der Rückenlehne des Stuhls hing, um mich abzutrocknen, ehe ich mich umzog. Ich trug noch immer den feuchten, hellblauen Badeanzug, bei dessen Anblick ich mich an meine Surfstunde mit Malio erinnerte. Noch vor einer Stunde war alles okay gewesen und ich wollte unbedingt, dass alles irgendwann wirklich okay war.

Mir war klar, dass ich nichts retten konnte, wenn ich heulend auf dem Boden saß, also ließ ich mich auf den Stuhl plumpsen, gab den Zahlencode in den Rollcontainer ein und holte meinen Laptop hervor. Ich suchte die Kontaktdaten eines Bankberaters bei der *Bank of Shore Mana* heraus. Ich entschied, einen Brief zu schreiben. Ich schämte mich dafür, wie blauäugig und anonym ich bisher all meine Finanzen angegangen war und atmete tief durch. Es wurde Zeit, erwachsen zu werden.

# KAPITEL 48

## Malio

Ich hatte zwei Möglichkeiten. Entweder, ich lenkte mich ab und riskierte, zu spät bei Kalea aufzuschlagen. Oder ich kreuzte wieder zu früh bei ihr auf und ließ Kaleas superwitzige Sprüche über mich ergehen, in denen sie mich den *süßen Mister Überpünktlich* nannte. So war ich unsere Straße in der brütenden Hitze auf und ab gefahren, um Waschbär Freds Müll einzusammeln, wofür mir Nachbarn ein dankbares Lächeln über die niedrigen Gartenzäune zuwarfen.

Auf dem Weg zu Kaleas Appartement hielt ich bei *Danny's Newspapers & Stuff*, dem skurrilsten Laden Shore Manas. Der Kiosk war ein kreisrundes Gebäude, das mitten auf dem *Place of Shore Mana* stand und zwei Eingänge hatte, als wäre er ein Bahnhof. Der Grund, weshalb ich es immer geliebt hatte, zu Danny zu gehen, war das Strahlen in seinen Augen, wenn er für uns Kids eine bunte Tüte aus verschiedensten Süßigkeiten zusammenmixte. Und genau so eine wollte ich heute für Kalea kaufen, denn ich hatte herausgefunden, dass sie eine Schwäche für bunte amerikanische Süßigkeiten hatte, weshalb sie ihre Schildkröten nach ihnen benannte.

Mit der Tüte, die gefüllt war mit *Bottle Caps*, sauren Gummischlangen, *Jelly Beans*, Cola-Weingummis, *Laffy Taffy's*, *Skittles, Grape & Strawberry Nerds, Center Shocks, Ring Pop Gummy*

*Gems* und *Airheads*, fuhr ich auf meinem Skateboard zu Kaleas Wohnanlage. Ich lief durch den silbrigen Torbogen, und es war, als beträte ich eine Oase. Der saftig grüne Rasen und die hohen Palmen, die die schmalen Kieswege säumten, verströmten den Flair einer Urlaubsanlage. All die aufblitzenden bunten Blüten taten ihr Übriges. Ich folgte der verwischten Spur von Kaleas Elektroroller. Ihr Fenster stand offen, doch konnte ich nicht hereinsehen, da es zu weit oben lag. In meinem Bauch begann die mir bekannte Brausepulverparty. Ich genoss das Kribbeln, das bis in meine Fingerspitzen wanderte, sodass ich vorsichtshalber das Skateboard gegen die hölzerne Häuserfassade lehnte und die bunte Tüte nervös von einer in die andere Hand warf. Die Vorfreude auf Kalea zeigte sich in jeder Körperzelle, denn ich vibrierte, hatte Hitzewallungen und eine trockene Kehle. Ich stieg die Stufen zur Tür hinauf und betätigte die Klingel, ehe ich wieder herunterstieg, die bunte Tüte hinter meinem Rücken versteckend.

Es dauerte keine Minute, bis Kalea den Kopf durch die Tür steckte, und keine Sekunde, bis ich ahnte, dass etwas nicht stimmte. »Malio, hi«, schniefte sie und fuhr sich mit der Hand über den Oberarm, versuchte sich an einem Lächeln, das vielleicht ihre Schildkröten täuschte, aber nicht mich. Nicht mehr.

»Was ist los?« Sofort vergaß ich, dass ich die Tüte ja eigentlich hatte verstecken wollen.

»Ist das da eine Tüte voll mit Ich-will-Kalea-ins-Bett-bekommen-Süßigkeiten?« Sie lächelte schwach, doch dieses Mal war es echt.

»Das ist eher eine Tüte voll Ich-liebe-Kalea-und-will-sie-überrasch…« Oh Gott. Die Worte waren über meine Lippen geglitten, bevor ich über sie nachdenken konnte. Doch mein Schock wich schnell einer Wärme, die sich von meinem Bauch ausgehend bis in meine Fuß- und Fingerspitzen ausbreitete. Mit einem Mal fühlte ich mich unbeholfen, was daran lag, dass Kalea nichts sagte. Sie schluckte und hatte die Augen aufgerissen, ehe sie sich mit der Hand über das Gesicht fuhr.

»Was?« Sie schob die Tür weiter auf, setzte einen Schritt auf die schmale Holzveranda, und ein kleiner Teil von mir wollte in den Fluchtmodus schalten. Wegrennen. Erklären, dass ich mich versprochen hatte. Irgendwie so was. Doch dieser Part von mir verlor gegen die Wahrheit.

»Ich liebe dich«, wiederholte ich mit festerer Stimme. »Ich hätte mir zwar einen schöneren Ort und Moment vorstellen können, es dir zu sagen, aber ja.« Ich zuckte mit den Schultern. »Ich liebe dich.«

Kalea schluckte erneut, sog die Lippen ein, um ein breites Grinsen zu unterdrücken, was ihr nur für zwei Augenaufschläge gelang. Grinsend hopste sie die Stufen herunter und sprang direkt in meine Arme. Sie legte die Arme um meinen Nacken, schlang die Beine um meine Hüfte und vergrub ihre Nase in meiner Halsbeuge. »Das ist perfekt«, erklärte sie mir lachend, drückte mir einen Kuss auf die Wange und suchte meinen Blick. Die Sonne schien uns seitlich in die Gesichter, sodass die goldenen Sprenkel in ihren Augen mit der haselnussbraunen Farbe um die Wette strahlten. Sie holte tief Luft und legte ihre Lippen auf meine. »Ich liebe dich auch, Surferboy«, flüsterte sie mir zwischen zwei Küssen zu.

»Kalea«, murmelte ich. »Du musst es nicht sagen, nur weil ich …«

»Wehe, du beendest diesen Satz«, drohte sie mir und legte ihren Finger auf meine Lippen. »Ich weiß genau, was ich gesagt habe, und meine es auch so, okay?«

Ich nickte. »Okay.« Das Grinsen auf meinem Gesicht fühlte sich so breit an, als würde es bald meine Ohren berühren. Und doch erinnerte ich mich daran, wie niedergeschlagen Kalea gerade noch ausgesehen hatte. »Du, Kalea?« Ich stupste mit der Nase gegen ihre Wange. »Was ist los, mh?«

Sie lehnte stöhnend ihre Stirn gegen meine Schulter. »Ich würde es furchtbar gern ignorieren und einfach diesen Moment, den Abend, die Nacht mit dir genießen.«

»Was meinst du?« Ich setzte sie ab und griff mit der freien Hand nach ihrer. »Erzähl es mir. Und dann genießen wir alles zusammen.«

»Das muss ich jetzt wohl, oder?« Sie lächelte matt. »Jetzt, wo wir«, sie beendete den Satz nicht, sondern blickte scheu auf ihre Zehen.

»Zusammen sind?« Meine Kehle war staubtrocken, meine Stimme klang heiser.

»Sind wir das?« Sie schielte unschuldig zu mir hoch. »Zusammen? Ein Paar? So offiziell?«

Ich zuckte mit den Schultern, legte den Kopf schief. »Ja? Waren wir das nicht längst?«

Sie biss sich auf die Unterlippe und stellte sich auf die Zehenspitzen, um mir einen flüchtigen Kuss auf den Mund zu drücken. »Glaube schon«, flüsterte sie lächelnd an meinen Lippen und schnappte mir blitzschnell die Tüte voller Süßigkeiten aus der Hand. »Wir sind gleich wieder da.«

»Wir?«

»Meine Freunde«, sie wedelte mit dem quietschbunten Süßkram, »und ich. Ich hole meine Sachen.«

»Du gehst aber nicht mit deinem klobigen Rucksack los, oder?« Sie warf mir einen erzürnten Blick zu, woraufhin ich die Arme in die Luft hob. »Sorry, war nicht so gemeint.«

Eine Viertelstunde später waren wir auf dem Weg zur Flurtle Alley, die parallel zur Strandpromenade verlief, denn dort würde der Summerrave stattfinden. Gestern Nachmittag war die Straße für den Verkehr abgesperrt worden, was nicht wild war, denn man konnte auf die umliegenden Wege ausweichen. »Okay.« Kalea stieß einen Schwall Luft aus. »Bin bereit«, sagte sie schließlich.

»Ich bin ganz Ohr.« Ich umfasste ihre Taille, um sie im Gehen näher zu mir zu ziehen.

»Bitte raste nicht gleich aus«, bat sie mich, woraufhin ich ihr einen empörten Blick zuwarf.

»Hast du mich je ausrasten sehen? Das tue ich nicht.«

»Stimmt«, murmelte sie und schob sich die losen Haarsträhnen, die ihr Gesicht umrahmten, hinter die Ohren. Sie hatte sie heute eingedreht, was wunderschön aussah. »Irgendjemand ist vorhin ins *Turtles' Inn* eingebrochen, als ich selbst dort war.«

»Was?!« Ich stoppte abrupt und atmete tief durch. Kalea hob tadelnd eine Augenbraue an, zog mich weiter und schaute sich unauffällig um, ob uns jemand beobachtete. »Ich raste nicht aus, ich bin erschrocken«, verteidigte ich mich. »Wer? Warum? Hast du die Polizei benachrichtigt?«

Kalea schüttelte den Kopf. »Daran hatte ich in dem Moment nicht gedacht. Irgendetwas ist faul an der Sache. Er hat nichts mitgenommen. Vielleicht war es ein Stadtstreicher.« Sie wich meinem Blick aus und tat, als begutachtete sie die bunten Häuserfassaden, doch sie konnte mich nicht täuschen.

»Garantiert nicht, Kalea, du musst das melden.«

»Und dann?« Sie verdrehte die Augen und presste die Lippen aufeinander, bis sie eine schmale Linie bildeten.

»Dann …« Ja, was dann? Ich wusste selbst, dass solche Anzeigen meist ins Leere verliefen. Doch *meist* bedeutete nicht *immer*. »Das ist der richtige Weg«, erklärte ich stattdessen. »Es ist wichtig, so was direkt der Polizei zu melden, denn falls sich daraus mehr entwickelt, wird man dich fragen, weshalb du nicht eher zu den Cops gegangen bist. Vielleicht kann dir ein Anwalt helfen.« Ich redete mich in Rage.

»Du scheinst dich ja auszukennen«, murrte Kalea. »Ich überlege es mir. Aber für einen Anwalt habe ich kein Geld.«

»Tue ich«, presste ich hervor und schluckte.

»Was?« Sie schaute verwundert zu mir hoch. »Ich kann dir nicht folgen.«

»Ich kenne mich aus, Kalea. Und du kannst einen kostenfreien Anwalt gestellt bekommen.«

»Warum? Woher?« Sie lachte unsicher. »Bist du Cop oder was?«

Ich schüttelte den Kopf und ignorierte den Stich im Herzen. »Nein. Aber ich wäre beinahe Anwalt geworden.«

Kalea blieb stehen und wirbelte zu mir herum. »Du?«

»Soll ich deine Reaktion jetzt persönlich nehmen?« Ich verschränkte die Arme vor der Brust, entrang mir ein schmales Lächeln. »Ja, ich. Ich war nicht einfach so in New York, sondern an der *New York Law School.*«

»Wow, das ist wow, Malio. Warum hast du mir nicht erzählt, dass du Anwalt bist?« Verblüfft legte sie den Kopf schief.

Ich schüttelte den Kopf. »Du hast nicht richtig zugehört, ich bin es fast geworden, ich habe hingeschmissen.«

Kalea drückte beruhigend meine Hand. »Ich bleibe bei meiner Aussage von vorhin: Wir sollten uns alle dort aufhalten dürfen, wo wir uns am wohlsten fühlen.«

Beim Klang ihrer Worte fühlte ich mich ein bisschen besser. Aber nur ein bisschen.

»Malio?« Sie grinste mich schief an und wackelte mit den Augenbrauen.

»Was ist los?« Ihr Grinsen steckte mich an.

»Ich habe mir dich gerade in einem Anzug vorgestellt. Ziemlich heiß.« Sie biss sich unschuldig auf die Unterlippe und ich klatschte ihr auf den Hintern.

»Schildkrötenmädchen! Lass das sein, außer du willst, dass ich dich auf die Toilette irgendeins der Geschäfte zerre.«

»Um was genau zu tun?« Sie errötete, doch sie ließ ihren Blick auf meinem liegen.

»Sex, Kalea«, sagte ich. »Ich würde dich überall nehmen, okay?«

»Verdammt«, piepste sie atemlos und richtete den Blick wieder auf die Straße vor uns. Die lauter werdende Musik zeigte uns, dass wir nicht mehr weit vom Sommerevent des Jahres entfernt waren. »Hörst du das?« Sie wackelte mit den Schultern zur Musik.

»Jep!« Lachend nickte ich und hielt ihr meine Hand hin, damit sie nach ihr griff.

»Es geht los!« Sie beschleunigte ihren Schritt. »Malio?«

»Ja?«

»Lass uns den Kopf ausschalten und feiern, okay? Ich will all die Schatten heute einfach nicht sehen.« Sie blickte mich bittend aus ihren wunderschönen Augen an, und mir fiel auf, dass sie sich dezent geschminkt hatte, denn um ihre Augen schimmerte es golden. »Spaß haben, Freiheit genießen, tanzen.«

»Spaß haben, Freiheit genießen, tanzen«, wiederholte ich nickend und drückte einen Kuss auf ihren Handrücken. »Klingt perfekt.«

# KAPITEL 49

## *Kalea*

Es war unglaublich, was das Veranstaltungsteam des *Coconights*, zu dem Florence seit Neustem gehörte, auf die Beine gestellt hatte. Unser beschauliches Shore Mana war nicht mehr wiederzuerkennen. Es gab nicht ein Geschäft in der Flurtle Alley, dessen Schaufenster und Türen nicht passend zum Shore Mana Summerrave geschmückt waren. Überall hingen bunte Wimpel, Luftballons, und von Laterne zu Laterne waren Lichterketten gespannt. Hier und da standen gemütliche Outdoor-Sofas und Sessel auf dem Gehsteig, um auf ihnen zu entspannen.

Ich konnte den Einbruch der Dunkelheit kaum erwarten, denn ich war mir sicher, dass die Nacht magisch sein würde. Außerdem schwand dann die Chance, dass man mich sah, auch wenn mir bisher niemand ungewollte Aufmerksamkeit schenkte. Dafür war das Getümmel einfach zu unübersichtlich.

Über die gesamte Straße erstreckten sich Lautsprecherboxen, die Kabel waren provisorisch abgeklebt. »Kaaaaliiiii!« Ich hörte Florence aufgeregt rufen und blickte mich um. Sie hüpfte winkend auf mich zu. »Alles läuft nach Plan, kannst du das glauben?« Sie zog mich in eine überschwängliche Umarmung und drückte mir einen Kuss auf die Wange.

»Flo, Flo, Flo, beruhige dich!« Ich warf lachend den Kopf in den Nacken, doch steckte mich ihre Aufregung an, sodass ich mich selbst beim Auf- und Abhüpfen erwischte. »Alles sieht grandios aus.«

»Hi, Surferboy«, begrüßte sie Malio, indem sie salutierte.

Malio lächelte. »Hey, Florence.«

Meine beste Freundin zog mich ein Stück von ihm weg und ich warf ihm ein entschuldigendes Schulterzucken zu. »Ihr habt Händchen gehalten.« Sie stemmte die Hände in die Hüfte. »Erklärung, bitte.« Ich konnte nicht anders, als zu grinsen. »Was soll mir dein Grinsen, das breiter ist als ein Pferdehintern, sagen?«

Ich hob eine Augenbraue an. »Das Sprichwort geht anders, du Pferdehintern«, erwiderte ich und pikste ihr gegen den Arm. »Ich grinse wie ein Honigkuchenpferd.«

»Ja, ja, ja.« Sie verdrehte die Augen. »Lenk nicht ab.«

»Wir sind zusammen«, ließ ich sie wissen und zuckte mit den Schultern, als wäre nichts dabei, doch würde die Hitze, die mir knallrot ins Gesicht stieg, mich bestimmt verraten. »Ganz frisch. Quasi seit eben.«

Florence' Gesichtsausdruck wechselte von misstrauisch über besorgt zu tadelnd, was nicht zu ihrem bunt geschminkten Gesicht passte. Ihre Augen waren regenbogenfarben umrandet und unter ihnen prangten glitzernde Sternchen. »Okay.«

»Komm schon.« Ich senkte die Stimme. »Ich bin glücklich.«

Meine beste Freundin verzog zwiegespalten den Mund und seufzte schließlich, rang sich ein Lächeln ab, das zu schätzungsweise achtzig Prozent ehrlich war. »Ich hack ihm die Eier ab, wenn er dir noch mal wehtut.«

»Finger weg von seinen Eiern, Flo.« Ich verdrehte die Augen, zog sie in eine feste Umarmung und murmelte ihr weiter ins Ohr. »Wir hatten Startschwierigkeiten, aber ich bin verliebt und sicher, dass es richtig ist.«

»Na gut«, murrte sie. »Dann bin ich mir auch sicher.« Sie nickte und drückte mir ihren Finger gegen das Dekolleté. »Herzlichen Glückwunsch, *Schildkrötenmädchen.*« Malios

Spitznamen aus ihrem Mund zu hören, rührte mich, und war Beweis genug für mich, dass sie sich wirklich für mich freute.

Florence glotzte mir ins Gesicht, als suchte sie irgendetwas, und je mehr stille Sekunden vergingen, desto verlegener wurde ich. »Hör auf, mich so anzusehen«, bat ich sie.

»Da fehlt was.« Sie wedelte mit dem Finger vor meiner Nase herum, und ich fasste mir ins Gesicht.

»Was redest du da?« Grinsend zog sie eine schmale Schatulle aus der hellbraunen Tasche mit bunten Fransen und öffnete sie. Ich blickte auf ein Sammelsurium an Glitzersternchen und Herzchen. »Oh«, stöhnte ich. »Klar. Leg los.« Ich beugte ihr mein Gesicht entgegen, die Lider gesenkt, damit sie mir ihre Glitzerdinger um die Augen kleben konnte.

»Du kriegst Herzchen, passend für dich und Malio.«

Ich öffnete ein Auge und sah sie lächeln. »Danke«, flüsterte ich und wartete, bis sie fertig war.

»Du. Siehst. Perfekt. Aus!« Sie ließ die Schatulle zuschnappen und hielt mir den Spiegel auf dessen Rückseite hin, damit ich ihr Werk bewundern konnte.

»Allerdings.« Ich nickte, und wir verfielen in einen Lachanfall, bis wir von einem ohrenbetäubenden Quietschen unterbrochen wurden, das aus den Boxen tönte. Mittlerweile hatte sich die Straße gefüllt, zwischen Touristen tummelten sich Nachbarn und Ladenbesitzer in kurzer bunter Kleidung und ready für die Sommerparty des Jahres.

»Oh mein Gott.« Flo warf stöhnend den Kopf in den Nacken. »Ich habe ihnen gesagt, sie sollen die Finger von der Technik lassen. Die haben absolut keinen Plan, Kali.«

»Dann schnell hin.« Ich klatschte ihr auf den Hintern und Flo rannte direkt los.

Kaum eine Sekunde später schmiegten sich Hände um meine nackte Taille. Ich drehte mich zu Malio um und sah ihm in die Augen, die voller Wärme waren und in die sich Erstaunen legte. »Wow, was hat Flo mit dir angestellt? Du siehst aus wie eine Fee.«

Ich verdrehte die Augen und stellte mich auf die Zehenspitzen, um Malio einen innigen Kuss auf den Mund zu drücken, den er zu gern erwiderte. »Danke, Surferboy«, grinste ich und deutete mit einem Nicken zum Ende der Straße, wo die Bühne stand, von der man zur Promenadenbrücke gelangte, auf der die Getränkestände und Sitzmöglichkeiten aufgebaut worden waren. »Lass uns etwas trinken«, bat ich und fischte zwei Fünf-Dollar-Noten aus der silbernen Tasche, die Florence mir geliehen hatte. »Ich lade dich ein.«

»Da sage ich nicht Nein.« Malio drehte sich vor mir um, ging ein Stück in die Hocke und streckte seine Arme nach hinten aus. »Spring auf«, forderte er und ich tat lachend wie mir geheißen, indem ich auf seinen Rücken hopste und die Arme um seinen Hals schwang. Er trug mich huckepack, ich küsste ihn auf die Wange und genoss den Moment, verdrängte all die schwarzen Gedanken, all die Probleme und konzentrierte mich auf dieses unaufhaltsame Kribbeln, das sich in jedem Molekül ausbreitete.

***

Musik dröhnte in meinen Ohren. Der Bass vibrierte bis in den letzten Millimeter meines Körpers und ließ mein Blut kochen. Die Flurtle Alley war voller Menschen, die sich zum Beat bewegten, grölten. Ich tanzte, die Arme ausgebreitet, und warf die Haare hin und her, ein Lachen auf den Lippen, so breit, dass mir der Kiefer schmerzte. Der Abend war schnell über uns hereingebrochen. Es schien nur Minuten gedauert zu haben, bis der goldene Himmel sich schwarz färbte und sich wie eine Decke über Shore Mana bettete.

Ich legte den Kopf in den Nacken, um an all den blinkenden, bunten Lichtern vorbei die Sterne zu betrachten. Malios Finger wanderten zu meinen Hüften, und er presste seinen Körper gegen mich, bis wir uns im Gleichtakt bewegten und ich aufpassen musste, von der Ekstase nicht völlig überfahren zu werden.

Malios warmen Körper an meinem zu spüren, sorgte dafür, dass alle Sorgen komplett in Vergessenheit gerieten und stattdessen einer Trillion Glücksgefühlen den Weg ebneten. Ich schmiegte mich rücklings an ihn und genoss es, von seinen starken Armen gehalten zu werden, sein Atem auf meinen Schultern.

Die Geschwindigkeit des Beats nahm zu, bis die Menge für ein paar Sekunden bewegungslos innehielt, was an die Wasseroberfläche eines stillen Sees erinnerte, ehe der Drop einsetzte und uns wie eine Tsunamiwelle flutete, uns anheizte. Meine Haut war schweißnass und ich griff nach dem Zopfgummi, das ich um das Handgelenk geschlungen hatte, um meine Haare zusammenzunehmen. Sofort drückte Malio seine Lippen in meinen Nacken und küsste mich, wanderte bis zu meinem Hals und zu der empfindlichen Stelle unterm Ohr empor. »Alles ist gerade perfekt«, rief er mir über die Musik ins Ohr.

Ich wand mich um, legte ihm die Hände um die Schultern und zog mich an ihm hoch, bis unsere Nasenspitzen sich berührten. »Du hast recht!« Er fasste mir unter den Hintern, um mich hochzuheben, und ich schmunzelte, biss ihm sanft ins Ohrläppchen. »Du trägst mich wohl gern durch die Gegend?« Ich hoffte, dass meine Stimme laut genug war, dass er mich verstand.

Er warf lachend den Kopf in den Nacken und verstärkte seinen Griff um meinen Po. »Schuldig«, gab er zu und trug mich zum Rand. Ich stahl mir unzählige Küsse von ihm und presste den Oberkörper gegen seinen. »Hast du Durst?«

Ich nickte. »Und wie, meine Kehle ist staubtrocken.«

»Komm.« Er setzte mich ab und nahm meine Hand, zog mich hinter sich her, während er uns einen Weg durch die Menge suchte. Ich ließ den Blick über sie gleiten. Sie wurde von blinkenden Scheinwerfern in bunten Farben angeschienen, die im Takt der Musik wechselten. Die Discokugeln in den Bäumen drehten sich und reflektierten die Lichter. Die Bühne, auf die wir uns zu bewegten, war der absolute Hammer mit ihrem

Schachbrettmuster im Hintergrund. Florence schwirrte am DJ-Pult herum, schwang ihre Hüften, um die Menge anzuheizen, und ich hob anerkennend eine Augenbraue. Der DJ, der einen Arm in die Höhe reckte, wippte diesen im Takt, während er einen Song ausfadete, um das Ende mit dem Beginn eines neuen zu überspielen.

Ich drückte Malios Hand, damit er sich zu mir umdrehte, und deutete stirnrunzelnd zur Bühne, an deren Rand Deacon stand und mit ein paar Mädels zu diskutieren schien. Unter ihnen meinte ich, Malios Schwester zu erkennen, die, meines Wissens, minderjährig war und nichts mehr hier zu suchen hatte. Es war schon nach Mitternacht. Malios Gesichtsausdruck wechselte binnen einer Zehntelsekunde von strahlend zu wütend. »Was macht sie hier?« Ich konnte ihn zwar kaum verstehen, las jedoch die Frage von seinen Lippen ab und zuckte entschuldigend mit den Schultern.

Ich deutete mit einem Kopfnicken an, dass wir hingehen sollten, und Malio legte seine Hände auf meine Schultern, um uns durch die Tanzenden zu navigieren. Deacon entdeckte uns und winkte uns zu sich, ehe er die Arme wieder autoritär vor der Brust verschränkte.

Als wir bei ihnen waren, hob ich grüßend die Hand und lächelte Deacon an. Malio wandte sich augenblicklich seiner Schwester zu, die ihre Überraschung blitzschnell hinter einem Augenverdrehen und einem Zungenschnalzen versteckte. Malio beugte sich zu ihr herunter und schrie ihr ins Ohr, währenddessen beobachtete ich, wie zwei von Noelanis Freundinnen Malio anschmachteten. Ich grinste in mich hinein.

Noelani zuckte trotzig mit den Schultern und auf Malios Gesicht erkannte ich Resignation. Er warf die Hände in die Höhe und tippte seiner Schwester gegen den Oberarm, sodass sie einen Schritt zurücktaumelte, als hätte er sie geschubst. Was für eine Kuh, ich hatte genau gesehen, dass er kaum Kraft aufgewendet hatte. »Mach, was du willst«, brüllte er über die Musik hinweg, drehte sich auf dem Absatz um und ließ uns stehen. Uns alle. Auch mich. Ähem, hallo?

Deacons Blick traf meinen, er verzog die Mundwinkel genauso überrascht wie ich und deutete in Malios Richtung, um mir zu sagen, dass er mit ihm reden würde. Ich nickte. Kurz überlegte ich, zu Florence zu gehen, doch als ich sah, dass sie sich an den DJ heranmachte, entschied ich mich dagegen. Stattdessen kam mir eine andere Idee. Wenn Noelani nicht auf ihren Bruder hören wollte, würde ich versuchen, mit ihr zu reden. Ich wusste von Malio, dass sie Influencerin war. Wer, wenn nicht ich, würde ihr besser die Schattenseiten aufzeigen können? Sie hatte mich sowieso erkannt, vielleicht hörte sie mir ja zu. Noelani warf ihre langen, braunen Haare über die Schultern und streckte den Rücken durch, zupfte an ihrem Cropped Top. Ich machte einen Schritt auf sie zu und überrascht blickte sie mich mit weit aufgerissenen Augen an.

»Können wir einen Moment reden?« Ich hatte mich zu ihr vorgebeugt, wodurch mir erst bewusst wurde, wie groß sie war. Statt ihre Antwort abzuwarten, nahm ich sie am Arm, führte sie an der Bühne entlang, bis wir dahinter waren, doch war das noch immer nicht leise genug.

Noelani stolperte in ihren Heels hinter mir her. »Was soll das?«, keifte sie und machte sich von mir los, rieb sich über die Elle, als hätte ich ihr ernsthaft wehgetan.

»Das frage ich dich.« Meine Stimme war laut, aber ruhig, und ich setzte einen Schritt zur Seite, um mich auf den Rand eines Blumenbeets zu setzen. Ich wollte ihr das Gefühl vermitteln, sie nicht einzuengen und auf Augenhöhe mit ihr zu sprechen, wofür sie sich nur neben mich setzen musste.

»Was wird das hier? Kennen wir uns?« Sie zog ihre Augenbrauen zusammen, doch erkannte ich, dass die Härte, hinter der sie sich versteckte, nachließ.

»Du mich anscheinend schon, oder was war das letztens für ein Kommentar über mich?« Meine direkte Konfrontation war ihr sichtlich unangenehm, das erkannte ich daran, dass ihr Röte in die Wangen stieg.

»Bist du wirklich Kalea Conteville?« Sie schluckte, als hätte sie Angst vor meiner Antwort.

»Ja, das bin ich«, erklärte ich und versuchte, stolz zu klingen. Denn im Grunde gab es nichts, wofür ich mich zu schämen brauchte. Wer ich heute war und wer ich vor all den Jahren gewesen war, alles gehörte zu mir.

Noelani ließ sich neben mich fallen und strich verlegen über ihren wadenlangen Plisseerock. »Wow, okay.«

Ich lächelte sie an, da ich sie unbedingt für mich gewinnen wollte. Immerhin bekämpfte man Feuer nicht mit Feuer. »Ich würde dich bitten, das für dich zu behalten. Ich habe nicht grundlos ein neues Leben begonnen.«

Sie schnaubte lachend. »In Shore Mana? Hast du kein hübscheres Kaff finden können?«

»Ist dir wohl zu klein, deine Heimatstadt?« Langsam, langsam tastete ich mich an sie heran.

Sie zuckte mit den Achseln, verzog trotzig die Mundwinkel, wodurch sie jünger wirkte, als sie sich versuchte zu geben. »Was hat man hier schon für Möglichkeiten?«

Seufzend lehnte ich mich zurück, stemmte die Hände in die Pflanzenerde hinter mir. »Welche möchtest du denn haben?«

Aus dem Augenwinkel sah ich sie erneut mit den Schultern zucken. »Penthouse, glamouröse Partys und so«, murrte sie.

»Okay.« Ich nickte und suchte ihren Blick. »An dieser Vorstellung ist nichts falsch, weißt du? Aber alles hat seine Kehrseite.«

»Das weiß ich«, erklärte sie mir neunmalklug und verdrehte die Augen. »Aber nichts davon kann ich *hier* haben.« Sie spie das Wort hier aus, als wäre es eine ansteckende Krankheit.

»Noelani.« Ich wandte mich ihr zu und sprach sie extra mit ihrem Namen an, da ich ihr wirklich das Gefühl vermitteln wollte, dass ich sie ernst nahm. »Glaubst du, du kennst die echte Kehrseite der Medaille?«

»Sie ist mir egal, okay? Überall ist es besser als in Shore Mana. Ich verstehe nicht, wie du dein perfektes Leben für das hier aufgeben konntest.« Sie schüttelte geschockt den Kopf und ließ den Blick schweifen, über die Brücke, die Bühne, das Meer.

Ein Lachen drang aus meiner Kehle und ich atmete tief durch, um das Zittern, das von mir Besitz ergriff, nicht in meine Stimme wandern zu lassen. »Geld ist super, ich werde dich dahingehend nicht anlügen. Ich vermisse die Leichtigkeit, das Wissen, mir alles kaufen zu können, keine Geldsorgen zu haben. Doch der Preis, den ich dafür zahlen musste, war mir zu hoch.«

Auf Noelanis Stirn entstand eine steile Falte, sie schien über meine Worte nachzudenken. »Welcher Preis denn? Du warst bekannt, hattest schöne Kleider, warst jeden Morgen mit deinen Freundinnen brunchen, hast Galas besucht.«

»Kleider, in denen ich weder sitzen noch tief einatmen durfte. Diese Frauen und ich waren nie Freundinnen, und weißt du, wie schön es gewesen wäre, im Bett zu frühstücken, während meine Lieblingsserie läuft? Die Galas waren die größte Farce, waren so viel teurer als das Geld, das sie einnahmen. Ich war verdammt unglücklich, ich war nicht ich.«

»Dann bist du eben nicht der Typ dafür«, murrte sie schwach.

»Da hast du recht«, pflichtete ich ihr bei. »Trotzdem kannst du mir glauben, wenn ich dir sage, dass viele in dieser Gesellschaft unglücklich sind. Nicht alle, aber mehr als du glaubst. Egal, wie breit das Lächeln scheint.«

»Wieso nicht?«

»Zufriedenheit und Glück kannst du dir nicht kaufen. Mein Leben auf dem Präsentierteller war die Hölle. Beantworte mir eine Frage, Noelani.« Ich streckte meine Hand nach ihr aus, legte sie auf ihren Unterarm und atmete erleichtert auf, dass sie diesen nicht wegzog.

»Ja?«

»Deine Eltern. Umarmen sie dich? Fragen sie dich, wie es dir geht? Was du in der Schule erlebt hast? Hängen Schnappschüsse von dir in eurem Wohnzimmer? Lassen sie dich ausschlafen? Wissen sie, was dein Lieblingsessen ist?«

»Das waren mehrere Fragen«, sagte sie. »Aber ja, natürlich«, murmelte sie. »Sie sind halt meine Eltern.«

»Meine Eltern wussten nie, was ich mochte, wie es mir ging, und haben mich nicht mal an meinem Geburtstag oder am Tag meines Schulabschlusses umarmt. Im Foyer hingen gestellte Fotos von uns als glückliche Familie.« Ich stieß einen Schwall Luft aus. »Ich habe nie entscheiden dürfen, wie ich das Wochenende verbringe. Bis ich meinen besten Freund geheiratet habe, wozu sie mich gedrängt haben. Da habe ich das erste Mal Selbstbestimmung verspürt, Freiheit, obwohl ich im Grunde von einem Käfig in den nächsten gesperrt wurde. Nur, dass ich mir diesen Käfig mit einem Freund teilen durfte.«

»Was? Ehrlich?« Geschockt riss sie die Augen auf. »Ihr wart doch seit der Highschool ein Paar gewesen.«

Ich schüttelte den Kopf, seufzte. »Nein, wir sind seit unserer Kindheit beste Freunde, sind es noch. Aber wir waren kein Liebespaar, nicht wirklich, es ist kompliziert und tut jetzt auch nichts zur Sache.« Das war zumindest die Grauversion, die nicht komplett gelogen oder wahr war, mir aber hoffentlich weitere Fragen ersparen würde, denn darum ging es hier und jetzt nicht.

»Warum erzählst du mir das? Hast du keine Angst, dass ich das an die Presse weitergebe?«

»Doch, natürlich«, gab ich wahrheitsgemäß zu. »Aber ich appelliere nicht nur an deinen gesunden Menschenverstand, sondern auch an dein Mitgefühl. Dein Bruder und ich sind zusammen, weißt du? Du würdest nicht nur mich verletzen, sondern auch ihn.«

»Mutig von dir.«

»Das war ich schon immer.«

»Stimmt wohl«, pflichtete sie mir bei. »Immerhin bist du einfach abgehauen.«

»Ich bin vor einer Scheinwelt geflüchtet, Noelani.«

»Was redest du da?«

»Es ist leicht, in dieser Glitzerwelt den falschen Dingen zu verfallen. Drogen, Alkohol, Glücksspiel.«

»Bist du diesen Dingen verfallen?« Noelanis sensationsgeiler Blick versetzte mir einen Stich und ich schüttelte den Kopf.

»Nein. Keine Drogen, keine freizügigen Aufnahmen, keine Alkoholexzesse. Nichts dergleichen. Glaub nicht leichtfertig, was du irgendwo liest.«

»Das würde mir nicht passieren«, erklärte Noelani siegessicher. »Und mir gefällt es, Influencerin zu sein. Ich bekomme manchmal echt hübsche Sachen.«

»Fühlst du dich da jemals ausgenutzt?«

Sie verschränkte die Arme vor der Brust. »Überhaupt nicht. Ich darf alles behalten, was sie mir senden. Ganz legal.«

»Okay«, sagte ich, lächelte ihr zu und entschied, ihr nicht zu stark zu widersprechen. »Versteh mich nicht falsch, ich verteufele das Influencersein nicht per se. Man kann Gutes damit tun, es kann Spaß und einen erfolgreich machen. Pass einfach auf dich auf und denk an meine Worte, ja? Du kannst mir glauben, wenn ich dir sage, dass vieles mehr Schein als Sein ist. Garantiert hast du schon in deine Kamera gelächelt, obwohl du es in diesem Moment nicht gewollt hast. Und diese Momente könnten sich häufen, bis sie überhandnehmen und du dich verlierst.«

»Ich lächele nicht, wenn ich es nicht will«, meinte sie trotzig und sogar ich, eine Fremde, erkannte, dass sie log.

»Dann ist es gut. Dann fang auch nicht damit an. Das erste falsche Lächeln wird vom zweiten, vom dritten, vierten, fünften eingeholt, und ehe du dich versiehst, steckst du im Abwärtsstrudel fest. Versprich mir, nie etwas zu tun, mit dem du dich unwohl fühlst.«

»Ja, ja«, willigte sie ein und stand auf. »Ich glaube, ich gehe nach Hause.«

»Bevor deine Eltern merken, dass du nicht da bist?«

Sie lief rot an, fasste sich an die Oberarme und wich meinem Blick aus. »Geht dich nichts an«, wisperte sie in dem Moment, in dem sie sich ertappt von mir abwandte und davonging.

»Oh, Noelani«, hauchte ich und fuhr mir mit der Hand erschöpft über die Stirn. Hoffentlich würde ich nicht bereuen, was ich ihr anvertraut hatte.

# KAPITEL 50

## Malio

Es war weit nach Mitternacht, als wir den Summerrave hinter uns ließen und gemeinsam mit Florence und Deacon den Heimweg antraten. Ich hatte von Glück reden können, dass Kalea mir nicht nachtrug, dass ich sie einfach hatte stehen lassen, als mein Frust wegen Noelani mich übermannt hatte. So genau wusste ich noch nicht, wie ich es finden sollte, dass Kalea sich meine Schwester vorgeknöpft hatte, ohne mich vorher zu fragen. Doch ich vertraute auf Kaleas Worte, dass Lani nach ihrem Gespräch nach Hause gegangen war. Was sollte ich auch sonst tun? Mom und Dad aus dem Bett klingeln? Ich hatte ihr eine Nachricht geschickt, auf die sie auch reagiert hatte, doch in mir regte sich dieser kleine Funken Misstrauen, was mich traurig machte, denn ich wollte meiner kleinen Schwester bedingungslos vertrauen können.

**Ich:** Lani, bist du zu Hause?

**Lani:** Ja, du nervst nur noch.

Was für ein erheiterndes Gespräch.

Unauffällig ließ ich den Blick über die Gesichter meiner Freunde gleiten, in denen sich Zufriedenheit niedergelassen hatte. Selbst Deacon, der seit Wochen irgendetwas mit sich herumzuschleppen schien, lächelte befreit in sich hinein. Florence schloss die Augen und summte vor sich hin. Sie vertraute darauf, dass Kalea, an deren Arm sie hing, dafür sorgte, dass sie gegen keine Laterne rannte. Kalea erwischte mich dabei, wie ich sie anlächelte, und zwinkerte mir zu, verstärkte den Druck um unsere ineinander verschlungenen Finger für einen Moment.

Die Musik drang gedämpfter an unsere Ohren, je weiter wir uns von ihr entfernten. Links von uns tobte das tiefschwarze Meer. Nicht einmal der strahlendweiße Mond hatte genug Kraft, um auch nur eine einzige Welle für uns sichtbar zu machen. Ich atmete tief die laue Nachtluft in meine Lungen und ließ mich in diesen vollkommenen Moment fallen. Diese Party, das ausgelassene Tanzen, die strahlenden Gesichter, das Gefühl von Gemeinschaft hatten wir alle gebraucht. Es waren Nächte wie diese, die einen davor bewahren konnten, sich in einem Abwärtsstrudel aus Schwarz wiederzufinden. Ich spürte den Beat durch mein Blut nachpulsieren, war mir meines durchgeschwitzten Shirts bewusst, das mir am Rücken klebte, und genoss die leichte Duselei, die mir die Drinks beschert hatten. Kalea und Florence hatten zwischen *Lava Flow*, *Blue Hawaii* und Wasser gewechselt. Ich hoffte, dass das Bild von Kalea, wie sie lachend den Kopf in den Nacken warf, während sie mit ihrer besten Freundin tanzte, niemals verblassen würde. Erinnerungsblitze wie dieser sorgten dafür, dass man sich in einem warmen Gefühl wiederfand, selbst dann, wenn vieles schieflief. Auch wenn es manchmal schien, als ginge alles bergab, gab es diese Momente dazwischen. Die heutige Nacht war etwas gewesen, was mir Kraft gab, auch wenn ich mir im Moment nur wünschte, erschöpft neben Kalea einzuschlafen.

»Wartet!« Deacons Stimme durchbrach die Stille und er fischte sein Smartphone aus der Hosentasche. Wir waren auf Höhe von *Neah's Bakery* angelangt, an deren Seite eine Straßenlaterne das Pflaster erhellte. »Stellt euch dorthin«, forderte er grinsend und sofort löste sich ein greller Blitz aus seinem

Handy, der uns schmerzerfüllt aufstöhnen ließ. »Sorry, sorry. Habt euch nicht so!« Lachend scheuchte er uns in den Lichtkegel, stellte sein Smartphone auf einen der angeketteten Außentische, checkte den Bildausschnitt und kam zu uns gerannt.

»Und jetzt alle: Oohaaana«, wies uns Florence an und legte Kalea und Deacon einen Arm um die Schultern. »Noch eins?«

Deacon nickte und flitzte zum Handy herüber, um den Selbstauslöser erneut einzuschalten, doch dieses Mal kam er schneller zurückgerannt und schnappte sich Florence, um sie in die Luft zu wirbeln. Erschrocken quiekte sie auf.

»Das Bild muss ich sehen.« Kalea befreite sich aus meinem Griff und folgte Deacon zu seinem Handy. Sie lachte, als sie auf das Display schielte. »Das musst du mir unbedingt schicken, Deac«, bat sie ihn und er nickte.

»Jetzt du und Florence, Nahaufnahme«, meinte er und schob die beiden besten Freundinnen eng zusammen in den Lichtkegel. Sie strahlten Wange an Wange in die Kamera und eins von Florence' Glitzersternchen blieb an Kaleas Gesicht kleben, als sie sich voneinander lösten. Deacon sah auf das Foto herab und drehte das Display zu mir.

»Das könnte das Cover eines Pop-Albums sein«, grinste ich. »Ihr seht hübsch aus mit eurem Kindergeburtstags-Make-up.«

»Danke.« Florence blinzelte und warf sich in gespielter Arroganz die Haare über die Schulter. Kalea hob tadelnd eine Augenbraue an, doch kaum eine Sekunde später brachen die beiden in Gelächter aus, das wie Musik in meinen Ohren klang. »Kommt, ihr auch«, sagte Flo, schnappte Deacon sein Handy aus der Hand und wedelte mit den Fingern, um uns zu bedeuten, dass sie ein Foto von uns Männern machen wollte.

Deacon legte mir einen Arm um die Schultern. Er verzog das Gesicht zu einer Grimasse, also tat ich es ihm gleich und formte hinter seinem Kopf zusätzlich Häschenohren mit den Fingern. »Sehr erwachsenes Foto von euch«, prustete Florence und gab Deac sein Handy zurück, der mir lachend das Bild zeigte.

»Es ist perfekt, oder?« Ich stieß Deacon den Ellenbogen in die Seite. »Das sind so wir!«

»Ist es wirklich. Das war der beste Abend seit Langem.« Wir stimmten ihm zu und setzten unseren Weg fort.

Zuerst verabschiedeten wir uns von Florence, die wir vor ihrer Wohnung absetzten und die uns allen zum Abschied einen Kuss auf die Wange drückte. Sogar mir, wobei sie mir trotzdem einen kurzen Blick schenkte, der mir sagen sollte, dass sie mir den Schädel rasieren würde, wenn ich ihrer besten Freundin wehtat. Ich überrumpelte sie, indem ich die Augen verdrehte, nach ihrem Gesicht griff und ihr einen freundschaftlichen Kuss auf die Stirn setzte. Für den Bruchteil einer Sekunde hatte ich es dadurch geschafft, ihr die Sprache zu verschlagen und ihr ein scheues Lächeln zu entlocken. Kalea neben uns kicherte.

Ein paar Hundert Meter weiter fanden wir uns vor dem Haus wieder, in dem Deacon seine Wohnung hatte, und verabschiedeten uns von ihm.

»Dann waren es noch zwei.« Kaleas Stimme durchdrang die Nacht und sie schmiegte sich enger an meine Seite.

»Endlich.« Ich lächelte und drückte sie an mich. »Soll ich mit zu dir kommen?«

»Klar! Du glaubst doch nicht, dass ich diese Nacht damit beenden will, einsam und allein in meinem Bett zu liegen, statt neben dir.«

»Gut, Schildkrötenmädchen«, flüsterte ich und beugte mich zu ihr herunter, um ihr einen Kuss auf den Mundwinkel zu hauchen. »Ganz mein Gedanke.«

## KAPITEL 51

### Kalea

Seit dem Shore Mana Summerrave waren ein paar Tage vergangen und ich musste der Wahrheit ins Gesicht sehen: Die Nachwirkungen dieser wunderbaren Nacht verblassten zunehmend. Der Alltag, oder was davon übrig geblieben war, bei all den Existenzängsten, die sich anhäuften, hatte mich wieder. Jeden Morgen zur Golden Hour fuhr ich auf meinem geliebten Roller durch die Straßen Shore Manas, auf denen oft schon Trubel herrschte. Ich trat gegen die Eingangstür des *Turtles' Inn*, nachdem ich mich dagegengeworfen hatte, um sie zu öffnen, und durchlitt still den ersten Nervenzusammenbruch des Tages, wenn mein Blick auf den Wust an Papieren fiel.

Der erste Lichtblick des Tages war, wenn Florence zwischen neun und zehn Uhr in der Auffangstation aufschlug, stets Kaffee und ein Gebäckstück für mich dabei sowie ein aufmunterndes Lächeln auf den Lippen. Seit dem Summerrave war Malio jeden Tag zur Mittagszeit vorbeigekommen, etwas zu Essen im Gepäck und diesen Mix aus Versprechen und Bitte im Blick, sich um mich kümmern zu dürfen. Mehrmals hatte er mir erklärt, dass ich trotz allem auf mich achten sollte. Doch wie sollte ich das tun, wenn ich drohte, all das hier zu verlieren? Dennoch war ich ihm dankbar und sehnte die Mittagspausen herbei. Ihn zu sehen, von ihm einen Kuss auf die Lippen gedrückt zu bekommen, ließ für wenige Augenblicke das bedrückende Gefühl in mir verblassen. Doch diese Sorgen waren verdammte Phönixe und stiegen aus ihrer eigenen Asche empor. Kräftiger, farbenfroher und nerviger als je zuvor.

Es war mittlerweile später Nachmittag und Florence half mir dabei, Snickers, einen unserer schüchternen Schützlinge, zurück in ihr Appartement zu setzen, nachdem wir ihre Vitalwerte gecheckt hatten. »Kalea?« Sie wischte sich mit dem Handrücken über die Stirn und deutete über ihre Schulter zum Behandlungsraum. »Dein Schnurtelefon klingelt. Ich hätte ja nicht geglaubt, dass dieses alte Teil tatsächlich funktioniert. Ich dachte, das wäre Deko.«

»Oh, was?« Ich klatschte in die Hände, um den Staub loszuwerden, und wischte ihn mir an der weiten Stoffhose mit Palmenmuster ab. »Nicht auflegen!«, rief ich, während ich in die Auffangstation rannte. Seit dem Tag des Summerraves wartete ich auf ein Lebenszeichen der *Bank of Shore Mana* und nachdem ich angerufen hatte und mir am Telefon nahegelegt wurde, von Nachfragen abzusehen, da man sich bei mir melden würde, saß ich Tag für Tag wie auf heißen Kohlen. Während ich über die weißen Fliesen schlitterte, fragte ich mich erneut, warum zur Hölle ich nicht einfach meine Handynummer statt der Festnetznummer des *Turtles' Inn* angegeben hatte.

»Kalea Conteville, *Turtles' Inn*«, meldete ich mich außer Atem und froh darüber, dass noch nicht aufgelegt worden war.

»Miss Conteville, schön, dass ich Sie erreiche, ich bin Tony Lee von der *Bank of Shore Mana*, Ihr Sachbearbeiter. Ich habe mir in den letzten Tagen ein Bild von Ihren Finanzen gemacht.« In seinem Tonfall konnte ich superviel Nichts heraushören. Er war ein Profi. Am liebsten hätte ich ihn direkt durch das Telefon gezogen, um ihn zu fragen, ob es Hoffnung gab oder ob ich gleich alles hinschmeißen sollte. »Kommen Sie gern morgen um zwei Uhr zur Bank und wir sprechen.«

»Prima, danke, ja, gerne«, rasselte ich herunter und versuchte, die Aufregung, die mir Übelkeit bescherte, zu ignorieren. »Ich bin dann morgen um zwei Uhr da, vielen Dank, bis morgen«, bedankte ich mich erneut und legte auf, nachdem Mister Lee sich verabschiedet hatte.

»Du strahlst«, ertönte Florence' Stimme direkt hinter mir und ich zuckte erschrocken zusammen, da mir nicht aufgefallen war, dass sie mir gefolgt war.

»Ach ja?«

»Ja.« Sie nickte und ließ sich mir gegenüber auf dem Hocker fallen und wies auf den Kühlschrank. »Gibst du mir ein Wasser?«

»Klar.« Ich holte zwei Flaschen heraus. Erst jetzt fiel mir auf, wie trocken meine Kehle war. Vermutlich war an Malios Sorge wirklich etwas dran. Ich achtete wirklich gar nicht mehr auf meine Bedürfnisse.

»Wer war das?« Flo tippte auf den schwarzen Telefonhörer und wickelte sich das eingedrehte Telefonband um den Finger.

»Das war die Bank. Ich habe morgen einen Termin.« Ich trank gierig die Hälfte der Flasche, ohne abzusetzen.

»Sehr gut!« Sie lächelte und schluckte.

»Warum schluckst du? Was ist los? Raus mit der Sprache.« Ich verschränkte die Arme vor der Brust. Irgendetwas war los. Aus dem Augenwinkel nahm ich wahr, wie Malio den Kopf zur Tür hereinstreckte und winkte ihm. Er legte fragend den Kopf schief, da man es uns anzusehen schien, dass wir in ein Gespräch verwickelt waren. Florence drehte sich zu ihm um und winkte ihn seufzend zu uns heran.

»Der Zeitpunkt ist echt ungünstig.« Sie stöhnte und tippelte mit den Fingerspitzen auf die Tischplatte.

»Wovon redest du, Flo? Wofür?«

»Ich muss verreisen. Heute Abend fahre ich los.«

»Oh.« Ich versuchte gar nicht erst, meine Enttäuschung zu verbergen. »Okay. Kein Problem.« Ich winkte ab. »Ich schaffe das hier allein und ich rufe dich nach meinem …« Ich schielte zu Malio, der hinter Florence stehen geblieben war. »… Termin an, ja?«

Florence nickte. »Mach das unbedingt, Süße. Ich hoffe, in spätestens zwei Wochen wieder hier zu sein.«

»Zwei Wochen?« Ich riss die Augen auf. »Wo musst du hin?«

Florence setzte sich auf ihre Hände, was überhaupt nicht zu ihr passte. Sie war kein schüchterner Typ, und sie druckste nie so herum. »Das kann ich nicht erzählen«, murmelte sie. »Es ist irgendwie … privat.«

»Oh, alles klar.« Ich schluckte und fasste mich schnell, auch wenn es sich für mich anfühlte, als hätte jemand einen Eimer voller Eiswürfel über mir ausgekippt.

»Versteh mich nicht falsch, ich darf nichts sagen, okay? Vielleicht irgendwann, aber im Moment …«

»… nicht«, beendete ich ihren Satz und war verwirrter als vorher. Was gab es in Florence' Leben, worüber sie nicht sprechen durfte? Nicht einmal mit mir? »Schon gut.« Ich winkte locker ab.

»Es tut mir so leid, das Timing ist echt mies«, entschuldigte sich Florence und fuhr sich durch ihre langen blonden Haare, um ein paar Knötchen zu lösen, die sich durch die starke Brise, die heute über die Insel wehte, gebildet hatten. »Ich habe das Gefühl, dass ich dich und das *Turtles' Inn* im Stich lasse.«

»Red keinen Stuss«, tadelte ich sie und legte lächelnd den Kopf schief, als wäre sie ein Welpe. »Ich krieg das hin. Dann bleibe ich eben die nächsten zwei Wochen länger, um alles zu schaffen. Gar kein Problem, wirklich. Tu du einfach, was du tun musst, okay?« Ich streckte meinen Arm über den Tisch, um ihre Hand zu greifen und diese fest zu drücken. »Mach dir keinen Kopf.«

»Darf ich was sagen?« Malio räusperte sich und umrundete den Tisch, um mir endlich einen Kuss zur Begrüßung zu geben. Ich dachte schon, er würde es vergessen.

»Klar, Surferboy.« Florence wedelte mit der Hand und wies mit dieser auf den Boden neben sich. »The stage is yours.«

»Danke, Kratzbürste.« Er deutete eine Verbeugung an, woraufhin Flo und ich simultan die Augen verdrehten. Flo vermutlich wegen ihres neuen Spitznamens. »Ich springe gern für dich ein.« Er wandte sich mir zu. »Ich helfe dir mit den Schildtröten.«

»Schildtröten?« Flo hielt sich eine Hand vor den Mund, um ihr Lachen zu verstecken, und auch ich grinste breit.

»Meninas Tochter Lilly sagt das Wort falsch, und Malio findet es süß. Deswegen hat er es übernommen«, erklärte ich und stieß Malio sanft einen Ellenbogen in die Hüfte. »So wird Lilly das Wort niemals korrekt aussprechen, das ist dir klar, ja?«

Er zuckte mit den Schultern. »Ihr Bildungsauftrag ist wirklich nicht meine Aufgabe. Es reicht, wenn sie auf mir herumhüpfen darf und sich dabei nicht alle Knochen bricht.« Er spielte auf die zwei Abende an, an denen wir gemeinsam auf Lilly aufgepasst hatten. Es gab mir ein gutes Gefühl, Menina endlich etwas dafür zurückgeben zu können, dass sie mich die letzten zwei Jahre ernährt hatte.

»Wo du recht hast«, stimmte ich ihm zu und stützte mich auf dem Tisch ab, um aufzustehen. »Weiter geht's!« Ich klatschte in die Hände, als triebe ich eine Schäfchenherde an.

Florence und Malio folgten mir stöhnend auf dem Fuße nach draußen. »Ich mach die Filterrunde«, meldete sich Flo und streckte den Arm in die Höhe.

Ich lachte. »Alles klar, danke!« Sie steckte sich ihre kabellosen Kopfhörer in die Ohren, wählte auf ihrem Handy irgendeine Playlist an und wackelte mit schwingenden Hüften in Richtung des Lagers.

»So.« Malio fasste mich am Handgelenk und wirbelte mich zu sich herum. Aus meiner Kehle löste sich ein Schreckenslaut und ich schlug ihm sachte gegen die Brust, um meiner Empörung über sein Erschrecken Luft zu machen. Wir lösten uns voneinander und liefen herüber zur Wiese, auf der ich Behandlungswerkzeuge auf weißen Handtüchern ausgebreitet hatte, damit sie in der Sonne trockneten und direkt von der UV-Strahlung desinfiziert wurden. Zwar hatte ich das schon mit der üblichen Chemie getan, doch doppelt hielt besser. »Von was für einem Termin hast du da vorhin gesprochen?« Er zeichnete Gänsefüßchen in die Luft, nachdem er sich Gummihandschuhe übergezogen hatte.

Ich hielt, eine Zange in der Hand, mit der man Knochen brechen konnte, in der Bewegung inne und legte sie behutsam neben eine Pinzette in einen Karton. Ich saß in der Hocke und sein Schatten ragte über mir auf. Lächelnd richtete ich meinen Blick zu ihm auf und zuckte mit den Schultern. »Ich habe morgen einen Termin bei der Bank. Ganz frisch, vorhin hat mein Sachbearbeiter angerufen.«

»Das ist gut, oder? Ist es gut?« Er ging neben mir in die Hocke und schnappte sich eins der frei gewordenen Handtücher, um es zu einem Dreieck zusammenzufalten, wie ich es ihm gezeigt hatte.

Ich zuckte mit den Achseln und platzierte eine Feile in dem Karton, darauf bedacht, dass sie gegen kein anderes Werkzeug kullerte. »Das hoffe ich.«

Er seufzte. »Kalea, wie schlimm steht es um deine Auffangstation? Also wirklich?«

Innerhalb einer Zehntelsekunde wurde mir eiskalt, denn natürlich hatte ich ihm erzählt, dass ich schwamm. Doch ich hatte ausgelassen, dass mir das Wasser nicht nur bis zum Hals stand, sondern bis zur Nase. »Mies.«

»Wie mies?«

Ich wandte den Blick ab. »Mies mies.« Ich hörte ihn lachen, als er eine Hand auf meine Schulter legte. »Ich brauche eine Stange Geld, die ich damals einfach aus dem Ärmel hätte schütteln können«, stöhnte ich und wusste, wie undankbar ich klang. »Ich wünschte wirklich, ich könnte meinen eigenen Worten glauben, dass Geld nicht glücklich macht. Aber manchmal bin ich mir echt nicht so sicher, ob ich mich selbst nur zu täuschen versuche«, murrte ich, stand auf, den Karton vor den Bauch haltend, und beendete den Satz nicht.

»Ich denke, du weißt, dass Geld nicht wirklich das ist, was glücklich macht«, murmelte er. »Aber wenn man Geld hat, kann man sich unbeschwerter darauf konzentrieren, es zu finden. Das Glück, meine ich.«

»Vielleicht hast du recht«, pflichtete ich ihm bei. »Jedenfalls muss ich morgen zur Bank und bin danach hoffentlich schlauer.«

»Das wird schon alles irgendwie, wir verlieren dein *Turtles' Inn* nicht.« Die Zuversicht in seinem Blick ließ meinen Magen hüpfen und meinen Puls schmerzhaft gegen meine Kehle pochen. Ich würde seinen Worten so gern Glauben schenken, doch sie waren im Moment nichts weiter als die gut gemeinten, aber irgendwie unklaren Sprüche auf dem Schnipsel von Yogi-Tea-Beuteln. Man hörte sie gern, aber die Welt veränderten sie trotzdem nicht.

## KAPITEL 52

### *Malio*

Ich stromerte vor dem Bankgebäude auf und ab und wartete auf Kalea. Sie wusste nichts davon, dass ich sie überraschen und abholen wollte. Vielleicht brauchte sie Trost, falls der Termin nicht lief, wie sie es sich erhofft hatte.

Während ich in der Gegend herumstand, begegnete ich vielen bekannten Gesichtern. Ich grüßte die alte Mrs. White, die einen Einkaufswagen aus dem Supermarkt schob, in dem angeleint ihre Katzen saßen, und verkniff mir ein Lachen. Als wir Kinder gewesen waren, hatten Deacon und ich der alten Dame Klingelstreiche gespielt, da sie liebend gern ihre Katzen auf Störenfriede gehetzt hatte, als wären sie blutrünstige Wachhunde.

Ich ließ mein Skateboard auf den Gehsteig plumpsen, sprang auf und rollte zum Straßenrand, an dem sich erhöhte Blumenbeete befanden. Ich setzte mich auf den Rand, lehnte das Board dagegen und legte den Kopf in den Nacken, um meine Nasenspitze von den Sonnenstrahlen kitzeln zu lassen. Ich kniff die Augen trotz der Sonnenbrille etwas zusammen und ließ den Blick über die grün bewachsenen Vulkane schweifen, die hinter unserer Stadt aufragten und typisch waren für Hawaii.

*»Aloha 'Āina«*, flüsterte ich und begrüßte das warme Kribbeln in meinem Bauch, das diese Worte in mir auslösten. *Aloha*

*'Āina* war eine tief in der hawaiianischen Kultur verwurzelte Phrase, die für die Liebe und Pflege des Landes stand. Der typische Duft Shore Manas wehte mir um die Nase: Salz vom Meer, Algen, die ab und zu angespült wurden, frisch gemahlene Kaffeebohnen, Sonnencreme und der zarte, süßliche Duft von Blumenblüten, die überall in der Stadt für bunte Farbtupfer sorgten. In meinem Bauch zog es, denn ich dachte an die Sommer in New York, in denen ich all das hier sehnsüchtig vermisst hatte. Alles – sogar Mrs. White mit ihren Katzen.

Ich öffnete genau im richtigen Moment die Augen, als Kalea aus der Bank trat. Sie drückte die in Holz gefasste Glastür ins Schloss, wandte sich um und blies die Wangen auf. Entweder, weil sie ihre Anspannung loswerden wollte, oder weil die Hitze sie erschlug, nachdem sie das klimatisierte Gebäude verlassen hatte. Ich grinste schon, als sie mich noch gar nicht gesehen hatte, kickte mein Board herum, sprang auf und rollte direkt auf sie zu. Sie trug eine beige Stoffhose, ein eng anliegendes weißes Oberteil, das einen engen Rundhalskragen hatte, und darüber einen Sommerblazer in der gleichen Farbe der Hose. Sie hatte all ihre Tattoos überdeckt, was mich schmunzeln ließ. Ihre Haare fielen ihr offen über die Schultern, und als ich ihr näher kam, sah ich weiße Stecker an ihren Ohrläppchen aufblitzen.

Ich winkte und nachdem sie kurz die Augen zusammengekniffen hatte, rannte sie mir freudestrahlend entgegen. Ich stieg vom Board ab und ließ sie in meine Arme hüpfen.

»Es lief wohl gut?«

Sie nahm mein Gesicht zwischen die Hände und drückte mir einen festen Kuss auf den Mund. »Ja. Ich bekomme einen Kredit zu guten Konditionen, der mir zwar die nächsten Jahre an den Hacken klebt, es mir aber ermöglicht, das *Turtles' Inn* zu retten.«

Ich wirbelte sie herum, woraufhin sie lachte. »Wow, Kalea, das ist ja großartig.«

Sie nickte und klammerte sich an meinen Hals. »Ist es. Ich muss morgen hin, um alles zu unterzeichnen, er setzt heute alles auf. Und ich dachte schon, dass ich meine Zelte hier würde abbrechen müssen.«

»Das hätte ich nicht zugelassen«, erklärte ich ihr, wofür ich eine hochgezogene Augenbraue erntete. »Guck nicht so«, erwiderte ich. »Ich lass dich nicht einfach verschwinden.«

»Na gut«, grinste sie.

»Komm, ich spendiere dir ein Eis, um zu feiern.« Ich setzte sie ab, trat mit dem Fuß auf das Board, um es in die Hand zu nehmen, und griff mit der anderen nach ihrer.

»Moment!« Kalea pellte sich aus ihrem Blazer und band ihn sich um die Hüften. »Sonst komme ich noch um«, meinte sie und fächelte sich Luft zu. »Keine Ahnung, ob ich mich jemals an diese tropischen Temperaturen gewöhnen werde. Das ist auf jeden Fall etwas, wofür ich New York vermisse«, brabbelte sie. »Da ist es zwar auch warm, aber man findet Schatten.«

»Stimmt, ich erinnere mich.«

»Mochtest du New York?« Sie musterte mein Profil und wandte sich dann ab, um den Blick über die Blumenkästen schweifen zu lassen, die unter den Palmen am Straßenrand standen.

»Nicht wirklich«, gab ich zu. »Es war nicht alles schlecht, und ich kann durchaus verstehen, was für viele den Reiz an New York ausmacht. Aber für mich war es nur ein stickiges Dreckloch ohne Himmel.«

»Ohne Himmel? Da muss ich widersprechen. An den richtigen Plätzen hast du den besten Blick auf ihn. Du musst nur wissen, wohin du gehen musst«, meinte Kalea seufzend. »Nicht alles in New York war schlecht«, murmelte sie. »Es ist trotz allem meine Geburtsstadt.«

»So richtig kann man sich nie von seinen Wurzeln lösen, oder?« Ich lächelte und zog an ihrem Handgelenk, sodass sie gegen mich taumelte, und legte ihr tröstend den Arm um die Schultern.

»Irgendwie nicht«, stimmte sie mir zu und hielt sich an mir fest. »Trotzdem bin ich lieber hier«, erklärte sie und senkte den Blick auf meinen Arm. »Bei dir.«

Da war es wieder, das Feuerwerk in meinem Bauch, die Schmetterlinge, die tosenden Wellen. »Ich für meinen Teil bin sehr froh darüber, dass du dir ausgerechnet Shore Mana für dein neues Leben ausgesucht hast.«

»Und ich erst.«

Ich lotste sie in eine Seitenstraße, die eine Abkürzung zum *Molly's* war. »Hier entlang.« Kurz darauf blitzte die bunte Markise vom Eisladen auf und wie immer herrschte Hochbetrieb am Verkaufsfenster. Alle liebten Mollys Sorten, auch wenn sie mit ihrer Experimentierfreude manchmal zu weit ging. Wirklich niemand wollte Mozzarella-Eis mit Preiselbeeren probieren oder eins, das nach Brot schmeckte. Die meisten Touristen kauften ohnehin das bunte, klassische Shave Ice. »Mal sehen, womit Molly uns heute überrascht.«

»Sie hatte letztens Ziegenkäse-Eis«, lachte Kalea. »Zusammen mit einer Kugel Mango war es richtig lecker.«

»Du hast es probiert?« Geschockt hob ich eine Augenbraue.

Sie nickte. »Natürlich hab ich das. Der Bottich war voll und hat mir leidgetan. Florence war das egal.«

Ich legte lachend den Kopf in den Nacken. »Du bist der einzige Mensch, der Mitleid mit einer Eissorte hat.«

»Molly hat sich auch gefreut.«

Wir stellten uns in die Schlange und während wir warteten, lehnte sich Kalea rücklings gegen mich, wobei sie mir strahlende Blicke zuwarf. Als wir an der Reihe waren, entschieden wir uns für Klassiker, mit denen man nie etwas falsch machte: Zitrone und Joghurt, Himbeere und Cookies. Wir schlenderten, jeder eine Eiswaffel in der Hand, nebeneinander her und ließen die Zeit vergehen, bogen in stiller Übereinkunft in die Promenade ein, bis wir uns am Strand wiederfanden. Wir schritten durch den heißen Sand bis zum Ufer, schlüpften aus unseren Schuhen und ließen das Wasser über unsere nackten Füße schwappen. »Heute ist ein perfekter Tag«, flüsterte Kalea in den Wind und drückte mir einen Kuss auf die Wange. »Ich muss trotzdem zurück zu meinen Schildkröten.«

»Ich komme mit.« Ich hielt ihr die Hand hin, damit sie nach ihr griff, und gemeinsam machten wir uns auf den Weg zum *Turtles' Inn*. Unterwegs schrieb ich Kane und bat ihn, meinen Surfkurs zu übernehmen. Den Shop sollte er schließen und eine Info an die Tür hängen, dass ein Surfkurs stattfand. Mein schlechtes Gewissen gegenüber Mom und Dad meldete sich, doch meine Priorität lag gerade einfach bei Kalea.

Kaum dass wir die Auffangstation betreten hatten, klingelte das Telefon in ihrem Büro und sie hechtete darauf zu, wobei sie mir fast die Eingangstür gegen das Gesicht geknallt hätte. Ich schloss sie leise hinter uns und folgte ihr. Ich entschied mich, zu warten, da ich nicht wusste, was ich ihr abnehmen konnte.

»Was?« Sie schrie in den Telefonhörer. »Das ist nicht Ihr Ernst, oder?« Sie ließ sich auf ihren Drehstuhl fallen und wandte mir den Rücken zu. »Hören Sie, da stimmt irgendetwas nicht. Ich bin nicht …«, sie zischte ins Telefon und schien von dem Anrufer unterbrochen zu werden. Sie schüttelte den Kopf, fuhr sich mit der Handfläche über die Stirn. In mir läuteten sämtliche Alarmglocken, denn ihre Stimme erhob sich, sie war wirklich wütend. »Ich wiederhole es gern für Sie, das kann überhaupt nicht sein, bitte prüfen Sie es erneut.« Eine Pause trat ein, in der sie nickte. »Bitte«, flehte sie und ihr Schweigen drückte mir schmerzhaft auf den Brustkorb. »Danke«, schnaubte sie, knallte den Hörer nachdrücklich auf die Station, und ich traute mich kaum, sie anzusprechen, da ihr ganzer Körper bebte.

»Was ist los?« Ich ging einen Schritt auf sie zu und erschrak, als ich ihre harten Gesichtszüge sah. Sie schaute mich leer an, ehe sie den Blick auf ihre Knie sinken ließ. »Kalea?«

»Mir ist schlecht«, erklärte sie und fuhr sich über den Magen, rollte zum Kühlschrank herüber und nahm sich ein Wasser daraus hervor, um einen Schluck zu nehmen. »Tequila wäre mir gerade lieber«, schnaubte sie, schraubte den Verschluss zurück auf die Plastikflasche und feuerte sie in die Ecke. »Verdammte Scheiße«, fluchte sie, gab ihrem Schreibtisch einen Tritt. Ich wusste nicht, wie ich reagieren sollte. Sie stemmte ihre Ellenbogen auf die Tischplatte und legte ihre Stirn in ihre Hände. Als sie weitersprach, bestätigte sich meine Vorahnung. »Das war die Bank«, flüsterte sie und schüttelte den Kopf. »Angeblich bin ich plötzlich doch kreditunwürdig«, erklärte sie und schnaubte. »Wie soll sich mein Score bitte innerhalb von Stunden so negativ verändern? Das ist doch nicht möglich!«

»Fuck«, war die einzige Erwiderung, die mir einfiel.

Kalea hob den Blick an, fuhr sich über das Gesicht, wodurch sie sich ihren Lidschatten auf die Wangen schmierte. Sie starrte auf ihre pinken Fingerspitzen. »Ach, scheiße.« Sie stand auf, um zum Waschbecken herüberzugehen, schnappte sich ein Handtuch vom Stapel, benetzte es mit Wasser und wischte sich damit über die Wangen. »Weißt du, was am allerschlimmsten ist?« Sie wandte sich zu mir um, krallte sich rücklings in den Rand des Beckens und sah so traurig aus, dass es mir das Herz zerriss.

»Nein, was?« Ich schluckte und setzte einen vorsichtigen Schritt auf sie zu. »Erzähl es mir, ich bin da, okay?« Ich streckte die Hand nach ihr aus, doch sie schüttelte den Kopf und ich ließ sie wieder sinken.

Sie starrte auf den Boden zwischen uns und ihr bebender Oberkörper verriet mir, dass sie weinte. »Dass ich noch vor einer Stunde Hoffnung hatte. Sie haben mir meine Sorgen und Zweifel genommen, ich dachte wirklich, dass ich endlich die Lösung gefunden hatte. Und jetzt habe ich das Gefühl, umso härter zu fallen.« Sie hob den Kopf an, Tränenbäche rannen ihr über die Wangen und sie gab es auf, sie mit dem Handrücken wegwischen zu wollen. »Ich muss aufgeben, Malio.« Sie schluchzte und ging in die Hocke. »Ich muss aufgeben«, wiederholte sie flüsternd, setzte sich auf den Boden und ließ die Stirn auf ihre Knie sinken. »Es ist alles vorbei.«

Ich stand wie erstarrt da, geschockt und unsicher, was ich sagen konnte. Stattdessen lief ich zu ihr, ließ mich neben ihr nieder und zog sie an mich, bettete ihren Kopf in meinem Schoß und strich ihr über Rücken und Schulter, während ihre Tränen unaufhaltsam flossen, und ihr Körper sich vom Schluchzen verkrampfte. »Ich weiß, du willst das nicht hören«, flüsterte ich Minuten später, als sie sich ein bisschen beruhigt hatte. »Aber wir finden einen Weg, okay?«

Sie stützte sich hoch und sah mir in die Augen. »Wie denn, Malio? Ich habe kein Geld mehr. Gar keins. Die Rechnungen stapeln sich, und ich …«

Ich fiel ihr ins Wort und legte ihr sanft einen Finger auf die Lippen. »Mir fällt etwas ein, das verspreche ich dir.«

»Okay«, wisperte sie nickend und ich stellte mir im Stillen die Frage, wieso zur Hölle ich ihr ein Versprechen gab, von dem ich keine Ahnung hatte, ob ich es halten konnte. Sicher war, dass mir schnell eine Lösung einfallen musste, denn die Zeit rannte Kalea davon. Sie rannte *uns* davon.

## KAPITEL 53

# Kalea

Die Golden Hour war über uns hereingebrochen und mich befiel ein schlechtes Gewissen, als ich zu Malio hinübersah, der dabei war, die weißen Außenfliesen mit einem Gartenschlauch sauber zu spritzen. Er war nicht surfen, sondern hier bei mir, und als er bemerkte, dass ich ihn beobachtete, lächelte er, lief zum Wasserregler und drehte ihn zu. Er ließ den Schlauch ins Gras fallen und kam zu mir herüber, nahm mir den Deckel des Futtereimers aus der Hand, den ich umklammerte wie einen Rettungsring.

»Lass uns gehen, es reicht für heute, okay?« Er legte ihn auf den Eimer, drückte ihn fest und griff den Henkel, um ihn ins Lager zu bringen. Wie erstarrt stand ich da, nickte, schluckte und konnte einfach nicht fassen, dass ich dabei war, all das hier zu verlieren. Wie lang hielt so ein Schockzustand an? Es war, als stünde ich seit Stunden neben mir. Malio und ich hatten kaum ein Wort miteinander gewechselt, und doch gab er mir das Gefühl, für mich da zu sein, auch wenn er seit einer Weile immer wieder wie wild auf seinem Handy herumtippte. Ich war zu geschwächt, ihn darauf anzusprechen. Und ich vertraute ihm. Zwar musste ein Wunder geschehen, wenn wir das *Turtles' Inn* und all meine Schützlinge wirklich retten wollten, doch wer nicht an Wunder glaubte, der glaubte an überhaupt nichts.

Malio kam zurück zu mir und legte seine Arme um meine Taille, um mich an sich zu ziehen. Ich lehnte die Wange an seine warme Brust und sog gierig seinen Duft ein. Er roch wie immer nach frisch gewaschener Wäsche und Meer, Salz, Sonne, Glück. Mit geschlossenen Augen zählte ich die Sekunden, atmete langsam ein und aus und begrüßte, wie die Anspannung aus meinen Muskeln wich. Ich war nicht mehr allein. »Wie sieht's aus«, flüsterte er an meinem Ohr und drückte mir einen Kuss auf die Stelle darunter. »Burger, Pommes, Cola, Strand?«

Ich lächelte zu ihm hoch und zwinkerte. »Ja, ja, ja und ja, klingt genau nach etwas, das ich jetzt brauche.«

»Perfekt, ich verhungere nämlich«, grinste er und mein Magen knurrte in Erwiderung darauf, was mir ein trauriges Kichern entlockte. »Ab ins *Pu'eo*.«

»Lass uns gehen.« Ich nickte in Richtung des Hauptgebäudes, verschränkte meine Finger mit seinen und gemeinsam verließen wir das *Turtles' Inn*.

***

»Daff war eine deiner befften Ideen«, erklärte ich mit vollem Mund und wischte mir mit einer Serviette Soße vom Kinn. »Ups, sorry«, entschuldigte ich mich mit einem Schulterzucken. »Ich bin echt hungrig.« Ich saß im Schneidersitz neben Malio im Sand, vor uns das Meer, dessen Wellen beruhigend ineinander brachen. Malio stopfte sich fünf Fritten in den Mund, nachdem er sie in Ketchup ertränkt hatte.

»Ich freue mich, dich lächeln zu sehen.«

Ich seufzte und legte den Burger zurück in die Pappverpackung. »Malio. Mein Lächeln heißt nicht, dass ich nicht am Boden zerstört bin.«

Er schüttelte den Kopf. »Ich weiß. Aber du hast nicht mehr diesen leeren Blick, der mir das Herz zerreißt.«

»Das tut mir leid.« Ich biss mir auf die Unterlippe. »Oh Mann, das wollte ich nicht. Entschuldige.«

»Stopp, stopp, stopp!« Malio hob die Hände in die Luft. »Hör auf, dich zu entschuldigen, das ist nicht nötig.«

»Okay.« Ich biss beherzt in den mittlerweile kalten Burger und ließ es zu, dass meine Gedanken umherschweiften. »Wenn meine Mom mich so sehen würde, würde sie mich mit Todesblicken strafen«, murmelte ich und wusste nicht, warum ich davon anfing.

»Warum?«

»Burger essen nur Menschen, die ihr Leben nicht unter Kontrolle haben, wusstest du das nicht?« Ich presste die Lippen aufeinander. »Das schickt sich nicht, junge Dame«, äffte ich sie nach und verdrehte die Augen.

»Sympathisch«, murmelte Malio.

»Sie kann einem leidtun«, murrte ich kopfschüttelnd und sog am Strohhalm meines Erdbeer-Milkshakes. Unversehens fiel es mir wie Schuppen von den Augen. »Ach. Du. Scheiße.« Mir stockte der Atem und es war, als verlor ich die Kontrolle über meine Muskeln, denn mir purzelte der Burger aus der Hand, direkt in die Verpackung zurück, wo er in seine Einzelteile zerfiel. Ich sah auf ihn hinab und hielt in der Bewegung inne. Meine Eltern. Sie waren es. Fuck.

Diese Erkenntnis traf mich wie ein Meteorit und ich fragte mich im gleichen Atemzug, warum. Warum hatte ich so sehr die Augen vor der Möglichkeit verschlossen, dass sie es waren, die mir all das antaten? Es hatte Hinweise über Hinweise gegeben und im Grunde hätte ich es längst wissen müssen. Warum nur hatte ich die ganze Zeit so sehr die Augen vor der Wahrheit verschlossen? Warum hatte ich es tatsächlich geschafft, mir einzureden, dass etwas anderes dahinterstecken musste?

»Kalea? Was ist los?«

»Meine Eltern«, keuchte ich. Atemlos und so langsam, dass es garantiert gruselig aussah, wandte ich mich zu Malio um, der verwirrt die Augenbrauen zusammenzog.

»Deine Eltern? Was ist mit ihnen? Kalea, komm schon, sprich mit mir, du machst mir ja fast Angst. Atme!« Er warf die Fritten zurück in den Behälter und rückte an mich heran, hielt mir seine Cola ans Gesicht. »Trink was, los!«

Ich tat wie geheißen und saugte an seinem Strohhalm, schloss die Augen und warf lachend den Kopf in den Nacken. »Natürlich! Dass ich nicht viel früher darauf gekommen bin.«

»Worauf? Kalea.« Malios Stimme wurde drängender.

Ich schüttelte den Kopf und stand auf, begann, barfuß im Sand auf und ab zu laufen. Trotz meines Schocks bekam ich mit, wie Malio die Burger und Pommes abdeckte, damit ich sie nicht mit Sand besudelte. »Ich kann es einfach nicht fassen«, schnaubte ich, stemmte die Hände in die Hüfte und drehte mich zu Malio um. »Meine Eltern, Malio«, wiederholte ich, was nur dafür sorgte, dass er mich weiterhin unwissend ansah.

»Deine Eltern?« Er legte den Kopf schief, atmete durch.

»Sie haben ihre Finger im Spiel.«

»Was? Meinst du echt?« Er runzelte ungläubig die Stirn, was ich ihm nicht verübeln konnte, denn wenn man nicht in solchen Kreisen aufgewachsen war wie ich, glaubte man nicht, zu was Menschen hinter ihrem scheinbar perfekten Lächeln fähig waren.

»Ja! Dieser Typ, der mich bedroht hat und jetzt diese Sache mit der Bank. Dass ich auf einmal kreditunwürdig bin. Das stinkt gewaltig nach den Duplantis'. Sie wollen, dass ich zurück nach New York komme.«

»Warum sollten sie das wollen?« Ich warf ihm einen scharfen Blick zu, und er hob eine Augenbraue an. »Komm schon, erklär es mir, statt mich mit deinen Blicken zu erdolchen.« Malio war wohl der einzige Mensch auf diesem Planeten, der es schaffte, mich in so einer Situation zum Lachen zu bringen. Die Sonne war mittlerweile untergegangen und das einzige Licht, das die Nacht erhellte, war das der Laternen auf der Promenade hinter uns.

»Sie hätten mehr Kontrolle über mich. Sie könnten es vor der Presse so hindrehen, dass mein Weggang keine große Sache wäre. Sie könnten ihre Westen reinwaschen, denn im Moment stehen sie auf dem Abstellgleis. Das passiert schneller, als du glaubst. Weniger Einladungen zu offiziellen Veranstaltungen, Galas«, rasselte ich herunter. »Und ehe man es sich versieht, geht es abwärts in der Schickeria und man wird zum Gespött. Davor haben meine Eltern Angst. Mein Weggang war nicht nur mein gesellschaftlicher Ruin, sondern auch ihrer. Sie geben mir die Schuld an ihrem Abstieg in der Upper East Side, krallen sich an dem Glauben fest, dass alles wieder so werden würde wie früher, wenn ich nur zurückkäme und sie alles so hindrehen könnten, dass es gut für sie aussieht.«

»Krass.« Malio stieß einen Schwall Luft aus. »Und sie würden dir das wirklich antun? Du bist doch ihre Tochter.«

»Ja«, erwiderte ich mit fester Stimme. »Glaub mir, ja. Das würden sie. Sie haben mich bekommen, weil man eben Kinder kriegt. Was glaubst du, warum ich keine Geschwister habe? Sie hassen Kinder und wollten nie welche. Ich war ein nötiges Übel.« Er musste mir die Überzeugung anhören. Ich hoffte, er merkte nicht, wie sehr mir meine eigenen Worte ins Fleisch schnitten. Es auszusprechen tat so weh. »Weißt du, was das Schlimmste daran ist? Sie haben mich gefunden. Sie wissen, dass ich hier bin, in Shore Mana. Sie haben Gewalt über mich.« Ich trat in den Sand. »Es verfolgt mich. Sie verfolgen mich. Ich hasse mein Leben.«

»Kalea!« Malio stand auf und kam lächelnd auf mich zu, die Arme ausgestreckt. »Jetzt werd nicht theatralischer, als du sein musst, okay?« Er zog mich in eine Umarmung. »Ich habe einen Plan«, flüsterte er in mein Ohr. »Du behältst das *Turtles' Inn*.«

Ich schob ihn weg und stupste ihm gegen den Arm. »Mach mir keine Versprechungen, die du nicht halten kannst, Mister Ha'aheo, ich warne dich!« Ich zeigte mit dem Zeigefinger auf seine Nase und er griff nach meiner Hand, drückte einen Kuss auf meine Knöchel. Im schummrigen Licht waren seine Gesichtszüge so weich, dass mein Herz einen verwirrten Hüpfer machte. Ich war zeitgleich entrüstet und besänftigt.

»Würde ich niemals wagen.«

»Trotzdem habe ich das Problem mit meinen Eltern«, murrte ich. »Egal, ob ich das *Turtles' Inn* erst mal behalte. Sie werden Mittel und Wege finden, glaub mir.« Seufzend ließ ich mich gegen Malio fallen. »Sie sind skrupellos.« Die Wut in meinem Bauch hörte nicht auf zu brodeln, das Blut in meinen Adern kochte, und ich schaffte es nicht, den Atem zu regulieren. »Weißt du was?« Ich machte mich von ihm los und stapfte herüber zum Blazer, in dessen Tasche mein Handy, meine Mini-Geldbörse und meine Schlüssel steckten und holte mein Smartphone hervor. »Ich rufe sie jetzt an und sage ihnen, was für Schweine sie sind.«

»Oh Gott«, keuchte Malio und preschte auf mich zu, schlug mir das Handy aus der Hand, dass es ein paar Meter flog, ehe es mit einem dumpfen Ton im Sand landete. »Sorry, ich hoffe, ich hab dir nicht wehgetan«, murmelte er und fuhr sich mit der Hand über das Cap.

»Entschuldige mal«, empört riss ich die Augen auf.

»Tu das nicht. Komm schon, vielleicht stecken sie nicht dahinter. Dann würdest du dich verraten.«

»Sie wissen es. Und sie verdienen es, dass ich ihnen die Leviten lese.«

»Mag sein«, pflichtete er mir bei, stürmte zu meinem Handy und steckte es einfach in seine Hosentasche. »Aber nein. Glaub mir, du wirst mir danken. Gerade stehst du unter Schock, bist zornig und kannst nicht einschätzen, was für Nachwirkungen der Anruf haben könnte.« Ich schnappte nach Luft, doch er fuhr mir über den Mund, sprach einfach weiter. »Ich verstehe, dass du aufgebracht bist, ich wäre es auch. Wir schaffen es trotz deiner Eltern, ja? Und wir beginnen, indem wir uns wieder hinsetzen und unsere Burger aufessen. Später, wenn wir bei dir sind, kannst du mir gern noch mal zeigen, wie wütend du bist.« Er wackelte mit den Augenbrauen.

Ich warf lachend den Kopf in den Nacken und versuchte zeitgleich, die Tränen vor Wut zurückzuhalten. »Du bist unmöglich, ich hoffe, das weißt du?«

Er setzte sich und zog mich neben sich. Dann beugte er sich zu mir, um mir ins Ohr zu flüstern. »Ich liebe dich.«

»Ich dich auch«, murmelte ich und schenkte ihm ein Lächeln, als er mir meinen Burger auf den Schoß stellte.

# KAPITEL 54

## Malio

»Du legst dich richtig für sie ins Zeug!« Deacon, den ich in meinen Auffangstation-Rettungsplan einweihte, nickte mir anerkennend zu. »Das erinnert mich an den Malio aus der Highschool, der immer für diejenigen in die Bresche gesprungen ist, die Hilfe brauchten. Uns allen war klar, dass du Anwalt wirst.« Ich fragte mich, ob seine Worte unbedacht oder pure Absicht waren, sie verfehlten jedenfalls nicht ihre Wirkung. Damals hatte ich den Beruf ergreifen wollen, um Verteidiger zu werden und Menschen zu helfen. Es gab zu viel Ungerechtigkeit auf der Welt, und ich hatte immer wenigstens einen Bruchteil dieser bekämpfen wollen. Und nun … ja, was wollte ich nun? Ich versteifte mich, doch gerade, als ich zu einer Erwiderung ansetzen wollte, fuhr er fort. »Das mit dem Fest könnte echt klappen, Shore Mana steht doch so auf *einer für alle, alle für einen.*« Er zeichnete Gänsefüßchen in die Luft und griff nach seinem Glas, das er auf dem niedrigen Tisch zwischen unseren Strandliegen abgestellt hatte. Er trank Ginger Ale und verzichtete sowohl auf Käsesoße als auch auf die scharfe Salsa und aß seine Nachos trocken, da es ihm nicht gutging.

Ihm war flau im Magen, erklärte er und winkte locker ab. In letzter Zeit kam das häufiger vor. Als ich ihm vorgeschlagen hatte, uns stattdessen morgen zu treffen, hatte Deacon nur die

Augen verdreht und mir versichert, dass das frische Hühnchen-Sandwich aus dem Supermarkt vielleicht doch nicht ganz so frisch gewesen war. Ich hatte entschieden, ihm zu glauben, denn wenn Deacon abblockte, blockte er ab und würde das Gespräch sowieso nicht weiter verfolgen, daher brauchte ich nicht nachzuhaken. Immer wieder nahm ich mir vor, meinen besten Freund zu zwingen, mir gegenüber endlich weniger geheimnisvoll zu sein, doch wollte ich ihn andererseits nicht drängen. Es war verhext.

»Das glaube ich auch!« Ich nickte und tippelte mit den Fingerspitzen auf meinem Bauch herum, nahm den Blick von Deac und sah stattdessen auf das Meer hinaus, das langsam, aber sicher von der Schwärze der Nacht verschluckt wurde. Bald waren es nur noch das Rauschen der Wellen und der sanfte Mondschleier, der am Horizont auf der Wasseroberfläche reflektierte, die einen daran erinnerten, dass das Meer noch dort war. »Jetzt kommst du ins Spiel.«

»Ich?« Deac wandte sich zu mir um. »Klar, bin dabei, ich helfe. Was kann ich tun?« Er strich sich gedankenverloren über den Bauch, was ich versuchte auszublenden. Er fraß hundertpro irgendetwas in sich hinein, das ihm auf den Magen schlug.

»Kannst du, wenn alles spruchreif ist, einen Aufruf im Radio starten? Ginge das?«

»Pheeew, ich denke schon. Mein Chef hört so was nur nicht gern.«

»Dein Chef ist auch ein Arsch.« Ich legte den Kopf auf die Seite, um ihn anzusehen.

Deacon nickte zustimmend und verzog den Mund zu einer schmalen Linie. »Ist er wirklich. Der Sender *Shore Mana FM* ist ihm völlig egal, und trotzdem muss er seine Machtposition demonstrieren, indem er Ideen, die nicht von ihm stammen, ablehnt. Einfach jedes Mal.«

»Scheiße, du klingst echt frustriert.« Ich seufzte mitleidig. »Du wärst viel besser als Boss.«

Deacon schnaubte lachend. »Allerdings, aber Robert wird garantiert nicht freiwillig das Feld räumen.«

»So ein Arsch«, murrte ich.

»So ein Arsch«, wiederholte Deacon, und ich erkannte ein sanftes Schmunzeln um seine Mundwinkel. Er trank den letzten Schluck seines Ginger Ales aus und deutete auf meine leere Colaflasche. »Noch eine?« Er gähnte sehr ausgiebig.

»So sehr ich meine Donnerstagabende mit dir liebe, Deac. Du musst ins Bett.« Ich schüttelte den Kopf und richtete mich auf, wobei die Liege ein Stückchen mehr im Sand versank. »Geh dich auskurieren und schlafe, deine Augenringe verschandeln dein hübsches Gesicht.« Ich grinste ihn an, und er verdrehte die Augen, fuhr sich durch die strubbeligen dunkelblonden Haare.

»Alles klar, Daddy Lio«, frotzelte er und erhob sich aus seiner Liege. »Nächste Woche hängen wir die verlorene Zeit von heute einfach dran.«

»Machen wir!« Ich lachte, und wir liefen zum Tresen, um meine Flasche, die restlichen Nachos und Deacons Glas daraufzustellen, damit Malou sie nicht später am Strand einsammeln musste.

Wie immer traten wir gemeinsam den Nachhauseweg an, und wie jeden Donnerstag fuhr ich zu meinem Elternhaus statt zu Kalea, da ich sie nicht wecken wollte. Hoffentlich würde mein Plan aufgehen. Kaum auszumalen, was mit dem *Turtles' Inn* und Kaleas Schildkröten passierte, wenn sie die Auffangstation aufgeben müsste. Kaum auszumalen, was das mit Kalea anstellen würde. Ich bog in die Palms Shadows Ave ein, in der mein Elternhaus lag, und kniff die Augen zusammen. Jemand saß auf dem Bordstein vor unserem Haus.

Je näher ich kam, desto sicherer wurde ich mir, dass es Noelani war. Es war kurz vor zehn Uhr, und erleichternd, sie pünktlich zu Hause zu sehen. Mom und Dad hatten ihre Ausgehzeiten ausgeweitet in der Hoffnung, dadurch Kontrolle über sie zu haben. Ich hatte mit fünfzehn spätestens um neun daheim sein müssen, aber ich sollte es wirklich langsam aufgeben, meine Erziehung mit Lanis zu vergleichen. Es waren andere Zeiten und Lani war nicht ich.

»Hey«, rief ich ihr zu, als ich nur wenige Meter von ihr entfernt war. Sie hob den Kopf an, den sie auf die Knie gestützt hatte, und ihr Anblick ließ mich beinahe vom Board fallen. Ich stolperte herunter, taumelte ein paar Schritte, um nicht zu stürzen, und ruderte mit den Armen. Ihr rannen Tränen über die Wangen, und erst jetzt fiel mir auf, dass ihr schmächtiger Körper von Schluchzern gerüttelt wurde.

»Noelani!« Geschockt spurtete ich zum Board zurück, schubste es zum Straßenrand und joggte zu meiner Schwester. »Was ist denn los?« Statt vor ihr aufzuragen, ließ ich mich neben sie fallen. Kaum eine Sekunde später lehnte sie sich weinend gegen mich und perplex legte ich ihr den Arm um die Schulter und strich ihr mit der anderen über die Haare, während ich sie an meiner Brust wog. »Schschsch«, versuchte ich, sie zu beruhigen wie damals, als sie ein Baby gewesen war. Der Kloß in meiner Kehle breitete sich aus, bis es schmerzte. Ich schluckte und fuhr ihr weiter über den Rücken. Ich hatte keine Ahnung, wie lange wir so dasaßen und wie lange es dauerte, bis ihr Körper nicht mehr vor Schluchzern erbebte. Mit jeder verstreichenden Sekunde kam eine neue böse Vorahnung hinzu. Hatte sie Scheiße gebaut? War sie in Schwierigkeiten? Hatte sie sich auf einen Typen eingelassen, der ihr das Herz gebrochen hatte?

»Joyce ist im Krankenhaus«, erklärte sie mir schniefend, zog die Nase hoch und wischte sich mit dem Handrücken über das Gesicht. Ich wusste, dass die Erleichterung, die sich in mein Herz schlich, unangebracht war. Doch das hieß, dass niemand Noelani schlecht behandelt hatte. »Entschuldigung«, murmelte sie und wollte ihre nasse Hand an ihrem Kleid abwischen, doch ich griff in meine Hosentasche, in die ich vorhin eine Serviette gestopft hatte.

»Hier, nimm«, bat ich sie und für einen Moment begegneten sich unsere Blicke. Aus ihren grünen Augen sprach kein fieses Funkeln, nichts Arrogantes, nur Schmerz. Sie war so jung und versuchte, so erwachsen zu sein. »Was ist mit Joyce passiert?« Meine Stimme war ruhig, und ich hoffte, dass mir Noelani nicht entglitt. Seit ich nach New York gegangen war, hatte sie sich mir nicht mehr anvertraut. Ich war das Gefühl nie losgeworden, dass sie mir böse war, weil ich sie verlassen hatte.

»Sie ist betrunken Auto gefahren«, murmelte sie kopfschüttelnd. »Warum hat sie das getan? Sie hat ihren Führerschein erst wenige Wochen.«

»Und darf nicht alleine fahren«, fügte ich hinzu und verkniff mir einen Kommentar zum unerlaubten Alkoholkonsum.

»Richtig«, flüsterte sie. »Sie wollte unbedingt, obwohl sie getrunken hatte. Sie war sauer auf Felicity und mich, weil wir nicht zu ihr ins Auto steigen wollten.«

»Du weißt, dass das die richtige Entscheidung war, oder? Fühl dich deswegen nicht schlecht.« Ich legte ihr einen Finger unter das Kinn, hob es an. »Hey, sieh mich an.«

Sie stöhnte und blickte mich widerwillig an. »Was, Malio?« Seufzend fuhr sie sich über die Augen, wodurch sie sich die Schminke verwischte und Waschbär Fred sehr ähnlich sah. »Ich weiß selbst, dass ich gefühlt nur falsche Entscheidungen treffe, also würg mir das nicht auch noch rein, klar?« Sie machte Anstalten, aufzustehen, doch ich fasste sie am Oberarm, um sie sanft daran zu hindern.

»Du müsstest eigentlich wissen, dass deine Entscheidungen nichts daran ändern, dass du meine kleine Schwester bist, der ich immer helfen werde, oder?« Ich sah sie eindringlich an. »Du machst es einem nur schwer«, ergänzte ich, leiser.

»Ich bin so verwirrt.«

»Verwirrt?«

Sie nickte. »Alle wissen, was sie wollen. Ich weiß nur, dass ich nicht hierbleiben will.«

»Hier? In Shore Mana?« Verdammt, ihre Worte zerrissen mir das Herz. Wie konnte es sein, dass sie unsere Heimat so hasste, wo sie für mich doch alles war?

»Ja. Ich möchte nach New York. Und du bist zurückgekommen, hast deine Zeit dort überhaupt nicht genutzt und genossen. Wie undankbar«, spie sie mir entgegen, was mich sprachlos machte. Holy Shit. War Noelani neidisch auf mich, dass ich in New York gelebt hatte? War sie wütend, weil ich es nicht geliebt hatte? »Mom und Dad haben überall herumerzählt, wie stolz sie auf dich sind.« Sie verdrehte die Augen. »Malio ist in New York und wird Anwalt«, äffte sie die Stimme unserer Mom nach. *Bam*, das saß.

»Lani«, seufzte ich und ließ von ihr ab, nahm mein Cap ab, legte es neben mich auf die Bordsteinkante und fuhr mir durch die Haare. »Die Stadt hat mir die Luft zum Atmen genommen. Ich bin eingegangen wie ein in Beton eingepferchter Hibiskus. Ich wäre kaputtgegangen und glaub nicht, dass ich die Entscheidung leichtfertig getroffen habe.«

»Hast du nicht?« Sie piepste und schluckte, um sich am Weinen zu hindern.

»Das denkst du? Mein Studium war super, wirklich, aber …«

»Aber dein Heimweh war stärker?« Ungläubig schüttelte sie den Kopf. »Hättest du dieses eine Jahr nicht mehr geschafft? Du hast einfach alles hingeworfen, Lio.« Es gefiel mir nicht, wie recht sie hatte. Wie weise sie plötzlich klang.

»Täusche ich mich, oder wollten wir nicht eigentlich über dich reden, Lani?«

Sie schüttelte den Kopf. »Ich hab alles unter Kontrolle.«

»Ach ja?« Ungläubig legte ich den Kopf schief.

»Ich langweile mich nur, das ist alles.« Sie zuckte mit den Schultern und errötete. »Vielleicht gehe ich mal nach New York zum Studieren. So wie du.«

»Dafür müsstest du erst mal die Highschool beenden. Und zwar gut, denn sonst kommst du an keine New Yorker Uni.«

»Was würde ich nur ohne deine Weisheiten tun?« Sie schnaubte und ließ den Blick über unsere Straße gleiten, die mucksmäuschenstill dalag. »Ich bin gut in der Schule.«

»Du könntest *sehr* gut sein, und das weißt du selbst.«

»Ja, das weiß ich«, erklärte sie ohne falsche Bescheidenheit. »Aber was soll ich hier sonst tun, um diese ätzende Langeweile zu bekämpfen?«

»Surfen?« Ich lachte, weil sie mir einen entrüsteten Blick zuwarf. »Okay, sorry. Kein Surfen.«

»Kein Surfen«, bestätigte sie. »Schlimm genug, dass ich in dieser Surf-besessenen Familie großgeworden bin.«

Ich biss mir auf die Zunge und überlegte dreimal, ob ich ihr die folgende Frage stellen sollte. »Aber willst du diesen ganzen Influencermist wirklich?« Nun, das war weniger diplomatisch formuliert als geplant.

»Ja, es macht mir Spaß.« Sie holte stolz ihr Handy aus einer versteckten Tasche in ihrem Kleid. »Du urteilst nur, aber hast du dir meine Accounts ein einziges Mal angesehen?« Sie klang so traurig, missverstanden und verletzt, dass es sich anfühlte, als drehte jemand einen Dolch in meinem Magen hin und her. Hatte ich vielleicht nur falsche Fakten gedeutet, statt mich wirklich mit ihren Gefühlen auseinanderzusetzen?

»Nein«, gab ich zu. »Habe ich nicht. Ich wollte nichts sehen, was ich nie wieder aus dem Kopf kriege.«

»Klar«, zischte sie. »Du bildest dir lieber ein, dass ich *mit Wackelarsch* vor der Kamera herumhüpfe?« Sie betonte das Wort. Das hatte ich vielleicht verdient. Ich hätte das niemals zu ihr sagen, ja nicht einmal denken dürfen, und es tat mir unheimlich leid.

»Zeig her.« Ich hielt ihr meine geöffnete Handfläche hin, damit sie ihr Handy hineinlegen konnte. Sie sah mir für ein paar Sekunden in die Augen, nickte, entsperrte das Smartphone und öffnete Instagram. Sie legte das Handy in meine Hand. »Danke«, murmelte ich, drehte es zu mir herum und war baff.

Ihre Fotos waren ästhetisch, zeigten nie zu viel Haut, wie ich im Stillen und zu meiner Schande befürchtet hatte. Sie waren irgendwie *echt*.

»Wenn du auf eins der Fotos tippst, öffnet es sich in groß und du siehst die Texte dazu«, erklärte sie mir.

Ich legte den Kopf schief und schenkte ihr einen Blick, der ihr sagen sollte, dass mir das geläufig war. »Ach nein, Sherlock, ich bin nicht *so* alt, dass ich nicht wüsste, wie Instagram funktioniert, okay? Ich habe auch einen Account.«

»Sorry.« Sie hob in kapitulierender Geste ihre Hände über ihren Kopf und murmelte irgendetwas davon, dass TikTok Instagram ablöste und ich *doch* alt wäre. Ich ignorierte es und scrollte durch ihre Bilder und blieb an einem hängen, auf dem ich Kaleas Rucksack erkannte, nur in einer anderen Farbe. Sie trug ihn auf dem Rücken und strahlte über die Schulter in die Kamera. Ich wählte es aus und Noelani lehnte sich zu mir herüber. »Das mag ich auch. Das Brand, für das ich das Posting gemacht habe, ist cool!«

»Ach ja? Warum?« Sie taute auf und es war, als würde sie vergessen, dass sie eben weinend auf der Straße gesessen hatte.

»Die fischen Plastik aus den Meeren und stellen daraus Rucksäcke her, wie diesen dort. Ich nehme den für die Schule, er ist echt toll, hat viele Fächer.« Sie knetete ihre Finger. »Ich stehe voll auf Nachhaltigkeit, Umweltschutz«, gab sie zu, was mich überraschte. »*Aloha 'Āina* und so.«

»Das ist ja super, Lani. Warum erzählst du das nie?«

»Weil niemand es hören will? Mom und Dad lassen mich machen und sind vermutlich froh, wenn ich mich nicht schwängern lasse. Und du hattest eh deine Meinung darüber.«

»Ich war ein Holzkopf, oder?«

Sie lächelte »Ja. Aber ich denke, ich auch.« Sie schluckte und betrachtete ihre Fingernägel. »Ich glaube, Joyce' Unfall hat irgendwas mit mir gemacht. Ich bin froh, dass ich nicht eingestiegen bin.« Sie winkte ab. »Egal.«

Mir kam ein Geistesblitz. »Du sagst, du stehst auf Umweltschutz?« Ich reichte ihr das Handy zurück und sie hob misstrauisch eine Augenbraue an.

»Sicher, warum?«

»Willst du mir bei … etwas … helfen?«

»Mehr Infos, Bro«, lachte sie, und ich boxte ihr für das Bro gegen den Oberarm. »Ey!«

»Meine Freundin …«

»Kalea«, unterbrach Noelani mich.

»Genau«, nickte ich zur Bestätigung. »Kalea steht vor ein paar Herausforderungen, und ich möchte ein Benefiz-Event für sie veranstalten, um ihre Auffangstation zu retten. Das *Turtles' Inn.*«

»Und ich soll dir helfen?« Ihre Augen strahlten.

»Ja, wir könnten ein Geschwister-Ding draus machen.« Ich grinste sie an und wackelte mit den Augenbrauen. *Geschwister-Ding* hatten wir es früher immer genannt, wenn wir Unfug vorhatten, der Mom und Dad zur Weißglut trieb.

»Bin dabei!« Sie verzog den Mund zu einem schiefen Lächeln. »Das habe ich vermisst«, setzte sie flüsternd hinterher. »Uns. Die letzten Jahre waren so anders«, wisperte sie mit hängenden Schultern.

»Ich weiß, und es tut mir leid. Aber das ist nichts, was wir nicht wieder hinbekommen, oder?«

»Tust du mir einen Gefallen?« Sie wich meinem Blick aus und fummelte an ihren Fingernägeln herum.

»Alles«, erklärte ich und sie lachte.

»Alles?«

»Ja!«

»Ich weiß, dass du nur ein Urlaubssemester machst. Du hast noch nicht komplett hingeschmissen, ich habe die Unterlagen gesehen …« Ich schnappte nach Luft, um sie zu rügen, doch sie sprach einfach weiter. »Bestraf mich später dafür, dass ich gestöbert habe. Aber meine Bitte ist, dass du es dir noch mal überlegst. Beende dein Studium, du sollst es nicht irgendwann bereuen. Du wolltest immer Anwalt werden, Malio, niemand weiß das mehr als ich, du hast immer davon gesprochen. Es ist nur noch ein lausiges Jahr. Das würdest du schaffen, ohne einzugehen, das weiß ich. Dein Surfbrettshop wird nicht schlecht, wenn er ein einziges Jahr ruht.«

Sie hatte mich eiskalt erwischt. Auch, weil ich nicht gedacht hätte, dass sie von meinen Surfbrettern wusste. Anscheinend war sie doch nicht so sehr auf sich selbst konzentriert. »Okay«, presste ich hervor.

»Du bist immer mein Vorbild gewesen«, murmelte sie und stand auf, strich sich ihr Kleid glatt. »Bist es irgendwie noch, keine Ahnung, warum ich dir das erzähle, bild dir bloß nichts darauf ein«, grinste sie und hielt mir die Hand hin, um mir aufzuhelfen. Sobald ich neben ihr stand, setzte ich ihr mein Cappy auf, und sie strahlte mich mit zurückgelegtem Kopf an. »Wie früher?«

Sie hatte mir immer und immer und immer wieder meine Caps geklaut, und ich nickte schmunzelnd. »Wie früher. Du, Lani, beantwortest du mir eine Frage?« Meine Schwester atmete schwer aus und nickte. »Wo treibst du dich nachts manchmal herum?« Sie verdrehte die Augen, doch ich entließ sie nicht aus meinem Blick. »Ich sorge mich, verstehst du?«

Sie kickte einen Kieselstein zur Seite. »Tu ich. Es sind meistens Launch-Events, auf denen Produkte vorgestellt werden. Ich werde oft eingeladen, weißt du?«

»Und die sind *nachts*?« Ich hob tadelnd eine Augenbraue, denn so ganz konnte ich das nicht glauben.

»Sie beginnen abends und sind open end.« Sie zuckte mit den Schultern. »Ich will nicht, dass Mom und Dad mich mitten in der Nacht irgendwo abholen müssen, sie haben genug um die Ohren mit dem *Koa's* und der Surfschule. Ich *weiß*, dass sie Probleme haben.«

Die Erkenntnis, warum sie es verheimlichte, traf mich wie eine eiskalte Welle. »Und deswegen schleichst du dich lieber raus? Oh, Noelani!«

»Ist ja gut. Ich werde es ihnen erzählen«, seufzte Lani und wechselte das Thema. »Frühstücken wir morgen zusammen?« Wir liefen Seite an Seite zu unserem Elternhaus. »Dann kannst du mir von der Veranstaltung erzählen und wir planen weiter?«

»Klingt super, ich lade dich zum Brunchen ein, Sis.« Ich stupste ihr meinen Ellenbogen in die Seite und sie lächelte mich traurig an.

»Danke fürs Ablenken, ich glaube, ich rufe bei Felicity an, bevor ich schlafen gehe.«

Ich hielt ihr die Tür auf, sie schlüpfte hindurch und stellte ihre Schuhe ordentlich in den Vorraum, statt sie wie sonst hinzupfeffern. Sie nahm direkten Kurs auf die Treppe, und ich schaute ihr kopfschüttelnd und lächelnd hinterher. War das gerade der Beginn gewesen, die kaputte Beziehung zu meiner kleinen Schwester zu kitten?

# KAPITEL 55

## *Kalea*

Ich erwischte mich in den letzten Tagen oft bei der Frage, warum ich mir überhaupt weiterhin Mühe gab. Warum ich jeden Morgen aufstand und ins *Turtles' Inn* fuhr, meine Schützlinge aufpäppelte und meinem Alltag nachging, als stünde mein Lebenswerk nicht vor dem Aus. Malio verhielt sich geheimnisvoll und wollte mich einfach nicht in seinen Plan einweihen. Keine Ahnung, was ich davon halten sollte. Brauchte er meine Hilfe nicht? Es war eine Sache, überrascht zu werden, aber eine andere, wenn man wusste, dass eine Überraschung anstand.

Es konnte jeden Moment so weit sein. Das waren ganz neue Schmetterlinge, die sich zu den normalen Malio-Schmetterlingen gesellten. Im Team sorgten sie dafür, dass mir speiübel wurde. Und nicht nur das: Bildete ich es mir ein oder benahmen sich die Bewohner Shore Manas seltsam? Als ich letztens an Leilanis Blumengeschäft vorbeigekommen war und ihr durch das Fenster zuwinkte, wandte sie sich blitzschnell ab und lief rot an. Mrs. Diaz, die neben ihrer Paella bekannt dafür war, niemals dichthalten zu können, hatte die Straßenseite gewechselt, als sie mich sah. Clarissa hatte mir, als ich sie im Supermarkt bei dem Obst getroffen hatte, ungewöhnlich schüchtern zugelächelt, was gar nicht zu ihr passte. Überhaupt nicht. Hatte die ganze Stadt ein Geheimnis vor mir? Was, verdammt, hatte Malio für eine Welle losgetreten?

Ich hatte die halbe Nacht wach gelegen, weil sich zu meinen Existenzängsten auch noch dieses fiese Bauchkribbeln gesellte. Außerdem hatte Malio gestern wieder bei seinen Eltern geschlafen, wie er es jeden Donnerstag nach seinem Treffen mit Deacon machte. Er hatte mir erzählt, heute Morgen mit seiner Schwester frühstücken zu wollen, und da bei den beiden irgendetwas Positives vorgefallen war, was er mir ebenfalls vorenthielt, hakte ich nicht weiter nach. Dennoch vermisste ich ihn. Ich schlief besser, wenn er da war, wenn ich ihn in den Laken roch und die Wärme seines Körpers meinen aufheizte.

Trotz all meiner Zweifel war ich auch heute wieder auf meinen Elektroroller gestiegen und durch die Straßen Shore Manas gefahren. Ich stellte ihn am Eingang des *Turtles' Inn* ab, holte meinen Rucksack routiniert aus dem Roller, griff nach meinen Schlüsseln. Und dann stoppte ich. »Oh, nein. Nein, nein, nein, nein.« Ich schüttelte den Kopf, um das, was dort vor der Tür stand, wegzuwünschen. Ich presste die Augen zusammen, in der Hoffnung, dass der Korb, wenn ich nur lange genug wegsah, verschwinden würde. Ich blinzelte. Fehlanzeige.

»Das kann nicht wahr sein«, stöhnte ich. Ich traute mich nicht, näher heranzutreten, aus Angst, das vorzufinden, was ich vermutete. Und doch setzte ich meinen Weg fort, Schritt für Schritt, bis ich die Eingangstür erreichte und auf die Knie sank. Der Korb war riesig. So groß, dass er als Bettchen für einen Deutschen Schäferhund herhalten könnte. Ein Tuch bedeckte das Innere und ich wusste, auch ohne nachzusehen, worum es sich handelte: Schildkröteneier. Garantiert hatte ein Tourist sie am abgelegenen Strandabschnitt gefunden. An dem, der nicht betreten werden durfte, um die Natur zu schützen. Wieder jemand, der sich nicht an Regeln hielt und glaubte, etwas Hilfreiches zu tun, indem er in den Gang der Natur eingriff.

Erschrocken stieß ich einen Schrei aus und purzelte nach hinten auf meinen Po, als die Decke sich regte. »Scheiße, nein«, keuchte ich, rappelte mich auf und hob das Tuch ein Stückchen hoch. »Oh, fuck, das gibt es doch nicht«, fluchend klatschte ich mit der flachen Hand auf den Boden, um meine Wut dorthin zu kanalisieren. Schmerz schoss mir in das Handgelenk und ich rieb darüber. »Hi, Baby«, sprach ich gepresst, da ein fetter Kloß in meinem Hals steckte.

Schätzungsweise blickte ich auf über einhundert Eier herunter, von denen einige Schalen gebrochen waren, was hieß, dass die Schildkröten es vermutlich ins Meer geschafft hätten. Doch war das geschehen, was auf gar keinen Fall passieren sollte: Ein paar Babys waren hier geschlüpft. In diesem verdammten Korb, weit weg vom Meer, keine Ahnung wann. Vielleicht schon vor Stunden. Ich musste sofort handeln, wenn ich nicht nur die Schildkröteneier, sondern auch die frisch Geschlüpften retten wollte, doch saß ich wie erstarrt vor dem verfluchten Korb.

Hatte ich überhaupt genug Mittel, sie gegebenenfalls aufzupäppeln? Ich dürfte sie keinen Moment unbeaufsichtigt lassen. »Dr. Garcia anrufen«, plapperte ich mir die nächsten Schritte vor. »Babyschildkröten in provisorisches Becken setzen, dann alles zurück zum Strand, Eier vor Raubtieren beschützen, Babyschildkröten beobachten.« Wie, verdammt, sollte ich das alles gleichzeitig tun? Ich konnte mich nicht vierteilen! Eine einzelne Träne der Verzweiflung rann mir über die Wange, und ich dachte an Florence, die ich jetzt so sehr brauchte. Malio hatte mir versprochen, für meine beste Freundin einzuspringen, doch war er beschäftigt mit Was-weiß-ich-was.

Ich schnaubte und verdrehte die Augen über mich selbst. Malio tat, was er konnte, und es war nicht fair von mir, die Schuld bei ihm zu suchen, denn er war es nicht gewesen, der mir die Eier vor das *Turtles' Inn* gestellt hatte. Diese Art und Weise regte mich tierisch auf, nicht einmal ein Zettel hing am Korb. Garantiert war das das Werk eines Touristen, der oder die glaubte, die Schildkröten zu retten, indem er die vermeintlich verlassenen Eier zur Auffangstation brachte. Nicht alle Menschen wussten, dass Meeresschildkrötenweibchen ihre Eier im Sand ablegten und dann wieder im Meer verschwanden. »Eins nach dem anderen«, murmelte ich und atmete tief durch. Ich schloss mit zittrigen Fingern die Tür auf und zog den Korb bis in die Mitte des Behandlungsraums. Ich wählte Dr. Garcias Nummer, hoffte, er war schon auf, stellte den Lautsprecher an und legte das Handy auf den metallenen Behandlungstisch. Während es tutete, scannte ich den Raum ab auf der Suche nach einem geeigneten Behältnis für die geschlüpften Schildkröten, denn ich musste sie schnell von den Eiern separieren, damit sie diese nicht versehentlich zertraten. Hoffentlich waren sie nicht über Nacht erfroren, da ihnen die schützende Decke aus Sand geraubt worden war.

»Kalea, guten Morgen«, drang Dr. Garcias Stimme aus meinem Handy und ich wirbelte herum.

»Guten Morgen, Dr. Garcia, könnten Sie zu mir in die Auffangstation kommen? Jemand hat an die hundert Schildkröteneier hier abgestellt und einige sind geschlüpft. Ich weiß nicht, was ich tun soll, ich werde sie in flaches Wasser setzen. Sie müssen sie bitte checken und …«

»Kalea, stopp«, unterbrach er mich und ich hörte ein Schmunzeln in seiner Stimme. »Ich bin auf dem Weg in die Praxis, aber werde zuerst bei dir vorbeischauen«, erklärte er mir. »Und nenn mich doch bitte endlich James.«

»Danke, James«, erwiderte ich.

»Du machst alles richtig. Trenn die geschlüpften Schildkröten von den Eiern, pack sie in flaches Wasser und warte. Ich bin in einer Viertelstunde bei dir.«

»Danke«, piepste ich und stand wie erstarrt vor dem Handy, eine flache, rechteckige Schüssel in der Hand, in der ich sonst meine Werkzeuge reinigte. Ich atmete tief durch und befüllte den Behälter mit Wasser, trug ihn zum Korb und kämpfte mit den Tränen, während ich Baby für Baby herausnahm. Jedes Einzelne wackelte empört mit den Ärmchen und Beinchen. »Es tut mir leid, Kleiner, wir bringen dich später zum Strand, damit du selbst deinen Weg ins Meer finden kannst, okay?«

Ich starrte in den Korb, achtete auf kleinste Bewegungen und als ich mir sicher war, alle erwischt zu haben, atmete ich erleichtert aus. Sie paddelten in dem Behälter herum, der zu klein für sie alle war. Mit ausgestrecktem Finger zählte ich sie. Achtzehn winzige, lebende Schildkrötenbabys. Mein Herz zog sich schmerzhaft zusammen, als ich an die Tierarztrechnung dachte, die auf mich zukommen würde. Doch war das nicht so wichtig. Wichtig war, diese kleinen Geschöpfe lebend ins Meer zu bekommen, wo sie auf sich selbst gestellt waren und nicht selten Opfer von Raubfischen wurden. Doch sie sicher ins Meer zu geleiten war alles, was ich für sie tun konnte. Vielleicht würde am Ende keine von ihnen überleben. Und doch würde ich alles in meiner Macht Stehende für sie tun.

# KAPITEL 56

## Malio

»Das poste ich morgen«, eröffnete Noelani und schob mir ihr iPad herüber, auf dem sie ein Bild bearbeitet hatte. Es war der Aufruf, zum Benefiz-Sommerfest zu kommen, das in wenigen Tagen in Shore Mana stattfinden sollte. Genauer gesagt in Kaleas Auffangstation. Wir würden die Straße absperren, was glücklicherweise nie ein Problem war. Ich hoffte, dass sie mir dafür nicht den Kopf abreißen würde.

Meine Schwester strahlte auf dem Foto in die Kamera, im Hintergrund das *Turtles' Inn*, das wirkte wie eine alte, heruntergekommene Ruine. Doch die gepflegten Büsche im Vorgarten zeigten, dass es sich tatsächlich um eine Rettungsstation handeln könnte. Noelani hatte mit weißer Handschrift digital auf das Foto geschrieben und Schildkröten, Blubberbläschen und Korallen gezeichnet.

»Das sieht richtig gut aus«, lobte ich meine Schwester, der eine dezente Röte ins Gesicht stieg.

»Danke.« Sie zog das iPad zu sich zurück und nahm den letzten Schluck von ihrem Karamell-Macchiato. »Der war echt lecker. Ich glaube, das hier wird mein neues Lieblingscafé.«

Ich schielte über die Schulter zur Theke, um zu sehen, ob Neah sie gehört hatte. Sie grinste mich an und hob den Daumen zur Bestätigung. »Willst du noch etwas trinken?«

»Unbedingt.« Meine Schwester nickte euphorisch und griff zur Karte, um darin zu blättern.

»Aber vielleicht nichts mehr mit Koffein?« Vorsichtig blickte ich sie von der Seite an. Noelani war nach wie vor ein Teenager und sollte kein Koffein trinken. Aber sie ließ sich nicht so gern etwas sagen. Auch wenn wir mittlerweile wieder am selben Strang zogen, sogar in die gleiche Richtung und nicht mehr in die entgegengesetzte, fühlte ich mich, als würde ich durch ein Mienenfeld laufen. Es war gefährlich, und ein falsches Wort brachte sie zum Explodieren.

So auch jetzt, denn sie verdrehte genervt die Augen, was die Explosions-Vorstufe war, und wandte sich zur Theke. »Neah? Hast du koffeinfreie Kaffeebohnen?«

»Sicher, Süße«, rief sie meiner Schwester zu und zwinkerte mir mit schief gelegtem Kopf zu. »Was willst du trinken?«

»Einen Blueberry-Choco-Moccha, das klingt interessant.«

»Machst du mir auch einen? Aber meinen mit Koffein!«

»Das ist unfair«, schmollte Noelani, und ich schnipste ihr gegen den Oberarm.

»Ist es nicht, Lani. Wenn du wie ich fünfundzwanzig bist, kannst du dir so viel Kaffee hinterkippen, wie du willst. Aber nicht mit fünfzehn, okay?«

»Warst du schon immer so nervig?« Sie verdrehte die Augen – schon wieder! – und schloss *Procreate* auf ihrem iPad, um ihren digitalen Planer auf *GoodNotes* zu öffnen, der laut eigener Aussage ihr ganzes Leben beinhaltete. Sie navigierte zu einer *Collection*, so nannte sie es, in der sie alle Informationen zum Schildkröten-Sommerfest sammelte. »Hast du das Spendenkonto eingerichtet? Das wird langsam echt knapp und wenn ich könnte, hätte ich es selbst getan, aber wie du eben betont hast, bin ich leider minderjährig.« Tadelnd sah sie mich an und tippte mit ihrem Apple Pencil auf den Tisch.

»Ja, Boss«, frotzelte ich. »Habe ich, hier sind die Bankdaten.« Ich schob ihr mein Handy hin und sie schrieb die Daten konzentriert ab. Dann hakte sie das To-do von ihrer digitalen Liste. »Du überraschst mich echt. Ich kenne niemanden, der so organisiert ist wie du.«

»Ich habe den Planer selbst erstellt«, erklärte sie mir stolz und ungewöhnlich scheu. »So was macht mir echt Spaß.« Sie zuckte zusammen, als mein Handy vibrierte, und schob es zu mir zurück. »Kalea ruft aaaaaan.« Sie wackelte mit den Augenbrauen und vollführte einen kleinen Tanz im Sitzen.

»Du bist albern«, lachte ich und ging ran. »Hey, Schildkrötenmädchen.« Noelani tat so, als würde sie sich einen Finger in den Hals stecken und ich trat ihr unter dem Tisch gegen das Schienbein. Sie jaulte auf. »Was gibt's?«

»Kannst du herkommen?« Sie klang gehetzt. Sofort spannte ich mich an, und ich wies Neah mit einem Handwink an, dass sie mit der Kaffeezubereitung warten sollte. Diese zuckte entschuldigend mit den Schultern und deutete auf den Kaffee, der bereits ins Kännchen floss. »Jemand hat einen Korb Schildkröteneier vor die Station gestellt, es tut mir leid, dass ich euch stören muss, aber ich …« Sie stockte.

»Du brauchst Hilfe«, beendete ich ihren Satz und schob zeitgleich meinen Stuhl zurück. »Ich fahre sofort los, wir sind bei Neah, bin in fünf Minuten da.«

»Warte«, schaltete sich Noelani dazwischen. »Ich komme mit, aber bin zu Fuß, sag ihr, wir brauchen mindestens eine Viertelstunde.« Hastig sortierte sie all ihren Kram in eine Mappe, zog ihren Zopfgummi vom Handgelenk und fasste ihre Haare zu einem hohen Pferdeschwanz zusammen, als rüstete sie sich für einen Kampf.

»Malio? Hallo?«, fragte Kalea am anderen Ende der Leitung.

»Sorry, Noelani kommt mit, wir sind in fünf Minuten da!«

Noelani warf mir einen scharfen Blick zu. Sie ahnte noch nicht, dass ich sie auf die Spitze des Boards setzen und gemeinsam mit ihr fahren würde. Das hatte ich schon mit ihr gemacht, als sie ein Kind gewesen war, und wenn wir Glück hatten, funktionierte es. »Bis gleich!« Kalea atmete erleichtert aus und legte auf.

»Hier!« Neah wedelte mit einer Papiertüte und zwei Coffee-to-go-Bechern. »Frühstück für Kalea und Kaffee für euch alle, auf deinem ist ein X«, erklärte sie Noelani, die ihr lächelnd den Proviant abnahm. »Geht auf mich.«

»Bist ein Schatz!« Ich warf dennoch zwanzig Dollar auf den Tresen für unser Frühstück, schnappte mir Lanis Rucksack und schob meine Schwester aus der Tür. »Hinsetzen«, forderte ich und deutete auf mein Board, das ich auf die Straße geschoben hatte.

»Nicht dein Ernst.« Noelani schnalzte mit der Zunge, doch ein winziges Lächeln huschte über ihre Mundwinkel. »Okay, aber lass mich nicht fallen. Ich habe keinen Bock auf Schürfwunden auf meiner makellosen Haut.« Sie strich sich grinsend über die Wange und blinzelte übertrieben.

»Allein für diesen eingebildeten Satz parke ich dich nachher vielleicht in einem besonders dornigen Rosenbusch«, konterte ich, setzte den Fuß hinter ihr aufs Board. »Halt das Frühstück fest und vertrau mir.«

»Immer, Lio!« Sie legte den Kopf so weit in den Nacken, dass sich unsere Blicke begegneten, und lächelte mich an.

Knapp acht Minuten später erreichten wir das *Turtles' Inn*, Noelani sprang vom Board, damit ich den Bordstein hochflippen konnte, und joggte die letzten Meter neben mir her, bis wir vor der Eingangstür standen. Beide außer Atem. »Hat Spaß gemacht.« Sie grinste mich an und beäugte kritisch die befleckte Tüte in ihren Händen. »Aber ich habe keinen Schimmer, ob das hier drin nicht ein Eintopf geworden ist.«

Ihr angewiderter Gesichtsausdruck entlockte mir ein Lachen und ich klopfte an die Tür, die einen Spaltbreit offen stand. »Kalea? Wir sind da. Oh, hallo«, begrüßte ich einen mir fremden Mann, der komplett in hellblau gekleidet war und neben Kalea auf dem Boden kniete.

Kalea winkte uns zu sich und schenkte Lani ein erschöpftes Lächeln, als sie sie entdeckte. »Hi, kommt her. Das ist Dr. Garcia, er ist Tierarzt und checkt die Babys.«

»Babys?« Noelanis Stimme wanderte automatisch eine Oktave höher und in null Komma nichts kniete sie neben Dr. Garcia und machte quietschende Geräusche, als würde eine Horde Welpen auf ihr herumturnen. Ich ließ mich im Schneidersitz neben Kalea nieder und öffnete die Papiertüte, die Noelani mir gegen die Brust gedrückt hatte.

»Hier, iss!« Ich hielt Kalea einen demolierten Frühstücksmuffin hin.

Widerwillig nahm sie ihn entgegen und biss ab. Ihre Schultern waren angespannt angezogen, und sie hatte ihre freie Hand zur Faust geballt. »Danke.«

Ich legte meine Hand in ihren Schoß, um mit den Fingern über ihre Hand zu streichen, was sie augenblicklich entspannte. »Wer war das?«

Sie schüttelte den Kopf. »Ich weiß es nicht. Der Korb stand vorhin vor der Tür. Ich hasse es, dass irgendjemand dachte zu helfen, obwohl einfach nur in die Natur eingegriffen wurde. Die Meeresschildkrötenweibchen nisten hinter Shore Mana im Naturschutzgebiet. Dort ist der Zutritt verboten, aber das interessiert manche nicht.«

Dr. Garcia nahm unterdessen Schildkröte für Schildkröte aus dem provisorischen Baby-Planschbecken. Er untersuchte jede einzeln und klebte einen winzigen neongelben Punkt auf den Panzer, wenn er fertig war. Vermutlich, damit er nicht den Überblick verlor, wen er gecheckt hatte und wen nicht. »Wir haben schon eine verloren«, flüsterte Kalea niedergeschlagen und schluckte. Sie deutete auf ein weißes Tuch, unter dem garantiert der Leichnam lag. »Sie war schwach.«

»Scheiße.« Ich drückte ihr einen Kuss auf die Schläfe. »Dass du nichts dafür kannst, weißt du hoffentlich.«

»Ja, ja, klar«, winkte sie seufzend ab und biss in den Muffin.

»Ist da auch Kaffee drin? Ich glaube, ich habe nie zuvor so dringend einen gebraucht.«

Ich reichte ihr einen Becher.

»Was passiert mit diesen Babys?«, fragte Noelani.

»Wir helfen ihnen ins Meer, oder, James?« Kalea schenkte dem Arzt ein Lächeln, der bestätigend nickte.

»Genau, sie sollten so schnell wie möglich eigenständig zum Meer laufen und losschwimmen. Nach einem bis zwei Tagen setzt ein sogenannter Schwimmrausch ein, in dem sie sich hektisch paddelnd in die Tiefe bewegen, wo sie sicherer sind vor Raubtieren.«

»Und die Eier?« Noelani nickte wissensdurstig herüber zu dem Korb, der unter einer Wärmelampen-Konstruktion stand, die Dr. Garcia vermutlich mitgebracht hatte. Es erfüllte mich auf seltsame Art mit Stolz, meine Schwester so aufgeschlossen und interessiert zu sehen. Es war ihr sogar egal, dass ihre schneeweißen Shorts dreckig geworden waren.

»Die bringen wir auch zurück zum Strand. Zu lange dürfen sie nicht unter der Wärmelampe bleiben, sie könnten austrocknen«, sagte der Tierarzt und ließ sich nach hinten auf die Fersen sinken, ehe er sich in den Schneidersitz setzte, angestrengt ausatmete und sich seiner Gummihandschuhe entledigte. »Fertig, es geht allen gut, bis auf die zwei, die sich jeweils am Bein verletzt haben. Sie müssten zur Beobachtung hierbleiben.« Er deutete auf zwei Schildkröten, die einen roten Punkt auf dem Panzer kleben hatten. Er wandte sich an Noelani. »Am Strand setzen wir die Eier zurück in eine Sandkuhle, vielleicht finden wir die wieder, die ihre Mutter für sie geschaufelt hatte.«

»Und dann?« Noelani biss sich auf die Unterlippe und in ihre grünen Augen trat ein Hauch von Angst. »Werden sie dort nicht von wilden Tieren gefressen oder so?«

»Ja«, seufzte der Arzt. »Das kann passieren, das ist leider der Lauf der Dinge.«

»Kann man da nicht aufpassen?«, murrte meine Schwester.

Der Arzt lächelte sie an. »Kann schon. Vermutlich dauert es nicht mehr lange, bis sie schlüpfen. Man könnte Wache halten, um Greifvögel oder anderes Wildgetier fernzuhalten.«

»Ich mache das«, meinte Noelani sofort.

»Halt, halt, halt. Du setzt dich nicht nachts an den unbewachten Strand im Naturschutzgebiet und wartest auf wilde Tiere«, schaltete ich mich dazwischen.

»Doch, vielleicht kommt Dad mit.« Sie zuckte mit den Schultern. »Ich will helfen, okay? Außerdem ist das cool und spannend und ich fühle mich ein bisschen wie Miley Cyrus.«

»Wie …« Ich zog verwirrt eine Augenbraue hoch. »Was?«

Kalea neben mir lachte und hielt sich die Hand vor den Mund, als ich sie stirnrunzelnd ansah. »*Mit dir an meiner Seite*«, konkretisierte sie, doch ich verstand nur Bahnhof. »Das ist eine Buchverfilmung von Nicholas Sparks mit Miley Cyrus in der Hauptrolle. Da passt sie auch auf, dass Schildkrötenbabys den Weg ins Meer finden. Wir können ihn mal anschauen, er ist sooo schön.«

»Unbedingt«, erwiderte ich sarkastisch und verdrehte die Augen. »Ich liebe Kitschromanzen sooo sehr.«

»Na dann, perfekt!« Sie ignorierte meinen Sarkasmus und ich warf stöhnend den Kopf in den Nacken, da ich mir mein eigenes Grab geschaufelt hatte.

»Ich rufe Dad an.« Noelani sprang auf die Füße und flitzte herüber zur Eingangstür, wo ich mein Board und ihren Rucksack abgestellt hatte.

»Ich schätze, ich kann sie nicht davon abbringen.«

»Cooler Rucksack«, rief Kalea ihr zwinkernd zu, woraufhin Noelani sie anstrahlte, als sie entdeckte, dass Kalea den Gleichen hatte. »Wir verraten ihr lieber nicht, dass die Wahrscheinlichkeit, dass auch nur eins der Babys es wirklich ins Erwachsenenalter schafft, bei einem Viertelprozent liegt, mh?« Kalea lächelte mich traurig an und nickte, als ich geschockt dreinsah. »Schau nicht so, so ist es leider.«

»Richtig.« James, der dabei war, seine Utensilien in eine Tasche zu packen, führte weiter aus. »Eine von tausend Meeresschildkröten überlebt. Sie haben zu viele Feinde und sind im großen, weiten Meer auf sich allein gestellt.«

»Eine von tausend?« Der Schock war mir garantiert ins Gesicht geschrieben. »Das ist unfassbar wenig und traurig.«

»Was glaubst du, warum ich die sanften Meeresriesen so liebe?« Kalea strich liebevoll über die Panzer der Babys. »Jede von ihnen ist ein wahrer Überlebenskünstler.« Ihr Lächeln verrutschte und machte Traurigkeit Platz. »Und dann landen viele von ihnen in Fischernetzen, wenn sie ausgewachsen sind und sich durch ihren harten Start ins Leben gekämpft haben. Das ist der größte Mist überhaupt.«

»Dad macht mit!« Noelani kam freudestrahlend zu uns. »Er packt Thermokleidung ein, Schlafsäcke und all seinen Campingquatsch, Essen, Trinken.« Ihre kindliche Aufregung ließ es mir warm ums Herz werden. »Hoffentlich sind wir bis zum großen Tag zurück.« Sie schlug sich erschrocken die Hand vor den Mund, da sie beinahe Kaleas Überraschung verraten hätte. »Ups, sorry.«

»Großer Tag?« Kalea hob eine Augenbraue an und stand ächzend auf. »Wann weihst du mich endlich in dein Geheimnis ein, Malio?« Sie strich sich die goldbraunen Haare hinter das Ohr und blickte mich so liebevoll an, dass ich fast nachgab.

»Später«, wich ich aus und wandte mich an James. »Wann geht's los zum Strand?«

»Sobald euer Dad hier ist, schätze ich«, grinste er. »Ich fahre mit Noelani«, er vergewisserte sich mit schief gelegtem Kopf bei meiner Schwester, ob er ihren Namen richtig verstanden hatte, und sie nickte, »und eurem Dad zum Naturschutzgebiet und erkläre ihnen dort alles.«

»Okay, perfekt.«

»Darf ich iPad, Handy und Powerbank fix laden?« Noelani wühlte in ihrem Rucksack und beförderte alles zutage.

»Klar, sicher«, sagte Kalea und deutete in ihr Büro. »Neben dem Kühlschrank ist eine Steckerleiste.«

»Perfekt, danke! Ich sende dir die Pläne rüber, Lio, und checke noch mal kurz meine Nachrichten, falls das Internet am Strand unterirdisch ist.«

»Alles klar, Lani.« Ich nickte ihr zu, verblüfft darüber, wie organisiert und geschäftstüchtig sie war.

»Komm rüber«, rief sie wenig später und wedelte aufgeregt mit den Armen, um mich zu sich ins Büro zu lotsen. »Schau!« Sie strahlte mich an und hielt mir ihr Display hin.

»Was ist das?« Ich kniff die Augen zusammen und las den Text. »Sponsoring?«

»Ja!« Sie klatschte in die Hände. »Ich habe ein paar der Brands, mit denen ich zusammengearbeitet habe, gefragt, ob sie das Fest sponsern. Und einer sagt schon mal ja.«

»Ernsthaft?« Meine Augenbrauen wanderten zum Haaransatz. »Unfassbar. Ich bin froh, dich ins Boot geholt zu haben. Ohne dich wäre es nur ein schnödes Kleinstadtfest.«

»Tja.« Sie schnalzte mit der Zunge und straffte selbstbewusst die Schultern. »Ich werde gerne unterschätzt.«

»Wie lange willst du mir das noch aufs Brot schmieren?« Ich zog an ihrem Pferdeschwanz.

»Bis du in Rente gehst«, grinste sie frech und streckte mir die Zunge heraus, ehe sie sich ihr Handy schnappte, um eine Antwort zu tippen. »Wegtreten«, murrte sie mir zu und ich warf lachend den Kopf in den Nacken und gehorchte meiner kleinen Schwester, die geschäftig mit der Hand wedelte. Ich lief zu Kalea, die verträumt in das Becken blickte und mit einem sanften Lächeln auf den Lippen ihre neuen Schützlinge streichelte. Alles würde gut werden. Irgendwie.

# KAPITEL 57

## Kalea

Malio war den ganzen Tag nicht von meiner Seite gewichen und hatte mir geholfen, ein halbwegs vernünftiges, temporäres Zuhause für die zwei verletzten Schildkrötenbabys zu bauen. Auch wenn sie die Sonne liebten, war es besser, sie dieser nicht schutzlos auszusetzen. Aus einem porösen Planenstoff, den ich tief im Geräteschuppen gefunden hatte, hatten wir ein provisorisches Sonnensegel gebastelt, das wir über das flache Wasserbecken spannten, in dem die Babys aufgeregt umherpaddelten und sich gegenseitig das Futter wegschnappten.

Die Sonne senkte sich herab und tauchte das *Turtles' Inn* in die wunderschönsten Farben des Regenbogens. Wie jeden Abend ging der tiefe Ton von Orange ins Pinke über, und hellviolette Schlierenwolken zogen am Himmel entlang. Die Farben drangen durch die trüben Fenster und wandelten die tristen Böden und Wände der Auffangstation in etwas Märchenhaftes. Erschöpft schleppte ich mich heraus zu Malio, der die abendliche Futterrunde übernahm und von einem der Becken heruntersteig, den Eimer um seinen Unterarm baumelnd. »Hey«, rief er mir lächelnd zu. »Du siehst fertig aus, Schildkrötenmädchen.«

Ich nickte, und ein Lächeln zupfte an meinem Mundwinkel. »Ich bin hinüber.« Ein Lachen drang aus meiner Kehle, und ich hob die Arme über den Kopf, um die steifen Gliedmaßen zu dehnen. Meine Knochen knackten, während ich mich streckte, und ich konnte ein Gähnen nicht unterdrücken, das auch Malio ansteckte, der müde den Mund aufriss.

»Ich auch«, grinste er und folgte mir zum Futterschuppen.

»Lass uns nach den Babys schauen und dann abhauen, zum Strand?« Ich strich mir über den Arm. »Willst du surfen?«

Malio schloss die Tür des Schuppens hinter sich und sicherte sie, indem er das Schloss zuklickte. Er hob sein Cappy an und fuhr sich durch die schwarzen Wuschelhaare, die ihm wirr in die Augen fielen. Sanft schüttelte er den Kopf. »Ich bin zu müde. Das wäre unvernünftig.«

»Ich vergesse immer wieder, wie anständig du bist«, neckte ich ihn und strich ihm über den Oberarm, was er falsch verstand, denn blitzschnell wirbelte er mich herum, griff unter meinen Hintern und hob mich hoch.

»Anständig, ja?«

Ich warf lachend den Kopf in den Nacken und trommelte auf seine Brust. »Ausnahmsweise meinte ich nicht *das*.«

»Schade.« Er verzog gespielt schmollend den Mund und ich drückte ihm sanft einen Kuss auf die Lippen. »Aber wir könnten kurz bei Lani und meinem Dad am Strand vorbeischauen, wenn du willst.«

Mein Magen hüpfte vor Freude, weil er genau das vorgeschlagen hatte, was ich mich nicht getraut hatte, von ihm zu verlangen. »Total gern, ja«, lächelte ich und strampelte, damit er mich zurück auf den Boden setzte. Ich griff nach seiner Hand und zog ihn flink hinter mir her zu den Babyschildkröten. Wir warfen prüfende Blicke auf die Kleinen mit ihren roten Klebepunkten. »Sieht aus, als ginge es ihnen okay. Schlaft gut, Mr. Tom und NicNac, ihr Süßen«, wünschte ich ihnen eine gute Nacht. »Bis morgen früh!«

»Komm.« Malio deutete mit einem Nicken zur weißen Holztür, die in den Behandlungsraum führte. »Wir sollten los, bevor es dunkel wird. Hast du Taschenlampen hier für den unbewachten Strand?«

»Klar«, erwiderte ich, machte mich von ihm los und durchwühlte eine der Schubladen im Schrank neben dem Behandlungstisch. »Hier!« Triumphierend hielt ich sie in die Höhe, schaltete sie ein und aus, um zu checken, ob sie funktionierten. Ich lief zum Rucksack herüber und verstaute sie darin. »Dort auf dem Regal-für-alles ist ein zweiter Helm.« Ich deutete ins Büro und wartete an der Tür auf Malio, zog sie schließlich hinter uns zu, verriegelte sie und folgte Malio, der sein Cappy gegen den Helm tauschte, zum Elektroroller. Ich schnappte ihm das Cap aus der Hand, um es in den Rucksack zu stopfen, bevor ich ihm diesen hinhielt, damit er ihn aufsetzte. Ich sattelte auf und rutschte nach vorn, um Malio hinter mir Platz zu machen. »Hopp hopp«, forderte ich ihn auf, setzte meinen Helm auf und schob das Visier herunter. »Wenn ich du wäre, würde ich den Sichtschutz herunterklappen, außer du stehst auf winzige Fliegen, schwerfällige Käfer oder hyperaktive Glühwürmchen.«

Malio, der sich hinter mich gesetzt hatte, klappte sein Visier herunter und schlang lachend die Arme um meine Taille. »Gehen wir auf Nummer sicher, du winzige Fliege.«

Empört wandte ich mich zu ihm um. »Warum bin ich die winzige Fliege? Das ist gemein!«

»Weil ich bei hyperaktivem Glühwürmchen eher an Florence denke und bei schwerfälligem Käfer an Deacon, sorry.«

»Tze.« Ich schnaubte gespielt beleidigt. »Festhalten«, rief ich ihm zu und startete den Elektromotor, der schnurrte wie ein Kätzchen. Malio rutschte näher an mich heran und ich musste mich rügen, mich auf die Straße vor uns zu konzentrieren und nicht auf das warme Kribbeln, das sich von meinem Bauch bis in sämtliche Nervenenden ausbreitete. Ob ich mich jemals an seine liebevollen Berührungen gewöhnen würde? »Hoffentlich niemals«, flüsterte ich und spürte den Fahrtwind sanft um meine Mundwinkel streifen.

Wir verließen Shore Mana, da der Zugang zum Naturschutzgebiet vor der Stadt lag, und als wir das *Aloha-Shore-Mana-*Schild passierten, wurde mir flau im Magen. Ich wollte Shore Mana niemals wieder den Rücken kehren, das wurde mir mit jedem Tag mehr bewusst. Hier hatte ich mein Zuhause schon gefunden, bevor ich Malio kennengelernt hatte. Doch er hat es erst zu meiner neuen Heimat werden lassen.

Ich parkte den Roller am Straßenrand und wir folgten einem schmalen Sandweg durch die Dünen, die im Laufe der Jahre zu einem Wildwuchs geworden waren. »Dort sind sie, schau.« Malio, der meine Hand genommen hatte, hob sie an und wies mit dem Zeigefinger auf ein Lager, das ich nur erkannte, wenn ich die Augen zusammenkniff. Ich nickte und drückte seine Hand, sah zu ihm auf. Die Golden Hour fand ihr Ende und der sanfte rotgoldene Schimmer schmeichelte seiner Haut. Seine Züge waren weich und seine dunkelblauen Augen wirkten in diesem Licht fast schwarz. Er lächelte und ich heftete den Blick auf das Grübchen, das sich dabei bildete und sich unter seinem Dreitagebart versteckte.

Je näher wir Noelani und ihrem und Malios Dad kamen, desto aufgeregter fühlte ich mich. Ein wenig kam es mir vor, als schliche ich mich in ihre Familie ein. Und mir wurde siedend heiß bewusst, dass ich dabei war, Malios Dad offiziell kennenzulernen. *Oh Gott. Einfach normal benehmen, Kalea, das schaffst du.*

Noelani entdeckte uns und stand aus ihrem klappbaren Campingstuhl auf, um uns wild zuzuwinken, was mir ein Kichern entlockte. Wir überbrückten die letzten Meter bis zu ihnen und Malio übernahm das Wort. »Hey Lani, hey Dad. Ihr habt euch ja schon mal im *Giovanni's* gesprochen, Dad, das ist Kalea. Kalea, mein Dad, Keano.«

»Hi«, grüßte ich ihn breit lächelnd. »Danke, dass Sie zusammen auf die Schildkröteneier aufpassen, das ist großartig.«

Malios Dad lächelte mich an. »Ich habe den schönsten Abend

seit Langem mit meiner Kleinen.« Er stupste seine Tochter an und wuschelte ihr durch die Haare.

»Dad, lass den Scheiß«, rügte Noelani ihn sofort.

Malio lachte und zeigte auf die Campingstühle. »Setzt euch wieder hin«, bat er und ließ sich in den Sand fallen. Er überrumpelte mich, indem er mich zu sich herunterzog und ich auf seinem Schoß landete, was mir vor seinem Dad unangenehm war. »Entspann dich, Schildkrötenmädchen«, wisperte er mir so leise ins Ohr, dass nur ich es hören konnte.

Ich verdrehte lächelnd die Augen. »Dann befummel mich nicht vor deinem Dad, Surferboy«, konterte ich, was Malio erneut ein Lachen entlockte. »Wir sind erwachsen und benehmen uns wie Teenager.«

»Gar nicht«, grinste er kopfschüttelnd und deutete mit einem Nicken zu Noelani, die dabei war, sich empört ihre Haare zu kämmen, weil ihr Dad es gewagt hatte, sie anzufassen. »Das dort ist ein Teenie wie aus dem Schulbuch. Nicht wir.« Lani hörte es und warf ihm einen diabolischen Blick zu, dass er kurz unter mir zusammenzuckte.

Ich prustete los und zwinkerte Noelani zu, die die Augen verdrehte und krampfhaft versuchte, ein Lächeln zu unterdrücken. »Malio?« Sie nickte zu einem winzigen Ein-Mann-Zelt, keine drei Meter von uns entfernt. »Ich muss dir was zeigen.«

Malios Dad stöhnte und wandte sich an ihn. »Sie ist den ganzen Abend orakelhaft und will mir nichts verraten. Bitte sag mir, dass ihr keinen Mist baut.«

»Tun wir nicht.«

»Vor mir halten sie auch seit Tagen alles geheim«, jammerte ich und rutschte von Malios Beinen herunter, damit er zu seiner Schwester gehen konnte. Sofort fehlte mir seine Wärme, und die Nachtfrische drang langsam durch meine Haut. Die beiden tuschelten so gedämpft, dass ich leider nichts verstehen konnte.

»Das beruhigt mich«, erklärte Malios Dad und wies mit dem Zeigefinger zur Sandkuhle, in der die Eier lagen. »Das ist eine spannende Sache. Wie lange hast du die Auffangstation schon?«

Mir wurde warm ums Herz, denn in Keanos Augen las ich ehrliches Interesse. »Seit zwei, bald drei Jahren.« Stolz richtete ich mich auf, zog die Knie an und vergrub die Zehen im Sand. Die Sandalen hatte ich neben meinen Rucksack gestellt. »Es ist ziemlich hart. Aber ich liebe die sanften Meeresriesen sehr und habe vorher in Honolulu Meeresbiologie studiert.«

»Beeindruckend!« Er pfiff anerkennend durch die Zähne. »Wie stemmst du das alles? Man verdient mit so einer Einrichtung ja nichts, oder?«

»Dad! Komm schon«, drang Malios Stimme, der dem Gespräch anscheinend mit halbem Ohr lauschte, durch die Zeltwand.

»Schon gut«, winkte ich ab und seufzte. Die Zeiten, in denen ich vehement versucht hatte, meine Geldsorgen zu verstecken, waren vorbei. »Ich stemme es nicht wirklich. Ich habe mich von Anfang an verschuldet. Das *Turtles' Inn* ist alt und renovierungsbedürftig. Die Tierarztrechnungen stapeln sich und ich bin froh, dass mir der Strom nicht abgestellt wurde.«

»Das nenne ich ehrlich.« Malios Dad stieß einen Schwall Luft aus und blickte für einen Wimpernschlag in einem Mix aus Wehmut und Neugier zu seinem Sohn. Wünschte er sich von ihm Ehrlichkeit? »Tut mir leid, dass es so hart für dich ist. Solche Organisationen wie deine sollten mehr Unterstützung bekommen. Ich finde toll und beeindruckend, was du tust.«

»Danke«, murmelte ich und senkte den Blick.

»Wie passend, dass du das sagst.« Malio und Noelani schlenderten zu uns herüber und sie hielt ihr iPad an ihre Brust gedrückt. »Wo wir gerade von Unterstützung sprechen.«

»Was meinst du?« Ich zog warnend die Augenbrauen zusammen. »Was habt ihr getan? Ich möchte keine Almosen, das weißt du.« Ich konnte es nicht verhindern, dass meine Stimme zitterte, auch wenn Malio mich aufgeregt anstrahlte. Sogar Noelani grinste fröhlich bis über beide Ohren.

»Ja, das weiß ich. Aber Unterstützung und Almosen sind nicht das Gleiche, okay?« Malio ließ sich neben mir im Sand nieder und Noelani kniete sich hin.

»Darf ich?« Sie wackelte aufgeregt hin und her und deutete mit einem Blick auf ihr iPad.

»Klar, leg los, Lani.« Malio machte eine Handbewegung, als bereitete er ihren großen Auftritt auf einer Bühne vor.

»Hier!« Sie entsperrte das Display des Tablets, das so hell war, dass wir alle die Augen zusammenkniffen. »Nimm«, forderte sie mich auf, und misstrauisch griff ich danach, drehte es zu mir herum und starrte auf eine minimalistische, hübsche Homepage.

»Ist das … das ist …«, stammelte ich und ließ meinen Blick zur Browserleiste wandern: www.kaleasturtlesinn.ngo. »Ihr habt eine Website erstellt?« Ich hob eine Augenbraue an, unsicher, was ich davon halten sollte.

»Wähl die Events an«, quietschte Noelani. »Los, tipp darauf. Da!« Ich hob den Kopf und suchte Malios Blick, der mich stolz anlächelte. Was bedeutete das alles hier?

»Lani, immer ruhig«, bat er seine kleine Schwester und heftete seine Aufmerksamkeit wieder auf mich.

»Okay, okay«, murrte sie und tat, als würde sie ihre Lippen mit einem Reißverschluss zuziehen.

Ich tippte auf den Events-Reiter, und da das Internet hier draußen langsamer als langsam war, rödelte es eine Weile, bis sich die Seite öffnete.

1. Benefiz-Sommerfest Shore Manas zur Rettung des *Turtles' Inn*

»Was? Rettung? Sommerfest?« Ich riss die Augen auf und scrollte weiter. »Was?«, wiederholte ich ungläubig, unfähig, den Blick vom Tablet zu lösen. »Könnte mir bitte jemand erklären, was das ist?« Ich überflog die Daten.

Datum: 13. Juli

Wo: *Turtles' Inn*, Honu Kai Avenue 3, Shore Mana, O'ahu, Hawaii

Eintritt: Erwachsene – 1 $, Kinder – frei

Kaffee- & Kuchenverkauf, Kindertrampolin, Kinderschminken, Cocktails, Tombola, Auftritt Highschoolorchester

Sponsoren: …

»Es gibt Sponsoren?« Fassungslos schüttelte ich den Kopf und erblickte unter anderem den Hersteller meines Rucksacks auf der Liste, der wie auch andere Sponsoren ein paar Produkte für eine Tombola bereitstellte. »Wie habt ihr das angestellt?«

Malio räusperte sich und gab seiner Schwester einen Stups gegen die Schulter. »Alles Lanis Verdienst, sie hat erstaunlich gute Kontakte.«

»Was auch immer daran *erstaunlich* ist«, pfefferte sie ihm mit hochgezogener Augenbraue entgegen und zeichnete beim Wort *erstaunlich* Gänsefüßchen in die Luft. »Aber ja, ich habe mit einigen der Brands zusammengearbeitet und einfach angefragt, ob sie Bock hätten, dem *Turtles' Inn* unter die Arme zu greifen.« Sie zuckte mit den Schultern, als wäre nichts dabei, und stieß einen erschreckten Laut aus, als ich Malio das Tablet gegen die Brust drückte, um mich auf Noelani zu stürzen und sie in eine fette Umarmung zu ziehen.

»Das. Ist. Einfach. Unglaublich«, brachte ich hervor und strahlte sie an.

»Die eigentliche Idee stammt von Malio.« Lani nickte in seine Richtung. »Ich habe nur das i-Tüpfelchen draufgesetzt.«

»Du meinst wohl eher das Krönchen«, lachte ich. »Glaubt ihr, die Leute kommen? Oh Gott, ich muss den Rasen im Vorgarten mähen und dass Florence und ich uns den Büschen gewidmet haben, ist schon Wochen her«, überlegte ich und zählte innerlich all die Dinge auf, die ich vor der Veranstaltung erledigen sollte.

»Immer langsam, Schildkrötenmädchen«, drang Malios beruhigende Stimme an mein Ohr. »Wir kriegen das alles hin. Das Fest ist in einer Woche, das ist genügend Zeit.«

Ich rechnete nach und grinste breit. »In einer Woche sollte Florence wieder da sein. Sie wäre sauer und traurig, wenn sie das verpassen würde.«

»Korrekt«, nickte Malio und reichte Noelani das iPad zurück. »Morgen starten wir mit der Werbung. Deacon wird einen Aufruf im Radio machen, den er immer mal wieder einspielt, bis auch der letzte Bewohner Shore Manas vom Fest gehört hat, und Noelani wird morgen den ersten Beitrag posten.«

»Und ich will es bewerben«, schaltete sie sich mit schief gelegtem Kopf dazwischen. »Ich habe eine Traffic- und eine Conversion-Campaign im Meta-Werbeanzeigenmanager erstellt und spiele das Posting sowohl auf Instagram für eure Generation als auch auf Facebook für die Älteren aus.« Sie nickte unauffällig in Richtung ihres Dads.

»Junge Dame, das habe ich gehört«, echauffierte dieser sich, allerdings nicht, ohne zu lachen.

»Und ich würde die Tage ein paar TikToks drehen. Mir folgt fast die ganze Shore-Mana-Highschool und bestimmt auch viele Kids von anderen Inseln.« Sie zuckte mit den Schultern und ich musste schmunzeln, wie sie andere in ihrem Alter als *Kids* bezeichnete, wo sie selbst noch eins war. Aber ich musste zugeben, dass sie einen total souveränen Eindruck machte, und ich fragte mich, wo die schnippische Zicke hin war, die sie vor wenigen Wochen großspurig hatte heraushängen lassen. »Vielleicht reisen manche sogar an.« Ich setzte zu einer Erwiderung an, als sie die Hand hob, um mir direkt klarzumachen, dass ich leise sein sollte. Das passte schon eher zu ihr. »Falls du protestieren willst, lass es. So teuer sind diese Werbeanzeigen auch nicht, und es ist für einen guten Zweck.«

»Weißt du eigentlich, wie stolz ich auf dich bin?« Malio beugte sich zu seiner kleinen Schwester und drückte ihr einen

Kuss auf die Wange. Ich lächelte ihr zu und sie fing mein tonloses »Danke« ein, das ich mit den Lippen formte.

»Ihgitt, Malio, lass das.« Sie wischte sich über das Gesicht und blickte finster drein, dass ihr Dad, Malio und ich kaum eine Sekunde später in Gelächter ausbrachen, das eindeutig zu laut war, da wir uns nach wie vor im Naturschutzgebiet aufhielten.

»Schsch, wir sollten leiser sein«, ermahnte ich uns alle und lehnte mich gegen Malio. Für die nächsten Minuten sprach niemand ein Wort und es dauerte nicht lang, bis ich an Malios Schulter wegdämmerte, das gleichmäßige, beruhigende Rauschen der Wellen im Ohr und die tiefschwarze Nacht mit ihren Abermillionen Sternen über uns.

## KAPITEL 58

# Malio

»Nicht so schnell!« Ich hielt Kalea auf, indem ich nach ihrem Ellenbogen griff. »Ich muss erst mal meine Knochen sortieren, weil ich eindeutig zu alt dafür bin.«

Kalea wandte sich lachend zu mir um und in ihren Augen strahlte Zufriedenheit und ein wenig Übermut. »Zu alt, um im Naturschutzgebiet einzuschlafen und von knackenden Eiern geweckt zu werden? Oder in der morgendlichen Golden Hour dafür zu sorgen, dass hundert Babyschildkröten sicher den Weg ins Meer finden? Oder mit vollstem Körpereinsatz die fiesen Killermöwen davon abzuhalten, nach den Schildkröten zu picken? Oder meinst du den Kampf mit dem Kojoten, der Frischfleisch gewittert hatte?«

»Ja«, grinste ich und nickte theatralisch. »Alles! Ja!« Ich nahm den Helm vom Kopf und platzierte ihn auf Kaleas Roller, den sie wie immer am Eingangstor des *Turtles' Inn* geparkt hatte. Noelani und Dad hatten ihr Campingequipment zu Hokulani, Dads Jeep, geschleppt und uns versprochen, später mit Frühstück und frischer Kleidung in der Rettungsstation aufzutauchen.

Dad hatte Kalea angeboten, die Auffangstation genauer unter die Lupe zu nehmen, denn auch wenn er durch seinen Unfall nicht mehr der Alte sein konnte, war er trotzdem im Herzen ein

Handwerker. Beim Bau der Surfschule und des Shops hatte er eigenhändig mit angepackt. Er war beleidigt, dass ich nicht früher auf die Idee gekommen war, ihn einzuweihen. Kalea hatte erst eingewilligt, nachdem wir drei sie mit Blicken erdolcht hatten. Sie gehörte zu der Sorte Mensch, die manchmal zu ihrem Glück gezwungen werden mussten.

»Dafür siehst du erstaunlich fit aus. Überhaupt nicht alt.« Sie schmiegte sich an mich und fuhr mit der Hand anzüglich unter den Saum meines T-Shirts, das von der Babyschildkröten-Rettungsaktion nass an mir klebte. Sie strich meinen Bauch entlang, über die Muskeln, die ich unwillkürlich anspannte, bis zur Brust, stellte sich auf die Zehenspitzen und hauchte mir einen Kuss auf die Lippen. »Kein bisschen alt«, wisperte sie und schlug die Augen auf, die sie kurz geschlossen hatte.

»Weißt du, dass du die schönsten Augen hast?« Ich räusperte mich und fasste sanft nach ihrem Kinn, weil sie verlegen den Blick abwenden wollte.

»Nein, hast du mal Lanis Augen gesehen? Oder deine?« Sie wich meinem Kompliment aus, worüber ich schmunzelnd den Kopf schüttelte.

»Hab ich. Lani hat die gleichen grünen Augen wie unsere Mom. Und ich habe Dads dunkelblauen abbekommen. Hübsch, selten bei Hawaiianern, doch nicht einzigartig.« Ich zuckte mit den Schultern. »Aber du? Dieses helle Braun habe ich nie zuvor gesehen, erst recht nicht mit diesen goldenen Sprenkeln darin. Du hast eindeutig die schönsten Augen auf diesem Planeten, und ich möchte keine Widerrede hören.« Ich klatschte ihr auf den Hintern, woraufhin Kalea lachte. Sie legte ihre Hände auf meine Brust, um sich wegzustemmen, und passierte barfuß den schmalen Weg durch den Vorgarten. Als der Kojote keine der Schildkröten ergattern konnte, hatte er sich als Trostpflaster Kaleas Sandalen geschnappt, woraufhin wir uns alle in einen nicht enden wollenden Lachanfall wiedergefunden hatten. Kalea lief vor und überließ es mir, den Roller ein Stück zum Rand zu schieben, damit Dad und Noelani hier parken konnten.

»Malio!« Kaleas schrille Stimme durchschnitt die morgendliche Stille, und ich wusste sofort, dass etwas nicht stimmte. Ich ließ den Elektroroller los, wodurch er gefährlich wankte und beide Helme zu den Seiten fielen. Erschrocken joggte ich zu ihr, wobei mir das Herz von einer Sekunde auf die nächste bis zum Hals pochte.

»Was ist los?« Schnaufend, als wäre ich mehr als zwanzig Meter gesprintet, stoppte ich hinter ihr und folgte ihrem Fingerzeig. »Oh, fuck, nein. Was?« Mir steckten die Worte im Hals fest und Kalea schien wie erstarrt. Ihr Arm blieb ausgestreckt und wies auf das gewaltsam geöffnete Eingangsschloss. Die schwerfällige Eingangstür hatte auf mich immer einen unkaputtbaren Eindruck gemacht und belehrte mich nun eines Besseren. »*Jetzt* müssen wir die Polizei einschalten«, presste ich hervor und versuchte, meine Aufgebrachtheit im Zaum zu halten.

»Nein«, hauchte Kalea.

»Nein? Kalea, komm schon.« Ich fasste fürsorglich nach ihrer ausgestreckten Hand, zog sie zu mir und erschrak beim Anblick der Wut, die wie züngelnde Flammen in ihren Augen tanzte.

»Ich hasse sie«, spie sie hervor und schlug sich in der nächsten Sekunde erschrocken die Hand vor den Mund. »Die Babys«, rief sie aus und dachte nicht daran, die Polizei zu rufen. Stattdessen drückte sie mit der Faust die Tür auf und verschwand im Behandlungsraum. »All meine Babys«, keuchte sie und ich verstand sofort, dass sie nach ihren Schildkröten schauen wollte.

Hinter der Tür begrüßte uns ein wüstes Chaos, das wie ein Film, den man vorspulte, an mir vorbeizog. Ich rannte ihr hinterher in den Innenhof. Auch hier war alles durcheinander. Eimer lagen herum, das Schildkrötenfutter war im Rasen und auf den Fliesen verteilt. Kartons, Werkzeuge, irgendwelche Stoffe waren herumgeworfen worden. Ich ließ den Blick zu den Schuppen wandern, deren Türen aufgebrochen worden waren.

»Verdammte Scheiße«, waren die einzigen Worte, die mir über die Lippen glitten, während ich wie erstarrt inmitten Kaleas verwüsteter Auffangstation stand. Kalea. Ich blickte mich suchend nach ihr um und fand sie hinter der Außendusche an der Wand des Hauptgebäudes auf dem Rasen kauern, wo wir das provisorische Lager für die Babys aufgebaut hatten. Sie ließ sich auf ihre Fersen sinken und vergrub ihr Gesicht in den Handflächen. Ihre Schultern bebten und sie sackte in sich zusammen, zog die Beine an und legte den Kopf auf ihren Knien ab. Sie weinte vor Erleichterung. Ich hockte mich neben sie und legte ihr eine Hand zwischen die Schulterblätter.

»Schildkrötenmädchen«, flüsterte ich. »Alles wird gut, okay?« Keine Ahnung, ob ich log. Keine Ahnung, was die Worte bewirkten, ich fühlte mich hilflos. War das nicht etwas, das man hören wollte, wenn man das Gefühl hatte, das Leben brach über einem zusammen? Vielleicht ja. Vielleicht nein. Keine Ahnung. Ich wollte irgendetwas tun, irgendetwas sagen, irgendwie helfen. Ich wollte, dass sie aufhörte zu weinen, wollte ihr die Traurigkeit nehmen. Ich wollte, dass ihr letzter Funken Hoffnung nicht erlosch. »Wir kämpfen bis zum Ende, ja?«

Ein Schluchzen drang aus ihrer Kehle und sie hob den Kopf, suchte meinen Blick. »Jetzt erst recht«, erklärte sie mir mit fester Stimme. »Sie können mich nicht brechen.« Die Entschlossenheit in ihrer Stimme sorgte dafür, dass ein unbenennbares Gefühl heiß durch meine Venen pumpte. Es war eine wilde Mischung aus Angst, Stolz, Erleichterung, Mut. »Das schaffen sie nicht. Niemals.« Sie wischte sich mit den Handflächen über das Gesicht. »Damit sind sie zu weit gegangen. Sie haben es geschafft, dass mein Hass sich in Verachtung gewandelt hat, verstehst du?«

»Ich verstehe dich.« Die Worte kamen mir über die Lippen, obwohl ich mir nicht vorstellen konnte, meine eigenen Eltern zu verachten, denn es war klar, dass ich sie unterstützte, ohne mit der Wimper zu zucken. »Wir zeigen es ihnen. Gemeinsam.«

Kalea nickte und richtete sich auf. »Gemeinsam. Ja.« Sie schlang ihre Arme um den Oberkörper und drehte sich um ihre eigene Achse, nahm alles in Augenschein und seufzte. »Weißt du, was ich dabei nicht verstehe?« Statt ihr zu antworten legte ich nur fragend den Kopf schief, denn ihre traurige Stimme schnürte mir die Kehle zu. »Wieso glauben sie, dass ich zurückkommen würde, wenn sie mir meine Existenz nehmen? Warum glauben sie, mich *so* zur Rückkehr zwingen zu können?«

Ich räusperte mich. »Das weiß ich nicht, Kalea. Ich kenne deine Eltern nicht. Und sie kennen anscheinend *dich* nicht.«

»Bitte sagt mir, dass es hier nicht immer so aussieht?« Noelanis Stimme erklang hinter uns, und erschrocken wirbelte ich zu ihr herum. Meine Schwester, die ein paar Sneakers in der Hand hielt und Kleidungsstücke über dem Unterarm trug, scannte mit weit aufgerissenen Augen die Umgebung ab. Sie war den Außenweg am Gebäude entlanggelaufen. »Was ist denn hier passiert?«

»Ein Einbruch«, knurrte ich. »Es wurde eingebrochen und das ganze *Turtles' Inn* mutwillig verwüstet.«

»Hallo?« Dads Stimme drang aus dem Haupthaus zu uns. »Wo seid ihr alle?«

»Lass uns zu deinem Dad gehen«, seufzte Kalea mitgenommen und setzte sich in Bewegung.

»Hier.« Noelani hielt ihr die Kleidung hin, ungewohnt schüchtern. »Ich hoffe, das passt dir.«

Kalea nahm ihr die Sachen ab, allerdings sah man ihr an, dass sie in Gedanken woanders war. »Danke, bestimmt. Danke.« Sie zwang sich zu einem Lächeln.

Wir traten durch die weiße Holztür, deren Schloss ebenfalls herausgebrochen worden war und die schief in ihren Angeln hing. »Dad«, begrüßte ich ihn rufend. Er blickte sich in der Auffangstation um, Papiertüten aus *Neah's Bakery* in den Händen. »Stell sie am besten hier ab.« Ich bückte mich, um den schweren Behandlungstisch aufzustellen, der zur Seite gekippt worden war, und klopfte auf die Platte, die ein meterlanger Kratzer zierte.

»Was zur Hölle ist hier passiert und warum sehe ich keinen Cop die Anzeige aufnehmen?« Er humpelte zum Tisch herüber, um das Frühstück dort zu platzieren, was mir gleich ein schlechtes Gewissen bescherte. Die Nacht hatte seinem Bein allem Anschein nach nicht gutgetan.

»Das geht nicht«, murmelte Kalea beschämt und schüttelte den Kopf. »Das ist weitaus komplizierter, als du dir vorstellen kannst, Keano.« Mein Dad hatte sie vor wenigen Stunden erst gebeten, ihn mit seinem Vornamen anzusprechen. »Meine …« Sie sah zur Decke, vermutlich, um Tränen zurückzuhalten. »Ach, was soll's«, murmelte sie. »Meine Eltern stecken dahinter und sie haben keine Skrupel, Polizisten zu schmieren. Ich vertraue Cops einfach nicht, weil sie korrupt sein könnten.« Dad zuckte kaum merklich wegen der harten Anschuldigung zusammen.

»Was?« Noelani, die dabei war, das Frühstück aus den Tüten zu nehmen, um es auf dem Behandlungstisch anzurichten, fiel ein Croissant aus der Hand. Es landete dumpf auf dem Boden. »Deine Eltern?« Kalea schenkte ihr ein trauriges Lächeln und einen Blick, der so etwas sagte wie *Siehst du?* Das schien etwas zwischen den beiden zu sein. »Oh Gott.« Noelani holte tief Luft und wandte sich an Dad. »Ich hab dich und Mom lieb«, murrte sie in seine Richtung und Dad blinzelte verwundert, nahm es an und lächelte seiner Tochter zu. »Aber muss man bei einem Einbruch nicht die Polizei verständigen?«

Ich hob amüsiert eine Augenbraue an. »Ach, plötzlich halten wir uns an Regeln, ja?«

»Sei leise«, zischte sie mir zu und verdrehte die Augen.

»Ja«, schaltete sich Dad ein. »Normalerweise ja. Und ich kann nicht behaupten, dass ich mich wohl damit fühle, Brian nicht anzurufen, aber das ist deine Entscheidung.«

»Brian ist Detectiv bei der Shore Mana Police«, erklärte ich Kalea, die die Stirn runzelte. »Er ist Dads Freund. Ein *sehr guter* Freund.«

»Verstehe.« Kalea sah sich im Behandlungsraum um, und mir fiel erst auf, dass ich ihre Hand hielt, als sie sich von mir losmachte, um ins Büro zu gehen. »Moment«, murmelte sie und wir verfolgten sie mit den Augen. Sie lief um den Schreibtisch herum, beugte sich über ihren Stuhl und atmete erleichtert aus. »Sie haben meinen Rollcontainer nicht gefunden«, verkündete sie. »Dort sind die wichtigsten Unterlagen, Rechnungen und mein Laptop drin.«

»Gut«, murrte Dad neben mir. »Gut, gut. Aber trotzdem steht die Frage im Raum, was wir unternehmen.«

»Wir?« Kalea schlurfte zurück zu uns.

Noelani nickte. »Klar, die ganze Familie hilft dir. Du glaubst doch nicht, dass wir dich das allein aufräumen lassen?« Sie richtete sich an Dad. »Ich rufe Mom an.«

»Gute Idee, und ich Deacon!« Ohne Kaleas Antwort abzuwarten, fischte ich mein Smartphone aus der Hosentasche und wandte mich ab. Kurz bevor ich den grünen Hörer antippte, wehte eine mir bekannte Stimme von der Eingangstür zu uns herüber.

»Wem, zur Hölle, muss ich die Eier abhacken?« Florence steckte den Kopf zur Tür herein und betrat das *Turtles' Inn*, während sie einen silbernen Rollkoffer vor sich herschob.

»Flo.« Kalea schluchzte und rannte auf ihre beste Freundin zu, um sich in ihre Arme zu stürzen. »Du bist wieder da«, schniefte sie und mir zog sich das Herz zusammen, als ich sah, wie glücklich Florence' Rückkehr sie machte.

»Gerade angekommen«, entgegnete sie knapp und blickte sich mit zusammengezogenen Augenbrauen um. »Bitte sag mir, dass das kein Einbruchschaos ist, sondern dass ihr eine fette Party gefeiert habt?«

Kalea lachte und schluchzte zeitgleich. »Keine Party.« Sie entließ Florence aus der Umarmung und rang sichtlich mit sich, ehe sie sich an Dad wandte. »Keano?« Sie lockerte ihre Finger, die sie zu Fäusten geballt hatte.

Dad verstand auch ohne Worte, was sie wollte, und holte nickend sein Handy aus der Hosentasche. »Ich rufe Brian an.«

»Warum sind du und Malio nass? Seid ihr in eins der Becken gefallen? Und wer seid ihr?« Florence stellte Fragen über Fragen und wandte sich ungeniert an Noelani und meinen Dad, der amüsiert ob ihrer Direktheit eine Augenbraue anhob und sein Handy zum Ohr führte.

»Du hast viel verpasst, Flo«, unterbrach Kalea sie.

Noelani schnalzte mit der Zunge, stemmte die Hand in die Hüfte und setzte ihren herablassenden Gesichtsausdruck auf. »Wir sind Kaleas Familie«, erklärte sie, ohne mit der Wimper zu zucken. »Lieb, dass du nett fragst.«

»Oh Gott.« Ich lachte auf, da Florence und Noelani sich anfunkelten und anstarrten wie zwei Katzen, die jeden Augenblick aufeinander losgehen würden. In diesem Moment wurde mir bewusst, dass die beiden sich ähnlich waren und entweder ein gutes Team abgeben würden oder ihren neuen Erzfeind gefunden hatten.

»Familie?« Flo sah Kalea an, die schluckend nickte.

»Darf ich vorstellen? Das sind Malios Dad und Schwester, Keano und Noelani.«

»Hi«, erwiderte Flo knapp und nickte Lani zu. Ich entschied, genug von dem Schauspiel gesehen zu haben, und wählte Deacons Nummer. Wenn wir alle gemeinsam anpackten, konnten wir die Auffangstation in null Komma nichts wieder herrichten. So gesehen war es gar nicht schlecht, dass hier sowieso kaum etwas Wert hatte und das Gebäude kurz davor war, in sich selbst zusammenzufallen. Mich überkam der gleiche Kampfgeist wie Kalea zuvor. Jetzt wollte auch ich es ihren Eltern zeigen. Sie hatten keine Macht mehr über Kalea und keinen Anspruch auf sie. Sie gehörte jetzt zu uns. Zu meiner Familie.

## KAPITEL 59

### Kalea

»Ich glaube, ich muss mich übergeben«, flüsterte ich, sodass nur Malio es hörte. Ich saß eingepfercht zwischen ihm und Noelani in Hokulani, dem klapprigen Jeep seines Dads, auf dem Weg zum *Turtles' Inn*. Heute war der Tag der Tage. Der Tag des Benefiz-Sommerfestes für die Auffangstation. Ich hatte kein Auge zugetan, bis Malio weit nach Mitternacht zu mir gekommen, fix und fertig in meine Kissen gesunken und binnen Sekunden eingeschlafen war.

Gestern war der seltsamste Tag seit Langem für mich gewesen, denn Florence und er hatten mich zu einem freien Tag verdonnert, weil ich nichts von den Vorbereitungen vor Ort mitbekommen sollte. Die beiden hatten nicht nur den Arbeitstag des *Turtles' Inn* übernommen, sondern auch hart mitangepackt. Mir gefiel das Gefühl nicht, nichts beigetragen zu haben, da konnten Florence, Malio, sein Dad oder Noelani noch so oft versuchen, mir einzureden, dass es okay war.

»Nur damit du es weißt«, zischte ich ihm mild lächelnd zu und hielt mir die Faust vor den Mund. »Wenn du noch mal eine Überraschung dieses Ausmaßes für mich planst, lass ich dich umlegen.«

Malio hob beide Augenbrauen an und schmulte an mir vorbei zu Noelani, die kicherte. »Hast du das gehört?«

»Hab ich«, nickte seine Schwester und stupste mir ihren Ellenbogen in die Seite.

»Ungeschickt von dir, ihm hier zu drohen, jetzt gibt's Zeugen«, alberte sie herum und zupfte an ihrem Oberteil, auf das ich fast neidisch war. Es war hellblau, beinahe so weiß wie die Gischt des Meeres, und darauf tummelten sich hellgrüne und dunkelgrüne Schildkröten. Die kurze schwarze Jeansshorts und hellblauen Adidas Superstars rundeten ihre Erscheinung ab. Wenn das Outfit mal nicht perfekt zum heutigen Tag passte. Ich sah an mir herunter, an dem beigen Oberteil mit Spaghettiträgern, unter dem ich einen schmalen Bandeau-BH trug. Hoffentlich würde ich die weite Jeans nicht bereuen, da es so heiß war. Würde ich jemals nicht überrascht sein, wie verdammt heiß es in Shore Mana wurde? Ich tippelte mit den Füßen auf den Boden, die in meinen schwarzen Chucks steckten.

»Hey, es wird ein guter Tag«, beruhigte Malio mich und griff nach der Hand in meinem Schoß, um seine Finger mit meinen zu verschränken. »Einatmen, ausatmen, okay?«

Ich lehnte den Hinterkopf mit geschlossenen Augen gegen die Kopflehne, versuchte, für Malio tief ein- und auszuatmen, und realisierte, dass es mir half. Die Anspannung wich aus meinen Muskeln und die Aufregung im Bauch legte sich zumindest insofern, dass mir nicht mehr speiübel war. Ich öffnete blinzelnd die Augen und entdeckte an einigen Laternen und in den Schaufenstern der Geschäfte Plakate hängen, die auf das heutige Fest aufmerksam machten.

Wir fuhren auf der Hauptstraße entlang, auf direktem Wege zur Honu Kai Avenue, in der die Auffangstation lag, doch bevor wir einbogen, peilte Keano eine Parkbucht an, um Hokulani abzustellen. Sobald das Auto stand, hüpfte Noelani aus dem Wagen und Malios Dad schlug die Tür hinter sich zu, sodass nur Malio und ich im Auto sitzen blieben. »Warum fahren wir nicht direkt bis zum *Turtles' Inn*?« Verwundert legte ich den

Kopf schief und suchte seinen Blick. Er beugte sich zu mir, um mir einen Kuss auf die Lippen zu drücken.

»Weil wir die ganze Straße haben absperren lassen.«

»Ihr habt was?« Ungläubig schüttelte ich den Kopf. »Was habt ihr für ein riesiges Aufsehen daraus gemacht? Jetzt ist mir gleich wieder schlecht.«

Malio lachte und wies auf die geöffnete Beifahrertür. »Los, raus mit dir.« Ich kletterte von der Sitzbank, die eigentlich nur für den Fahrer plus zwei Beifahrer gedacht war, und sprang aus dem Jeep. Das Gute an dem alten Wagen war die nicht vorhandene Klimaanlage, denn so erschlug mich die Hitze nicht. »Es geht bald los, die ersten Gäste kommen schon, schau dort.« Malio wies mit dem Arm zu einer Menschentraube, die unverkennbar zum Fest spazierte.

Je näher wir der Häuserecke kamen, hinter der sich die Honu Kai Avenue befand, desto kribbeliger wurde es in meinem Inneren. Meine Knie wandelten sich mit jedem weiteren Schritt mehr in Wackelpudding. An den Laternen zu beiden Straßenseiten hingen Luftballons in Hellblau, Hellgrün und Weiß. Wir bogen um die Ecke, und ich blieb abrupt stehen. Mir fiel überrumpelt die Kinnlade herunter. Wo sollte ich nur zuerst hinsehen? »Wie habt ihr das alles bezahlt?« Ich zog die Augenbrauen zusammen und stellte mich vor Malio. »Wie?«

»Sponsoren. Die meisten Menschen helfen gern. Besonders liebenswürdigen Personen wie dir, okay? Freu dich einfach darüber.« Er nahm mein Gesicht zwischen seine Hände und drückte mir einen Kuss auf die Stirn. »Komm, gehen wir Florence suchen. Hoffentlich haben Deacon und sie sich nicht gegenseitig die Köpfe eingeschlagen. Ich sage dir, die beiden sind wie Feuer und Wasser.«

Grinsend nickte ich. »Ich finde ja, zwischen den beiden knistert es. Er ignoriert Flo manchmal, und das geht ihr gegen den Strich.«

Malio hob eine Augenbraue an und um seinen Mund blitzte ein Schmunzeln auf. »Wenn du meinst.« Er hielt mir seine Hand hin, die ich dankbar ergriff. Er zog mich zu sich. Keine Ahnung, ob ich ohne ihn genug Kraft gehabt hätte, weiterzugehen. Überall standen Outdoor-Lounge-Möbel auf der Straße, von denen mir manche bekannt vorkamen, weswegen ich an einer Sitzgruppe stehen blieb, um sie genauer zu inspizieren.

Auf die Rückseite war mit weißer Farbe *Shore Mana Bay Grill* gestempelt worden. »Braucht das *SMBG* seine Möbel nicht? Habt ihr die geklaut?« Geschockt wirbelte ich zu Malio herum, der wegen meiner Frage prustend den Kopf schüttelte.

»Sagen wir mal so: Einige Restaurants haben heute ausnahmsweise ihre Location gewechselt.« Er zuckte mit den Schultern und deutete mit einem Nicken zu einem Stand.

Ich kniff die Augen zusammen und erkannte Clarissa umherwuseln, wie immer komplett in Schwarz gekleidet und mit ihrer Kellnerinnenschürze um. Sie hob den Arm und winkte mir zu, was ich verdattert erwiderte. »Ich fasse es nicht«, flüsterte ich und ließ mich von Malio weiter die Straße entlangziehen. Mein Blick schweifte umher und ich ignorierte den Kloß in meinem Hals. An den Laternen und Häuserwänden schwebten nicht nur Luftballons, sondern es waren auch Wimpelketten gespannt. Dunkelblaue, hellblaue, grüne, weiße, es war alles dabei und passte perfekt zum Schildkrötenthema. Mir sprangen Lautsprecherboxen ins Auge, auf die ich fragend deutete. »Was haben die zu bedeuten?«

»Musik?« Malio lachte, zog mich zu sich, umfasste fest meine Taille und flüsterte mir ins Ohr. »Bitte fall nicht um, wenn du die Bühne siehst, die am *Turtles' Inn* steht.«

»Bühne?« Panik kroch mir die Wirbelsäule hinauf. »Wo habt ihr die her?«

»Die gehört der Highschool. Guck nicht so geschockt, Kalea.« Er strich mir mitfühlend über den Oberarm. »Es ist keine große Sache und nicht das erste Mal, dass die Stadt sich die Highschoolbühne ausleiht. Das hier ist zwar das erste Benefiz-Fest Shore Manas, aber glaub mir: Es ist eine von vielen öffentlichen Veranstaltungen.«

»Okay.« Ich stieß einen Schwall Luft aus. »Ich versuche einfach, das alles als ganz normal anzusehen. Klar, easy«, schnaubte ich sarkastisch, als mir bei meinen eigenen Worten bewusst wurde, dass ich das nicht konnte. Malio erwiderte nichts darauf, und ich konzentrierte mich auf die sommerliche Deko, ließ alles auf mich wirken.

Wir passierten einen Eiswagen, an dem Molly dabei war, eine Markise auszufahren. Als sie mich sah, winkte sie mir lächelnd zu, was ich erwiderte. Lautlos formte ich ein »Danke« mit meinen Lippen, doch Molly zuckte nur mit den Schultern, als wäre gar nichts dabei. Ich kniff die Augen zusammen, um lesen zu können, was mit weißer Kreide auf die schwarze Tafel geschrieben stand, die an der Seite des Ausgabefensters hing.

»Fünfundsiebzig Prozent der heutigen Einnahmen gehen an das *Turtles' Inn*.«

Ich schüttelte ungläubig den Kopf, Malios warmer Atem an meinem Ohr. »Das *SMBG* spendet heute alle Einnahmen. Bitte mach dir deswegen keine Gedanken. Sie haben mir versichert, dass sie es sich locker leisten können.«

Ich verdrehte überfordert die Augen und schlug beide Hände vor mein Gesicht. »Warum tun sie das? Sie alle?«

»Sie hätten eher geholfen, wenn sie gewusst hätten, dass das *Turtles' Inn* kurz vorm Ertrinken steht. Ob du es glaubst oder nicht: Die Auffangstation bedeutet den Menschen hier etwas. Wir alle schätzen deine hingebungsvolle Arbeit.«

»Sei leise«, bat ich ihn murmelnd und rang mir ein Lächeln ab. »Sonst weine ich gleich los. Und das Fest hat noch nicht einmal angefangen.« Wir näherten uns dem *Turtles' Inn* und ich breitete lachend die Arme aus, als Lilly auf mich zu gerannt kam.

»Kaaallleeeeaaa«, rief sie, und ich wirbelte sie herum. Statt sie abzusetzen, platzierte ich sie auf meiner Hüfte und tippte ihr auf die süße Nase.

»Na, du Wirbelwind, wo hast du deine Mommy gelassen?« Sie legte grübelnd den Finger an ihr Kinn und streckte die Hand aus, deutete zur Bühne, wo Menina herumwuselte.

»Da ist sie. Kalea, Kalea, Kalea?« Sie strampelte herum und klatschte auf meinem Arm in die Hände, sodass mir mit jeder verstreichenden Sekunde bewusster wurde, wie schwer sie mittlerweile war. Wehmütig erinnerte ich mich daran, was für ein süßes Baby-Fliegengewicht sie vor fast drei Jahren gewesen war, als ich ihre Nachbarin wurde. Schon damals war Menina allein mit ihr gewesen. »Hast du die Hüpfburg gesehen? Sie ist RIESIG!« Das letzte Wort kreischte sie mir ins Ohr, sodass ich zusammenzuckte.

»Nein, zeigst du sie mir?« Ich setzte sie ab und rieb mir über das schmerzende Ohr. Malio grinste und ich bedeutete ihm, dass wir Lilly folgen sollten.

Ich winkte Menina zu, die auf der Bühne stand und mit Schülern und Schülerinnen der Highschool sprach. Erst beim genaueren Hinsehen sah ich die Instrumente und kapierte, dass es sich um das Schulorchester handeln musste. Ich trat durch das eiserne Tor und erkannte meine eigene Auffangstation nicht wieder. Auf den Rasenflächen zu beiden Seiten standen nicht nur die besagte Hüpfburg, sondern auch Sitzgelegenheiten, Stehtische, eine Tombola, und direkt daneben arrangierte eine Frau unter hellgelben Schirmen Gebäck. In zwei surrenden, komplett verglasten Kühlschränken befanden sich Torten und Sahnegebäck. Ich zeigte Lilly, die sich mit anderen Kids in der Hüpfburg verausgabte, mit zwei angehobenen Daumen, wie cool ich sie fand, und wandte mich an die Frau, bei der es sich um Neah handeln musste. »Hi, Neah? Endlich lernen wir uns kennen«, strahlte ich und fuhr mir über die Oberarme.

»Hi, Kalea«, grüßte sie mich und schob sich ihre Locken hinter das Ohr. »Es wurde Zeit, oder?« Ich erkannte sofort, dass sie der totale Sonnenschein war. Der Typ Mensch, der immer gut gelaunt war und andere mit diesem Strahlen ansteckte. »Ich liebe es hier«, erklärte sie mir und deutete in den Garten. »Es ist schön, mein Gebäck und den Kaffee mal im Grünen auszuschenken und nicht im Café.« Sie schüttelte erschrocken den Kopf. »Versteh mich nicht falsch, ich liebe mein Café an der Promenade über alles.«

»Keine Sorge«, sagte ich und nickte. »Ich verstehe, was du meinst. Und Neah? Ich danke dir!« Ich tippte auf das dicke Papier, das in einem Kork-Aufsteller steckte und auf dem stand, dass sie dreißig Prozent der Einnahmen an die Auffangstation spendete. »Das ist so was von nicht selbstverständlich, und ich weiß wirklich nicht, wie ich dir dafür danken kann.«

Sie winkte ab. »Malio hat mir schon verraten, dass du mich wahrscheinlich mit Dank überschütten wirst.« Sie strahlte an mir vorbei und winkte Malio zu, der zusammen mit Deacon dabei war, ein paar Bierzeltgarnituren auf einem Fleckchen Rasen aufzustellen. Direkt daneben stand ein Grill, auf dem das Logo des *Shore Mana Bay Grills* prangte und unter einem provisorischen, rot-gelb-gestreiften Schirm ein Tisch mit sämtlichen Soßen für das Grillgut. »Aber das brauchst du wirklich nicht«, holte mich Neahs Stimme wieder aus den Gedanken und ich sah ihr in die wunderschönen blauen Augen, die im direkten Sonnenlicht unfassbar hell waren. »Ich gebe gern ein Drittel der heutigen Einnahmen ab, mehr kann ich mir leider nicht leisten.« Sie biss sich auf die Unterlippe, als schämte sie sich dafür.

»Neah, das ist viel mehr, als ich je erwarten könnte!« Ich schluckte. »Das ist einfach großartig von dir, okay? Und ich wette, all dein Gebäck hier ist in weniger als einer Stunde verkauft, denn nicht nur ich könnte mich den lieben langen Tag von deinen Muffins ernähren.«

Sie winkte lachend ab. »Schauen wir mal.«

»Bis später«, verabschiedete ich mich vorerst, als ich Florence in der Eingangstür des *Turtles' Inn* stehen sah, ein Klemmbrett an die Brust gedrückt und einen Stift zwischen den Fingern, mit dem sie sich ans Kinn tippte.

»Flo!« Ich lief auf sie zu und schüttelte den Kopf. »Ich habe keine Worte, ihr seid doch …«

»Ich will nichts hören«, schnitt sie mir das Wort ab und zog mich in eine feste Umarmung. »Wir lieben die Auffangstation und dich, komm.« Sie zog mich hinter sich her in das Innere, das allen Anschein nach als Zentrale der Organisation fungierte. »Ich habe eine furchtbare Überraschung für dich.« Und noch während sie es sagte, wusste ich, was oder eher wen sie meinte. »Schaff ihn hier raus, er nervt«, murrte sie mir zu, was dafür sorgte, dass sich der Knoten in meiner Brust löste und ein ehrliches Lachen aus meiner Kehle drang.

»Basilton ist hier?« Ich strahlte sie an.

»Ja.« Sie verdrehte die Augen. »Er hat vom Fest gehört, frag mich nicht wie, ist eben angekommen, seine Koffer stehen unter dem Schreibtisch.« Ihre Stimme senkte sich. »Er hat was von Fotos gefaselt, ich hab ihm nicht zugehört.«

Ich grinste zu Bas herüber, der mit dem Rücken zu mir stand. Trotzdem konnte ich sehen, dass er seine Kamera zusammensetzte und die Linse reinigte. »Er ist Fotograf«, erklärte ich und strich ihr über die Arme. »Ich gehe ihn begrüßen, bis später!« Ich drückte meiner besten Freundin einen Kuss auf die Wange. »Du bist die Allerbeste.«

Dann wandte ich mich an Bas. »Hey«, rief ich. »Mr. Conteville, was verschafft mir die Ehre?«

Er drehte sich zu mir herum, legte seine Kamera auf den Tisch und breitete die Arme aus. Man brauchte es mir nicht zweimal zu sagen, denn sofort warf ich mich ihm in die Arme. Auch wenn er zu der Vergangenheit gehörte, die ich am liebsten vergessen würde, war er der Teil, den ich vermisste, sobald er nicht in meiner Nähe war. Ich liebte und hasste dieses Gefühl zugleich. »Kommen Sie her, Miss Conteville«, forderte er mich auf.

# KAPITEL 60

## Malio

Ich betrat das *Turtles' Inn* in dem Augenblick, in dem sich Kalea in die Arme des Mannes warf, mit dem ich sie Arm in Arm auf der Promenade entlangspazieren gesehen hatte. Ihrem Ex-Mann, Basilton. Ihrem Ex-Mann, dessen *B* sie sich für die Ewigkeit auf den Ringfinger hatte tätowieren lassen. Und aus einem mir unerfindlichen Grund regte sich bei dem Anblick, der sich mir bot, kein Groll. Keine Eifersucht, kein Neid und kein fieses Bauchgrummeln, das mich an höhlenmenschenartiges Verhalten erinnert hätte.

Stattdessen huschte ein Lächeln über mein Gesicht und wie von allein trugen mich meine Beine zu den beiden, nachdem Bas Kalea wieder vor sich auf die Füße gestellt hatte. Sie strich den Kragen seines Businesshemdes glatt, das garantiert teurer war als all meine Artprint-Shirts zusammen und ihn dennoch nicht schnöselig wirken ließen. Genau genommen machte er einen sympathischen Eindruck auf mich mit seiner dunkelblonden James-Dean-Frisur und den Lachfalten um die Augen. Er sah Kalea an, als wüsste er ganz genau, wie wertvoll sie war. Ich mochte ihn sofort. Vielleicht war es nur deswegen, weil ich mittlerweile wusste, dass er alles an Familie war, das sie hatte und liebte. Wie könnte ich ihm mit dem Wissen ansatzweise hassen?

Als hätte Kalea meine Anwesenheit gespürt, wandte sie sich zu mir um, griff nach Basiltons Handgelenk und zog ihn hinter sich her, bis sie bei mir waren. Sie ließ seine Hand los und strahlte abwechselnd zwischen ihm und mir hin und her. Irgendwie gab es mir eine winzig kleine Genugtuung, dass ich ein paar Zentimeter größer war als er. Verdammt, ein Funken Höhlenmensch strömte vielleicht doch durch meine Adern.

»Hi, ich bin Malio«, stellte ich mich ihm vor und genoss es, wie Kalea sich an meine Brust lehnte.

»Basilton, aber sag gern Bas«, bot er mir an und stupste Kalea gegen den Oberarm. »Ist das komisch für euch?«

Perplex runzelte ich die Stirn, denn mit so einer direkten Frage hätte ich nicht gerechnet. »Nein«, entgegnete ich ehrlich. »Das muss es ja nicht sein, oder?«

Kalea stieß einen Schwall Luft aus und strich mir über das Handgelenk. »Richtig, das muss es nicht«, erklärte sie und wandte sich Bas zu. »Ich habe ihm alles erzählt.«

»Alles, alles?« Bas riss beide Augen auf.

»Alles, was er wissen muss.« Sie schlug sich lachend die Hand vor den Mund und wies mit dem Zeigefinger drohend auf Bas' Gesicht. »Ich warne dich.«

Er schnappte nach ihrer Hand und wandte sich grinsend an mich. »Hat sie dir zum Beispiel erzählt, wie sie mit dem Rasierer abgerutscht ist und sich eine ganze Augenbraue entfernt und dann die andere auch rasiert hat, um sich komplett neue nachzumalen? Ich habe Fotos.«

»BASILTON DEAN CONTEVILLE«, donnerte Kalea los und warf stöhnend den Kopf in den Nacken. »Sie sind nachgewachsen und ich finde das echt nicht nett von dir.«

»Ich freue mich auf alles, was du mir von Kalea berichtest«, grinste ich Bas an und in dieser Sekunde fühlte es sich für mich an, als hätte ich einen neuen Freund gewonnen.

»Es geht gleich los«, unterbrach ich unser Gespräch und deutete mit einem Nicken nach draußen.

Innerhalb der letzten halben Stunde hatte sich die Straße gefüllt. Menschen tummelten sich an den Ständen, Kinder rannten mit ihren bunt geschminkten Gesichtern durch die Beine der Erwachsenen und über allem hing die Musik ausgelassen lachender Leute, die den Tag genossen.

Aus dem Augenwinkel sah ich jemanden wild winken und erkannte beim genaueren Hinsehen, dass es Deac war, der versuchte, Kaleas und meine Aufmerksamkeit auf sich zu ziehen. »Lass uns zu Deac zur Bühne gehen«, flüsterte ich Kalea ins Ohr, die sich versteifte.

»Ich muss nicht auf die Bühne, um etwas zu sagen, oder?«

Basilton prustete neben uns und verzog den Mund zu einer Grimasse. »Kalea musste zu einer Schulaufführung mal …«

»Halt die Klappe, Bas, ich meine es ernst«, fuhr sie dazwischen, allerdings nicht, ohne zu lachen.

»Sagen wir so: Vor vielen Menschen zu sprechen, ist nicht ihre größte Stärke. Habt ihr hier leere Eimer?«

Ich zwinkerte Kalea zu. »Ich weiß, Deacon übernimmt das für dich. Er moderiert den ganzen Tag und wird alle in deinem Namen begrüßen, ist das in Ordnung?«

»Irgendwie ist das ein bisschen peinlich«, murmelte sie und biss sich auf die Lippe. »Das ist doch, also ich … Ich …«, stammelte sie. »Eine kurze Begrüßung kriege ich hin, und dann gehe ich kotzen.« Sie sagte es mit so viel Ernst in der Stimme, dass ich es ihr abkaufte.

»Okay, komm.«

»Bringen wir es hinter uns«, presste sie hervor, ballte die Hände zu Fäusten, atmete tief durch und marschierte los.

»Komme gleich hinterher«, murmelte Bas und verschwand in der Auffangstation.

Ich folgte Kalea zur Bühne, wo Deac ihr nickend zulächelte, ihr ein Mikrofon in die Hand drückte, nachdem sie ihn, ziemlich weiß um die Nase, um eins gebeten hatte, und vor ihr die Stufen hochstieg. Ich ließ sie keine Sekunde aus den Augen. Nicht, als sie die Arme an ihre Seiten presste, die Schultern hochzog und fallen ließ. Nicht, als sie die ersten zwei Stufen wankte, die letzten zwei aber souverän emporstieg. Ich beobachtete, wie sie neben Deacon trat, der ihr kaum merklich zunickte und zulächelte, was Kalea zurücklächeln ließ. Sie atmete durch und nickte meinem besten Freund zu, woraufhin er das Mikrofon an seine Lippen setzte.

»Wenn ich um eure Aufmerksamkeit bitten dürfte.« Seine perfekte Radiostimme drang durch die Lautsprecher und sofort verstummte die Menge. Alle Augenpaare richteten sich gespannt auf die niedrige Bühne und Kalea wurde noch bleicher um die Nase. »Wir wollen euch herzlich willkommen heißen zum ersten Shore-Mana-Benefiz-Sommerfest und danken euch, dass ihr so zahlreich erschienen seid.« Bescheidenes Klatschen ertönte und Deac hob die Hand lachend in die Höhe, um es zu unterbrechen. »Heute ist ein wunderbarer Tag, denn wir werden zusammen alles geben, um das *Turtles' Inn* zu retten, korrekt?« Er hob die Arme in die Luft und jetzt ertönte richtiger Beifall. Vereinzelt waren Pfiffe zu hören.

Ein Klicken in meiner Nähe, auf das ein weiteres und wieder ein weiteres folgte, lenkte meine Aufmerksamkeit von Kalea weg. Stirnrunzelnd suchte ich die Umgebung ab und entdeckte, wie Basilton eine ungeheuer teuer aussehende Kamera vor sein Gesicht hielt, die Linse auf Kalea gerichtet, und abdrückte. Was für eine gute Idee, das für die Ewigkeit festzuhalten! Ich selbst war überhaupt nicht darauf gekommen. »Und natürlich möchte die Frau der Stunde auch ein kurzes Wort an euch richten.« Deacon leitete zu Kalea über, die die Zähne aufeinanderpresste und dreinsah wie ein Reh im Scheinwerferlicht.

»Whoop whoooop, Kalea«, grölte plötzlich Bas neben mir und winkte ihr zu. Er hob den Daumen in die Höhe, warf ihr einen Luftkuss zu, woraufhin Kalea grinste und die Augen verdrehte. Er hatte sie aus ihrer Starre geholt.

»Hi«, setzte sie an. »Ich bin Kalea und mir gehört das *Turtles' Inn.* Ich bin nicht gut in so was.« Sie deutete auf die Bühne und beäugte kritisch das Mikrofon, wodurch sie die Besuchenden für sich gewann.

»Mommy, da ist Kalea«, kreischte ein Kind, dessen Stimme ich sofort Lilly zuzuordnen wusste. Die Leute lachten, als Kalea Lilian dankbar zuzwinkerte.

»Ich hoffe, ihr habt alle einen phänomenalen Tag. Für mich ist das hier eine große Überraschung. Ihr müsst wissen, dass ich damit nichts zu tun hatte. Aber ich habe die besten Freunde und die beste …« Sie schluckte und suchte erst meinen Blick, dann Bas' und Flos. »… die beste Familie, die das hier alles auf die Beine gestellt hat. Ich danke euch so sehr und höre jetzt auf, bevor ich anfange zu weinen und mein bester Freund Basilton neues Fotomaterial hat, mit dem er mich erpressen kann.« Die Leute lachten ausgelassen, als Bas, der heimlich die Stufen emporstieg, um von dort Fotos zu schießen, in einer unschuldigen Geste die Hände über sich streckte und den Kopf schüttelte, als wüsste er nicht, wovon Kalea sprach. »Ich danke euch allen! Habt ganz viel Spaß und schaut unbedingt bei Neahs Stand vorbei, ihr gehört *Neah's Bakery* an der Promenade, und glaubt mir, ihr habt nie besseres Gebäck probiert.«

Deacon nickte neben Kalea euphorisch. »Oh ja, hört auf meine Freundin und stürmt alle den Stand von Neah. Ihr findet ihn dort.« Er deutete mit ausgestrecktem Arm zum Vorgarten der Auffangstation, wo Neah sich aufgeregt die Finger an das Gesicht legte.

Ich nahm mit einem halben Ohr wahr, wie Deacon ein paar Informationen zum Fest herunterratterte, Sponsoren benannte und zu einem provisorischen Tisch lief, auf dem ein schmales Mischpult stand. Er erklärte, dass er durch den Tag und den Abend führen würde, bevor er ein Lied einspielte. Kalea stolperte die Stufen herunter und flitzte direkt auf mich zu, nachdem sie das Mikrofon auf dem Bühnenrand abgelegt hatte. »Ich habe nicht gekotzt«, rief sie mir freudestrahlend zu und fächelte sich Luft zu. »Aber ich brauche jetzt dringend …«

Florence tauchte neben uns auf und hielt zwei Flaschen mit Giovannis Limonade vor unsere Nasen. »Etwas zu trinken?«

»Bist ein Schatz«, grinste Kalea, nahm ihr eine ab, stieß sie flink gegen meine, um anzustoßen, und leerte die Hälfte in einem Zug. »Ist das hier wirklich wahr?« Sie drehte sich um ihre eigene Achse und ließ den Blick über die Straße gleiten. »Und sehe ich dort Mrs. Diaz mit ihrer Paella?«

»Was denkst du denn?« Ich nickte und hielt ihr meinen Arm hin, damit sie sich einhaken konnte. »Was wären Shore Manas Feste ohne Mrs. Diaz' Paella?«

»Sinnlos«, schaltete sich Florence ein. »Absolut sinnlos.«

»Ausnahmsweise stimme ich dir zu.« Ich zwinkerte Kaleas bester Freundin zu, die auf die Auffangstation deutete.

»Ich bin wieder drin, falls ihr mich sucht.« Sie klopfte auf das Klemmbrett. »In der Festival-Zentrale.« Sie wackelte belustigt mit den Augenbrauen und Kalea nickte lachend.

»Okay, danke Flo!«

»Nichts zu danken, Kali!« Florence wandte sich zum Gehen um.

»Können wir uns jetzt endlich Paella holen, oder was?« Ich beugte mich zu Kalea herunter, um ihr einen Kuss auf ihren Kiefer, direkt unter ihr Ohr, zu hauchen. »Ich verhungere.«

»Unbedingt«, wisperte sie und stellte sich auf die Zehenspitzen, um mir mit geschlossenen Augen und einem Lächeln um die Mundwinkel einen Kuss auf die Lippen zu drücken. *Klick. Klick. Klick.* Sie öffnete die Augen, blickte sich suchend um und zeigte mit dem Finger auf Bas, der neben uns stand und breit grinste.

»Ihr seid zu süß«, erklärte Bas mit verstellter Stimme und streckte Kalea die Zunge heraus, was mich auflachen ließ.

»Und du bist manchmal echt noch zwölf«, konterte Kalea und knuffte ihrem besten Freund gegen den Arm. »Paella?«

Er nickte, hakte sich auf ihrer anderen Seite ein und ließ die Kamera um seinen Hals baumeln. »Bin dabei.«

# KAPITEL 61

## *Kalea*

Seit vor zwei Tagen das Sommerfest gewesen war, wandelte ich auf Wolken. Auf Wolken in meinem Traumschloss, in dem mir nichts passieren konnte und in dem ich mir einreden konnte, dass alles super war. Dass meine Probleme winzig klein waren und ich einfach vor ihnen davonhüpfen konnte. Von einer federweichen Wolke auf die Nächste, immer weiter und weiter, bis ich keine Konflikte mehr sah. Und doch saß ich jetzt hier, vor *Neah's Bakery*, und frühstückte mit meinen Freunden. Nur, dass das hier kein normales Frühstück war. Wir hatten uns getroffen, um die Spendenaktion auszuwerten, und seit Stunden pochte mir das Herz bis zum Hals. Würde es reichen? Würde ich über die Runden kommen? Konnte ich vielleicht sogar die eine oder andere Schwachstelle an der Auffangstation reparieren oder verrannte ich mich da in gefährlichem Wunschdenken? Vor Aufregung schaffte ich es kaum, meinen Karamell-Latte zu trinken, geschweige denn das lecker duftende Schokocroissant anzurühren, das auf einem Teller mit filigranem Blumenmuster vor mir lag.

Nach dem Einbruch, der kaum mehr als eine Woche zurücklag, hatten wir alle gemeinsam angepackt, um die Rettungsstation in ihren alten Zustand zurückzubringen. Fast. Manche Dinge waren zerstört worden wie die Drehhocker, auf denen ich saß, wenn ich unter dem uralten Mikroskop Untersuchungen machte. Glücklicherweise stellte ich besagtes Mikroskop immer zurück in den unscheinbaren Behandlungsschrank, von dem der Einbrecher überhaupt keine Notiz genommen hatte, sodass zumindest alles darin unversehrt geblieben war. Malios Dad hatte einen Handwerker-Kumpel mit ins *Turtles' Inn* gebracht, und gemeinsam hatten die beiden eine Schätzung aufgestellt, was es mich kosten würde, das marode Gebäude sanieren zu lassen. Am liebsten hätte ich mir die Ohren zugehalten, als sie mir die fünfstellige Summe nannten, die ich im Leben nicht allein würde aufbringen können. Doch zuerst waren es die offenen Rechnungen inklusive Mahngebühren, die ich begleichen wollte.

Als Florence mir Zähne knirschend ihre Kalkulation genannt hatte, war ich fast vom Stuhl gekippt, denn mittlerweile hatten sich so viele Rechnungen angesammelt, dass ich mich schämte. Ich schämte mich nicht nur dafür, dass die Anzahl dieser dreistellig war, sondern vor allem dafür, dass ich wirklich so dermaßen den Überblick hatte verlieren können. Was war ich für eine grauenhafte Geschäftsfrau? Fest entschlossen nahm ich mir vor, das zu ändern. Rechnungen hatten Priorität, direkt nach meinen Schützlingen.

Fieberhaft wippte ich auf dem Stuhl vor und zurück, setzte mich auf meine eiskalten Finger, bevor ich sie weiterhin vor Nervosität knetete, und schielte zu meinem Rucksack, in dem bleischwer ein Brief an meine Eltern lag. Ich hatte ihn heimlich letzte Nacht geschrieben, niemand, auch nicht Malio, wusste von ihm, und egal, wie das hier ausging: Ich würde ihn nachher absenden.

*Hallo Mom, hallo Dad,*

*ich weiß, dass ihr hinter all den Steinen auf meinem Weg steckt und nicht einmal vor Betrug, Vandalismus und Einbrüchen zurückschreckt. Dass ihr alles versucht, um mich zur Rückkehr zu drängen, weil ihr glaubt, dass ich irgendwann keinen anderen Ausweg mehr sehe. Ich schreibe es euch hier*

*und jetzt: Ich werde nicht zurückkommen, die Upper East Side und ihr seid der Part meiner Vergangenheit, an dem ich nicht festhalte. Ich habe euch vor sechs Jahren hinter mir gelassen. Eure Versuche sind zwecklos und ich bitte euch, mich in Ruhe zu lassen. Was auch immer ihr tut, ihr brecht meinen Entschluss nicht, und auch mich nicht.*
*Lasst es gut sein und seht endlich ein, dass ich nicht zurückkomme. Ihr seid weder meine Familie noch mein Zuhause.*
*Kalea*

Ich riss den Blick vom Rucksack los. »Habt ihr's?«

»Gleich«, entgegneten Noelani und Florence wie aus einem Mund. Sie hockten vor meinem Laptop, runzelten die Stirn, tippten und klickten herum und machten es verdammt spannend.

»Versuch, dich zu entspannen«, flüsterte Malio mir ins Ohr und legte mir seinen Arm um die Schultern.

Ich schnaubte. »Wie soll ich das anstellen?« Ich verdrehte die Augen und schlug die Hände vor das Gesicht. »Oh Gott, sorry«, entschuldigte ich mich. »Ich bin so nervös.«

»Wissen wir, das ist voll okay«, grätschte Bas dazwischen, dessen Blick wiederholt durch das Fenster zu Neah huschte. Ich ließ es unkommentiert, schmunzelte aber in mich hinein und war dankbar, wenigstens für ein paar Sekunden abgelenkt gewesen zu sein.

»Wir sind fertig«, durchbrach Florence' Stimme die Ruhe, die sich über uns gelegt hatte und die lediglich vom sanften Meeresrauschen begleitet wurde.

Ich setzte mich aufrecht hin, sodass Malios Arm von meinen Schultern glitt, und starrte sie an. »Und?«

»Also.« Sie biss sich auf die Unterlippe, stieß einen Schwall Luft aus, bei dem mir das Herz in die Hose rutschte oder vielleicht sogar tiefer. Bis in meine Sneakers. Vielleicht verschwand es auch im Beton unter mir, das würde zumindest die Kälte erklären, die sich wie eine eiserne Faust um mein Herz legte und zudrückte.

»Also? Florence, komm schon, werden meine Schützlinge alle sterben, weil ich nicht mehr für sie sorgen kann?«

»Ich liebe es, wenn uns deine innere Dramaqueen einen Besuch abstattet«, grinste Florence und erntete dafür ein Kichern von Noelani. Sie schüttelte den Kopf. »Nein.«

»Nein? Was nein? Florence, wenn du jetzt nicht langsam Klartext redest, werd ich di…«

»Es reicht, Kali«, unterbrach sie meinen Redeschwall.

»Es reicht?«

»Es reicht!« Sie nickte und plötzlich zogen mich starke Arme vom Stuhl und wirbelten mich herum. Malio drückte mich und wie mechanisch schloss ich meine Beine um seine Hüfte.

»Hörst du?« Er sah mir in die Augen, wobei seine vor Glück sprühten.

»Was?« Meine Stimme war ein Hauchen. »Es reicht? Ich behalte das *Turtles' Inn*?« Ich wandte mich antwortsuchend zu meinen Freunden um, die allesamt grinsten und nickten.

»Jap«, erklärte Noelani, die den Laptop zu mir herumdrehte und nach unten scrollte. »Florence' Kalkulation ist richtig cool, sie zeigt mir, wie sie das gemacht hat. Schau hier«, fuhr sie fort. »Das sind verschiedene Szenarien und Möglichkeiten, das Spendengeld einzusetzen. Du kannst auf Nummer sicher gehen und Futtergeld für ganze drei Jahre einkalkulieren, dann müssen die meisten Sanierungsarbeiten warten.« Sie wechselte zwischen Arbeitsblättern und mir schwirrte der Kopf. Ich würde mir darüber in Ruhe den Kopf zerbrechen und mir von Florence alles erklären lassen.

»Stopp, warte mal.« Basilton grätschte dazwischen und das Funkeln in seinem Blick verhieß nichts Gutes.

»Nein, Bas«, tadelte ich und tippte Malio an, damit er mich herunterließ. Ich setzte mich hin, beflügelt und mit staubtrockener Kehle. Ich griff nach meinem mittlerweile kalten Kaffee und nahm ein paar Schlucke. »Ich kenne diesen Blick von dir. Nein, Basilton, einfach nein.«

»Ach komm.« Er verdrehte die Augen. »Warum dürfen hier alle spenden, nur ich nicht?« Er hob eine Augenbraue an, und plötzlich senkten alle meine Freunde die Köpfe.

»Wie bitte?« Ich kniff die Augen zusammen.

»Ja, also«, murmelte Florence. »Eventuell haben wir alle ein bisschen aufgestockt. Aber echt nicht viel.«

»Zeig mir die Spendenauflistung, aber pronto«, forderte ich meine beste Freundin stöhnend auf, bewegte die Finger, als würde ich sie locken. Sie verdrehte ertappt die Augen und warf Bas einen bitterbösen Blick zu, der mit den Schultern zuckte, als wäre er sich keiner Schuld bewusst.

**Noelani: 350 $, Florence: 500 $, Deacon: 850 $**

Mir fiel die Kinnlade herunter und ich suchte Deacons Blick, der die ganze Zeit erstaunlich still war. »Deacon, so viel? Das kann ich unmöglich annehmen.«

»Doch, klar. Ich spende es ja nicht dir, sondern deinen Schildkröten, falls Malio wieder mal eine umnietet.«

»Ach, na dann«, winkte ich sarkastisch ab, konnte mir ein kleines Lächeln wegen seiner Anspielung auf Muffin allerdings nicht verkneifen. »Danke«, murmelte ich und wandte mich streng an Noelani und Florence, die die Köpfe schüttelten, als brauchte ich gar nicht erst zu versuchen, eine Diskussion zu starten. »Ich danke euch.«

Ich ging die Liste weiter durch. **Malio: 1725 $**

»Ist das dein Ernst?« Ich stand abrupt auf, als ich die Summe in der Kalkulation sah, und schüttelte den Kopf. Beinahe hätte ich sie überlesen. »Nein, das gebe ich dir zurück. Auf keinen Fall, Malio. Du hast deine Werkstatt und die Boards und nein, einfach nein.«

»Du kannst so lange den Kopf schütteln, bis dir übel ist oder du ohnmächtig wirst«, warf er ein. »Aber ich nehme das Geld nicht zurück, es liegt schon auf dem Spendenkonto.«

»Du hast deinen eigenen Traum«, murmelte ich. Er wollte doch seine traditionellen Surfbretter in einem Shop verkaufen und war noch meilenweit von der Erfüllung dieses Wunsches entfernt, da wollte ich die Letzte sein, die ihn weiter zurückwarf.

»Mein Traum bleibt bestehen. Und du brauchst das Geld für deinen dringender, also nimm es an. Ein Traum nach dem anderen und jetzt ist deiner dran. Okay?«

*Ein Traum nach dem anderen. Und jetzt war meiner dran.* Wie in Trance nickte ich, denn langsam realisierte ich es. Meine Finger zitterten unaufhörlich und ich ließ mich wie in Zeitlupe zurück auf den Stuhl sinken.

»Darf ich jetzt endlich etwas sagen?« Bas räusperte sich.

Ich lächelte ihn an. Müde, dankbar und zu überwältigt, um ihn daran zu hindern. »Mach schon«, seufzte ich. »Ich kann dich sowieso nicht abhalten, oder?«

Er schüttelte den Kopf. »Nein, kannst du nicht, und da ich weiß, dass du nicht viel Geld von mir nehmen möchtest, übernehme ich nur die Kosten für das Schildkrötenfutter für die nächsten, sagen wir … fünf? … Jahre.«

»Das ist viel«, keuchte ich und wischte mir mit meiner eiskalten Hand über die Stirn, um diese zu kühlen. Ich glühte. Es war, als breitete sich ein loderndes Feuer in meinem Inneren aus, das Funken bis in alle Nervenenden sandte. »Ich kann das *Turtles' Inn* behalten«, flüsterte ich und beeilte mich, die Träne wegzuwischen, die sich aus meinem Augenwinkel gelöst hatte. Ein Schluchzen drang aus meiner Kehle und ich blickte auf meine ineinander verknoteten Finger in meinem Schoß. Eine weitere Träne suchte sich ihren Weg über meine Wange, mündete im Mundwinkel und ich lächelte zwischen zwei Schluchzern. Ich saß in einem öffentlichen Café und schämte mich nicht dafür, dass ich meinen Gefühlen freien Lauf ließ. »Ich fasse es nicht«, wisperte ich und hob den Blick, um jedem meiner Freunde ins Gesicht zu sehen.

»Oh Kali«, jammerte Florence und wischte sich lachend unter den Wimpern lang, da auch ihre Augen sich mit Tränen füllten. »Nicht weinen, komm schon. Wir haben es geschafft.«

»Ihr habt es geschafft.« Meine Stimme war rau und kratzte mir im Hals. »Ihr habt es für mich geschafft, und ich werde euch für immer und noch viel länger dankbar sein.«

»Siehst du mal, was passiert, wenn man sich seiner besten Freundin anvertraut, mh?« Florence stupste mir ihren Ellenbogen in die Seite und brachte mich dadurch zum Lachen.

»Oh ja«, pflichtete ich ihr bei. »Von Geheimnissen habe ich wirklich genug.« Und in dem Moment, in dem die Worte meinen Mund verließen, realisierte ich, wie verdammt ernst ich sie meinte. Denn ich hatte hier Menschen gefunden, denen ich mich bedingungslos anvertrauen konnte ohne Angst vor Zurückweisung und Verurteilung. Shore Mana war der Ort, der mich aufgefangen hatte. Doch die Menschen hier waren meine Familie geworden, nach der ich mich mein ganzes Leben gesehnt hatte.

# EPILOG

## Malio – New York City

»Es ist komisch«, flüsterte Kalea und strich sanft über das löchrige Blatt einer Monstera, die vor einem bodentiefen Fenster in Basiltons Eigentumswohnung in Midtown Manhattan stand. Hier würde ich also wohnen. »Ich vermisse dich jetzt schon so sehr, dass es schmerzt. Genau hier.« Sie deutete auf ihre Kehle und auf ihre Brust und schluchzte. »Aber du tust das Richtige.«

Ich würde mein Studium beenden und in einem Jahr der Stadt als Anwalt den Rücken kehren. Kaum zu glauben, was die Auszeit zurück in Shore Mana mit meinem Leben angestellt hatte. Noelanis Worte hatten mich wachgerüttelt, denn sie hatte recht. Es war nur ein Jahr. Ein verflixtes Jahr, das in Windeseile um sein würde. Ich brauchte mir nichts vorzumachen: Ich hätte mich für den Rest meines Lebens gefragt, ob es nicht doch ein Fehler gewesen wäre, mein Studium kurz vor Ende abzubrechen. Die einzige Möglichkeit, mich dieser Was-wäre-wenn-Frage zu entziehen, war es, zurückzukommen, um es durchzuziehen. Was ich danach anstellte, stand in den Sternen. Ob ich als Anwalt arbeiten würde, ob ich meine Surfbretter verkaufte, ob ich ins *Turtles' Inn* einstieg oder das *Koa's* und die Surfschule übernahm. Ich würde einen Schritt nach dem anderen setzen, auch wenn der erste schwer sein würde, da ich ihn auf den grauen Asphalt New Yorks setzte und nicht in den hellen Sand Shore

Manas. Ich war stolz auf mich, dass ich doch ehrlich zu meinen Eltern gewesen war, mich mit ihnen hingesetzt hatte, um ihnen zu erklären, warum ich nach Hause gekommen war. Sie hatten Verständnis und mir gezeigt, wie falsch es von mir gewesen war, zu glauben, dass sie mich dafür verurteilen würden. Sie liebten mich und standen hinter jeder meiner Entscheidungen.

»Schildkrötenmädchen.« Ich legte den Kopf schief und griff nach ihrem Handgelenk, um sie zu mir zu ziehen. Sie stolperte direkt gegen meine nackte Brust und vergrub ihre Nase in meiner Haut, fuhr mit dem Zeigefinger sanft die Linien des Tattoos nach. »Ich vermisse dich noch viel mehr«, wisperte ich an ihrem Scheitel und drückte ihr einen Kuss auf das Haar. Die dünne Decke, die sie sich übergeworfen hatte, rutschte bis auf ihre nackten Hüften herunter. Ich strich ihr mit den Fingerspitzen über die Schultern, wanderte über ihr Schlüsselbein und auf ihren Rücken, um das Tattoo, den Schriftzug *i am not who i was*, zwischen ihren Schulterblättern nachzuzeichnen.

»Komm ganz oft nach Hause«, bat sie mich und hob den Kopf an, um mich anzusehen.

»So oft ich kann, so oft die Uni es mir erlaubt«, versprach ich ihr. »Es ist nur ein Jahr.«

»Dreizehneinhalb Monate«, murrte Kalea und entlockte mir dadurch ein Lachen, das meinen Körper gegen ihren beben ließ. »Dreizehneinhalb Monate zu viel, wenn du mich fragst.«

»Kommst du mich besuchen?« Ich wickelte mir verträumt eine ihrer Haarsträhnen um den Zeigefinger und schaute aus dem Fenster, hinab auf das geschäftige Treiben New York Citys. Ich musste zugeben, dass Bas' Appartement nicht schlecht und ich froh war, sein Angebot, hier zu leben, nicht ausgeschlagen habe, was mein erster Impuls gewesen war. Ich lebte vorübergehend in der Wohnung des Ex-Mannes meiner Freundin – das war seltsam.

Kaleas Atem stockte, und für den Bruchteil einer Sekunde haderte sie mit sich. »Ich weiß es nicht. Heute hier zu sein ist schon eine Herausforderung für mich«, erklärte sie mir, obwohl ich es längst wusste. »Was, wenn sie mich sehen? Was, wenn sie glauben, ich wäre zurück? Ich werde niemals wieder zurückkommen. Nicht zu ihnen.« Sie schüttelte den Kopf und war kurz davor, sich in ihre Angst hineinzusteigern.

»Schon in Ordnung. Ich komme zu dir, okay? Ich komme nach Shore Mana, wann immer ich kann.« Ich drückte sie fester an mich und sog ihren heimeligen Duft nach Pfirsichshampoo ein.

»Okay, Surferboy«, flüsterte sie.

»Okay, Schildkrötenmädchen«, erwiderte ich und hauchte ihr einen Kuss auf die Lippen. »Okay.«

*Ende*

# DANKSAGUNG

Ja, ich gebe es zu. Ich habe bis zum letztmöglichen Tag gewartet, die Danksagung zu schreiben. Dieses Projekt, *»Shore Mana«*, meine *»Turtles«* begleitet mich nun seit Jahren. Alles fing 2021 an, als meine Schildkröten mir die Tür in die Literaturagentur Schlück und zu meiner Agentin geöffnet haben. Hab ich dir eigentlich schon gesagt, dass ich meine Entscheidung kein bisschen bereue, 00Sarah? Ich könnte mir keine bessere Zusammenarbeit vorstellen. Also: Danke!

Ich danke den Testleserinnen, die damals meine Leseprobe gelesen haben. Wer weiß, ob ich die allererste Hürde »Agentur« ohne euch je gepackt hätte? Danke Anna, Stephie, Bianca, Julia, Katie, Laura, Lizzy, Sarah, Tanja!

Dieses und andere Manuskripte schreibe ich nun seit Jahren (Unglaublich, oder?) mithilfe der weltbesten Co-Working-Gruppe. Schreiben ist so was von *nicht* einsam, denn *jeden* Tag treffe ich euch im Discord an. Wir alle lieben das Schreiben, leiden zwischendurch auf die gleiche Art und Weise. Das schweißt zusammen, und es ist so schön, dazuzugehören. Ich danke jeder/m Einzelnen von euch. Manche von euch nenne ich mittlerweile meine Freundinnen, und das ist so schön!

Danke an meine Patrons, die mich schon so lange monatlich unterstützen. Ich weiß, dass das keine Selbstverständlichkeit ist, und könnte jeden Monat aufs Neue heulen! Besonderen Dank dabei an Wiebi, Isy, Laura, Jenny, Kristin, Silvia.

Danke an Mareike! Dafür, dass du diese Reihe damals noch für Mira Taschenbuch eingekauft und sofort an die Geschichte geglaubt hast, obwohl du Angst vor den sanften Meeresriesen hast. Alles ging damals so schnell! Natürlich auch Danke an den Verlag, an HarperCollins, reverie Verlag, an Sara! Manchmal frage ich mich, wie lang unsere Mails noch werden können, Challenge accepted, oder?

Danke an meine Lektorin Fam. Ich bin wirklich froh, dass du dieses Buch auf Herz und Nieren geprüft hast, und noch froher bin ich, dass wir auf der gleichen Text-Wellenlänge surfen. Ich habe schon ganz andere Erfahrungen sammeln müssen und kann auf jeden Fall sagen: Es passt! Ich freue mich schon auf unsere Zusammenarbeit bei Band 2 und Band 3. Und danke an Emily für die schönen Cover und den süßen Farbschnitt!

Danke an alle, die mir geholfen haben, mir Beistand geleistet haben, wenn mir alles zu viel wurde und ich dachte, ich schaffe es nicht. Dieses Neu-Mama-Sein und gleichzeitig Autorin-Sein. Meine Tochter ist, wenn dieses Buch herauskommt, zwei Jahre alt, und ihr alle habt dafür gesorgt, dass ich stolz auf mich sein kann, alles unter einen Hut gebracht zu haben! Mal mehr, mal weniger elegant. Danke an Elly, Miri, Michi, Isabel, Neyney, Sari, Neni, Kati, Franzi, Vanessa, Julia, Tani!

Und zu guter Letzt: Danke an meine kleine Familie! An die Extra-Kinderwagen-Runden am Wochenende, damit ich noch was am Manuskript schaffen kann. An die tröstenden Worte, wenn alles unfair und gemein scheint, weil dieses Schreiben alles, aber kein rosafarbener Ponyhof ist. Danke Pauli. Und danke Mama, dass du allen meine Bücher aufquatschst, sogar deinem Hausarzt haha! Das macht mich wirklich glücklich!

Danke an meine Tochter. Seit dem Tag, an dem ich wusste, dass es dich gibt, stand für mich fest, dass ich das alles für dich tue. Ich bin so stolz auf dich und stelle mir bei jedem Buch vor, wie du es irgendwann lesen und vielleicht etwas für dich daraus mitnehmen wirst. Du bist schon jetzt mein größter Fan und ich bin deiner, für immer!